MARBURGER MÖRDERSPIEL

Felix Scholz ist studierter Germanist und arbeitet als Lehrer für Integrationskurse in Marburg. Neben vielen Auftritten bei Lesebühnen und Poetry-Slams schreibt er Kinderbücher und Kriminalromane.

FELIX SCHOLZ

MARBURGER MÖRDERSPIEL

Kriminalroman

emons:

Bibliografische Information der Deutschen Nationalbibliothek
Die Deutsche Nationalbibliothek verzeichnet diese Publikation
in der Deutschen Nationalbibliografie; detaillierte bibliografische
Daten sind im Internet über http://dnb.d-nb.de abrufbar.

FSC
www.fsc.org

MIX
Papier | Fördert
gute Waldnutzung
FSC® C083411

Umschlagmotiv: mauritius images/Jan Wehnert
Umschlaggestaltung: Nina Schäfer, nach einem Konzept
von Leonardo Magrelli und Nina Schäfer
Umsetzung: Tobias Doetsch
Gestaltung Innenteil: DÜDE Satz und Grafik, Odenthal
Lektorat: Christiane Geldmacher, Textsyndikat Bremberg
Druck und Bindung: CPI – Clausen & Bosse, Leck
Printed in Germany 2024
ISBN 978-3-7408-2049-7
Originalausgabe

Unser Newsletter informiert Sie
regelmäßig über Neues von emons:
Kostenlos bestellen unter
www.emons-verlag.de

Für eine Handvoll Euro

1

Nun kam die alte Servierplatte endlich einmal zum Einsatz – allein dafür hatte sich der Abend schon gelohnt. Die aufwendig verzierten Ränder mit dem handgemalten Zwiebelmuster sahen einfach zu hübsch aus, als dass man den ovalen Porzellanteller ein Leben lang im Schrank verstauben lassen konnte. Allerdings war das edle Hochzeitsgeschenk auch zu wertvoll, um es jedes Mal herauszuholen, wenn man gerade eine praktische Unterlage für Ofengemüse brauchte. Nein, diese Platte kam nur zu speziellen Anlässen aus dem Schrank. Und es war ein spezieller Anlass.

Langsam und sorgfältig breitete Bettina Busjäger die dünn geschnittenen Scheiben Kalbfleisch auf dem Teller aus, die sie extra vom Metzger hatte vorbereiten lassen. Sie griff zu der selbst gemachten Thunfischsoße und verteilte sie ganz langsam über dem Fleisch. Ohne den Blick vom Teller zu nehmen, öffnete sie ein Glas Kapern. Mit einer kleinen silbernen Kuchengabel holte sie die dunkelgrünen, salzigen Bällchen aus ihrem Gefängnis und verteilte sie mit mathematischer Präzision auf dem Teller.

»Ich liebe Vitello tonnato«, murmelte sie, ohne sich an jemanden im Raum zu richten. Sie war alleine in der riesigen, blank polierten Küche und hatte sich gänzlich in dem Bild verloren, das die Servierplatte mit dem Gericht darauf bot.

»Was meinst du, Schatz?«, fragte Karsten Busjäger, der gerade durch die Tür gekommen war und die angenehme Einsamkeit durchbrach. Hinter ihm tönte ein Durcheinander verschiedener Stimmen, die sich gegenseitig überlagerten. Als die Tür sich wieder geschlossen hatte, verstummten die Geräusche hinter dicker Eiche und waren nur noch als gedämpftes Rauschen zu vernehmen.

Bettina war kurz erschrocken gewesen, hatte sich aber schnell wieder gefangen. »Schatz!«, kommentierte sie das Eintreten ihres Mannes. »Wie läuft alles?«

»Hervorragend«, antwortete Karsten und schlang beide Arme um seine Frau, die noch immer mit der Feinjustierung der Kapern beschäftigt war. »Allerdings fragen mich alle, wo sich die ungemein hübsche Gastgeberin versteckt hat.«

»Entschuldige!«, sagte Bettina und drehte sich herum. Sie gab Karsten einen Kuss und schlang ihrerseits die Arme um seine breiten Schultern. »Du weißt doch, dass alles perfekt sein muss.«

»Natürlich weiß ich das. Aber zu einer perfekten Party gehört auch meine perfekte Frau.«

»Ich bin gerade fertig«, erklärte Bettina. Sie schnappte sich vorsichtig die Platte mit ihrem Lieblingsgericht darauf. Sie sah ihren Mann von unten an und dann zur Tür. »Wärst du so nett?«

»Natürlich, Schatz!« Er holte gerade aus, um seiner Frau einen sanften Klaps auf den Hintern zu geben, doch Bettina ahnte, was er vorhatte, und warf ihm einen eindeutigen Blick zu.

»Die Platte, Karsten!«, sagte sie mit mahnendem Unterton. »Meine Mutter kann uns keine mehr zur Hochzeit schenken.«

Er nickte verständnisvoll und ging zur Küchentür. Bettinas Mutter war vor einiger Zeit an einem heftigen Schlaganfall gestorben, und die Porzellanmanufaktur gab es auch nicht mehr. Außerdem hatten die beiden natürlich nicht vor, sich noch einmal das Jawort zu geben. Sollte die Platte also zu Bruch gehen, dann wäre die Stimmung im Haus auf Wochen vorbestimmt. Das wussten beide.

Vorsichtig öffnete Karsten seiner Frau die Tür, und schon wurde das Durcheinander der Gespräche wieder intensiver. Im weitläufigen Wohnzimmer unterhielten sich knapp ein Dutzend Menschen, die meisten mit einem Glas Sekt in der Hand und in feinen, wenn auch sommerlich luftigen Zwirn gehüllt.

Die Gäste registrierten gar nicht, dass Bettina noch eine weitere Platte auf den alten Kastanien-Schreibtisch in der Ecke stelle. Die meisten hatten sich schon über die bereits vorhandenen Massen von Antipasti hergemacht, weshalb sie die sorgfältig angerichtete Platte Vitello tonnato unauffällig in das kleine Schlachtfeld schieben konnte, das sie hinterlassen hatten. Mit voller Absicht hatte die Gastgeberin ihr Leibgericht und das Andenken an ihre verstorbene Mutter erst ganz zum Schluss herausgeholt.

Als sie den Teller abgestellt und sichergestellt hatte, dass er nicht vom Tisch fallen konnte, sah sie sich um und atmete einmal tief durch. Bis jetzt war alles gut gegangen, und die meisten Anwesenden schienen sich zu amüsieren. Der größte Teil von ihnen hatte sich um Emily gruppiert, die Tochter der Busjägers. Sie war der Anlass für die Feier, schließlich hatte sie letzte Woche ihren Bachelor in Literaturwissenschaft abgeschlossen.

»Und was macht man damit?«, hörte Bettina jemanden fragen, als sie der Gruppe um ihre Tochter näher kam.

Ganz schlechte Frage, dachte sie, schließlich war sie selbst schon das ein oder andere Mal mit ihrer Tochter über genau dieses Thema aneinandergeraten. Was macht man mit Literaturwissenschaft? Oder anders gefragt: Wie verdient man Geld damit?

Bettina ging zur Kommode, die unter dem Bild der blauen Pferde von Franz Marc stand, das sie beinahe ebenso liebte wie die Servierplatte ihrer Mutter. Auf der Kommode lagen mehrere Flaschen Sekt in einer großen Schüssel mit Eis. Sie schenkte sich ein. Das Glas trank sie auf einen Zug, atmete ein zweites Mal durch und füllte auf.

Mit dem Glas in der Hand ging sie hinüber zu ihrer Tochter und gesellte sich zu der Traube von Menschen, die sie umringte.

»Erst einmal würde ich gerne noch einen Master machen«, erklärte Emily gerade. »Und dann am liebsten in einem Verlag arbeiten. Lektorin wäre super.«

Innerlich verkrampfte Bettina, doch nach außen lächelte sie souverän wie die restlichen Menschen in der Runde. Sie fragte sich, ob andere Menschen aus der Gruppe die Träume von Emily

9

ebenso wenig nachvollziehen konnten wie sie selbst oder ob es die enttäuschten Erwartungen einer Mutter waren, die sie regelmäßig über die Lebensentscheidungen ihrer Tochter grübeln ließen.

Sie sah Emily genauer an, während sie noch einmal an ihrem Sekt nippte. Sie war ihr wie aus dem Gesicht geschnitten: lockiges schwarzes Haar, helle, weiche Haut, schmale Lippen und stechend grüne Augen. Während Bettina jedoch jede Woche mindestens zwei Stunden beim Friseur verbrachte, um ihre wild wuchernden Haare unter Kontrolle bringen zu lassen, ließ Emily ihren Locken einfach freien Lauf. Selbst an diesem wichtigen Abend sah sie aus, als hätte sie den Kopf bei voller Fahrt aus dem Auto gehalten.

»Willst du den Master auch in Marburg machen?«, fragte Emilys Onkel seine ständig grinsende Nichte. »Warum nicht hier bei uns in Frankfurt?«

»Ich weiß noch nicht«, antwortete sie und spielte dabei an einer Strähne herum, die ihr ins Gesicht gefallen war. »Erst einmal möchte ich eine Interrail-Tour machen. Von Portugal nach Kroatien. Danach sehen wir weiter.«

Jedes Mal wenn Emily anfing, von der Reise zu sprechen, zog sich Bettinas Magen zusammen. Zwei Monate mit dem Zug durch Europa, ohne richtige Hotels, ohne Plan, ohne jemanden, der auf sie aufpasste. Ihre Tochter war klein und schmal, die beiden Mitreisenden ebenso. Bettina konnte sich nur zu gut ausmalen, was man im Ausland mit jungen Frauen machte, die alleine auf Reisen waren.

Ein hohes Klirren zog Bettina aus ihren Gedanken zurück in die Realität. Karsten schlug mit einem Löffel gegen sein Sektglas, woraufhin alle Anwesenden ihre Gespräche einstellten und sich wie von unsichtbaren Schnüren gezogen in seine Richtung drehten. Er stand am anderen Ende des Raums neben der breiten Leinwand, die sie für die Party besorgt hatten, und wartete darauf, dass endgültig Ruhe einkehrte.

»Als ich meine Tochter zum ersten Mal in den Armen hielt«,

fing er schließlich an, »wusste ich sofort, dass sie etwas Besonderes ist ... besonders schleimig!« Auf der Leinwand erschien das Bild eines jungen Karsten Busjäger, der im Kreißsaal ein winziges, noch nicht gewaschenes Baby hielt.

Alle im Raum lachten heiter, und auch Bettina rollte amüsiert mit den Augen. Ihr Mann musste aus allem immer eine kleine Show machen. Zwar mochte sie das an ihm, aber manchmal konnte es auch peinlich werden. In diesem Fall hoffte sie, dass niemand allzu viel Notiz nähme von der knallroten und durchgeschwitzten jungen Mutter im Hintergrund. Auch Emily wandte bereits peinlich berührt den Blick von ihrem Vater ab und schaute auf ihre Füße. Sie mochte es nicht, wenn man sie zum Mittelpunkt des Geschehens machte.

»Doch Emily wurde schnell größer und damit auch die Sorgen ihrer Erzeuger«, fuhr Karsten fort, und das Bild einer sehr jungen Emily mit zwei Gipsbeinen war zu sehen. Wieder lachten alle. Selbst Emily schien von den Erinnerungen an ihren Rollerblade-Unfall amüsiert.

Ihr Vater machte schnell weiter und hakte die wichtigsten Stationen im Leben seiner Tochter ab. Man sah sie mit Schultüte, gewonnenen Pokalen, auf Bühnen, im Urlaub am Strand oder im Schnee und natürlich bei der Abschlussfeier für das Abitur.

Für Bettina fühlte es sich an, als sei der Schulabschluss ihrer Tochter erst ein paar Wochen her. Damals hatten sie eine ähnliche Feier veranstaltet wie an diesem Abend – mit den gleichen Gästen, der gleichen Hintergrundmusik, dem gleichen Essen und natürlich der gleichen Servierplatte, die seitdem kein Tageslicht gesehen hatte. Als Bettina sie nach dieser letzten Party wieder im Schrank verstaut hatte, schien der nächste Anlass noch so weit entfernt. Und doch waren sie nun wieder zusammengekommen, um den ersten akademischen Abschluss ihrer Tochter zu feiern. Ein wenig später als geplant sogar, denn eigentlich hatte Emily zunächst etwas anderes studiert und ein Jahr »verschwendet«, auch wenn dieses Wort immer wieder zu Streitigkeiten innerhalb der Familie führte.

Bettina schlich hinüber zum Vitello tonnato. Zumindest konnte sie jetzt, da die Aufmerksamkeit auf Karsten und die Leinwand gerichtet war, in Ruhe einen Bissen essen. Sie nahm einen kleinen Teller zur Hand und tat sich etwas auf.

»Marburg!«, stöhnte Karsten, als ein Bild der Elisabethkirche auf der Leinwand erschien. »Der Ort, an dem ich meine Tochter verloren habe.« Ironie schwang in seinen Worten mit, und jeder erwartete noch eine Pointe. »Und eine Menge Geld!«, fügte er an und erntete die bisher lautesten Lacher. »Jura war zunächst der Plan. Ganz wie der Papa. Aber so sollte es nicht kommen.« Er machte ein aufgesetzt trauriges Gesicht, und die Gäste unterstützten ihn mit einem übertriebenen »Ohhh …«.

»Nun ist es Literaturwissenschaft geworden«, erläuterte er. »Ganz wie …« Einen Moment später erschien das Gesicht von Marcel Reich-Ranicki auf der Leinwand, allerdings mit den wilden Locken von Emily, die Karsten ein wenig dilettantisch mit Photoshop eingefügt hatte. Das erste Mal erschallte Applaus. Es dauerte eine ganze Weile, bis der Redner fortfahren konnte: »Sei's drum! Ob nun in meinen oder seinen Fußstapfen. Ich bin sehr stolz auf dich, meine Kleine!«

Er lächelte seine Tochter fröhlich an, und sie lachte zurück. Die beiden hatten sich immer besser verstanden als Emily und Bettina. Vielleicht auch ein Grund dafür, dass ihre Mutter nicht ganz so viel mit der Studienwahl ihrer Tochter anfangen konnte wie Karsten. Sie hatte ganz einfach Angst, dass Emily ein Leben lang auf die finanzielle Unterstützung ihrer Eltern angewiesen sein würde. Ihr Ehemann schien sich darüber überhaupt keine Gedanken zu machen.

Sie stach mit der Gabel in das Kalbfleisch. Es war so zart, dass sie es mit dem Besteckrand zertrennen konnte. Sie führte einen kleinen Happen in den Mund und zerkaute ihn genüsslich.

»Wie cem auch sei …«, fuhr Karsten fort. »In Marburg gibt es eine schöne Tradition.« Er deutete auf die Leinwand, auf der ein hoher, spitz zulaufender Turm aus einem waldigen Hügel herausragte. »Das ist der Spiegelslustturm. Fragt mich nicht, was dieser Name bedeuten soll. Aber erst wenn man seinen Abschluss an der Uni geschafft hat, dürfen Studenten ihn besuchen und *diesen* Blick genießen.« Noch einmal wechselte das Bild und zeigte eine sonnenbeschienene Altstadt, die sich um einen kleinen Hügel herum angesiedelt hatte. Hoch oben thronte ein gewaltiges Schloss glänzend in der Sonne umgeben vom Grün des Schlossparks. Auch unter dem herrschaftlichen Sitz ehemaliger Fürsten und Grafen erhoben sich mittelalterliche Sandsteinmauern aus dem Fachwerk-Dschungel der Marburger Oberstadt.

»Und weil meine liebe Tochter nun auch zu uns Akademikern gehört, waren wir am letzten Wochenende gemeinsam dort, um den Turm zu besteigen.« Ein weiteres Bild zeigte Emily, Bettina und Karsten nicht auf, sondern vor dem Turm.

»Aber er war geschlossen.«

Wieder lachten alle. Bettina lachte nicht. Sie hasste es, sich selbst auf Fotos zu sehen, und fand, wie jedes Mal, dass sie einfach kein Gesicht zum Ablichten hatte. Sie wandte sich ab und widmete sich noch einmal der Servierplatte ihrer Mutter. Eine kleine Portion wollte sie sich noch gönnen. Im Augenwinkel sah sie aber weiter das Bild auf der Leinwand und suchte kritisch nach ihren Schwächen. Dabei fiel ihr Blick jedoch auf etwas anderes. Im nächsten Moment krachte die Servierplatte auf den Boden und zerbrach in tausend Teile. Braune Thunfischsoße verteilte sich auf dem Parkett. Bettina achtete gar nicht darauf.

Die Runde drehte sich kurz herum, um zu sehen, was passiert war, doch Karsten fing ihre Aufmerksamkeit sofort wieder ein. »Scherben bringen Glück«, rief er heiter. »Aber darum kümmern wir uns später. Jetzt soll es um meine Tochter gehen.«

Während er das Glas hob und seine schamvoll errötete Tochter mit fuchtelnden Armen zu sich lotste, ging Bettina von allen unbeachtet auf die Leinwand zu und an ihrem Mann vorbei. »Auf meine Tochter!«, rief der gerade. »Auf Emily!«

Bettina stand nun so nahe an der Leinwand, dass ihr Kopf das Licht des Beamers blockierte und sie ausgerechnet die Stelle, die sie genauer untersuchen wollte, nicht sehen konnte. Etwas ungeschickt suchte sie nach einer Position, in der sie die Leinwand nicht verdeckte und doch nahe genug herankam, um etwas erkennen zu können. Alle starrten in ihre Richtung, doch Bettina nahm weder von den Gästen noch von der zerstörten Platte Notiz. Ihre Augen waren wie gebannt auf die Leinwand gerichtet. Als sie endlich richtig stand und die Stelle im Fotohintergrund unter die Lupe nehmen konnte, blieb ihr beinahe das Herz stehen. Sie nahm die Hand vor den Mund und riss die Augen weit auf.

»Schatz, was ist denn los?«

Doch sie hörte gar nicht richtig hin. Sie starrte in den dunklen Wald hinein, der hinter der abgelichteten Familie Busjäger vermeintlich still und harmlos als Kulisse für ihr Foto gedient hatte. Als sie letzte Woche in Marburg gewesen waren, hatte niemand etwas bemerkt. Aber jetzt sah sie es ganz deutlich: Unter Laub und Zweigen war ein blauer Kapuzenpullover zu erkennen, und dieser rahmte ein graues, lebloses Gesicht ein.

Karsten drehte sich zu ihr. »Schatz? Was ist denn mit deiner Platte?«

Und sie antwortete: »Die Platte ist mir vollkommen egal!«

2

Das 3. Polizeirevier Frankfurt war zur späten Stunde nur spärlich besetzt. Die allerletzten Strahlen der spätabendlichen Sonne fielen in den Raum und wurden dort sofort von grellem Halogenlicht vertrieben. Die Uhr zeigte neun, die Schicht dauerte noch zwei Stunden. An einem Dienstag im August geschah in der Regel nicht allzu viel im Frankfurter Westend. Hin und wieder klingelten die Telefone, und am anderen Ende beschwerten sich erboste Bürger über die grillenden Nachbarn. In den meisten Fällen konnten diese Probleme ohne den Besuch einer Streife geregelt werden, manchmal jedoch mussten sich zwei arme Beamte auf den Weg machen und die aufgeheizten Gemüter beruhigen. Nur selten waren dabei die Beschuldigten diejenigen, mit denen sie die meisten Scherereien hatten, sondern eher die Anrufer. Bisher waren die Telefone aber relativ still geblieben, weshalb sich eine entspannte, fast schon schläfrige Ruhe auf dem Revier ausgebreitet hatte.

Renata Werther saß hinter der provisorischen Theke in der Nähe des Eingangs auf einem Barhocker. Ihr Schreibtischstuhl war nur fünf Meter entfernt und hatte zwei perfekt geformte Mulden in der Form ihres Hinterns, in die sie jetzt gerne hineingleiten würde. Allerdings war die Devise der Chefetage, den Tresen stets besetzt zu halten, weshalb Renata sich noch zwei Stunden den Rücken auf dem Barhocker kaputt sitzen musste.

Um sich abzulenken, durchstöberte sie ihr Handy nach interessanten Neuigkeiten, konnte allerdings keine finden. Auf Facebook waren so immer nur Fotos von Urlauben zu sehen, die den Betrachtern vorgaukeln sollten, welch unglaubliches Leben andere doch führten; hin und wieder unterbrochen von Essensfotos oder fraglichen politischen Ansichten.

Hätte man all die Nachrichten auf Facebook gelöscht, die nutzlos, schwachsinnig oder schlicht gelogen waren, dachte sich Renata wie so oft, dann würden die meisten Benutzer des Netzwerks nur noch auf einen blau-weißen Bildschirm starren.

Sie wollte gerade auf Instagram nachsehen, ob es dort noch schlimmer war, als die Tür vor ihr krachend aufgestoßen wurde. Wie bei einem Angriff fuhr Renata mit der Hand Richtung Hüfte, wo normalerweise ihre Waffe saß. Aber sie trug sie gerade nicht, und sie wäre auch nicht nötig gewesen. Wer überfiel schon ein Polizeirevier?

Drei Personen eilten durch die Tür. Ein gut gebauter Mann Ende fünfzig und zwei zierliche Frauen mit lockigen Haaren; die eine schon etwas älter, die andere in ihren frühen Zwanzigern. Die ältere hatte Renata sofort fixiert und kam mit schnellen Schritten und leicht irrem Blick auf sie zu.

»Wie kann ich Ihnen –« Weiter kam sie nicht.

»Der Wald!«, rief die schmale Frau und klatschte ihr ein ausgedrucktes Foto auf den Tresen, der bedenklich ins Wanken geriet. »Hier, sehen Sie!« Sie fuchtelte wild mit dem Zeigefinger auf dem Ausdruck herum, ohne dass Renata wirklich etwas erkennen konnte.

»Beruhigen Sie sich bitte!«, versuchte sie zu beschwichtigen, kam aber auch damit nicht weit, denn schon griff ein langer Arm über die Schulter der kleinen Frau und deutete ebenfalls auf das Foto.

»Da!«, brüllte der hochgewachsene Mann, während zwei Kollegen ihre Schreibtische verließen, um ihr Unterstützung zu leisten.

Renata war sich allerdings noch nicht sicher, womit sie es zu tun hatte.

»Sehen Sie doch hin!«, wiederholte der hysterische Mann mit Nachdruck, womit er Renata allerdings auch nicht weiterbrachte.

»Jetzt erst mal ganz langsam!«, beruhigte sie ihn, während zu ihrer Rechten und Linken nun zwei Uniformierte standen.

» Was wollen Sie denn eigentlich?«

»Mama, Papa, lasst mich mal machen!«, erklärte die junge Frau deutlich gelassener. Sie schob die beiden selbstbewusst zur Seite und stand nun am nächsten am Tresen. »Guten Tag!«, begann sie noch einmal und versuchte es mit einem Lächeln.

Renata erwiderte es. »Wie kann ich Ihnen denn jetzt helfen?«

»Mein Name ist Emily Busjäger, das sind meine Eltern.« Sie nahm den Ausdruck vom Tresen und erklärte: »Dieses Foto wurde letzte Woche gemacht, als meine Eltern mich besucht haben.« Sie legte es so hin, dass die Beamten auf der anderen Seite es richtig herum sehen konnten. »Als wir uns die Bilder eben angesehen haben, entdeckten wir das hier im Hintergrund.«

Zunächst sah Renata nur einen laubbedeckten Boden umringt von dicken Stämmen eines dunklen Mischwaldes. Doch ein blauer Punkt erregte ihre Aufmerksamkeit. Wegen der schlechten Qualität des Ausdrucks glaubte sie zunächst, nur einen Müllbeutel zu sehen, doch dann schälte sich aus dem Pixelbrei ganz allmählich eine bekannte Struktur heraus: ein menschliches Gesicht.

»Mein Gott!«, flüsterte sie und riss Emily den Ausdruck aus der Hand. »Wie sicher sind Sie, dass es ein Mensch ist?«

»Ich?«, fragte Emily verwirrt. »Ich habe auch nur dieses Foto. Deswegen sind wir ja hier.«

»Natürlich!« Renata reichte das Foto an ihre Kollegen weiter. Aus allen Ecken des Büros strömten nun Beamte in ihre Richtung und wollten erfahren, was los war. Renata versuchte sich derweil mit den dreien auseinanderzusetzen, die für das chaotische Treiben verantwortlich waren: »Wo haben Sie das Foto aufgenommen, Frau …?«

»Busjäger«, wiederholte sie. »Emily Busjäger. Das Foto haben wir in Marburg aufgenommen. Am Spiegelslustturm. Ich kann Ihnen das gerne auf einer Karte zeigen.«

»Nicht nötig. Wir informieren die Kollegen in Marburg. Allerdings werden wir Ihre Aussage schon einmal aufnehmen.«

Emily nickte. »Natürlich. Ich muss morgen aber ohnehin wieder nach Marburg. Ich ziehe um.«

»Trotzdem«, sagte Renata. »Jetzt sind Sie ja hier.« Sie nahm ihren Kollegen das Foto wieder ab und schaute es sich genauer an. »Und Sie haben nichts bemerkt?«

»Nein, letzte Woche haben wir gar nichts gesehen, sondern eben erst. Wir haben eine Party gefeiert und die Bilder auf einer Leinwand gezeigt. Das war …«

»… ein Stimmungskiller«, vollendete Renata den Satz.

»Ja, wir sind alle ziemlich fertig.«

»Das kann ich nachvollziehen.« Sie deutete auf ihren eigentlichen Arbeitsplatz ein paar Meter weiter. »Das ist mein Schreibtisch. Bitte setzen Sie sich doch schon einmal. Ich muss noch ein, zwei Dinge erledigen.«

Während die Busjägers unsicher den Schreibtisch ins Visier nahmen, drehte sich Renata zu ihren Kollegen um – mittlerweile hatte sich ein halbes Dutzend hinter ihr versammelt. »Björn, könntest du die Marburger Kollegen benachrichtigen? Die müssen sofort die Stelle untersuchen. Spiegelslusturm, die wissen sicher, wo das sein soll. Fax ihnen das Bild! Dann müssen sie nicht lange suchen.« Sie überreichte ihm den Ausdruck, und der Beamte schob sich zwischen den anderen hindurch aus ihrem Sichtfeld.

»Maja!«, rief Renata.

Am Ende des Raums erklang ein »Ja?«.

»Komm mal her! Die neugierigen Kollegen verscheuchte sie wie einen Schwarm Fliegen. »Und ihr kümmert euch um euren eigenen Scheiß!«

Einen Moment später stand eine große rothaarige Frau neben ihr, die von der bisherigen Entwicklung noch nicht allzu viel mitbekommen oder einfach nur ihre Neugier besser im Zaum gehalten hatte. »Was gibt's, Renata?«

»Hast du eine Ahnung, wo der Kollege Zassenberg gerade steckt?«

»Zaster?«, fragte Maja zurück und zuckte mit den Schultern. »Der ist suspendiert. Weißt du doch.«

»Natürlich weiß ich das«, erklärte Renata. Sie konnte sich noch sehr lebhaft an den Zwischenfall vor drei Wochen erinnern. Philipp Zassenberg, eine Legende in Frankfurt, hatte seine Grenzen einmal zu oft ausgereizt und war mit seinem Vorgesetzten derart aneinandergeraten, dass dieser ihn für zwei Monate in unbezahlten Urlaub geschickt hatte. »Ich weiß aber nicht, wo er gerade ist. Auf seinem Handy habe ich ihn schon seit Tagen nicht erreichen können. Aber du hast doch gewisse …«

»Gewisse was?«, fragte Maja mit weit aufgerissenen Augen.

»Was habe ich?«

»Na ja, eine gewisse Vergangenheit mit Zaster.«

»Ja, die habe ich.« Maja hatte schlagartig schlechtere Laune.

»Und was soll das jetzt heißen?«

Renata fuhr sich mit den Fingern durch die Haare. »Zaster war doch letztes Jahr bei diesem Fall in Marburg. Weißt du noch? ›Pharma-Drama‹.« »Sie wiederholte die eingängige Schlagzeile einer Frankfurter Boulevardzeitung. Wie jeder auf dem Revier wusste, hatte Philipp Zassenberg vor einigen Monaten einen Fall untersucht, der große Wellen in ganz Hessen und sogar darüber hinaus geschlagen hatte. Die Frau eines steinreichen Marburger Professors war ermordet worden. Weil die in ein milliardenschweres Verfahren zur Entwicklung von Impfstoffen involviert gewesen war, hatte es ein gewaltiges Medienecho gegeben. Es war um Industriespionage, rechte Burschenschaften und eine verrückte Dreiecksbeziehung gegangen. Die genauen Zusammenhänge hatte Renata schon wieder vergessen, aber sie wusste, dass der Täter vor Kurzem zu einer lebenslangen Haft verurteilt worden war.

»Ja, ich weiß das alles, Renata. Aber was soll das jetzt?«

»Ich denke, der Chef wird Zaster heute noch reaktivieren. Wir müssen ihn nur finden. Also, kannst du dir vorstellen, wo er steckt?«

Maja atmete deutlich hörbar aus. »Ich habe da so eine Ahnung.«

Eine halbe Stunde später öffnete Maja die Tür von Philipp Zassenbergs Stammkneipe direkt am Frankfurter Hauptbahnhof. Was ihn immer noch in diese Spelunke trieb, konnte sie sich nicht erklären, am Geruch nach Urin und Erbrochenem konnte es jedenfalls nicht liegen. Wohl eher an der mittlerweile verstorbenen Vorbesitzerin.

Als Maja in Uniform den Laden betrat, drehten sich fast alle Köpfe in ihre Richtung. Frauen, die regelmäßig mit Wasser und Seife in Berührung kamen, waren hier eine Rarität. Die meisten Blicke huschten schnell wieder auf die nächstbeste Tischplatte, als sie die Uniform unter dem hübschen Gesicht entdeckt hatten.

Auf zwei Fernsehern im Raum lief gerade ein Spiel der Eintracht gegen Borussia Dortmund. Die Frankfurter lagen mit drei Toren hinten, was die miese Stimmung im Raum erklärte. Es konnte aber auch am aufgeplatzten PVC-Boden, den durchgeriebenen Lederpolstern oder der unheimlich schlechten Luft liegen – Maja war sich nicht sicher.

Als sie Philipp Zassenberg in der hintersten Ecke des Raums entdeckte, starrte der sie mit einer glühenden Zigarette im Mund an. Sein Blick sagte ihr, dass er bereits wusste, dass sie seinetwegen gekommen war.

Sie machte große Schritte durch den Raum und setzte sich wortlos zu ihm an den Tisch. Er sah deutlich schlechter aus als zu der Zeit, als die beiden eine kurze und zumindest für Maja enttäuschende Affäre angefangen hatten. Noch immer war er groß und muskulös, allerdings an der Grenze zur Dicklichkeit. Sein Dreitagebart hatte noch eine Woche obendrauf bekommen und wirkte ungepflegt. Die Haare waren mittlerweile weniger braun als vielmehr matschgrau. Und sein einstmals wacher Blick war müden Augen gewichen – das konnte aber auch am Alkohol liegen. Vor ihm standen ein volles und zwei leere Biergläser.

»Soso«, sagte er und pustete den Rauch seiner Zigarette knapp an ihrem Gesicht vorbei. »Was verschafft mir die Ehre?«

»Hat sich nicht viel verändert hier.« Maja ging nicht auf ihn ein, sondern sah sich noch einmal in der heruntergekommenen Kneipe um. »Wie zu der Zeit, als deine Mutter sie verkauft hat.«

»Der Fernseher ist neu«, erklärte Zassenberg und deutete auf den Flachbildschirm über der Theke. »Kleine Spende von einem unbekannten Polizeibeamten.«

»Wie betrunken bist du?«

Er antwortete nicht, sondern hielt seinen Deckel nach oben, der etwa zu drei Vierteln mit Strichen, Kreisen und Kreuzen bekritzelt war.

»Gar nicht so sehr«, schlussfolgerte sie und legte ihm das Foto vor, mit dem die Busjäger vor einer halben Stunde das Revier in helle Aufregung versetzt hatten. »Ich habe hier was für dich.«

»Ich bin suspendiert«, murmelte Zassenberg in sein Bierglas.

»Lass mich damit in Ruhe!«

»Deine Suspendierung wurde aufgehoben.«

»Aufgehoben?« Er lachte und griff zu seinem Bier. »Wieso zur Hölle wurde sie aufgehoben?«

Sie drehte das Foto in seine Richtung und deutete auf das leblose Gesicht im Hintergrund. »Deswegen.«

»Eine Leiche? Bekommt ihr jetzt gar nichts mehr ohne mich geregelt?«

»Es geht nicht darum, *was* passiert ist, mein lieber Zaster, sondern, *wo*.«

»Ach ja? Und, wo?« Er nahm einen gewaltigen Schluck.

»In Marburg. Davon schwärmst du doch immer.«

»Vielleicht solltest du ›schwärmen‹ mal im Wörterbuch nachschlagen. Wenn ich links-grüne Propaganda hören will, setze ich mich noch mal in den Zug, ansonsten bekommen mich keine zehn Pferde nach Marburg. Ich verstehe nicht, was die Sache mit mir zu tun hat. Warum wurde deswegen meine Suspendierung aufgehoben?«

»Der Chef kennt dich sehr gut. Er weiß, dass ein neuer Fall in Marburg eine bessere Strafe für dich ist, als dir hier von morgens bis abends den Verstand zu benebeln. Auf seinen Vorschlag hin haben die Marburger Kollegen dich mal wieder als Berater angefordert.«

Zassenberg verschluckte sich beinahe am Bier. Mit dem Handrücken wischte er sich den Schaum aus dem Gesicht und sagte: »Marburg? Momberger? Auf gar keinen Fall!«

Am frühen Morgen des nächsten Tages saß Philipp Zassenberg im Zug Richtung Marburg. Er hatte im Bordbistro des ICE Platz genommen und wurde von der jungen männlichen Bedienung, so gut es ging, gemieden. Trotzdem hatte er es geschafft, innerhalb von fünfundvierzig Minuten Fahrt drei große Kaffee mit viel Milch und noch mehr Zucker in sich hineinzuschütten. Außer ihm saß kein anderer Fahrgast im Wagen, was Zassenberg nicht wunderte, denn von Frankfurt aus Richtung Norden bewegte sich der Zug immer mehr in Richtung Bedeutungslosigkeit.

Sie fuhren aus Gießen heraus, der letzten größeren Stadt vor Marburg, und würden bald am Ziel angekommen sein. Danach kamen etwa einhundert Kilometer Wald inklusive vom Menschen bisher unentdeckte Teile der Erde – so vermutete er zumindest. Im Westen, Norden und Osten war die Studentenstadt Marburg ausschließlich von nichtssagenden Käffern umgeben.

Beim Blick aus dem Fenster erkannte Zassenberg genau das: winzig kleine Orte, in denen man jeden Nachbarn mit Vor- und Zunamen sowie einen Großteil der wahrscheinlich ereignisarmen Vita kannte. Hin und wieder schlichen sie mit dem ICE an einer Haltestelle vorbei, die sowohl einem Zug als auch einem Bus hätte dienen können – an der Größe allein war es nicht auszumachen.

Vor Marburg öffnete sich die Landschaft zu breiten Flächen, sorgfältig eingeteilt in gewaltige Quadrate, die von den hiesigen Landwirten bestellt wurden. Dahinter schoben sich die Mittelgebirge immer weiter zusammen und endeten bald im Rothaargebirge zwischen Feen und Elfen, die dort in Ruhe ihrer Tage frönten – jedenfalls erzählte Zassenberg das jedem, der ihn nach seiner Zeit in Marburg fragte.

Vor etwas mehr als einem Jahr hatte es ihn schon einmal in

das mittelhessische Städtchen getrieben – damals auf direkten Befehl des hessischen Innenministers. Der Leichnam von Yalda Wegener, einer talentierten Wissenschaftlerin und Aktivistin, war in der Lahn gefunden worden. Sie war mit einem mittelalterlichen Degen durchstoßen worden. Im Grunde sagte diese Art zu töten bereits genug über die Gegend aus, in die er gerade hineinfuhr – auch wenn sich am Ende herausgestellt hatte, dass der Degen gar nicht hauptverantwortlich für das Ableben der jungen Frau gewesen war.

Zassenberg dachte daran zurück, wie er – im Grunde ohne größere Unterstützung durch die Marburger Kollegen – den Fall gelöst hatte. Ohne ihn hätten die Ermittler vor Ort wohl deutlich länger gebraucht, um den Täter zu finden.

Nur Sybille Weigand hatte ihn von sich überzeugen können. Er dachte gerne an die talentierte Polizistin mit dem Charme eines Dorfmädchens. Bill, wie ihre Kollegen sie nannten, hatte etwas auf dem Kasten. Allerdings war sie kaum dreißig und hatte einfach nicht die Kompetenzen, um Ermittlungen auf ihre Art anführen zu können.

Ihr Vorgesetzter Eduard Momberger hätte den Fall zumindest nicht zu einem befriedigenden Ausgang geführt. In dieser Hinsicht war Zassenberg sicher. Sein Verhältnis zu dem linksalternativen Beamten mit seinem bescheuerten Pferdeschwanz war zwiegespalten. Ein Linker bei der Polizei hatte in etwa so viele Erfolgschancen wie ein Einbeiniger beim Marathon. Zwar war der Marburger durchaus kein schlechter Polizist und hatte menschlich gesehen sicher genügend Eigenschaften, die für ihn sprachen, aber er versteifte sich auch viel zu sehr auf seine traditionellen Feindbilder. Beim Mordfall im letzten Jahr hatte er sich sofort auf den reichen Pharmazeuten und den rechten Burschenschaftler gestürzt; nicht weil diese besonders verdächtig gewesen wären, sondern weil er genau das wollte. So waren komplizierte Fälle nicht zu lösen. Dass er den langhaarigen Revolutionsführer trotzdem recht lieb gewonnen hatte, war eine andere Geschichte. Ihn wiederzusehen stand auf seiner Wunschliste dennoch nicht sehr weit oben. Seine positiven Erinnerungen an den Kollegen waren zu großen Teilen der Tatsache geschuldet, dass sie nach dem Abschluss des Falls getrennte Wege gegangen waren. Seine drei Ex-Frauen hatte er ebenfalls weniger gehasst, nachdem er von ihnen geschieden worden war. Dass dies umgekehrt auch für seine Verflossenen galt, bezweifelte er allerdings stark.

Etwas Positives hatte Marburg jedoch zu bieten – oder vielmehr jemanden. Sie war der Grund dafür, dass er etwa alle zwei Minuten einen Blick auf sein Handy warf: Anastasia Kvitova, die alle außer Zassenberg »Nasti« nannten. Sie arbeitete als Bedienung in einer Marburger Studentenkneipe, wo er sie an seinem ersten Abend kennengelernt und von dort mit auf sein Hotelzimmer genommen hatte. Anastasia war schon weit über das traditionelle Studentenalter hinaus, blieb aber trotzdem gerne den studentischen Kreisen verbunden. Sie war eine interessante Mischung aus jugendlicher Unbedarftheit und Erfahrung des mittleren Alters. Eine Frau wie sie fand man in Frankfurt in der Regel nicht. Dem schlechten Einfluss der Großstadt war es geschuldet, dass die anziehende Mischung einer Frau jüngerer und einer Frau mittlerer Jahre zwar von vielen angestrebt, aber von den allermeisten nicht erreicht wurde.

Er hatte ihr vor einer Stunde eine Nachricht zukommen lassen. Doch ihrem Job als Thekenkraft war es geschuldet, dass sie bisher nicht geantwortet hatte. Trotzdem gab er die Hoffnung nicht auf, ihren Namen auf dem Bildschirm aufpoppen zu sehen. Zudem hegte er den Wunsch, für die nächste Zeit bei ihr unterkommen zu können, statt wie beim letzten Mal im Hotel übernachten zu müssen.

Als die Ansage im Zug Marburg ankündigte, fummelte er eine Packung Gauloises aus seiner Hemdtasche, zog einen Glimmstängel heraus und schob ihn sich bereits in den Mundwinkel, bevor der Zug endgültig zum Stehen gekommen war. Die einstündige Nikotinpause auf der Fahrt von Frankfurt nach Marburg war die Grenze dessen, was er ertragen konnte. Neben der

Lust auf eine Zigarette dürstete es ihn auch schon am frühen Morgen nach einem Schluck Alkohol. Nach seiner Suspendierung hatte er seinen – wie er es euphemisierte – erstaunlichen Konsum in den letzten Wochen noch einmal deutlich gesteigert und war damit, das wusste er selbst, in einer bedenklichen Zone gelandet. Das erste Bier musste noch bis zum Abend warten.

Er stellte sich vor die Zugtür, an der das hässliche Marburger Bahnhofsviertel vorbeizog. Immer noch besser als in Frankfurt, dachte er sich und wusste, dass es deutlich schöner, fast schon kitschig wurde, je näher man der Marburger Altstadt kam, die sie hier Oberstadt nannten.

Die Tür öffnete sich mit einem lauten Zischen, und Zassenberg hatte seine Zigarette angezündet, bevor seine Füße Marburger Boden betreten hatten. Ihm gegenüber standen zwei Personen und starrten ihn an. Die eine war Sybille Weigand, und die andere hatte ebenfalls eine Zigarette im Mund: Eduard Momberger.

Zwei Stunden zuvor hatten Bill und Momberger beim Frühstück in einem Café in der Nähe des Reviers gesessen. Bill hatte Momberger wie jeden Morgen von zu Hause abgeholt. Sein alter Volvo war seit langer Zeit in der Werkstatt, und das Fahrrad, das er eigentlich mal wieder benutzen wollte, hatte es auch in diesem Sommer nicht ans Tageslicht geschafft. Das hatte zwar zur Folge, dass er schon wieder ein wenig dicker geworden war, aber auch, dass Bill sich als Taxi angeboten hatte. Sie wohnte weder in Mombergers Nähe, noch lag seine Wohnung auf ihrem Arbeitsweg. Offenbar war es ihr einfach ein Bedürfnis, Zeit mit ihm zu verbringen, was er als ausgesprochen angenehm empfand, schließlich hegte er schon seit einiger Zeit gewisse Gefühle für seine clevere Kollegin. Diese waren in ihrer Intensität deutlichen Schwankungen unterworfen und von ihm immer noch nicht endgültig eingeordnet worden. Ob das auf Gegenseitigkeit beruhte, wusste er ebenfalls nicht zu sagen, was die Sache leider noch komplizierter machte. Es sprach allerdings einiges dafür:

Bill behandelte ihn auf positive Art anders als die restlichen Kollegen auf dem Revier und suchte häufig seine Nähe. Obwohl es ihrer Karriere nicht sonderlich zuträglich war, versuchte sie zudem immer mit ihm zusammenzuarbeiten. Außerdem – und das konnte Momberger immer noch nicht einordnen – berührte sie ihn jedes Mal sanft an der Schulter, wenn sie sich trafen. Das tat sie ansonsten bei niemandem. Weil er aber bisher nur Pech bei Frauen gehabt und selbst die offensichtlichsten Zeichen falsch gedeutet hatte, war er sich weiterhin unsicher, was Bill anging. Die allmorgendlichen Fahrten in ihrem alten Golf Cabrio genoss er trotzdem genauso wie die gelegentlichen Frühstücke im Café, die sie sich bei genügend Zeit gönnten.

Während Bill ein Croissant in Marmelade tunkte und dazu einen grünen Tee trank, schaufelte Momberger schon das dritte Käsebrötchen in sich hinein. Zu jedem hatte er einen großen Kaffee getrunken.

»Willst du nicht abnehmen?«, fragte sie ihn, als er zum vierten Brötchen griff.

Momberger sah sie mit vollem Mund an. »Das ist doch nur Frühstück!«

»Nur Frühstück? Was soll das heißen?«

»Das baue ich doch über den Tag wieder ab.«

»Also isst du abends weniger«, schlussfolgerte Bill, was Momberger zunächst mit peinlichem Schweigen beantwortete.

»Nicht so wirklich«, sagte er.

»Und wie willst du dann abnehmen?« Ihr niederschmetternder Blick ruhte auf der Rundung unter seinem Hemd. »Mit gutem Willen?«

Er schluckte das halbe Brötchen herunter, hauptsächlich um Zeit zu gewinnen. »Na ja«, schmatzte er. »Eigentlich wollte ich mehr Sport treiben.«

»Und was machst du? Laufen?«

Er verreinte.

»Fahrrad?«

Schweigen.

»Muckibude? Rudern? Fußball? Was machst du?«

»Ach, halt den Mund!«, brummte er. »Ich suche mir schon was. Reden wir lieber über dich.«

»Über mich? Was willst du wissen? Hobby? Lieblingsfilm? Höschenfarbe?«

Momberger rollte mit den Augen und driftete in die entsprechende Richtung ab. Innerlich schüttelte er sich, um sich wieder zu sammeln. »Du weißt, was ich meine«, sagte er. »Soll ich nicht doch mal mit dem Chef sprechen?«

»Nein, lass mal!« »Sie schüttelte den Kopf, ihre blonden Haare lagen quer in der Luft. »Das haben wir doch schon besprochen.«

Ihr neuer Chef war Wolfgang Plank, ein altgedienter Beamter, der im Grunde seine letzten Dienstjahre auf der Polizeidirektion Marburg-Biedenkopf absaß. Im Vergleich zu seiner Vorgängerin Renate Fischer, die beim Rennen um die Wahl zum Antichristen auf den vorderen Plätzen lag, war Plank ein Engel. Allein die Tatsache, dass er seinen Job gerne ausübte, führte zu einer deutlich besseren Stimmung auf der Dienststelle. Er war kompetent und hatte einen hervorragenden Ruf in Marburg und darüber hinaus. Zu Mombergers Leidwesen war er aber auch ein Polizist der alten Schule, weshalb er allergisch auf die progressiven Ideen reagierte, die Momberger hin und wieder einbrachte. Trotzdem behandelte Wolfgang Plank ihn im Gegensatz zu Renate Fischer wie einen Menschen und nicht wie einen Fußabtreter.

Für ihn war das Leben alles in allem wesentlich angenehmer geworden. Das galt allerdings nicht für Bill. Der alte Haudegen Plank konnte sich nur schwer damit anfreunden, wichtige Positionen mit Frauen zu besetzen, weshalb Bill nach ihrem kometenhaften Aufstieg nun schlechter dastand als noch vor wenigen Monaten. Momberger bot sich immer wieder an, etwas an dieser Entwicklung zu ändern; Bill nahm die Hilfe aus einem ihm unbegreiflichen Grund aber nicht an.

»Warum soll ich nicht mal ein gutes Wort für dich einlegen?«, hakte er nach. »Du hättest schon lange selbst deine ersten Ermittlungen führen sollen. Willst du das nicht?«

»Natürlich will ich das, Momsen!« Sie sah ihn von der Seite an. »Darum geht es auch gar nicht.«

Jeder auf dem Revier wusste, dass Bill beinahe krankhaft ehrgeizig war und es kaum erwarten konnte, endlich den nächsten Karriereschritt zu machen, obwohl sie für ihre dreißig Jahre ohnehin schon erstaunlich weit gekommen war. Momberger konnte und wollte es deswegen nicht in den Kopf, warum sie seine Hilfe immer wieder ablehnte.

»Worum geht es dann?«, fragte er.

»Völlig egal. Futter lieber noch ein Brötchen.«

Er atmete einmal durch, machte innerlich einen weiteren Strich unter der Rubrik »Missverständnisse mit Frauen« und butterte sich dann tatsächlich noch ein Brötchen ein.

Auf dem Tisch summte plötzlich Bills Handy, und Momberger kam nicht umhin, den Namen auf dem Bildschirm zu lesen: »Sascha Cegledi«. Er kannte niemanden, der so hieß, und schaute zunächst in eine andere Richtung, schließlich wollte er nicht neugierig wirken. Doch dann bemerkte er das schmale Lächeln auf Bills Lippen. Nun kam die fiese Fratze der Neugier doch aus ihren Tiefen hervorgekrochen. »Was amüsiert dich?«, fragte er möglichst beiläufig.

»Ach, nur ein alter Schulfreund von mir. Wir haben uns kürzlich bei Facebook gefunden.«

»Ihr habt euch gefunden?« Es bildete sich ein kleiner unangenehmer Knoten in seinem Bauch. »Habt ihr euch denn gesucht?«

»Du weißt schon, was ich meine.« Bill tippte wild mit ihren Fingern auf dem Handy herum. »Wir haben uns ewig nicht gesehen und tauschen uns jetzt ein bisschen aus.«

Ein kurzes Räuspern leitete Mombergers nächste Frage ein.

»Hattet ihr … Ich meine …«

»Mein Gott, Momsen! Warum denkst du immer gleich, dass alle Menschen miteinander schlafen, nachdem sie drei Worte miteinander gewechselt haben?«

»Schon gut!« Er versuchte sich mit aufgerissenen Armen zu verteidigen. »Blöde Frage.«

»Allerdings!«, stimmte Bill zu, steckte ihr Handy weg und berührte ihn wieder einmal beiläufig an der Schulter. Schon war der Knoten in seinem Bauch verschwunden.

Im selben Moment meldete sich wieder ein Handy, diesmal das von Momberger. Er holte das alte Klapptelefon aus seiner Hosentasche und fing sich von Bill ein Augenrollen ein. »Kauf dir endlich ein normales Handy, Momsen!«

»Können normale Handys das hier?« Er klappte das Gerät mit einem selten bescheuerten Gesichtsausdruck auf. »Ja?«

Am anderen Ende war Fritz Zaun, ein Kollege vom Revier, der zu viel mehr als Telefondienst nicht zu gebrauchen war. Momberger hörte sich an, was er ihm zu erzählen hatte, und klappte das Handy wieder zu. Anschließend sah er Bill mit einem Blick an, der irgendwo zwischen freudiger Überraschung und ängstlicher Spannung schwankte. »Du glaubst nicht, wen wir vom Bahnhof abholen sollen.«

4

Momberger zuckte kurz zusammen, als er sah, wie Bill und Zassenberg eine Umarmung andeuteten. Sie entschieden sich aber für einen förmlichen Handschlag. Auch er streckte seinem Kollegen die Hand hin. Da fiel ihm auf, dass sie das zuvor nie getan hatten, denn an diese Autopresse von Begrüßung hätte er sich mit Sicherheit alleine wegen der Rechnung vom Orthopäden erinnert.

»Sie sehen gut aus«, sagte er, ohne sich etwas anmerken zu lassen.

Das war natürlich gelogen, denn Zassenberg sah alles andere als gut aus. Seine Augen waren schwarz unterlaufen, der Bart hatte seit mindestens einer Woche keine Klinge mehr gesehen, und auch das Hemd knitterte sich so unschön um den massigen Bauch herum, dass man keine langjährige Erfahrung im Haushalt brauchte, um zu erkennen, dass die letzte Wäsche im Hause Zassenberg schon eine Weile her war.

Die offensichtliche Lüge war dem Belogenen wohl nur zu bewusst, denn er antwortete mit einem mürrischen »Lassen Sie das, Momsen!«. Er nahm einen derart tiefen Zug an der Zigarette, dass der Tabak wie im Zeitraffer verglühte.

»Frau Weigand«, sagte er, und in Mombergers Ohren klang es seltsam ironisch. Als würde man einen Freund beim Nachnamen nennen.

Nachdem er etwa zehn Sekunden lang Rauch ausgestoßen und dann ein zufriedenes Gesicht aufgesetzt hatte, fügte er an: »Sie sind mittlerweile *sein* Chef, will ich hoffen.«

»Seine Chefin!«, korrigierte Momberger ihn und erntete dafür sofort einen bösen Blick von Zassenberg und ein Kopfschütteln von Bill.

»Noch nicht«, antwortete sie grinsend. »Und Sie sollen mich doch Bill nennen.«

»Er soll was?«, hakte Momberger nach, wurde aber von den beiden geflissentlich ignoriert.

»Ich versuche es«, erklärte Zassenberg, zog noch einmal an der Zigarette und schnippte sie dann ins Gleisbett. »Schön, Sie wiederzusehen … Bill«

Zassenberg machte die ersten Schritte Richtung Ausgang, Bill lief neben ihm. Momberger folgte einige Schritte dahinter und war bereits zu diesem frühen Zeitpunkt einigermaßen verwirrt. Wieso zur Hölle verstanden die zwei sich auf einmal so gut? Und was sollte das mit »Bill«? Waren die beiden jetzt auch dicke Facebookfreunde, ohne dass Momberger etwas davon mitbekommen hatte? Die sozialen Medien gehörten für ihn als Gegner des großen Geldes genauso zum traditionellen Feindbild wie die restlichen Adressen im Silicon Valley.

»Haben Sie schon etwas Genaueres gehört?«, fragte Zassenberg mit gesenktem Blick auf seine deutlich kleinere Kollegin. Während er die zwei Meter beinahe mit der Stirn reißen konnte, war Bill einen guten Kopf kürzer geraten. »Ich selbst weiß nur, dass gestern Abend eine hysterische Familie auf meiner Dienststelle in Frankfurt aufgeschlagen ist und etwas von einer Leiche im Marburger Wald geschrien hat.«

»Ehrlich gesagt wissen wir noch gar nichts«, antwortete Bill. »Nicht einmal, dass es hier um eine Leiche geht. Uns wurde nur gesagt, dass wir Sie abholen sollen. Unser Dienst beginnt erst in zehn Minuten.«

»Dann sollten wir uns zunächst auf den neuesten Stand bringen, Bill.«

Da war schon wieder dieses »Bill«. Momberger spielte – von den beiden anderen weitestgehend ignoriert – das fünfte Rad am Wagen.

»Momsen?«, fragte Zassenberg mit Blick nach hinten. »Wo steht Ihr Volvo?«

Er schnaufte und erklärte: »In der Werkstatt. Bill fährt.«

»Soso! Ich hoffe doch sehr, *Sie* haben hier auch noch etwas zu tun.«

Statt auf diese Provokation einzugehen, fragte Momberger: »Was wissen Sie über die Leiche? Und wieso wissen *wir* nichts darüber?«

Bill kratzte sich an der Nase und meinte: »Wer hatte denn heute Nachtdienst?«

»Ach so«, schlussfolgerte Momberger. Albert Michel, in körperlicher wie zerebraler Struktur das Ebenbild von Fritz Zaun, war in der letzten Nacht für ihr Revier zuständig gewesen und hatte wahrscheinlich gedacht, dass man einen Mordfall erst dann an seinen Vorgesetzten weiterreichen musste, wenn dieser ausgeschlafen und von einem ausladenden Frühstück gesättigt war.

»Dick und Doof?«, fragte Zassenberg, der sich wohl auch noch an die Inkompetenz der beiden Beamten erinnerte.

»Nur einer von beiden. Aber das reicht schon für eine kleine Katastrophe.«

»Na dann, versuchen wir zu retten, was zu retten ist.«

Ein paar Minuten und jeweils eine Zigarette auf dem Parkplatz später betraten sie die Polizeidirektion Marburg-Biedenkopf, die sich wie immer in schönstem Grau und mit abgeranztem Mobiliar präsentierte. Es roch nach miesem Kaffee und ein wenig nach Schimmel. Der breitete sich seit dem letzten Starkregen in der Asservatenkammer aus und war aus Budgetgründen bisher noch nicht entfernt worden. Mitten im Raum saß Fritz Zaun an einem Schreibtisch und schaute verwirrt auf den Bildschirm seines Computers.

Bill und Zassenberg – noch immer weniger unterstützt als verfolgt von Momberger – schritten durch den Raum auf den stark übergewichtigen Beamten zu. Als dieser den hünenhaften Zassenberg erkannte, zogen sich seine Schultern zusammen. Er sah aus wie ein ängstlicher Hund, der wusste, dass Ärger bevorstand. »Herr Zassenberg!«, brachte er hervor. »Ich wusste gar nicht, dass Sie wieder hier sind.«

»Tust du nicht?«, fragte Bill. »Du hast uns doch eben angerufen und gesagt, dass wir ihn abholen sollen.«

»Ach, stimmt ja.« Zaun nickte wild. Zu viel Druck tat seinem allgemeinen Funktionieren nicht gut. »Was kann ich für Sie tun?«

Bill rieb sich bereits die Schläfen, als müsste sie den nahenden Kopfschmerz vertreiben. »Hast du vielleicht etwas von einer Leiche gehört?«

»Leiche? Natürlich! Am Spiegelslusturm.«

»Kaiser-Wilhelm-Turm«, korrigierte ihn Momberger, was von niemandem aufgegriffen wurde.

»Und den Fall wolltest du alleine lösen?«

»Natürlich nicht. Sabine ... also die Ex von Mom... ich meine Frau Kaufmann ... die Staatsanwältin war schon da. Sie hat bereits alles in die Wege geleitet. Die Spusi und einige Beamte sind seit ein paar Stunden da oben. Frau Kaufmann meinte, ich soll euch Bescheid ... oh!« Anscheinend fiel nun endlich der Groschen. »Dann wisst ihr ja noch gar nichts davon.«

Seine drei Gegenüber schüttelten simultan den Kopf.

Bevor jemand etwas sagen konnte, schallte allerdings eine bassige Stimme durch den Raum: »Momberger!« Sie sahen einen glatzköpfigen, leicht dicklichen Mann mit buschigem Vollbart aus einem Büro herausschauen. »Kommen Sie her!«

Bei dem Bärtigen handelte es sich um Wolfgang Plank, den neuen Chef auf dem Revier.

»Wieder ein Arschloch?«, flüsterte Zassenberg. Er selbst war es gewesen, der im letzten Jahr durch seine Beziehungen dafür gesorgt hatte, dass Renate Fischer versetzt worden war. Nach diesem Giftzahn hatte es eigentlich nur bergauf gehen können.

»Deutliche Verbesserung«, erklärte Momberger mit gesenkter Stimme. »Aber sicher nicht perfekt.«

»Wer ist das schon?« Er schaute ins Büro von Wolfgang Plank und klopfte am Türrahmen. »Philipp Zassenberg«, stellte er sich selbst vor. »Ich hoffe, dass die verstopften Leitungen«, er deutete mit dem Daumen über die Schulter Richtung Fritz Zaun, »Ihnen mein Kommen angekündigt haben.«

»Mussten sie nicht«, antwortete Plank, der gerade hinter

seinem etwas zu groß geratenen Schreibtisch Platz genommen hatte. »Der Leiter Ihrer Dienststelle hat mich persönlich informiert.« Er nahm sich eine Akte, öffnete sie und blätterte einige Seiten um. »Und gewarnt. Anscheinend ist im Lexikon neben dem Begriff ›Insubordination‹ ein Bild von Ihnen abgedruckt.«

»Ja, aber ich war vorher nicht beim Friseur.«

»Bitte lassen Sie das! Ich habe schon mit *diesem* Scherzkeks genug zu tun.« Er deutete auf Momberger, der direkt hinter Zassenberg stand und sich natürlich keiner Schuld bewusst war.

»Werden wir beide auch Probleme bekommen?«

Zassenberg winkte ab. »Natürlich nicht! Der Chef übertreibt einfach gerne.«

»Dann wurden Sie also nicht für zwei Monate suspendiert, weil Sie ihm im Streit eine Ohrfeige verpasst haben?«

»Ein Ohrfeigchen«, verbesserte ihn Zassenberg und verbildlichte den Diminutiv, indem er etwas sehr Kleines zwischen Daumen und Zeigefinger andeutete. »Wie gesagt: alles Übertreibungen.«

»Ich dulde hier jedenfalls keine Sperenzien dieser Art! Verhalten Sie sich also Ihrer Stellung entsprechend.«

»Wenn es sein muss«, erklärte Zassenberg, als hätte ihn jemand dazu gezwungen, Polizist zu werden.

Momberger wusste, dass Plank zunächst diktatorisch und einschüchternd wirken konnte; allerdings war er an sich kein unsympathischer Mensch, sondern bedacht auf Recht und Ordnung. Solange man sich daran hielt, bekam man keine Probleme – im Grunde war er der perfekte Polizist. Wer sich allerdings mit Recht und Ordnung nicht so gut abfinden konnte – wie etwa Momberger –, geriet unter Umständen durchaus regelmäßig mit ihm aneinander.

»Könnten wir jetzt auf den Fall eingehen?«, fragte Bill irgendwann und löste damit die Spannung im Raum ein wenig.

»Wir wissen leider noch gar nichts.«

»Schön, dass Sie fragen«, antwortete Plank und stand auf. Er reichte die Akte – vorbei an Bill und Zassenberg – an Momberger, der sich freute, endlich einmal nicht ignoriert zu werden.

»Ein junger Mann. Liegt wahrscheinlich schon ein paar Tage dort. Frau Kaufmann war bereits vor Ort. Wundert mich immer wieder, dass die Frau in so hohen Tönen von Ihnen spricht, Momberger. Sie hatten doch mal ein Techtelmechtel, oder nicht?«

»Ein Techtelmechtelchen.« Momberger übernahm die Geste von Zassenberg, um zu verdeutlichen, dass er mit der Staatsanwältin nur ein paar Wochen zusammen gewesen war – und das kurz nach dem Abitur. Im Grunde waren sie nur gerne übereinander hergefallen, mehr nicht. Deswegen hatte es nach ihrer Trennung keinen Grund gegeben, dem anderen etwas nachzutragen.

Er klappte die Akte auf und sah das Foto eines bleichen Gesichts, das durch das Blitzlicht der Kamera noch blasser wirkte. Bei der Spurensicherung war man nicht unbedingt darauf bedacht, die untersuchten Leichen möglichst gut aussehen zu lassen. Der Blick der erstarrten Augen ging leicht am Fokus vorbei und schien etwas im Nirgendwo anzusehen. »Wo wurde er gefunden?«

»Am Spiegelslustturm.«

»Sie meinen Kaiser-Wilhelm-Turm!‹

»Ja, Momberger.« Plank schnaufte. »Genau der. Jedenfalls wurde die Leiche nicht hier entdeckt, sondern in Frankfurt.«

Alle sahen ihn verwirrt an, und er präzisierte die Aussage: »Ich meine, dass sie von jemandem *aus* Frankfurt auf einem Foto entdeckt wurde, das *in* Marburg aufgenommen worden ist.«

»Kennen wir die Leiche? Sieht mir schwer nach Student aus.« Momberger sah sich das Foto genauer an und blätterte die weiteren Aufnahmen durch. Als er noch lebendig gewesen war, musste er ein attraktiver Kerl gewesen sein. Dunkelblondes Haar, blaue Augen, ein markantes Kinn und auffällige Wangenknochen. Sein Körper lag unter einer dünnen Schicht Laub und ein paar Ästen, die ihn wohl verstecken sollten. Das hatte nur für eine Weile funktioniert, denn sehr viel länger als eine Woche konnte der Leichnam bei diesem Zustand noch nicht dort liegen.

»Nein, wir kennen die Identität nicht«, erklärte Plank. »Es wurde auch niemand als vermisst gemeldet, der auf die Beschreibung passt.«

»Aha«, murmelte Zassenberg. »Interessant.«

»Was ist interessant?«, fragte Bill, die sicher schon erpicht darauf war, erneut von Zassenbergs reichem Erfahrungsschatz zu profitieren.

»Erinnern Sie sich, was ich Ihnen bei unserem letzten Treffen erklärt habe, Bill?«

Letztes Treffen?, fragte sich Momberger. Was denn für ein letztes Treffen? Damit war doch wohl hoffentlich der letzte Fall gemeint! Oder etwa nicht? Rührte daher auch die plötzliche Vertrautheit der beiden? Er versuchte, ruhig zu bleiben und nicht sofort wie ein eifersüchtiger Zwölfjähriger zu reagieren.

Bill antwortete derweil auf die Frage: »Sie meinen die Relevanz des Bekanntenkreises? Dass man allein aus der Zahl und Art der Freunde darauf schließen kann, welchen Menschen man vor sich hat.«

»Genau das meine ich. Natürlich könnte der junge Mann auch gar nicht von hier kommen. Das wäre auch eine Erklärung für die fehlende Vermisstenmeldung. Aber gehen Sie einmal vom Gegenteil aus. Was sagt es Ihnen dann, dass ihn niemand gesucht hat?«

»Dass er sehr introvertiert war«, antwortete Bill unsicher und fügte an: »Oder ein Arschloch.«

»Und wenn Sie sich das Bild ansehen?« Er riss Momberger die Akte aus der Hand.

Der war zu entnervt von der Art und Weise, wie sie miteinander umgingen, um eine wirkliche Reaktion zeigen zu können.

Bill nahm die Akte entgegen und flüsterte beim Durchgehen

der Bilder: »Gezupfte Augenbrauen, teure Kleider, vielleicht sogar gefärbte Strähnchen …«

All das war Momberger nicht aufgefallen, doch er schob es kurzerhand auf die Sensibilität des weiblichen Geschlechts, wofür er sich nur einen Moment später selbst eine innere Ohrfeige verpasste. Ansonsten war er immer der Erste, der andere für ähnlich pauschal getroffene Urteile abstrafte.

»Der junge Mann sieht mir nicht sehr introvertiert aus«, erklärte Bill. »Ich tippe auf Arschloch.«

»Unser Glück«, sagte Zassenberg und zog fragende Blicke auf sich. »Mit Arschlöchern kenne ich mich aus.«

5

»Was genau ist hier eigentlich los?« Momberger saß angefressen auf dem Rücksitz, während Bill auf dem Fahrer- und Zassenberg auf dem Beifahrersitz Platz nahm. Er konnte sich noch genau daran erinnern, dass sein Kollege Bill beim letzten Mal sehr abschätzig behandelt hatte. Jetzt redeten sie sich mit Spitznamen an und verstanden sich so gut, dass man glauben konnte, sie hätten sich auf ihr Wiedersehen gefreut. Dass Zassenberg alles andere als erfreut über seine Rückkehr nach Marburg war, konnte man ihm jedoch problemlos im Gesicht ablesen. Das hatte freilich wenig mit Bill zu tun und auch nicht mit Momberger, sondern vor allem mit seinem Aufenthaltsort. Zassenberg hasste Marburg.

»Was meinen Sie, Momsen?«, fragte er. »Was soll hier los sein?«

»Ich bitte Sie! Das letzte Mal haben Sie hier alle vor den Kopf gestoßen – ganz besonders Bill. Und jetzt verhalten Sie sich wie ein altes Ehepaar.«

»Sind Sie sauer, weil Sie hinten sitzen müssen? Aber wenn Sie nach vorne wollen, muss ich den Kindersitz aus dem Kofferraum holen.«

Das saß. Oft bemerkte man erst, dass man sich wie ein Kleinkind aufführte, wenn es schon zu spät war. Genau das war gerade der Fall. Momberger verschränkte die Arme, ließ sich in den Sitz fallen und starrte geradeaus. Das verstärkte zwar noch den Eindruck vom schmollenden Buben, doch was änderte das jetzt noch? Sein Mund blieb – das entsprach dem Kleinkind weniger – für eine Weile geschlossen.

»Also gut«, begann Zassenberg, ohne auf die beleidigte Rückbank zu achten. »Fahr er zu, Kutscher!«

Bill kam seiner Bitte nach und startete den Wagen. Sie fuhren in den vormittäglichen Verkehr hinein. Zu dieser frühen Stunde kamen sie problemlos voran. Das Revier – in seiner

Scheußlichkeit jedem anderen öffentlichen Gebäude in nichts nachstehend – wurde abgelöst von anderen Betonbauten aus den siebziger und achtziger Jahren. Die Gegend war so grässlich, wie sie nur sein konnte, und wurde zu allem Übel auch noch von einer Schnellstraße geprägt, von der irgendjemand – wahrscheinlich unter dem Einfluss starker Drogen – einmal gedacht hatte, sie würde sich noch besser ins Stadtbild einfügen, wenn man sie in zehn Metern Höhe durch die Innenstadt führte. Es war ein städteplanerischer Schandfleck, mit dem die Marburger nun schon seit einigen Jahrzehnten leben mussten, an den sie sich allerdings nie wirklich gewöhnt hatten.

Sie bogen ab auf eine Straße, die sich den Hang emporschlängelte, der dem Marburger Schlossberg gegenüberlag, und sie Richtung Universitätsklinikum führte.

Es war ein schöner sommerlicher Tag, und helle, warme Sonnenstrahlen wechselten sich immer wieder mit den Schatten dicht stehender Bäume ab, als sie über die waldige Strecke weiter nach oben fuhren. Bill setzte eine Sonnenbrille auf, während Zassenberg – unter der strengen Beobachtung seines auf die Rückbank versetzten Kollegen – das Handy hervorholte und auf den Bildschirm starrte. Darauf waren einige Nachrichten zu sehen, deren Inhalt Momberger aus der Entfernung nicht erkennen konnte. Zassenberg fand wohl nicht die Mitteilung, auf die er zu stoßen gehofft hatte, denn er verstaute das Smartphone enttäuscht in seiner Hosentasche.

»Wohin fahren wir eigentlich?«, fragte er, als er sich genauer umschaute.

Links von ihnen schimmerten im Tal immer wieder die weniger attraktiven Viertel Marburgs durch das Blattwerk der Bäume. Sehr viel weiter dahinter konnte man die märchenhafte Oberstadt mit dem darüberliegenden Schloss erahnen.

»Wir fahren auf die Lahnberge«, erklärte Bill. »Da liegen das Uniklinikum und große Teile der Universität. Hier rechts steht die Biologie.«

Hässliche Betonbauten aus den siebziger Jahren tauchten

39

auf. Aus Platzmangel war die Philipps-Universität schon vor Jahrzehnten dazu übergegangen, die Naturwissenschaften auszulagern. Während die Geisteswissenschaften weiterhin die historischen Gebäude der Innenstadt ihr Eigen nannten, waren Biologen, Chemiker oder Mediziner größtenteils aus der Stadt verbannt worden. Sie hatten zwar deutlich mehr Platz dazugewonnen, aber jeglichen Charme eingebüßt.

»Da kommt die Physik«, erklärte Bill. »Es ist ein ziemlich großer Komplex.«

»Und dieser Sex-Turm?«, fragte Zassenberg.

»Spiegelslustturm. Ich glaube, der Erbauer hieß Spiegel. Ich will aber nicht wissen, was er da oben getrieben hat, um sich diesen Namen zu verdienen.«

»Er hat gar nichts getrieben«, verbesserte Momberger sie. Der kleine Besserwisser in ihm kam schnell ans Licht, wenn jemand Halbwahrheiten verbreitete. »›Spiegelslust‹ heißt die Gaststätte, die in der Nähe des Turms steht. Ich bin mir sicher, dass es eher um die Lust am guten Essen und der schönen Aussicht ging. Mit dem Turm hat das wenig zu tun.« Er ignorierte das Augenrollen seiner Kollegen, das er auch vom Rücksitz gut erkennen konnte. »Eigentlich handelt es sich bei dem Turm nämlich um den ...«

»... Kaiser-Wilhelm-Turm«, führte Bill seine Ausführungen fort. »Hast du schon ein paarmal erzählt.«

»Das macht es nicht weniger relevant.«

»Mein Gott, Momsen!«, schaltete sich Zassenberg ein. »Ich bin gerade mal eine Stunde hier, und schon gehen Sie mir wieder mit Ihrer Ideologie auf den Sack.« Beiläufig schaute er auf sein Handy und steckte es wieder weg. »Was ist denn so schlimm am Namen ›Spiegelslust‹ – mal abgesehen von den seltsamen Assoziationen, die einem in den Kopf schießen?«

»An ›Spiegelslust‹? Erst einmal gar nichts. Ich finde es eher bedenklich, dass dadurch verschleiert wird, dass es sich eigentlich um ein Propaganda-Bauwerk handelt, das deutsche Kriegshandlungen feiert.«

Zassenberg drehte sich aufwendig in seinem Sitz herum, um Momberger genauer ansehen zu können. »Und was wollen Sie jetzt machen? Den Turm umbenennen oder abreißen?«

»Beide Alternativen klingen gut. Auf jeden Fall muss etwas getan werden.«

»Wurde der Turm etwa letzte Woche erst gebaut?«

»Natürlich nicht. Irgendwann Ende des 19. Jahrhunderts.«

»Wo liegt dann Ihr Problem? Ja, der alte Willi war sicher nicht der beste Anführer unserer Nation. Und unschuldig war er schon mal gar nicht. Aber es verlangt doch heutzutage niemand von Ihnen, am Fuß des Turms auf die Knie zu fallen und der deutschen Monarchie einen Lobgesang zu entbringen. Oder etwa doch, Bill?« Er sah in Richtung des Fahrersitzes, so als müsste er sich tatsächlich noch eine Bestätigung von jemand anders abholen.

Bill schüttelte sehr langsam und ausgiebig den Kopf. »Nein, das verlangt niemand.«

»Na also. Fall abgeschlossen! Seien Sie lieber froh, dass Sie hier noch so viel Architektur aus Vorkriegszeiten haben. In den meisten anderen Städten wurde das alles weggebombt.«

Momberger wollte noch etwas entgegnen, doch sein Kollege hatte sich bereits im Sitz umgedreht. Sein Blick machte nur allzu deutlich, dass die Diskussion beendet war. So kannte Momberger das, das war nicht neu. Wenn es darum ging, Argumente für und wider die Denkmäler aus der Kaiserzeit zu sammeln, kamen die Ansichten der Gegner oft zu kurz. Das mochte daran liegen, dass immer wieder radikalere Vertreter seiner eigenen Ansichten die Denkmäler mit Farbe beschmierten oder versuchten, sie zu zerstören. Das war dem Prozess der Aufarbeitung nicht förderlich, musste aber auch nicht heißen, dass alle Argumente kein Gewicht mehr hatten. Zassenberg – da war er sich relativ sicher – würde er wohl ohnehin nicht mehr überzeugen können, also versuchte er es gar nicht erst.

Nach wenigen Minuten erreichten sie das Uniklinikum, einen Betonklotz derartiger Größe, dass man ihn niemals auf diesem kleinen Waldhügel vermutet hätte. Sie ignorierten das riesige, beinahe furchteinflößende Gebäude und fuhren über den gewaltigen Parkplatz auf einen kleinen Waldweg, den Unkundige leicht übersehen konnten. Nach wenigen Sekunden war der Krankenhauskomplex verschwunden, und sie befanden sich mitten im Wald. Der Straßenbelag wurde deutlich schlechter und die Fahrt dementsprechend unangenehmer. Nach zwei Minuten harten Tests für die Stoßdämpfer hatten sie ihr Ziel erreicht. Zunächst bemerkten sie nur die vielen Einsatzfahrzeuge, die plötzlich vor ihnen auftauchten, doch dann erschien der Turm, der sich auf einem kleinen Platz am Rand des Hügels erhob. Bill fuhr noch näher heran und parkte direkt vor dem Absperrband. Sie stiegen aus, zeigten dem Beamten mit der unbefriedigenden Aufgabe, das Band zu bewachen, ihre Ausweise und gingen darunter hindurch.

Der Turm selbst war etwa vierzig Meter hoch, sieben oder acht Meter breit und von rundem Grundriss. Am oberen Ende wurde er durch ein kleines Spitzdach und eine nachträglich angebrachte Aussichtsplattform bedeckt. Außerdem hatte jemand mit ähnlich viel Sinn für Ästhetik wie derjenige, der die Schnellstraße durch die Stadt gebaut hatte, eine herzförmige Konstruktion an der Turmspitze angebracht, die nachts leuchtete. Am unteren Ende waren an den Turm ein kleines Bistro und ein Biergarten angeschlossen, die aufgrund der Ermittlungen allerdings gerade keine Gäste empfingen und dementsprechend leer waren. Das namensgebende Lokal »Spiegelslust« befand sich einige hundert Meter weiter und war von dieser Position aus noch nicht zu erkennen.

Momberger kannte den Turm sehr gut. Auch wenn er heute Teil einer hitzigen Diskussion um die Bedeutung und die Aufarbeitung von Kriegsdenkmälern geworden war, gehörte er doch beinahe ebenso zum Marburger Inventar wie das Schloss oder die Elisabethkirche. Das hatte der Turm freilich nicht sich selbst zu verdanken, denn architektonisch war er im Grunde keine Besonderheit. Vielmehr war seine Beliebtheit dem grandiosen Blick geschuldet, den er auf Marburg bot. Auch ohne ihn zu erklimmen, konnte man beinahe die gesamte Stadt überblicken.

Der Wald brach zunächst ab, und eine steile Kante fiel hinunter ins Tal, das auf der anderen Seite – etwa einen Kilometer Luftlinie von ihrer Position entfernt – in den Schlossberg mündete. Wie zwei Spitzen einer Brücke ragten Schloss und Kaiser-Wilhelm-Turm auf beiden Seiten empor und ermöglichten einen einmaligen Blick auf das jeweils andere Wahrzeichen. Auch Momberger hatte diesen Blick schon oft genossen. In seiner Jugend gab es noch keine Diskussionen um Denkmäler aus der Kaiserzeit. Als er selbst Anfang des Jahrtausends studiert hatte, war die SPD noch Volkspartei gewesen und die Grünen ein kleines Licht am Firmament. Das war heute anders und dementsprechend auch die Themen, mit denen man sich beschäftigte. Zu dieser Zeit hatte Momberger an vielen kleinen und manchmal auch größeren Feiern am Fuß des Turms teilgenommen, schließlich war es in Marburg seit jeher Tradition, dass man den Turm erst bestieg, wenn man seinen Abschluss gemacht hatte. Zweimal im Jahr, jeweils zum Ende des Semesters, war der kleine Platz im Wald also deutlich höher frequentiert als zu anderen Zeiten. Wenn Momberger sich recht erinnerte, dürften erst vor wenigen Tagen wieder glückliche Ex-Studenten und fortan Neuakademiker die Uni verlassen haben.

»Ich weiß nicht, welches Problem Sie haben, Momsen«, sagte Zassenberg und breitete die Arme aus. »Für so was hier würden sich die Ausflugslokale in der Eifel die Köpfe einschlagen. Was man hier verdienen könnte …«

»Sie reden schon wieder von Geld. Es geht aber nicht ums Geld.«

»Es geht immer ums Geld! Ganz besonders bei euch Linken. Grundeinkommen, Umverteilung, Steuererhöhungen. Geld, Geld und nochmals Geld.«

Ohne ein weiteres Wort machte er kehrt und fixierte einen uniformierten Beamten in der Nähe. »Also?«, fragte er ihn, woraufhin dieser sich zunächst verwirrt umsah und prüfte, ob er tatsächlich gemeint war oder vielleicht doch ein anderer Pechvogel. »Soll ich den Leichnam alleine finden?«, hakte Zassenberg nach.

Etwas neben der Spur führte der Beamte die drei zurück in die Richtung, aus der sie gekommen waren. Schnell verschwand der Turm wieder hinter dem dichten Blattwerk und war bald nicht mehr als ein dicker Baumstamm im Hintergrund.

Etwa einhundert Meter entfernt standen bereits mehrere Polizeibeamte und einige Mitarbeiter der Spurensicherung um den Leichnam herum. Die weißen Anzüge der Spusi hoben sich im Wald besonders vom natürlichen Hintergrund ab. Ganz anders verhielt es sich mit der Leiche. Die graublaue Jacke war kaum unter dem dunklen Laub zu erkennen, mit dem sie bedeckt war, und die Hautfarbe hatte sich bereits deutlich ins Graue verschoben. Leichenflecken wechselten sich mit Spuren von Erde und Dreck ab. Insekten hatten sich am Körper des Toten satt gefressen und fleischige Wunden im Gesicht hinterlassen. Die ein oder andere Made kroch auf seiner Haut herum. Deutlich mehr davon versteckten sich wahrscheinlich noch unter seinen Klamotten. Es war ein Wunder, dass man die Leiche überhaupt auf einem Foto gesichtet hatte. Ansonsten hätte sie wohl irgendwann ein armer Spaziergänger mit neugierigem Hund in noch schlechterem Zustand entdeckt.

Während Momberger die Kollegen begrüßte und Bill ihnen erklärte, wer von nun an das Sagen hatte, spazierte Zassenberg direkt auf die Leiche zu und hockte sich neben die Frau von der Spurensicherung.

»Können Sie schon was sagen?«, fragte er. »Zeitpunkt des Todes? Todesursache? Name? Lieblingsfilm?«

»Köster!«, antwortete sie. »Das ist *mein* Name.« Momberger kannte sie von einigen anderen Fällen.

»Freut mich auch, Sie kennenzulernen. Und nein, zu den meisten Dingen kann ich noch nicht viel sagen. Ich bin auch erst seit gut einer Stunde hier. Aber das hier haben die Kollegen ein paar Meter weiter gefunden. Es sollte einige Fragen beantworten.«

Sie reichte ihm ein hellbraunes Portemonnaie mit den eingestickten Buchstaben M.S. darauf. Zassenberg schnappte sich die Geldbörse, stand auf und ging damit zu Bill und Momberger.

»Marcel Sindermann«, murmelte er, nachdem er den Ausweis hervorgezogen hatte. Er reichte ihn an Bill weiter. »Mit Wohnort und Adresse können Sie sicher mehr anfangen. Und was ist das hier?« Er hielt einen weißen Zettel in der Hand, den Momberger noch sehr genau von früher kannte.

»Sein Studentenausweis«, erklärte er und nahm ihm den Fetzen ab. Nach einem kurzen Blick sagte er: »BWL. Das unterstützt Ihre Arschlochtheorie.«

»Momsen!«, zischte Bill von der Seite. »Der Junge ist tot. Jetzt lass mal die Kirche im Dorf!«

»Was denn?«, fragte er mit aufgesetzter Überraschung, als gäbe es gar keine Zweifel an dem, was er verlautbart hatte. »Jetzt sei doch mal ehrlich! Wo ist die Wahrscheinlichkeit höher, ein Arschloch zu finden: unter Germanisten oder BWLern?«

Bevor Bill antworten konnte, fuhr Zassenberg dazwischen: »Sie sollten sich Ihre Pauschalurteile abgewöhnen, Momsen. Das hat Sie schon beim letzten Mal auf die falsche Fährte geführt.«

Damit hatte er leider recht. Hätte Momberger damals weniger auf seine Gefühle und mehr auf seinen Verstand und das Gespür als Kriminalbeamter vertraut, wäre er sicher anders an ihren letzten gemeinsamen Fall herangegangen. Trotzdem missfiel es ihm, dass Zassenberg ihm pauschales Urteilen vorwarf; etwas, das ihm selbst übel aufstieß. Bevor er sich dagegen wehren konnte, gesellte sich die ganz in Weiß gehüllte Frau Köster zu ihnen.

Sie wandte sich an Zassenberg: »Zur Todesursache kann ich noch nicht viel sagen. Wir müssen die Leiche erst einmal vom Gestrüpp und den Klamotten befreien und dann gründlich untersuchen. Die Rechtsmedizin ist zum Glück nur einen

Katzensprung entfernt.« Sie deutete in Richtung Uniklinikum. »Ich kann Ihnen allerdings jetzt schon sagen, dass er wahrscheinlich seit etwa zehn Tagen hier liegt.«

»Entschuldigung!«

Alle vier drehten sich herum. Der uniformierte Beamte, der sie zum Fundort geführt hatte, stand unsicher zwischen zwei Baumstämmen und hatte die Finger beider Hände nervös ineinander verschränkt. »Die Kollegen haben Blutspuren am Fuß des Turms gefunden.«

»Und das wäre dann wohl die Todesursache«, erklärte Zassenberg. »In dem Tempo sind wir heute Mittag durch mit dem Fall.«

6

Der eingeschüchterte Beamte führte sie zurück zum Turm.

»Wie heißen Sie eigentlich?«, fragte Momberger den schreckhaften Polizisten, der ein wenig zu klein für seine Uniform wirkte. »Sie kommen mir bekannt vor.«

»Ich?« Er deutete auf sich selbst. »Alex Plöger. Ich bin noch nicht so lange im Dienst.«

»Merkt man kaum«, murmelte Zassenberg. Ganz offensichtlich hielt er nicht für besonders viel von seinem jungen Kollegen.

»Plöger?«, wiederholte Momberger, ohne auf die kleine Spitze einzugehen. »Wie Uschi und Hans Plöger?«

»Ja, das sind meine Großeltern. Woher kennen Sie die?«

»Momsen kennt jeden«, sagte Bill und versuchte nicht einmal zu verbergen, dass sie davon genervt war. In Richtung Zassenberg fügte sie hinzu: »Man kann mit dem Mann keine dreißig Sekunden durch die Oberstadt laufen, ohne dass man ständig angequatscht wird.«

Momberger hörte gar nicht richtig zu, sondern beschäftigte sich weiter mit seiner neuen Bekanntschaft: »Haben die beiden immer noch den Hof in Michelbach?«

»Ja, aber sie können sich nicht mehr richtig drum kümmern. Das Alter. Meine Eltern überlegen, ob sie den Hof verkaufen sollen. Ist eine schwierige Entscheidung, schließlich hängen wir alle sehr daran.«

»Interessant. Wie viel –«

»Momsen!«, zischte Zassenberg. »Dafür haben wir nun wirklich keine Zeit.« Er schaute schon wieder auf sein Handy, als wartete er darauf, jede Sekunde die wichtigste Nachricht seines Lebens zu bekommen. Dafür war anscheinend sehr wohl Zeit. Er steckte das Telefon zurück und ließ seinen Frust ungefiltert an Alex Plöger aus. »Wo zur Hölle sind nun die Blutflecken?«

»Wir sind gleich da, wirklich. Nur noch ein Stück.«

»Halt!« Zassenberg streckte plötzlich seinen Arm aus, um Plöger zum Stehen zu bringen. Offenbar schien er zu glauben, dass verbale Befehle allein keine Wirkung zeigen würden. Allerdings hatten alle das unzweideutige »Halt!« schon gut verstanden und waren auf der Stelle stehen geblieben.

Zassenberg ging mit einiger Mühe in die Knie und begutachtete den Boden. In der Nähe der Gaststätte hatte man das Gelände großzügig mit grobem Schotter überzogen, wahrscheinlich damit die Gäste bei Regen nicht durch den matschigen Boden und dann ins saubere Bistro traten.

»Sehen Sie das?«, fragte Zassenberg und zog mit seinem Zeigefinger eine unsichtbare Linie vom Turm bis hin zum Fundort der Leiche.

Auch Momberger nahm den Schotter unter die Lupe, und tatsächlich erkannte er bei genauerer Betrachtung zwei verwaschene Streifen, die wie parallel verlaufende Schneckenspuren durch den Schotter verliefen. Sie führten relativ gerade vom Kaiser-Wilhelm-Turm zur Leiche.

»Hier wurde der junge Mann wohl hergeschleift. Treten Sie mal zur Seite!« Wieder drückte Zassenberg Alex Plöger mit seinen breiten Armen nach hinten, als ob er dazu alleine nicht in der Lage wäre. »Das soll die Spusi sich noch mal näher anschauen.«

Die Beamten machten einen großen Schritt weg von den zwei Linien und achteten darauf, möglichst keine Spuren auf dem ohnehin schon durcheinandergeratenen Bild im Schotter zu hinterlassen.

Momberger versuchte zum ersten Mal seinen Spürsinn unter Beweis zu stellen, schließlich war er bisher von Bill und Zassenberg in den Hintergrund gerückt worden. »Man kann nicht erkennen, wer ihn gezogen hat«, erklärte er nach einem forschenden Blick. »Da sind keine Fußspuren im Schotter. In weicher Erde hätte man vielleicht auf die Größe und das Gewicht schließen können.«

»Vielleicht kann die Spusi da mehr machen«, hoffte Bill und

fügte mit einem Deut ihres Zeigefingers hinzu: »Dahinten geht die Spur in den Wald über. Das könnte uns einen besseren Hinweis geben.«

»Bei dem ganzen Zeug auf dem Boden?«, fragte Momberger.

»Wohl kaum!«

»Ja, da könntest du leider richtigliegen.«

»Trotzdem!«, sagte Zassenberg und stand mit krachenden Knochen und schmerzhaftem Ächzen wieder auf. »Eine Spur ist eine Spur. Hier sogar im wahrsten Sinne. Zumindest wissen wir nun, dass jemand eine Leiche den ganzen Weg bis dahinten bewegen konnte, ohne gesehen zu werden. Das sagt uns *was*, Bill?«

»Wir können davon ausgehen, dass es Nacht war. Auf jeden Fall hatte das Lokal geschlossen.«

Damit musste sie wohl recht haben, denn die Spuren im Schotter konnte man vom Lokal aus zwar kaum erkennen, sehr wohl jedoch den Laufweg, den diese markierten. Während der Öffnungszeiten hätte mit Sicherheit ein Gast oder Mitarbeiter jemanden mit einem leblosen, blutigen Körper im Schlepptau bemerkt.

»Noch was?«, fragte Zassenberg.

Bill überlegte kurz und sagte dann: »Anhand der Spuren würde ich sagen, dass der Leichnam nur von einer Person gezogen wurde. Zwei Täter hätten wahrscheinlich unruhigere Linien im Boden hinterlassen. Wenn es noch mehr gewesen wären, hätten sie das Opfer wohl eher getragen.«

»Sehr gut!«, lobte Zassenberg, was Bill ein schmales Lächeln ins Gesicht zauberte. »Und jetzt zu den Blutspuren.«

Am Fuß des Turms standen einige Beamte um einen Fleck am Boden herum.

»Weg da!«, rief Zassenberg. Er rollte wie eine Dampfwalze auf die Beamten zu. »Wir wollen auch noch ein paar Spuren haben, die nicht von uns selbst stammen!«

Eingeschüchtert traten sie nach hinten und gaben die Stelle am Boden frei. Besonders deutlich waren die Blutspritzer leider nicht mehr zu erkennen. Sie hatten sich auf dem losen Schotter bereits so stark verteilt, dass man danach suchen musste, um sie nicht einfach für Matsch oder Dreck zu halten. Offenbar waren in den letzten Tagen immer wieder Menschen darübergelaufen, ohne zu merken, um was es sich handelte. Kleine Steinchen mit roten Flecken hatten sich um den noch zu erahnenden Mittelpunkt herum angesammelt, der am deutlichsten mit dunkelroten Spritzern verfärbt war.

Zassenberg schaute hinauf zum Turm. »Was ist da oben? Doch bestimmt eine Aussichtsplattform, oder nicht?«

»Ja, mit Rundumblick zu allen Seiten«, erklärte Momberger.

»Denken Sie, dass er von dort heruntergefallen ist?«

»Gefallen, gestoßen, getreten, ja, so was in der Richtung.«

»Einen Unfall schließen Sie aus?«

»Den schließen schon die Schleifspuren aus, würde ich sagen.«

»Könnten auch zwei Betrunkene gewesen sein«, mutmaßte Momberger. »Sie wissen doch, zu welchem Blödsinn Menschen in der Lage sind, wenn sie einen über den Durst getrunken haben. Vielleicht haben die da oben Kunststücke machen wollen, einer ist ausgerutscht, hier unten gelandet, und der andere geriet in Panik. Das würde auch erklären, warum die Leiche nur grob mit Laub bedeckt war. Da hat niemand seine Tat vertuschen wollen. Es war vielleicht nur jemand, der unter dem Einfluss von Alkohol und Stress das Falsche getan hat.«

»Sehr schöne Theorie. Wirklich sehr schön.« Während er noch einmal nach oben schaute, zückte Zassenberg seine Zigaretten, schob sich eine in den Mundwinkel und steckte sie an. »Es gibt da nur ein Problem.«

Er ging ein paar Schritte zurück, um den Turm besser im Blick zu haben. Momberger und Bill taten es ihm automatisch nach. »Sehen Sie sich einmal die Stelle an, wo er aufgeschlagen ist!«

Allein das Wort »aufgeschlagen« ließ in Momberger Assoziationen von brechenden Knochen und dem dazugehörigen

Geräusch aufkommen. Ein Schauer lief ihm über den Rücken, und Gänsehaut rollte ihm über die Unterarme. Trotzdem tat er wie geheißen. Neben ihm machte Bill bereits ein vielsagendes »Oh«, doch er selbst brauchte einen Moment länger. Trotzdem fand auch er heraus, was Zassenberg meinte: »Das ist die einzige Stelle, die nicht einsehbar ist.«

In Richtung Stadt war dem Fuß des Turms noch eine weitläufige Terrasse vorgelagert, an die sich auch der Biergarten anschloss. Auf der anderen Seite — derjenigen, von der aus sie den Turm gerade in Augenschein nahmen — führte ein breiter Weg zu den Parkplätzen, durch den Wald und dann irgendwann wieder zum Uniklinikum. Es gab nur einen schmalen Grat auf der der Stadt abgewandten Seite des Turms, die nicht sofort von neugierigen Blicken unter die Lupe genommen werden konnte und somit die ideale Stelle war, um jemanden, den man nicht sonderlich gut leiden konnte, von der Plattform herunterzustoßen. Genau diese Stelle war mit einem blutroten Punkt auf dem Boden markiert.

»Könnte auch Zufall sein«, sagte Zassenberg. »Wenn es so was wie Zufälle gäbe. Daran glaube ich aber nicht.«

»Allerdings haben Sie eben selbst gesagt, dass die Tat sich wahrscheinlich nachts abgespielt hat«, warf Momberger ein. »Was macht es da aus, zu welcher Seite man jemanden runterschmeißt?«

»Da haben Sie natürlich recht. Aber wie sicher kann sich ein Mörder dessen sein? Der Platz hier ist doch wahrscheinlich nicht nur am Tag ein beliebtes Ausflugsziel. Ich sehe die knutschenden Pärchen geradezu vor mir, wenn ich an die Aussicht denke, die sich hier nachts bietet. Einer von Ihnen war doch ganz sicher schon mal hier, um der Romantik ihren Lauf zu lassen, oder nicht?«

Sowohl Bill als auch Momberger drehten sich ertappt zur Seite und sahen sich gegenseitig an. Bill schien wenig überrascht davon, dass ihr Vorgesetzter tatsächlich schon einmal die Magie des Ortes zu seinen Gunsten genutzt hatte. Der hingegen hatte

51

nicht damit gerechnet, dass sie ihm in dieser Hinsicht in nichts nachstand. Glücklich war er mit der Vorstellung von ihr und einem anderen Mann nicht, und wie aus dem Nichts schoss ihm der Gedanke in den Kopf, dass dieser Kerl, mit dem sie am Morgen Nachrichten ausgetauscht hatte, sie ebenfalls hierherzerren könnte – oder sie ihn, was noch schlimmer wäre. Dass Bill nicht gerade der Typ war, der sich gerne an Mordschauplätzen vergnügte, kam ihm dabei erst spät in den Sinn.

»Dachte ich's mir doch!«, durchbrach Zassenberg die peinliche Stille. »Und weil spätpubertäre Hormonbolzen wie Sie sicher ihre Ruhe beim Fummeln haben wollen, kündigen sie sich wahrscheinlich nicht mit Hupkonzert und Lichtshow an. Hätte ich den Mord begangen, wäre ich dementsprechend auf Nummer sicher gegangen und hätte mein Opfer genau hier heruntergestoßen.« Er deutete auf den blutigen Fleck am Boden und vollzog dann mit dem Arm langsam die Flugbahn des Opfers nach – allerdings in umgekehrter Richtung. Die Blicke der Umstehenden folgten seiner Hand bis hin zur Turmspitze. Auch Zassenberg schaute grüblerisch hinauf und legte den Kopf leicht schief, als er ganz oben angekommen war. »Wir sollten uns da einmal umsehen.«

»Das geht nicht«, erklärte Alex Plöger, der noch immer neben ihnen stand und sich nervös einschaltete.

»Warum nicht? Die fünfzig Stufen schaffe ich schon noch.«

»Es geht nicht, weil der Turm abgeschlossen ist.«

»Dann schließen Sie ihn wieder auf!«

Plöger räusperte sich und fummelte aufgeregt an seiner Jacke herum. »Der Turm gehört zum Lokal. Und wir, das heißt Frau Kaufmann, haben die Besitzer eben erst nach Hause geschickt, um hier ermitteln zu können.«

Zassenberg zog an seiner Zigarette. »Ja, warum auch jemanden vor Ort behalten, der tagein, tagaus hier arbeitet, der beobachtet, Stammgäste kennt und womöglich wertvolle Hinweise für uns haben könnte? Und wo ist Frau Kaufmann jetzt, wenn ich fragen darf?«

Plöger sank sichtlich in sich zusammen und bekam kein Wort mehr heraus. Reflexartig schaltete Bill sich ein, um dem Beamten unter die schlotternden Arme zu greifen. »Plöger?«, fragte sie. Er schaute sie an wie ein junger Welpe, der auf Futter wartete.

»Nehmen Sie Kontakt zu den Besitzern auf! Die sollen uns den Schlüssel für den Turm aushändigen. Sonst brechen wir ihn auf. Außerdem will ich Sie morgen auf dem Revier sehen – mit einer Liste aller Personen, die in den letzten zwei Wochen hier gearbeitet haben. Okay? Und Frau Kaufmann ist doch sicher auf dem Handy zu erreichen, nicht wahr?«

Eifrig nickte er, fixierte Bill aber weiterhin so, als könnte noch ein Nachschlag in seinem Napf landen.

»Abtreten!«, befahl Zassenberg in deutlich gröberem Ton, und schon huschte Plöger davon wie von der Tarantel gestochen.

»Bewundernswert, dass Sie hier überhaupt etwas auf die Reihe bekommen«, meckerte er und schnippte seine Zigarette außer Reichweite von nützlichen Spuren. »Geben Sie mir noch einmal den Ausweis!« Er streckte die Hand aus, ohne sie anzusehen.

Bill zückte die kleine Karte und gab sie weiter.

»Hier ist nicht Marburg als Wohnort angegeben. Wo genau liegt dieser Ort?« Er deutete mit seinen grobschlächtigen Fingern auf die Rückseite des Ausweises und hielt ihn Bill vor die Nase.

»Biedenkopf? Nicht weit von hier. Vielleicht dreißig Minuten mit dem Auto. Ich nehme an, das ist die Adresse der Eltern. Viele Studenten melden sich nicht um, wenn sie nach Marburg ziehen.«

»Dann sollten wir jetzt jemanden eine traurige Nachricht überbringen.«

7

Nach kurzer, weitestgehend ruhiger Fahrt hatten sie die kleine Stadt Biedenkopf beinahe erreicht. Sie war einmal eine lebendige Kleinstadt gewesen, doch viele wichtige Ämter und Behörden waren schon lange nach Marburg abgewandert. Seitdem näherte sie sich mehr und mehr der Bedeutungslosigkeit.

Marcel Sindermann war tatsächlich noch bei seinen Eltern gemeldet; das hatte ein kurzer Anruf auf der Dienststelle bestätigt. Eigentlich hatte er aber in Marburg gewohnt. Ein System, das unter Studenten recht verbreitet war, um einerseits dem bürokratischen Irrsinn einer Ummeldung und andererseits der ein oder anderen Rechnung aus dem Weg zu gehen. Hatte man sich allerdings einmal oder gar mehrere Male mit der Polizei angelegt, war der tatsächliche Wohnort nicht mehr zu verbergen. Aus diesem Grund wussten sie nun, dass das Opfer zwar in Biedenkopf gemeldet war, in Wirklichkeit aber in Marburg gewohnt hatte. Es hatte sich nämlich ebenfalls herausgestellt, dass er kein unbeschriebenes Blatt war. Mit seinen gerade einmal fünfundzwanzig Jahren war er nicht selten mit dem Gesetz aneinandergeraten, hatte sich einer Strafe aber immer wieder glücklich entziehen können. Drogenbesitz und wahrscheinlich auch der Handel damit wurden ihm vorgeworfen, genauso wie kleinere Betrügereien. Marcel Sindermann hatte sich anscheinend neben seinem Studium noch eine andere, zwielichtige Karriere aufbauen wollen.

Momberger, der wieder auf den Rücksitz verbannt worden war, fragte sich, ob die Eltern des Opfers überhaupt von der dunklen Seiten ihres Nachwuchses wussten. Seine berufliche Vergangenheit und natürlich auch die Erfahrung als Mensch hatten ihn gelehrt, dass selbst die schlimmsten Kinder in den Augen ihrer Eltern kleine Wunder waren. Noch dem dümmsten Kind wurde der Nobelpreis vorhergesagt, dem aufmüpfigsten

Heranwachsenden eine edle Gesinnung angedichtet und dem arrogantesten Teenager der Heiligenschein aufgesetzt. Es lag durchaus im Bereich des Möglichen, dass sie es mit genau so einem Fall zu tun bekommen würden.

All dem stand allerdings noch eine unangenehme Hürde im Weg: Bisher wussten die Eltern noch gar nicht, was ihrem Sohn zugestoßen war. Niemand hatte Marcel als vermisst gemeldet – weder seine Eltern noch ein Freund oder eine Freundin. Sie mussten sich darauf einstellen, dass Herr und Frau Sindermann von der Nachricht aus der Bahn geworfen werden könnten. Mit einiger Sicherheit würden die Ermittler zunächst nicht ohne Grund als deutlich sensibler einschätzte als Philipp Zassenberg, fühlte sich dazu veranlasst, diesen Umstand zu thematisieren: »Vielleicht sollte ich zunächst mit den Eltern sprechen.«

»Überbringen Sie gerne schlechte Nachrichten, Momsen?«

»Nein, nicht wirklich. Ich dachte nur, dass ich vielleicht besser ...« »Wie konnte er durch die Blume sagen, dass Zassenberg ein Arschloch war?

»Ja?«, hakte das Arschloch nach. »Was machen Sie besser?«

»Na, Sie wissen schon.«

Zassenberg drehte sich herum und sah Momberger an. »Wenn Sie mir nicht einmal sagen können, dass ich ein unsensibler Drecksack bin, der auf keinen Fall auf trauernde Eltern losgelassen werden sollte, dann halte ich Sie bei der Aufgabe auch nicht zwingend für den besten Mann.«

»Also wollen Sie es machen?«

»Muss nicht unbedingt sein. Hier bin ich lieber der Weihnachtsmann als der Knecht Ruprecht.«

»Ich mache das!«, fuhr Bill dazwischen. Sie hatte sich bisher dezent zurückgehalten.

»Du?«, fragte Momberger überrascht und hätte seinen herabsetzenden Unterton gerne wieder zurückgenommen.

»Ja, ich!«, antwortete Bill, denn natürlich hatte sie ihn vernommen. »Zaster, Sie sollten es wirklich nicht machen. Das wissen Sie selbst. Aber du bist auch nicht viel besser, Momsen! Du redest immer ewig um den heißen Brei herum. Da bekommen die Angehörigen die traurige Nachricht nur im Subtext zu hören. Und nichts ist unangenehmer als Verständnisfragen bei der Nachricht vom Tod eines Angehörigen. Manchmal muss man eben einfach auf den Punkt kommen.«

Momberger wollte widersprechen, fand aber keinen Ansatz, weshalb er sich dem schweigend zustimmenden Zassenberg anschloss und einfach den Mund hielt. Trotzdem rumorte in seinem Inneren etwas, denn er wollte Bill keine unangenehmen Aufgaben aufdrücken. Er hatte das Bedürfnis, ihr das Leben etwas leichter zu machen, sie zu entlasten. Um sich abzulenken, schaute er aus dem Fenster.

Biedenkopf lag knapp dreißig Kilometer nördlich von Marburg und war eine kleine Stadt von nicht einmal zehntausend Einwohnern. Nach Norden – und das schien mitten in Deutschland erstaunlich – sollte von diesem Punkt aus lange keine größere Ansiedlung folgen. Vor ihnen lagen im Grunde nur dichte Wälder und sich langsam auftürmende Mittelgebirge.

»Hier wohnen Menschen«, kommentierte Zassenberg den Blick aus dem Fenster.

Momberger konnte nicht heraushören, ob er das abschätzig meinte oder wirklich überrascht davon war, dass sich menschliche Wesen in diesen Teil der Welt verirrt hatten.

Tatsächlich nannte man die Gegend »Hinterland«. Das war nicht wertend gemeint, sondern historisch bedingt. Trotzdem traf es der Punkt. Momberger kannte sich einigermaßen aus, hatte dem Städtchen aber länger keinen Besuch abgestattet. Seit dem letzten Mal hatte sich die Lage nicht verbessert. Sie hatten schnell die halbe Innenstadt durchquert und waren dabei kaum auf etwas gestoßen, das wie ein Lokal, ein Geschäft oder auch nur eine Eisdiele ausgesehen hätte. Auch Menschen bekamen sie nicht viele zu Gesicht, obwohl es immer noch ein herrlich sonniger Tag war, der zu längeren Spaziergängen einlud. Auf

Momberger, der an die lebendige Innenstadt Marburgs gewöhnt war, wirkte die beinahe menschenleere Umgebung deprimierend. Er fragte sich, ob Zassenberg dasselbe dachte, wenn er Frankfurt mit Marburg verglich.

»Wir sind da«, sagte Bill und fuhr mit dem Wagen auf den Hof eines weitläufigen Grundstücks, vor dem eine massige Mercedes-G-Klasse parkte. Der große, etwas nachlässig gehaltene Garten und das moderne, wenn auch nicht sonderlich hübsche Haus sprachen auf jeden Fall für Geld.

Das erklärte auch die Studienwahl von Marcel Sindermann, schlussfolgerte Momberger. Er stieg aus dem Auto und sah sich um. Die Betriebswirtschaft sollte wohl das vorhandene Vermögen für die Zukunft absichern.

Bill wollte gerade klingeln, als sie ins Stocken geriet. Sie schloss die Augen und atmete langsam ein und aus. Momberger berührte sie kurz an der Schulter, so wie sie es bei ihm häufig tat. Ein Lächeln schlich sich auf ihr Gesicht, und sie drückte die Klingel.

Eine hübsche Frau Anfang fünfzig öffnete ihnen die Tür. Sie war groß, schlank, hatte kurze schwarze Haare und rote, dunkel unterlaufene Augen.

War die traurige Nachricht doch schon zu ihr durchgedrungen?

»Ja, bitte?«, fragte sie mit brüchiger Stimme. »Was kann ich für Sie tun?«

»Frau Sindermann?«, fragte Bill, und ein leises »Ja« folgte. Mit deutlich festerer Stimme fügte sie hinzu: »Es geht um Marcel, oder?«

Bill ging behutsam vor, kam aber trotzdem gleich auf das Wesentliche zu sprechen. »Ja, es geht um ihn. Es tut mir wirklich leid, aber ich muss Ihnen mitteilen, dass wir heute Morgen die Leiche Ihres Sohns gefunden haben.«

Ein Schauer rollte über den Körper von Frau Sindermann, bevor sie wie aus dem Nichts zur Salzsäule erstarrte. Mit dieser Nachricht hatte sie offenbar nicht gerechnet. Eine stumme Be-

57

wegungslosigkeit legte sich über sie. Die Stille war nur schwer zu ertragen und Momberger im Begriff, sich einzumischen. Doch Bill deutete mit einer unauffälligen Handbewegung an, dass er sich zurückhalten sollte.

»Ich möchte Ihnen von ganzem Herzen mein Beileid ausdrücken«, erklärte sie mit ehrlicher Anteilnahme und ließ der Mutter noch einmal Zeit, um die erschütternde Nachricht sacken zu lassen. Nach einer Weile ergriff sie erneut das Wort und sagte: »Vielleicht sollten Sie sich lieber setzen. Dürfen wir reinkommen?«

Frau Sindermann trat wie in Trance aus dem Weg. Bill ging voraus, gefolgt von ihren männlichen Begleitern, die kurz »Mein Beileid« nuschelten und dann im Flur stehen blieben.

»Links ist das Wohnzimmer«, erklärte die Frau des Hauses.

Ähnlich wie der Garten wirkte auch das Interieur teuer, war aber wohl seit längerer Zeit nicht mehr geputzt worden. Zwei mächtige weiße Sofas standen sich in der Mitte des Raums gegenüber, dazwischen beherrschte ein hässlicher Glastisch das Bild. Darauf standen einige Flaschen Wein, teils leer, teils noch halb voll – Gläser waren nicht zu sehen. Frau Sindermann eilte zum Tisch, nahm jeweils zwei Flaschen in jede Hand und verstaute sie auf dem langen Esstisch, der einen großen Teil des restlichen Raums einnahm. Dort stand bereits ein halbes Dutzend weiterer Flaschen, das die Neuankömmlinge mit einem lauten Klirren begrüßte.

»Entschuldigen Sie! Es ist ein wenig unordentlich.«

»Machen Sie sich keine Sorgen«, beruhigte Bill sie und deutete auf eines der protzigen breiten Sofas. »Setzen Sie sich doch!«

Sie hob den Kopf und schien kurz verarbeiten zu müssen, was Bill ihr gerade zugetragen hatte, nur um es dann zu ignorieren. »Wollen Sie etwas trinken? Einen Kaffee?«

Bill musste deutlicher werden. Ruhig schüttelte sie den Kopf und ging behutsam auf Frau Sindermann zu. Eine Hand legte sie auf ihren Rücken und deutete mit der anderen erneut auf das Sofa. »Bitte setzen Sie sich erst einmal.«

Durch leichten Druck kam die verwirrt dreinblickende Frau der Bitte nach und setzte sich auf die Couch. Auf dem Glastisch standen noch immer zwei Flaschen Wein, die sie kurzerhand unter der durchsichtigen Tischplatte verstaute, wo sie natürlich immer noch zu sehen, aber wohl eher zu ertragen waren.

Bill schwenkte zu ihren Kollegen. Wortlos deutete sie an, dass sie sich nicht von der Stelle rühren sollten. Während die beiden also hinter der Mutter stehen blieben wie bestellt und nicht abgeholt, setzte sich Bill auf das zweite Sofa, als hätte ihr jemand die Kontrolle übergeben. Momberger sah zu Zassenberg, der nur mit den Schultern zuckte und an diesem Auftreten anscheinend nichts auszusetzen hatte.

»Frau Sindermann«, fing Bill an. Sie steckte sich die blonden Haare hinter die Ohren. »Leider müssen wir einige Fragen mit Ihnen durchgehen. Wenn Sie noch ein paar Sekunden für sich brauchen –«

»Nein, nein«, unterbrach sie Frau Sindermann, die ihre Stimme langsam wiederzufinden schien. »Irgendwie haben wir ja schon damit gerechnet.«

»Wie bitte? Was meinen Sie damit?«

Sie stand wieder auf. »Ich mache uns einen Kaffee«, sagte sie. »Wie trinken Sie ihn?«

»Wir brauchen nichts, vielen Dank. Bleiben Sie doch bitte sitzen.«

Wieder ignorierte sie Bill. Ob nun absichtlich oder aufgrund des Schocks, war schwer zu sagen.

»Kekse? Wir haben immer welche da.« Sie huschte zu einem eleganten Sekretär, der nicht recht zum Rest der Einrichtung passen wollte. Aus einer Schublade zog sie eine Blechdose heraus, nahm den Deckel ab und hielt sie ihnen hin.

»Nein, wirklich nicht.« Bill nahm die Dose an sich, stellte sie zurück und führte Frau Sindermann zum Sofa. »Wir müssen Ihnen einige Fragen stellen. Fragen über Ihren Sohn Marcel.«

»Ach, Marcel«, seufzte sie.

Momberger glaubte mehr Enttäuschung als Leid gehört zu haben. Doch er konnte sich auch irren. Trauernde Menschen waren irrational und schwer einzuschätzen.

Frau Sindermann bestätigte das, indem sie sich den Fragen erneut entzog. »Wie es hier aussieht«, sagte sie und fing an, Zeitschriften zu sortieren. »Hätten Sie sich nicht anmelden können? Es ist mir wirklich unangenehm.«

»Wir müssen über Marcel reden.«

Die Mutter hielt inne und fuhr sich durch die Haare. »Wir haben zwei Kinder. Marcel ist … war der Größere. Und Tabea ist unsere Kleine. Sie hat gerade Abitur gemacht. Wir haben beide im Prinzip gleich erzogen … Und Tabea ist wirklich ein tolles Mädchen geworden. Freundlich, intelligent, engagiert. Wir hören nur Gutes von ihr.« Sie setzte sich und ließ sich gegen die Rückenlehne fallen. Ihr Blick ging ins Nichts und verharrte dort. »Aber Marcel … Marcel war schon immer ein Problem. Wir hatten nur Ärger mit ihm. In der Schule, mit Freunden, bei Verwandten, völlig egal. Irgendjemand hat uns immer Horrorgeschichten über ihn erzählt.«

Für Momberger klang das interessant – traurig, aber interessant. Welche andere Mutter würde wohl noch das Wort »Horrorgeschichten« in den Mund nehmen, wenn es um das eigene Kind ging? Es juckte ihn in den Fingern, selbst das Gespräch zu übernehmen, allerdings musste er zugeben, dass Bill sich bisher gut schlug. Er hielt sich weiter im Hintergrund. Zassenberg nahm sich ebenfalls zurück.

»Horrorgeschichten?«, hakte Bill nach, als hätte sie seine Gedanken gelesen. »Was für Horrorgeschichten?«

Sie ließ sich Zeit mit der Antwort. Es war ihr anzusehen, dass es in ihrem Kopf ratterte. Wahrscheinlich war ihr die unglückliche Wortwahl selbst aufgefallen, und nun suchte sie nach etwas, das passender war.

»Haben Sie selbst Kinder?«, fragte sie. »Nein, oder? Sehen Sie sich an, S:e sind ja selbst kaum erwachsen. Kinder testen ihre Grenzen aus, das ist ganz normal. Aber nicht in dem Ausmaß wie Marcel. Leider ist uns das erst spät klar geworden. Wir haben uns zunächst nichts dabei gedacht, wenn andere Eltern oder ein Lehrer uns Dinge erzählt haben. Wir dachten einfach, das gehört zum Erwachsenwerden dazu. »Noch einmal nahm sie sich die Zeit, um nach den richtigen Worten zu suchen. »Irgendwann wurde uns bewusst, dass Marcel kein normales Kind war, das hier und da eine Grenze überschritten hatte. Nein, andere Kinder hatten ihre eigenen Grenzen viel schneller gefunden als Marcel. Solche Kinder hat er sich gerne *vorgenommen*; so formuliert es mein Mann immer.«

Wieder stand sie auf, ging zum Sekretär und betrachtete ein Foto, auf dem die Familie zu sehen war. Es steckte nicht in einem Rahmen, sondern war gegen die Rückwand des Sekretärs gelehnt. Sie nahm es an sich, faltete es in der Mitte und verstaute es in ihrer Hosentasche.

»Marcel hat gerne geklaut«, erklärte sie. »Es fing an mit Süßigkeiten und endete beim Taschengeld. Er hat Chaos gestiftet, Dinge zerstört, Zwietracht gesät – und wenn wir ihn darauf angesprochen haben, hat er es einem Mitschüler in die Schuhe geschoben. Wir haben viele Freunde und Bekannte vergrault, weil wir aus Reflex unserem Sohn und nicht den vielen, vielen anderen geglaubt haben. Erst nach einer ganzen Weile mussten wir uns eingestehen, dass wir belogen wurden. Er war sehr geschickt, müssen Sie wissen – schon als Kind. Auch als wir bereits wussten, dass er uns nicht immer die Wahrheit sagte, war es für uns schwierig herauszufinden, wann er ehrlich war und wann nicht. Bald haben wir ihm gar nichts mehr geglaubt. Sie können sich vorstellen, dass sich unsere Beziehung dadurch weiter verschlechtert hat.«

Momberger beobachtete Bill, die sich zwar nichts anmerken ließ, aber ganz sicher ähnlich erstaunt darüber war, wie offen eine Mutter über die Verfehlungen ihres Sohns sprach. Es schien beinahe so, als hätte sie schon lange darauf gewartet, all das endlich jemandem anvertrauen zu können. Offensichtlich hatte sie ihren natürlichen Beschützerinstinkt verloren und war deswegen – auch wenn es sich zynisch anfühlte – eine ideale Gesprächspartnerin für die Ermittlungen.

Gerade wollte Bill nachhaken, als sie hörten, wie die Haustür geöffnet wurde.

»Das ist mein Mann. Er kommt zum Mittagessen. Warten Sie kurz!« Sie stand auf und verschwand aus dem Zimmer. Im Flur war kurz Herr Sindermann zu hören, der noch ein überraschtes »Elke« hervorbrachte, aber dann hörte man nur noch das gedämpfte Schluchzen einer erschütterten Frau.

Volker Sindermann hatte deutlich gefasster auf die traurige Nachricht reagiert, als das bei seiner Frau der Fall gewesen war. Nur kurz hatte es sich so angehört, als wollte er seinen ganzen Flur kurz und klein schlagen. Doch abgesehen von einem lauten Schnaufen, das dem eines aufgestachelten Stiers gleichkam, hatte er nichts von sich hören lassen.

Als er das Wohnzimmer betrat, hatte er sich schon wieder im Griff und kümmerte sich vor allem um seine Frau. Nach einer Weile saßen beide nebeneinander auf dem Sofa. Diesmal war es allerdings nicht Bill, die ihnen gegenübersaß, sondern Momberger und Zassenberg. Ihre Kollegin hatte sich erhoben und schlenderte durch den Raum, um sich umzusehen. Manchmal konnte das Interieur mehr über eine Familie aussagen als ein Gespräch. Auf Familienfotos war schnell zu erkennen, wer sich gerne mit der Verwandtschaft ablichten ließ und wer nicht – und wer erst gar nicht darauf zu sehen war.

Auf einem Regal standen gleich mehrere Bilder. Bill ging langsam hinüber, die Eltern beachteten sie nicht.

»Das musste irgendwann passieren«, erklärte Volker Sindermann mehr enttäuscht als erschüttert und presste die Lippen fest aufeinander. »Ich habe ihm immer gesagt, dass das irgendwann passieren würde.«

»Sie haben geahnt, dass ihn jemand umbringen würde?«, fragte Zassenberg verdutzt.

»Nein! Nicht das. Aber ich war mir sicher, dass er irgendwann an den Falschen geraten würde.« Er legte den Arm um seine Frau und streichelte ihr sanft den Rücken. »Marcel hat uns große Sorgen bereitet, müssen Sie wissen. Schon immer.«

»Ihre Frau erzählte davon. Sie sagte, er habe seine Grenzen ausgetestet.«

»Seine Grenzen ausgetestet? So kann man es wohl auch ausdrücken. Ich würde eher sagen, er hatte einfach Spaß daran, wenn andere Menschen sich seinetwegen die Köpfe einschlagen haben.« Er sah seine Frau an, die seinen Blick kurz erwiderte und dann auf die Weinflaschen unter dem Glastisch starrte. »Als Marcel dreizehn Jahre alt war, wohnte eine nette Familie direkt neben uns – Kolb hießen sie. Die hatten einen Jungen in Marcels Alter – Johannes. Lebendiger kleiner Kerl, ein wenig …« Er suchte nach dem richtigen Wort, fand dann aber doch keins, »… *zurückgeblieben.* Nicht behindert, einfach nur recht naiv und einfältig. Aber alle hier haben ihn gemocht. Wir auch. Hatte was fürs Backen übrig, der Kleine, und kam jedes Wochenende vorbei, um uns Plätzchen, Brot oder etwas in der Art zu bringen – einfach so.« Er lächelte bemüht. »Jedenfalls trug der Junge fast immer denselben Pullover; so ein scheußliches rotes Ding mit einem bescheuerten gelben Smiley auf dem Rücken. Der war schon fast absichtlich hässlich, stach einem in den Augen. Man erkannte Johannes damit schon von Weitem.«

Nach einer kurzen Pause nahm er den Arm vom Rücken seiner Frau und rutschte auf dem Sofa ein Stück nach vorne.

»Irgendwann, ohne speziellen Anlass, hat Marcel den Jungen überredet, ihm den Pullover auszuleihen. Im Überreden war er ein wahrer Meister, schon als Kind. Er zog sich also den Pulli an, setzte sich eine breite Kappe auf, sodass man sein Gesicht nicht erkennen konnte, und machte dann eine kleine Runde durch die Nachbarschaft.«

Noch einmal hielt er er inne, doch bereits hier war jedem Anwesenden klar, dass er mit »kleine Runde« keinen Sonntagsspaziergang gemeint hatte.

»Er hat Autoreifen zerstochen – in der ganzen Straße. Und er hat sich nicht einmal Mühe gegeben, dabei unauffällig vorzugehen. Wenn ihn jemand dabei beobachtete, haben sie ja den fetten gelben Smiley auf seinem hässlichen Pullover gesehen. Natürlich ist die ganze Nachbarschaft auf den armen Johannes und seine unschuldigen Eltern losgegangen. Die halbe Stadt ist durchgedreht.« Er rutschte allmählich wieder auf dem Sofa nach hinten und ließ sich langsam gegen die Rückenlehne fallen. »Sie können sich vielleicht vorstellen, was danach mit Johannes passiert ist. Von diesem Tag an wurde er in der Schule gemobbt und verprügelt – wenn er Glück hatte. Natürlich haben die Eltern ihren Kindern furchtbare Geschichten über ›das Kind‹ erzählt. Was seine Klassenkameraden aus diesen Geschichten gemacht haben, muss ich einem Polizisten wohl kaum erklären. Jeden zweiten Tag standen Ihre Kollegen bei unseren Nachbarn vor der Tür. Wenn etwas Ähnliches in der Gegend passierte, ist gleich der Name Johannes gefallen. Er war plötzlich so was wie der Sündenbock für alles und jeden.«

Während Volker Sindermann erzählte, rollten Tränen über seine Wangen. Momberger versuchte still zu sitzen und zuzuhören. Er wusste nicht zu sagen, ob die Tränen seinem Sohn oder doch dem Nachbarsjungen galten.

»Irgendwann kam der Kleine wieder zu uns, mit einem großen Korb voller selbst gebackener Sachen. Er hat die ganze Nachbarschaft abgeklappert, um sich für etwas zu entschuldigen, was unser Sohn getan hatte. Stundenlang muss er in der Küche gestanden und sich die größte Mühe gegeben haben, die Nachbarn zu besänftigen. Das war seine Art, sich zu entschuldigen. Verstehen Sie? Johannes konnte sich nicht anders ausdrücken, also versuchte er es auf diese Weise. Niemand hat ihm auch nur ein Plätzchen abgenommen. Die meisten haben ihn vom Hof gejagt.« Seine Stimme klang brüchig, und seine Unterlippe bebte. Er griff zum Knie seiner Frau. »Wir auch. Wir haben uns blenden lassen von der Liebe zu unserem Sohn, obwohl wir es damals schon geahnt haben. Wir haben Johannes ebenso beschimpft. Deshalb tragen wir die Schuld an allem, was danach passiert ist.«

Er wischte sich die Tränen aus den Augen. »Johannes hat versucht, sich das Leben zu nehmen – einige Jahre nach der ganzen Sache.«

Nachdem er das ausgesprochen hatte, bekam er sich wieder in

den Griff. Seine Brust hob sich noch einmal weit und fiel dann in sich zusammen, als hätte er sich aufgegeben. »Das habe ich erst viel später erfahren. Die Familie ist ein paar Monate nach dem Vorfall nach Kiel gezogen; weit weg von hier, weit weg von unserem Sohn. Erst als Marcel ausgezogen ist, haben wir den Pulli in seinem Zimmer gefunden. Da habe ich ihre Nummer ausfindig gemacht und sie angerufen. Der arme Junge sei immer noch in Behandlung, haben sie gesagt. Meine Entschuldigung haben sie angenommen, war aber nichts wert. Was ist schon eine Entschuldigung gegen ein zerstörtes Leben?«

Er sah Momberger an, als wollte er tatsächlich eine Antwort hören. Doch die gab es nicht. »Da sehen Sie es. Wie unser Sohn war und warum ich dachte, er könnte irgendwann an den Falschen geraten.«

Eine ganze Weile war niemand dazu in der Lage, ein Wort zu sagen. Selbst Zassenberg, den normalerweise nichts so schnell aus der Bahn werfen konnte, saß schweigend auf dem Sofa und schien zunächst seine Gedanken ordnen zu müssen. Auch Bill schwieg und rührte sich kaum.

Momberger wollte sie trösten, verwarf den Gedanken dann aber wieder. Stattdessen war er es, der die Stille durchbrach: »Herr Sindermann, könnten Sie uns vielleicht die Nummer geben? Wir würden da gerne nachhaken.«

»Natürlich kann ich das.« Er stand auf und bewegte sich zum Esstisch, wo sein Handy lag. »Allerdings wird Ihnen das nicht viel bringen, schätze ich.«

»Warum nicht?«

»Rufen Sie an, dann werden Sie wissen, was ich meine.« Er reichte das Smartphone an Momberger weiter, der sich Namen und Nummer darauf notierte.

»Danke schön! Haben Sie Ihren Sohn einmal auf den Vorfall angesprochen, nachdem Ihnen klar geworden war, dass er an allem die Verantwortung trug?«

»Ja, natürlich habe ich das. Er hat nicht einmal versucht es abzustreiten. Und als ich ihn gefragt habe, warum er es getan hat, hat er nur mit den Schultern gezuckt und gemeint: ›Warum nicht?‹«

Ein unangenehmes Schweigen erfüllte den Raum. Das lag nicht nur an der furchtbaren Geschichte, die sie gerade gehört hatten, sondern auch daran, dass sie noch einen letzten Punkt abzuhaken hatten. Die verstörten Eltern mochten allen dreien ans Herz gehen, trotzdem mussten sie die beiden unter die Lupe nehmen.

Es war Zassenberg, der sich als Erster räusperte. »Wissen Sie noch, wann Sie Marcel zum letzten Mal gesehen haben?«

»Das letzte Mal?«, fragte Elke Sindermann. Es war, als realisierte sie gerade erst, dass es kein nächstes Mal geben würde. Eine Antwort folgte nicht auf diese Erkenntnis.

Ihr Mann übernahm. »Das ist schon länger her. Mehr als einen Monat, vielleicht zwei. Wir waren in Marburg im Kino und haben ihn vorher besucht – unangekündigt. Ansonsten hätten wir unseren Sohn gar nicht mehr zu Gesicht bekommen.«

»In den letzten Wochen hatten Sie keinen Kontakt?«

»Nein, wir haben nichts von ihm gehört.«

»Die Spurensicherung glaubt, dass Marcel vor etwa zehn Tagen ums Leben gekommen ist, wahrscheinlich am letzten Wochenende. Wo waren Sie zu dieser Zeit?«

»Am letzten Wochenende? Hier zu Hause. Wir gehen nicht oft aus.«

»Dann haben Sie wohl auch keine Zeugen dafür?«

»Brauchen wir Zeugen?«

Zassenberg ließ sich Zeit mit der Antwort. »Bisher nicht. Aber Zeugen sind immer gut.«

Momberger gab Volker Sindermann noch eine Visitenkarte und bat ihn und seine Frau, bei Gelegenheit auf die Dienststelle zu kommen, um weitere Fragen zu klären. Zu diesem Zeitpunkt wollte er den Eltern keinen weiteren Stress aufbürden. Das sahen seine Kollegen genauso. Alle drei waren merklich erleichtert – wenn auch mit einer gehörigen Portion schlechtem

Gewissen – , als sie endlich wieder im Auto saßen und auf dem Rückweg nach Marburg waren.

Zunächst lag eine bleierne Schwere auf ihnen, und niemand sagte ein Wort.

Erst nachdem sie Biedenkopf verlassen hatten, rief Zassenberg plötzlich: »Stopp! Halten Sie an!« Er hatte einen kleinen Parkplatz entdeckt. »Wenn ich jetzt keine rauche, gibt es heute noch ein Unglück.«

»Ganz meine Meinung.« Momberger fing bereits an, sich aus Tabak, Filter und Papier eine schmale Kippe zu drehen.

Auf dem Parkplatz stiegen sie aus und frönten ihrer Sucht. Bill zog ihre Jacke aus, warf sie über die Motorhaube und streckte ihre Glieder kräftig durch, wohl um die unangenehmen Gefühle aus den Knochen zu bekommen. »Meine Güte«, sagte sie. »Wenn sich bestätigt, was uns die beiden gerade erzählt haben – und wieso sollte es das nicht? –, dann wird das der Fall mit den meisten Verdächtigen aller Zeiten. Der Junge hat es sich sogar mit seinen eigenen Eltern verscherzt. Das muss man erst mal schaffen. Selbst Momsens Mutter redet noch mit ihm, und der ist immerhin … Momsen. Es könnte eine Weile dauern, bis wir alle Verdächtigen aufgespürt haben.««

»Nicht unmöglich«, bestätigte Zassenberg und zog an seiner Gauloise. »So eine Scheiße!«

Momberger ahnte, dass seinen Kollegen weniger der Fall an sich störte, sondern dass ein großer Kreis von Verdächtigen auch bedeutete, dass er noch eine Weile in Marburg bleiben musste.

Wie fremdgesteuert zog Zassenberg sein Handy heraus.

Diesmal hellte sich seine Miene auf, trotz der allgemein niedergeschlagenen Stimmung.

»Nasti?«, fragte Bill.

»Lesen Sie etwa mit?«

»Nein, keine Sorge! Aber sie hat mir schon erzählt, dass Sie bei ihr nächtigen wollen.«

Und schon war die gute Laune dahin. »Das hat sie *Ihnen* gesagt? Und ich warte schon den ganzen …« Sein Blick huschte

68

zu Momberger, der neugierig zuhörte. »Egal!«, sagte er und steckte das Handy wieder weg.

»Also bitte!«, stöhnte Momberger. »Wollt ihr mir nicht endlich erzählen, was hier los ist? Ihr zwei benehmt euch wie alte Freunde, Zaster hat anscheinend immer noch Kontakt zu Nasti, und ich bin schon die ganze Zeit das fünfte Rad am Wagen.«

»Schon gut.« Bill hob die Hände. »Zaster war seit dem letzten Fall ein paarmal in Marburg, um Nasti zu besuchen.«

»Ist das so?« Momberger überraschte weniger, dass Zassenberg hin und wieder in Marburg gewesen war, einer Stadt, die er eigentlich nicht ausstehen konnte, sondern vielmehr, dass er darüber den Mantel des Schweigens gelegt hatte. »Und? Warum die Geheimniskrämerei?«

»Wir zwei ...«, fing Bill eingeschüchtert an, »... haben uns auch das ein oder andere Mal getroffen.«

»Ich hab's doch gewusst!« Sein Zeigefinger war in die Höhe geschnellt, als wollte er Luftballons zerstechen. »Ihr beide habt doch was miteinander!«

»Was? So ein Schwachsinn!«

»Glauben Sie, ich komme hierher und beschlafe alles, was nicht bei drei auf dem Baum ist? Eine Kollegin, die meine Tochter sein könnte?«

Bill schien besonders beleidigt davon zu sein. »Du musst dringend über dein Weltbild nachdenken, Momsen!«

Jetzt, da er sie ausgesprochen hatte, erschien ihm die Möglichkeit deutlich weniger plausibel. Umso peinlicher war es, mit der selbst verschuldeten Situation umgehen zu müssen.

»Was habt ihr dann gemacht?«, fragte er ziemlich kleinlaut.

»Zaster wollte mich überreden, nach Frankfurt zu wechseln.«

»Bill ist die beste junge Polizistin, die ich kenne. In Ihrem Kaff ist sie wie Perlen vor die Säue. Ich wollte sie protegieren, damit sie ihr Talent auch nutzen kann. Ein paarmal habe ich versucht, sie nach Frankfurt zu locken, aber sie hat immer wieder abgelehnt.«

Abgelehnt? Momberger wusste, wie zielstrebig und ehrgeizig

sie war. Ein guter Job in Frankfurt wäre *die* Chance gewesen. Zwar behauptete sie immer wieder, sich nicht von ihrer Heimat trennen zu wollen, aber er wusste, dass das nur vorgeschoben war. Er hatte immer geahnt, dass Bill irgendwann gehen würde, auch wenn er den Gedanken daran selten zuließ.

»Warum hast du abgelehnt?«, fragte er sie wie ein Schuljunge, der der strengen Lehrerin beichten musste, dass er die Hausaufgaben schon wieder vergessen hatte.

Bill zischte: »Das kann dir doch egal sein!«

Eigentlich war ihr kurzer Zwischenstopp dazu gedacht gewesen, die Stimmung aufzuhellen. Aber danach war das Gegenteil der Fall. Bill und Momberger sprachen kein Wort miteinander. Sie verließen sich lieber darauf, dass peinliches Schweigen irgendwann die miese Laune verdrängen würde. Zassenberg hingegen schien ein gewisses Vergnügen an der Atmosphäre im Auto zu haben, ein breites Grinsen stand in seinem Gesicht. Das konnte allerdings auch an der mysteriösen Nachricht liegen, die Nasti dem grantigen Ermittler soeben geschickt hatte. Momberger jedenfalls hielt zu seinem eigenen Schutz lieber den Mund, denn er hatte das Gefühl, dass er die Situation ohnehin nur verschlimmern konnte.

»Alles in Ordnung dahinten?«, fragte Zassenberg irgendwann, als wäre er Mombergers Vater, der nach dem Rechten schaute. »Sie sind so still, Momsen.«

»Jaja, alles in bester Ordnung. Könnte gar nicht besser sein.«

Zassenberg wandte sich Bill zu: »Hat sich Ihr seltsamer Schulfreund eigentlich noch einmal bei Ihnen gemeldet?« Seine Augen wanderten Richtung Rückbank, um die Reaktion auf diese offensichtliche Provokation zu überprüfen. Momberger war sich dessen jedoch bewusst, und selbst er war nicht so einfach auf die Palme zu bringen, wie Zassenberg vielleicht hoffte. Er bemerkte, dass Marcel Sindermann nicht der Einzige gewesen war, der Spaß am Quälen anderer Menschen hatte.

Auch Bill stieg nicht auf das kleine Spielchen ein, sondern

antwortete emotionslos: »Nichts Neues. Wir schreiben uns nur hin und wieder, was so los ist.«

»Na, dann können Sie ja heute einen kleinen Roman erzählen, wenn Sie wieder zu Hause sind.«

»Müssen Sie nicht Nasti nerven?«, fragte Momberger, der das Gespräch weg von Bills Schulfreund lenken wollte. »Oder antwortet sie Ihnen wieder nicht?«

»Doch, doch.« Er zeigte ihm zum Beweis sein Handy. »Lust auf Kneipenquiz? Ich soll heute Abend bei ihrer Schicht vorbeikommen. Und danach wollen wir … na, Sie wissen schon.«

Sowohl Bill als auch Momberger schüttelte energisch den Kopf, und die Beamtin am Steuer sprach aus, was auch Momberger gerade dachte: »Auf gar keinen Fall!«

9

Am Nachmittag hatte die Sonne eine drückende Hitze entwickelt. Als die drei Beamten aus dem gut klimatisierten Auto stiegen, schlug ihnen die schwüle Wärme wie ein nasses Handtuch ins Gesicht. Bill ging – ihre Jacke am Zeigefinger über der Schulter tragend – bereits auf die Dienststelle, während die beiden Raucher sich noch eine Zigarette gönnten.

»Mit schwitzigen Händen ist das mit dem Drehen gar nicht so einfach«, stichelte Zassenberg. Momberger pustete sich die Finger trocken wie ein Tennisspieler vor dem Aufschlag. »Nehmen Sie doch einfach eine von mir.« Er streckte ihm die Gauloises hin und sah dabei zu, wie Momberger zunächst langsam ins Grübeln geriet, dann den Tabak wegsteckte und schließlich in die Packung griff. Zassenberg reichte ihm Feuer und entzündete die Kippe.

»Rauchen kann ich alleine«, frotzelte Momberger. »Danke!« Er nahm einen Zug, verzog das Gesicht und betrachtete die Zigarette, als könnte er allein an der Optik ausmachen, woran es geschmacklich haperte.

»Tun Sie nicht so«, meckerte Zassenberg. »Das letzte Mal hatten Sie auch keine Probleme damit.«

Momberger kommentierte das nicht weiter, sondern nahm einfach einen weiteren Zug von der Fertigzigarette.

»Was ist los zwischen Bill und Ihnen?«, fragte Zassenberg aus dem Nichts, woraufhin Momberger sich beinahe am Rauch verschluckte.

Er hustete heftig, klopfte sich mit der Faust auf die Brust wie ein alter Silberrücken und fragte etwas heiser: »Was soll das denn heißen?«

»Ich bitte Sie! Ich mag selbst kein Händchen für Frauen haben, aber ich sehe doch, dass Sie am liebsten kleine Zettelchen austauschen würden. ›Willst du mit mir gehen? Ja, nein, vielleicht.‹«

»Eventuell sollten Sie sich das mit Nasti noch einmal überlegen, wenn Sie selbst keine guten Erfahrungen mit Beziehungen haben.«

»Lenken Sie nicht ab!«

»Wussten Sie, dass Nasti ein paar Monate lang mit zwei Kerlen gleichzeitig zusammen war? Würde mich persönlich ja zum Nachdenken bringen.«

»Okay, ich sehe schon, dass Sie immer noch beleidigt sind.« Zassenberg trat seine Zigarette aus. »Aber ich sage Ihnen eins: Eine Frau wie Bill wartet nicht ewig auf einen Kerl wie Sie. Wenn ich es nicht schaffe, sie nach Frankfurt zu holen, dann wird sie irgendwann ein anderer ins Visier nehmen. Sie sieht ja auch nicht aus, als wäre sie vom Bus angefahren worden, oder? Das ist bestimmt auch jemandem aufgefallen, der nicht so lahmarschig ist wie Sie.«

Zassenberg verschwand ohne ein weiteres Wort. Momberger brauchte noch einen Moment, um sich zu sammeln. Dass sein Kollege recht hatte, stand völlig außer Frage. Er konnte es aber nicht ausstehen, von anderen belehrt zu werden. Das führte zu einem pubertären Reflex, bei dem er das Gegenteil dessen tat, was man ihm geraten hatte. Immerhin war er sich dessen bewusst, und er versuchte sich zu beruhigen. Dafür war allerdings noch eine weitere Zigarette vonnöten. Er fummelte wieder Tabak, Filter und Papier heraus, pustete sich die Finger trocken, wie Boris Becker es tun pflegte, und drehte sich ein Beruhigungsmittel.

Zehn Minuten später trudelte er auf dem Revier ein und sah, dass Zassenberg sein Büro besetzt hatte. Bill stand bei Albert Michel und Fritz Zaun, die sich in der Mitte des Raums einen großen Schreibtisch teilten, um ihre vier Gehirnzellen möglichst effektiv miteinander verschalten zu können. Er war unentschlossen, wohin. Am liebsten hätte er gleich noch eine geraucht. Er wählte die seiner Meinung nach beste Alternative, schwenkte in die kleine Küche und goss sich einen Kaffee ein. Gerade als sich in ihm ein gewisses Gefühl der Ruhe einstellen wollte, das freilich nur daher rührte, dass neben seiner Nikotin- nun auch seine Koffeinsucht befriedigt wurde, trat Wolfgang Plank in den Türrahmen. Der war zwar von kleiner Gestalt, füllte aber mit seiner bürokratischen Unnachgiebigkeit den frei gebliebenen Teil des Rahmens prächtig aus. »Momberger!«, brummte er in einem Ton, der nichts Gutes verhieß. »Chef.«

»Wie geht's voran? Schon eine heiße Spur?«

Momberger schaute kurz auf sein Handgelenk. Die Armbanduhr zeigte kurz nach vier an. »Wir sind nicht einmal sechs Stunden dran. Außer den Eltern haben wir niemanden vernehmen können.«

»Dann sollten Sie Ihre Arbeitsleistung vielleicht ein wenig optimieren.«

»Optimieren« war kein Wort, das Momberger gerne hörte. Optimieren klang nach Profitmaximierung. Es war ein Begriff, den ein börsennotiertes Unternehmen verwenden würde, aber doch keine Polizeistelle in Mittelhessen. Trotzdem nickte er stumm, um das bisher relativ neutrale Verhältnis zu seinem Vorgesetzten nicht zu gefährden. Ein solches war nämlich um einige Stufen besser als die Beziehung, die er zuvor zu Renate Fischer gehabt hatte, der bösen Hexe des Westens.

»Was schlagen Sie vor?«, fragte er.

»Frau Weigand bleibt hier auf dem Revier. Sie macht gute Arbeit am Schreibtisch. Dafür schicken wir Michel und Zaun nach draußen, die haben Erfahrung.«

Momberger schüttelte sich innerlich, als er den Optimierungsvorschlag seines Chefs gehört hatte. Auf diese Weise würde die Arbeitsleistung ganz sicher nicht gesteigert. Er wusste, warum Plank Bill am Schreibtisch sehen wollte, war er doch nicht nur pflichtbewusster Polizist, sondern auch das Musterbeispiel eines alten weißen Mannes. Er hatte es gern, wenn Männer seines Schlags die Arbeit erledigten, während die Frauen am Herd standen. Nur dass der Herd in diesem Fall mangels Alternativen durch einen Schreibtisch ersetzt wurde.

»Bei allem Respekt, Chef, Sie sollten sich wirklich überlegen, ob Sie Bill, ich meine Frau Weigand, nicht mehr Kompetenzen übertragen könnten.« Momberger pirschte sich vor. Er wollte Bill schon länger die Unterstützung verschaffen, die sie sich verdient hatte. »Sie ist wirklich gut. Ganz sicher besser als Michel und Zaun.«

»Ich weiß, ich weiß«, erklärte Plank mit trügerischer Zustimmung. »Die beiden sind nicht die hellsten Kerzen auf dem Christbaum. Aber sie machen das hier seit mittlerweile dreißig Jahren. Das muss man ihnen zugestehen. Frau Weigand hat ihre Zelte gerade erst aufgeschlagen. Sie wissen selbst, dass es vollkommen üblich ist, erst einmal die leidige Arbeit an der Tastatur zu verrichten.«

»Ich verstehe ja, was Sie meinen, Chef, aber Frau Weigand ist doch auch keine normale —«

»Ende der Diskussion, Momberger!« Plank hob gebieterisch die Hand. »Ich möchte mich nicht wiederholen müssen.«

Mit diesen Worten verließ er die Küche wieder und hinterließ bei Momberger neben großer Enttäuschung auch die Lust auf eine weitere Zigarette. Er trank seinen Kaffee aus und ging zu Bill, um ihr die schlechte Nachricht zu überbringen.

»Dachte ich mir schon!«, sagte sie. »Ist halt so.«

»Ist halt so? Es wäre nicht so, wenn du ein Mann wärst.«

»Würdest du mich denn auch so in Schutz nehmen, wenn ich ein Mann wäre?«

Momberger fühlte sich plötzlich angegriffen. »Ich weiß nicht …«

»Wenn ich mich nicht ohne die Hilfe meiner männlichen Kollegen durchsetzen kann, dann hat Plank doch recht, oder nicht? Also hör bitte auf, mir ständig unter die Arme greifen zu wollen. Ich schaffe das schon, Momsen.« Sie berührte ihn einmal mehr an der Schulter und schenkte ihm ein Lächeln. »Mach dir mal keine Sorgen um mich.«

Während ihr Arm noch immer auf Mombergers Schulter ruhte, stand plötzlich Fritz Zaun auf, schob sich ungeschickt zwischen ihnen hindurch und trennte damit die körperliche Verbindung der beiden. »Oh, Entschuldigung! Ich habe euch gar nicht bemerkt.«

»Wir stehen seit fünf Minuten an deinem Schreibtisch, Fritz! Wie kannst du uns nicht bemerkt haben?«

»Ich kann mich immer nur auf eine Sache konzentrieren. Der Rest ist dann wie …« Er sprach den Satz nicht zu Ende, sondern vollführte stattdessen eine vielsagende Geste, die Momberger an ein Blatt im Wind erinnerte. Ganz genau so stellte er sich die Gedankengänge seines Kollegen tatsächlich vor.

»Ist bei mir ähnlich«, erklärte Albert Michel, der nur ein paar Schritte weiter saß. »Zu viele Infos und …« Auch er nahm statt Worten seine Hände zu Hilfe und deutete etwas an, das wohl eine Explosion seines Denkzentrums darstellen sollte.

Momberger war unwohl dabei, dass diese beiden Experten nun Ermittlungen anstellen und Zeugen vernehmen sollten.

Bill bemerkte seine Verzweiflung und schien ihn aufmuntern zu wollen. »Die beiden haben bereits die Adresse des Opfers herausgefunden«, erklärte sie, als wäre es eine Leistung, einen Namen in den Computer einzugeben. »Er hatte eine Studentenwohnung hier in Marburg.« Sie reichte ihm einen kleinen Zettel, auf dem in krakeliger Handschrift eine Straße mit Hausnummer stand. »Noch ist der Tag nicht vorbei, vielleicht solltet ihr zwei noch einmal losziehen.«

»Losziehen?«, fragte Michel einigermaßen entsetzt. »Wir wollten eigentlich gleich Feierabend machen.«

»Nicht ihr zwei, du Genie. Zaster und Momsen.«

Momberger fügte an: »Viel Glück mit den beiden Genies!« Er zwinkerte Bill zu und ging in sein Büro. Dort schnappte er sich Zassenberg, der sich ohnehin in Lauerstellung befunden hatte, und nahm den Schlüssel für den Dienstwagen von der Wand.

Fünfzehn Minuten später fuhren sie durch das Marburger Südviertel, wo sich die Schönen und Reichen der Stadt für gewöhnlich niederließen. Große dreigeschossige Häuser mit erstaunlich weitläufigen und hübsch gestalteten Gärten reihten sich aneinander. Wie in so vielen Gegenden dieser Art hatte sich an ihrem Bild in den letzten hundert Jahren nicht viel geändert, abgesehen davon, dass nun motorisierte Edelkarossen statt hohe Kutschen vor der Tür parkten. Die geräumigen Häuser mit den hohen stuckverzierten Decken und den Kaminen im Wohnzimmer waren bei der High Society ausgesprochen beliebt und deswegen unbezahlbar für Normalsterbliche. Hinzu kam die vorzügliche Lage, die auch Momberger hin und wieder davon träumen ließ, einen exorbitanten Kredit aufzunehmen und sich hier eine Hundehütte zuzulegen. Der Fluss war nicht fern, und an jeder Ecke hatte sich ein Café oder Restaurant niedergelassen. Der Verkehr hielt sich in Grenzen; man sah mehr Fahrräder als Autos. Die meisten motorisierten Fahrzeuge passten allerdings kaum in eine Innenstadt. Es waren fast ausschließlich mächtige SUVs, die perfekt gepflegt daherkamen und wohl noch nie zu ihrem eigentlichen Zweck, der Fahrt im Gelände, gebraucht worden waren.

»Hier lässt es sich wohnen«, erklärte Zassenberg beim Blick aus dem Fenster, während sie eine lange Allee von hohen Platanen entlangfuhren. »Waren wir hier schon einmal?«

»Ja, letztes Jahr haben wir hier eine alte Dame besucht. Die hatte eine Schlägerei mit einem Burschen beobachtet.«

»Ah, ich erinnere mich. Furchtbarer Kaffee.«

»Ganz genau.«

»Gab es eigentlich noch einmal Probleme mit den Burschen?«

Endlich ein Thema, bei dem Momberger glänzen konnte. Die Burschenschaften waren ihm schon immer ein Dorn im Auge. »Sie stellen die Frage falsch. Sie fragen ja auch nicht: Gab es noch einmal Probleme mit dem unheilbaren Lungenkrebs? Die Burschen machen keine Probleme, sie sind das Problem.«

»Tolle Antwort, Momsen. Neutral wie eh und je.«

Momberger hatte keine Lust auf eine weitere Diskussion. Zu seinem Glück hatten sie ohnehin ihr Ziel erreicht, bevor sein Sitznachbar noch mehr sticheln konnte. »Wir sind da«, erklärte er und zeigte auf das entsprechende Gebäude.

»Das da?«, fragte Zassenberg überrascht, als er die hübsche Unterkunft sah. Das Haus war selbst für das Südviertel erstaunlich mächtig, hatte zu allen Seiten Balkone sowie eine große Terrasse. Der Garten war großflächig und gut gepflegt. Vor dem Haus standen zwei teure Mercedes und einige E-Bikes im Wert eines Kleinwagens. Das ganze Haus dünstete geradezu Erfolg und Geld aus.

»Ist das schon wieder eine Burschenschaft?«, fragte Zassenberg. »Die hatten doch auch so eine Prachtbude.«

»Nein, das ist der ganz normale Geldadel«, erklärte Momberger, der nicht weniger überrascht davon war, wo Marcel Sindermann untergekommen war. Studenten konnten sich diese Gegend eigentlich kaum leisten. Wenn es sie hierhertrieb, dann eher mit Schürze und Tablett, um in einem der Restaurants Aperol Spritz zu verteilen.

Er parkte das Auto auf dem kleinen Hof vor dem Haus, und sie stiegen aus. Eine hübsche alte Treppe aus Sandstein führte zur Haustür. Dort hing ein glänzendes Messingschild mit der Aufschrift: »Gunthard Trenk, Anwalt und Notar«. Daher also das Geld, dachte sich Momberger. Neben dem Klingelschild für den Anwalt gab es auch eines, auf dem zwei andere Namen standen: »Bernhard und Sindermann«.

»Fangen wir mit dem Anwalt oder dem Mitbewohner an?«, fragte Momberger.

»Erst der Mitbewohner. Den Anwalt befragen wir nach Feierabend; das ist günstiger.«

Er klingelte bei »Bernhard und Sindermann«, allerdings wurde die Tür nicht geöffnet. Auch ein zweites Drücken auf den Knopf brachte keinen Erfolg.

Momberger hatte bereits das »Also der Anwalt« auf der Zunge und den damit einhergehenden Anflug von schlechter Laune, als der Summer sich doch noch meldete.

Sie traten ein und standen in einem schmalen Flur. An den Wänden hingen Motive aus der Marburger Vergangenheit, meistens verschiedene Blickwinkel auf das Schloss. Ging man den Flur weiter, so erreichte man eine Glastür mit der gleichen Aufschrift wie an der Hauswand: »Gunthard Trenk, Anwalt und Notar«. Dahinter konnte man einen aufwendig gestalteten Empfangstresen erkennen.

Zu ihrer Rechten führte eine Treppe nach oben. Diese nahmen sie und waren enttäuscht, als im ersten Stock das Klingelschild noch einmal »Trenk« zeigte. Das waren wohl die Privaträume des Anwalts. Ihrem Zigarettenkonsum war es geschuldet, dass sie bereits ein wenig außer Atem waren und nur widerwillig noch einen weiteren Stock in Angriff nehmen wollten. Da stieg Eduard Momberger ein nur allzu bekannter Duft in die Nase. Er schnupperte wie ein Trüffelschwein, um sich zu vergewissern, denn im Haus eines Anwalts hatte er nicht mit solchen Aromen gerechnet.

»Riechen Sie das?«, fragte er Zassenberg leise, während er seinen untrainierten, massigen Körper weiter nach oben schleppte.

»Allerdings!«, antwortete Zassenberg weniger leise. »Eau de Marihuana.«

Der Geruch verstärkte sich noch ein wenig, und als sie endlich oben angekommen waren, fanden sie eine junge Frau im Rahmen der Tür stehend vor, die ziemlich genau dem Bild entsprach, das Momberger sich bei dem Geruch gemacht hatte. Sie trug breite, luftige Klamotten, die schlaff an ihr herunterhingen, hatte ungepflegte Haare und einen etwas eingefallenen Gesichtsausdruck. So kannte Momberger die Kiffer aus Marburg, und er war ein wenig neidisch darauf, dass er selbst nicht mehr dazugehörte. Während seiner Studienzeit hatte er noch ziemlich viel Gras geraucht, aber bei der Polizei gab es Routinekontrollen, die er nicht umgehen konnte. Deswegen griff er nur noch zum Joint, wenn das Leben oder der Beruf ihm etwas mehr abverlangten.

»Frau Bernhard?«, fragte er die junge Frau im Türrahmen.

»Ihr seid gar nicht vom Lieferservice, oder? Habt ihr trotzdem was zu essen dabei? Ich sterbe vor Hunger.«

»Wir sind von der Kripo, Frau Bernhard.« Er zeigte seinen Ausweis, und mit einem Mal war sie um hundert Prozent aufmerksamer. Es war deutlich zu sehen, dass ihr der Schreck in die Glieder gefahren war und das Adrenalin ihren trüben Blick ein wenig schärfte.

»Was zur …?«, fragte sie. »Gunthard hat doch gesagt, es wäre in Ordnung. Ich sollte ihm nur etwas abgeben.«

»Deswegen sind wir nicht hier, Frau Bernhard. Wir möchten mit Ihnen über Marcel Sindermann reden.«

»Marcel? Was ist mit ihm?«

»Er ist tot!«, erklärte Zassenberg unverblümt und trieb so auch noch die letzten Zeichen der Betäubung aus ihrem Gesicht.

»Wir haben heute Nacht seine Leiche gefunden.«

»Was … wie … Marcels Leiche?«

»Ja, genau. Dürfen wir vielleicht einen Moment reinkommen?«

Ihre Hirnwindungen gerieten sichtbar in Aufruhr, und sie starrte auf den Polizeiausweis, den ihr Momberger noch immer vor das Gesicht hielt.

Der bemerkte ihre Sorge und beruhigte sie noch einmal: »Solange wir da drin keine Plantage finden, sagen wir niemandem etwas, okay?«

Sie nickte ungläubig und machte dann den Weg frei.

Eine Drogenplantage fanden sie im Inneren der Wohnung tatsächlich nicht, ganz im Gegenteil. Hätte nicht der charakteristische Geruch von Gras in der Luft gelegen, wäre Momberger niemals auf die Idee gekommen, sich in einer Studentenwohnung aufzuhalten. Bei der Unterkunft handelte es sich eher um ein Penthouse. Sie standen in einem großen hellen Wohnzimmer, an das eine moderne Küche angeschlossen war. An einigen Stellen durchdrangen massive Holzpfosten den Raum, denen man ansah, dass sie erst kürzlich abgeschliffen und neu lackiert worden waren. Über eine breite Glastür konnte man auf einen riesigen Balkon treten, von dem man einen herrlichen Blick auf das Marburger Schloss hatte. Eine solche Wohnung konnte sich normalerweise kein Student leisten, geschweige denn eine bekiffte Frau, die weder zu lernen noch zu arbeiten schien.

»Frau Bernhard«, fing Momberger noch einmal an. »Sie haben hier mit Marcel Sindermann gewohnt, stimmt das?«

»Nennen Sie mich bitte Mia!«, bat sie ihn und ließ einen Aschenbecher mit dem Verursacher des Geruchs unter dem Tisch verschwinden. »Ja, Marcel und ich wohnen hier zusammen.«

»Sind Sie ein Paar gewesen?«

»Ein Paar? Nein, wir wohnen nur zusammen. Ich sehe ihn fast nie. Er hat viel zu tun.« Ihre Antworten kamen wie aus dem Gewehr geschossen. Man konnte sie kaum verstehen, so schnell flutschten die Worte aus ihrem Mund. »Macht es Ihnen etwas aus, wenn ich mir was koche? Ich habe wirklich Riesenhunger.«

»Ich dachte, Sie hätten sich etwas zu essen bestellt? Haben Sie nicht auf den Lieferservice gewartet?«

»Ach, stimmt ja. »Sie kratzte sich am Kopf und riss die Augen weit auf, um den vernebelten Verstand klar zu bekommen. Momberger kannte das nur zu gut. Ihr kleiner Adrenalinschub hatte nicht lange angehalten. Jetzt verschwand die Konzentration schon wieder, die Gedanken gingen zurück auf ihre Reise. Er sehnte sich nach diesem entspannten Gefühl, das ihn in seinen Zwanzigern so oft begleitet hatte.

Zassenberg schnippte zweimal laut mit den Fingern und holte so zumindest Momberger aus seinen Gedanken zurück. »Frau Bernhard!«

»Mia!«

»Frau Bernhard!«, wiederholte er resolut und wurde diesmal nicht korrigiert. »Konzentrieren Sie sich noch eine Minute! Wann haben Sie Marcel Sindermann das letzte Mal gesehen?«

»Marcel? Keine Ahnung. Ist schon länger her. Was ist mit ihm?«

Zassenberg schüttelte den Kopf und sah seinen Kollegen an. Doch Momberger zuckte nur mit den Schultern. Er wusste, dass sie mit Mia Bernhard erst in einigen Stunden und nach einem ganzen Haufen fettigem Essen wieder etwas anzufangen war.

Trotzdem versuchte Zassenberg es erneut: »Wo hielt sich Marcel für gewöhnlich auf, wenn er nicht hier war?«

»Marcel? Der war nicht so oft hier. Hat oft im Tennisverein rumgehangen.«

»Tennisverein?«, fragte Zassenberg.

»Davon gibt es eine Menge«, erklärte Momberger.

»Welcher Tennisverein, Frau Bernhard?«

»Puh, lassen Sie mich überlegen. Gelb-Schwarz? Nein! Blau-Grün? Ne! Irgendwas mit Farben …«

»Rot-Weiß Marburg«, schlussfolgerte er. »Ich weiß, wo das ist.« Er zückte eine seiner Visitenkarten und wollte sie Mia Bernhard schon übergeben, als ihm eine bessere Idee kam.

»Dürfte ich einmal Ihr Bad benutzen?«

»Das Bad? Ja, klar.« Sie deutete auf eine Tür am Ende des Raums. Momberger bedankte sich und verschwand im Bad. Auch dieser Raum war deutlich zu luxuriös für einen normalen Studenten. Badewanne und Dusche, beides zusammen hatte er überhaupt noch nie in einer Studentenwohnung gesehen, geschweige denn in einer derart schmucken Ausführung. Alles war gut in Schuss und wirkte gepflegt. Zwar kannte er Mia Bernhard nicht, aber er vermutete eine Putzkraft dahinter. Wer sich eine solche Wohnung leisten konnte, hatte dafür sicher auch noch etwas übrig. Er versuchte, seinen Neid in Grenzen zu halten, und ging zum Spiegel über dem Waschbecken. Mit einem Kugelschreiber notierte er auf der Rückseite der Visitenkarte das Datum des nächsten Tages und eine Uhrzeit, die auch Langschläfer einhalten konnten. Die Karte fummelte er in eine Ecke des Spiegels. Mia Bernhard würde sie hoffentlich finden, wenn sie aus ihrem kleinen Gedankenurlaub zurückgekehrt war.

Ohne einen weiteren Versuch, sie zu einer vernünftigen Aussage zu bewegen, verschwanden die Ermittler wieder aus der Wohnung. Kurz bevor sie gehen wollten, hielt Mia Bernhard sie noch einmal an. »Hey, ihr zwei. Kann es sein, dass ihr Polizisten seid?«

10

Als sich das Ende des Tages schon mit großen Schritten näherte und ein warmes Band Abendrot sich über den Horizont legte, trafen Momberger und Zassenberg auf dem Revier ein. Die meisten ihrer Kollegen waren bereits ausgeflogen und dementsprechend nur noch die kleine Besetzung der Spätschicht im Haus – und natürlich die unermüdliche Bill.

Weil sie ohnehin nicht mehr viel geschafft hätten, beendeten sie den Arbeitstag und verständigten sich darauf, den Abend mit einem vernünftigen Essen zu beschließen. Zwar war Momberger noch immer ziemlich angefasst, aber einen Abend mit Bill konnte auch der zynische Zassenberg ihm nicht vermiesen.

»Aber nicht wieder Nudelauflauf in der Oberstadt«, forderte der.

Momberger hatte ihn das letzte Mal in eines der vielen kleinen Lokale in der Marburger Altstadt geführt, die abgesehen von Nudeln, Auflauf und Pizza nicht viel Ansprechendes auf der Karte hatten. Allerdings erinnerte er sich auch daran, dass Zassenberg zuvor einen jungen Kollegen fast dazu gebracht hatte, sich einzunässen. Es hatte sich also eher um eine Retourkutsche gehandelt denn um eine absichtliche Gemeinheit.

»Auf dem Marktplatz hat ein neuer Burgerladen aufgemacht«, erklärte Bill und suchte ihre Sachen zusammen. »Saftiges Fleisch für Sie und ein schöner Gemüseburger für dich, Momsen. Wie wäre das?«

»Ich bin mir nicht sicher, ob mir der Anblick eines Gemüseburgers den Appetit nachhaltig vermiesen würde«, sagte Zassenberg aufgesetzt nachdenklich. »Allerdings interessiert es mich doch sehr, wie ein vegetarischer Burger aussehen soll. Klingt für mich wie Trauerfeier oder Selbsthilfegruppe – ein Oxymoron.«

»Solange Sie mir nicht pausenlos beim Essen zusehen, bin ich dabei«, meinte Momberger.

Bill nickte zufrieden und warf sich ihre Jacke über die Schulter. »Alles klar, dann schwingt die Hufe!«

Kurze Zeit später saßen sie auf dem Marburger Marktplatz und ließen die letzten warmen Strahlen der Sonne auf sich herabfallen. Wie immer bei diesem Wetter herrschte in der Oberstadt reges Treiben, und fast alle Tische auf dem an Lokalen nicht armen Platz waren besetzt. Die hohen alten Wände der umstehenden Fachwerkhäuser trugen die Gespräche der Anwesenden im Rund herum und somit zu der lebendigen Atmosphäre bei.

Der Marburger Marktplatz war deutlich kleiner als in Städten vergleichbarer Größe. Zudem hatte er die Eigenart, außergewöhnlich steil und für Lokale eigentlich ungeeignet am Hang zu liegen. Vom mittelalterlichen Rathaus am unteren bis zu Mombergers alter Studentenkneipe »Troubadix« am oberen Ende bestand ein deutlicher Höhenunterschied, obwohl die beiden Gebäude kaum hundert Meter trennten. Trotzdem hatten es die Gastwirte geschafft, den Ort für sich einzunehmen und die maximal mögliche Anzahl von Tischen unterzubringen. Wenn es darum ging, auch noch den letzten Winkel für Einnahmen herzurichten, wurden aus Gastwirten ganz schnell kleine Ingenieure – überall hatten sie improvisierte Podeste, hölzerne Treppen oder winzige Terrassen errichtet. Der Marktplatz an sich wirkte deswegen ein wenig überlaufen, wurde jedoch enorm durch die gut erhaltenen Fachwerkhäuser aufgewertet. Im Zentrum dieser pittoresken Umgebung stand ein hübscher Brunnen, an dem sich eine kleine Gruppe von Studenten versammelt hatte und relativ ungeniert einen Joint umherreichte. »Ist das hier schon legalisiert?«, fragte Zassenberg. Sie saßen nur etwa zehn Meter entfernt und konnten wieder Anflüge des unverwechselbaren Geruchs wahrnehmen. »Habe ich da was verpasst?«

»Das sind Studenten«, antwortete Momberger und winkte ab.

»Und für die gelten normale Gesetze nicht?«

Bill schaltete sich ein: »Was Momsen meint, ist, dass wir nicht genügend Beamte zur Verfügung haben, um auch nur einen Bruchteil der Drogendelikte zu behandeln, die es in Marburg gibt.«

»Also lassen Sie es gleich ganz?«

»Das nicht«, erklärte Momberger. »Aber wir behandeln kleine Delikte wie das, was sie sind.«

»Ist ja Ihre Stadt.« Zassenberg griff zum Bier – es war bereits sein zweites, während Momberger das erste kaum angerührt hatte. Bill trank einen sauren Apfelwein, der ebenfalls noch relativ unberührt vor ihr stand. »Was halten Sie davon, Bill?«

»Da fragen Sie die Falsche. Ich komme nicht aus Marburg, sondern aus einem kleinen Dorf in der Gegend. Wenn da jedes Mal die Polizei vorgefahren wäre, wenn wir etwas Verbotenes getrunken oder geraucht haben, wären die Beamten gar nicht mehr nach Hause gekommen.«

»Klingt beunruhigend.«

»So ist es auf dem Dorf. Man muss sich ja beschäftigen.«

»Allerdings haben Sie das wohl kaum mit harten Drogen getan. Ich kann mir keinen Dealer vorstellen, der mit dem Bus aufs Land fährt und dort seine Süßigkeiten verteilt. Frankfurt ist da ein ganz anderes Pflaster.«

»Sie tun so, als ob wir in Marburg nur hier und da mal einen Strafzettel ausstellen würden und sonst nichts los wäre. Aber Sie selbst haben letztes Jahr einen Mordfall bei uns gelöst. Und nicht nur das. Sie haben auch Industriespionage im großen Stil aufgedeckt. Jetzt sind Sie schon wieder hier, um uns bei einem Mordfall zu unterstützen. In den neun Monaten dazwischen sind noch zwei andere Menschen umgebracht worden, von denen Sie gar nichts mitbekommen haben. Wir haben außerdem einen Darknet-Betreiber festgenommen, der für fünfzehn Prozent des europäischen Online-Schwarzhandels verantwortlich war, und erst vor zwei Wochen hat ein Spezialkommando ein Waffenlager ausgehoben – beides im gleichen Dorf, falls es

Sie interessiert. In Frankfurt haben Sie das ständig, schon klar, aber glauben Sie nicht, dass wir hier nur Leute festnehmen, die einem Kind den Schnuller geklaut haben.«

Bill griff zu ihrem Apfelwein und schüttete ihn innerhalb weniger Sekunden in sich hinein. Als Zassenberg sie ungläubig anstarrte, rülpste sie kurz und erklärte augenzwinkernd: »Mädchen vom Dorf.«

»Sie gefallen mir immer besser«, lachte Zassenberg. Er hob die Hand in Richtung einer Bedienung, die gerade vorbeikam, und bestellte noch eine Runde für alle drei.

»Ich habe mein Glas noch voll.« Momberger deutete auf das vor ihm stehende Bier, dessen Schaumkrone zwar bereits in sich zusammengesunken war, das ansonsten allerdings kaum an Inhalt verloren hatte.

»Sie kommen wohl nicht vom Dorf«, scherzte Zassenberg und trank auch den Rest seines Glases leer. »Nehmen Sie sich ein Beispiel an Bill, solange Sie noch können.«

Bevor jemand Einspruch erheben konnte, brachte eine weitere Bedienung drei große, saftige Burger und stellte sie auf den Tisch. Bill und Zassenberg bekamen die Fleischversion, während zwischen Mombergers Brötchenhälften ein Klumpen frittierte Kichererbsen lag.

Für die nächsten Minuten schwiegen die drei, um sich auf das Essen zu konzentrieren, was Momberger einmal mehr an den alten Ausspruch seines Vaters erinnerte: Es gibt vier Arten von Schweigen, aber nur eine positive: das verfressene Schweigen. Was waren noch die drei anderen? Betretenes Schweigen, peinliches Schweigen und noch etwas. Sein Vater war schon lange tot und konnte seine typischen Altherrensprüche nicht mehr an den Mann bringen – einige davon gerieten deswegen ein wenig in Vergessenheit.

»Wie ist Ihr frittiertes Vogelfutter?«, fragte Zassenberg irgendwann, als könnte er die Gedanken seines Sitznachbarn lesen. »Sie wissen, dass Sie meinem Essen das Futter wegnehmen, oder?«

Momberger musste grinsen, denn anscheinend gab es immer genügend Nachschub an Menschen, die die immer gleichen Sprüche in die Welt posaunten. »Schmeckt hervorragend. Wie munden Ihnen die zugesetzten Antibiotika?«

Zassenberg rollte mit den Augen. »Sie sind wirklich schlecht darin, andere zu necken.« Er nahm noch einen großen Bissen, den er mit einem weiteren Schluck Bier hinunterspülte. »Daran sollten Sie arbeiten!«

Fünf Minuten später waren alle mit dem Essen fertig und lehnten sich zufrieden in ihren Stühlen zurück. Die Sonne war mittlerweile komplett verschwunden, und die Luft hatte sich spürbar abgekühlt. Die kiffenden Studenten am Brunnen hatten sich in eine der zahlreichen Kneipen am Marktplatz verzogen, und die Lautstärke in der Oberstadt hatte merklich abgenommen.

»Ich muss weiter in die ›Tränke‹«, sagte Zassenberg. »Kann ich Sie alleine lassen, ohne dass Sie sich gleich an die Wäsche gehen?«

»Bitte?«, fragte Momberger.

»Oder haben Sie noch etwas vor, Bill? Wie hieß noch einmal Ihr Schulfreund? Sandro?«

»Sascha!«, korrigierte ihn Bill leicht amüsiert. »Aber nein, ich habe nichts mit ihm vor.«

»Hätten Sie aber gerne, oder nicht?«

Obwohl Bill etwas gegen diese viel zu persönliche Frage hätte einwenden sollen, war es Momberger, der ganz plötzlich aus der Haut fuhr. »Langsam geht mir euer ständiges Geklüngel auf die Nerven«, rief er und warf zur Untermauerung seines kleinen Ausbruchs die Serviette auf den Tisch. »Keinen interessiert dieser dämliche Sascha!«

Er merkte selbst, dass er ein wenig über das Ziel hinausgeschossen war, doch Bill zeigte es ihm noch einmal deutlich: »Mich interessiert er sehr wohl, Momsen! Und du solltest endlich mal erwachsen werden. Es ist doch meine Sache, mit wem ich mich in meiner Freizeit treffe.« Sie stand auf und deutete auf

87

Zassenberg. Der saß noch immer in seinem Stuhl und wirkte amüsiert. »Ich begleite Sie zur ›Tränke‹. Die Rechnung geht auf Momsen, würde ich sagen.«

Daraufhin warf auch sie – mit großer Geste – ihre Serviette vor Momberger auf den Tisch und machte sie kehrt. Einmal drehte sie sich noch um. Die anderen Gäste beobachteten sie bereits. »Und *dämlich*? Wann hast du denn deine politisch korrekte Sprache aufgegeben?« Schließlich machte sie erneut kehrt und verschwand mit schnellen Schritten hinter der nächsten Ecke.

»Sie haben die Frau gehört, Momsen. Da will ich nicht widersprechen, schließlich ist sie ein Mädchen vom Dorf.«

»Das mit dem Kneipenquiz hatte ich schon wieder vergessen«, motzte Zassenberg, als er zusammen mit Bill ein paar Minuten später in der »Tränke« eintraf. Der winzige Kneipenraum platzte aus allen Nähten. An jeden der gerade einmal sechs Tische hatten sich fast zehn Studenten gequetscht, und einige Quizzer standen sogar ganz ohne Sitzgelegenheit im Gang.

Am gegenüberliegenden, allerdings nicht allzu fernen Ende des Raums stand Anastasia Kvitova hinter einer schmalen Theke. Zassenberg hatte Nasti während des ersten Falls in Marburg kennengelernt und war erstaunlich schnell mit ihr im Bett gelandet. Man konnte zwar nicht behaupten, dass sie danach ein Paar geworden wären, aber zumindest hatten sie sich immer wieder getroffen und ihrer Lust freien Lauf gelassen. Sie verstanden sich mittlerweile sehr gut, und zumindest Zassenberg hätte nichts dagegen gehabt, sie noch häufiger zu sehen.

Nasti trug ihre Haare nun deutlich kürzer, was sie aber nicht weniger attraktiv machte. Außerdem waren, auch wenn Zassenberg nicht ganz sicher war, noch einige Tattoos und Piercings hinzugekommen. Körperschmuck war nichts, woraus er sich viel machte, und so hatte er auch kein Auge dafür.

Nasti war wie immer alleine für den Laden zuständig und musste nicht nur den gewaltigen Ansturm an Studenten mit Alkohol versorgen, sondern nebenbei auch noch das Quiz leiten.

Während Zassenberg und Bill sich durch die Menge Richtung Theke drückten, verlas sie eine neue Frage: »Der vom Schicksal geschlagene König Ödipus ist heute vor allem wegen seines schrägen Verhältnisses zu seiner Mutter bekannt. Übersetzt man seinen Namen allerdings ins Deutsche, würde man bei ihm ein ganz anderes medizinisches Problem vermuten. Welches ist das?«

Sie bemerkte Zassenberg und Bill, die sich – nicht ohne sich den ein oder anderen finsteren Blick einzufangen – endlich durch die Menge gedrängt hatten.

»Hey!«, rief sie fröhlich und umarmte zunächst Bill und dann Zassenberg, von dem sie sich einen Kuss auf die Wange geben ließ. »Ich habe leider keine Zeit für euch.« Sie deutete auf den Gastraum, in dem sich die Gäste teilweise auf dem Schoß saßen. Dann reichte sie Zassenberg einen Schlüssel und sah ihn ernst an. »Sicher, dass du mich heute Nacht hörst, wenn ich an der Tür klingle?«

»Keine Sorge!«, versicherte er und nickte zustimmend. »Du weißt doch, wie leicht mein Schlaf ist.«

»Ich weiß vor allem, wie laut dein Schlaf ist. Entschuldige! Keine Zeit zum Quatschen.« Sie schnappte sich vier große Biergläser und hielt das Quartett unter den Zapfhahn.

»Alles klar!«, rief er verständnisvoll und sah sie dennoch für eine Weile so an, als wartete er noch auf etwas. Nasti jedoch war voll und ganz mit Zapfen beschäftigt und fummelte nebenbei bereits die nächsten Gläser aus dem Regal.

»Ach, eins noch«, rief Bill und lehnte sich über die Theke. Sie flüsterte ihr etwas ins Ohr, Nasti nickte, und die Ermittlerin schloss sich grinsend wieder Zassenberg an. Während sie sich Richtung Ausgang durchschlugen, zog sie ein Bein hinter sich her, als hätte sie sich den Fuß verletzt.

»Haben Sie sich etwas getan?«

»Ich? Quatsch!« Sie humpelte noch einen Schritt, als hätte ihr jemand ins Bein geschossen. »Das ist die Lösung des Rätsels. Ödipus heißt eigentlich Klumpfuß.«

»Klumpfuß? Wer gibt seinem Kind denn den Namen Klumpfuß?«

Er setzte sich langsam in Bewegung. Nastis Wohnung lag in der Oberstadt und war nur ein paar Minuten entfernt. Bill folgte ihm, nun allerdings nicht mehr humpelnd. »Mama und Papa waren nicht gerade Vorzeigeeltern. Sie haben dem kleinen Ödipus die Achillessehne durchgeschnitten und ihn dann im Nirgendwo ausgesetzt.«

»Was? Wieso das denn?«

»Sie hatten das Orakel befragt, was einmal aus ihrem Sohn werden würde. Und das hat ihnen gesagt, dass er seinen Vater töten und mit seiner Mutter schlafen würde. Also haben sie ihn ausgesetzt und ihm die Achillessehne durchgeschnitten, um sicherzugehen, dass sich die Prophezeiung nicht erfüllt.«

»Klingt fast, als wäre die Geschichte für unseren Fall gemacht. Finden Sie nicht?«

»Glauben Sie, die Sindermanns hätten ihr Kind auch ausgesetzt, wenn man ihnen gesagt hätte, was einmal aus ihm werden würde?«

»Ziemlich drastische Sache, aber vielleicht hätten sie dann früher eingreifen können.«

»Im Falle von Ödipus hat es jedenfalls nichts gebracht.« Sie schlenderten durch die engen Gassen der Oberstadt, die mittlerweile von Laternenlicht erleuchtet wurde. »Er hat natürlich überlebt. In Geschichten überleben Kinder immer, wenn man sie aussetzt. Romulus und Remus, Mose, Hänsel und Gretel – sind alle heil davongekommen. Genauso wie der kleine Ödipus. Weil seine Eltern ihn als Säugling ausgesetzt hatten, erkannten sie ihren erwachsenen Sohn nicht mehr. Ödipus erschlug seinen Vater im Streit, ohne ihn zu erkennen, und schlief, wie wir alle wissen, auch mit seiner Mutter.«

»Ein trauriges Ende.« Zassenberg blieb vor einem Fachwerkhaus stehen, das am oberen Ende gut und gerne einen Meter überstand. Die Balken waren im Lauf der Jahre in Bewegung geraten und hatten irgendwann ein sehr windschiefes Haus ent stehen lassen. Damit war es keine Ausnahme, denn die meisten Gebäude in der Oberstadt hatten sich über die Jahrhunderte in die ein oder andere Richtung geneigt.

»Das ist aber nicht das Ende«, erklärte Bill. »Als Ödipus herausfand, was er getan hatte, kratzte er sich eigenhändig die Augen aus. Er konnte nicht ertragen, welches Unglück er über sich und seine Familie gebracht hatte.«

Zassenberg war ungewohnt nachdenklich. »Jetzt erinnert es mich schon deutlich weniger an unseren Fall.«

11

Am nächsten Tag versuchte Momberger, so gut es ging, darüber hinwegzutäuschen, dass er am Abend zuvor aus der Haut gefahren war. Er grüßte Bill mit einem neutralen »Guten Morgen«, nickte den Kollegen zu, holte sich einen Kaffee und trug ihn in sein kleines, hässliches Büro.

Keine fünf Minuten später klopfte Bill an die Tür. »Na, Chef!«

»Hey, Bill!« Er hatte sich vorgenommen, professionell zu bleiben, musste aber beim Anblick seiner hübschen Kollegin zumindest eine Sache ansprechen: »Wegen gestern Abend …«

Bill hob sofort eine Hand, um ihn zu unterbrechen. »Schon vergessen, Momsen! Sieh einfach zu, dass es sich nicht wiederholt.«

»Okay!« Er nickte eifrig und schluckte die Entschuldigung herunter, die er sich zurechtgelegt hatte. Das war ihm ohnehin lieber.

»Ich bin eigentlich hier, weil ich nichts zu tun habe«, sagte Bill. »Kann ich dir irgendwie helfen?«

»Du könntest mir sagen, wo unser werter Kollege aus Frankfurt sich herumtreibt. Ist der schon hier aufgetaucht?«

»Bisher nicht. Vielleicht hat Nasti ihn nicht aus dem Bett gelassen.« Sie grinste schelmisch.

Momberger ging gar nicht erst darauf ein, denn das hätte seinen Plan, sich professionell zu verhalten, gleich wieder zunichtegemacht. Stattdessen ging er zur Tür und schaute an Bill vorbei in Richtung des Büros von Wolfgang Plank. Die Tür war geschlossen, was gemeinhin ein Zeichen dafür war, dass der Chef nicht im Haus weilte.

»Ist er da?«, fragte er Bill zur Sicherheit.

»Nein. Der ist heute in Wiesbaden auf einem Seminar. Ich glaube nicht, dass wir ihn im Laufe des Tages noch zu Gesicht bekommen.«

»Alles klar!« Momberger nahm seine Jacke. »Dann komm mit!«

»Mit wohin?«

»Zum Tennisverein Rot-Weiß Marburg. Und wenn der alte Plank dich später fragt, warst du den ganzen Tag am Schreibtisch.«

Bill musste nicht lange überlegen. Momberger wusste, dass es sie stets dorthin zog, wo der Fall gelöst wurde. Das abzutippen, was andere herausgefunden hatten, war weniger ihr Ding. Sie schnappte sich Jacke, Dienstwaffe sowie Ausweis und kam beschwingt zurück.

»Zaun, Michel!«, rief Momberger durch den Raum. »Wenn Zassenberg auftaucht, sagt ihm, dass wir beim Tennisverein sind. Schafft ihr das?«

»Klar doch, Chef!«, antwortete Albert Michel. »Tennisverein, wird erledigt.«

Einen kurzen Moment überlegte Momberger, ob er Zassenberg nicht lieber anrufen oder zumindest eine Notiz hinterlassen sollte, verwarf den Gedanken aber wieder und verließ die Dienststelle. Zur Feier des Tages ließ er einmal die obligatorische Zigarette weg, die er ansonsten immer zwischen Tür und Dienstwagen rauchte. Stattdessen stiegen sie gleich ins Auto und machten sich auf den Weg zu Rot-Weiß Marburg.

Auf der Fahrt blieb Momberger bei seiner Prämisse, nicht zu sehr ins Private abzudriften. Er hatte eine schlimme Vorahnung, wo es hinführen könnte, wenn er wieder auf das pubertäre Niveau fiele, das er gerade noch erfolgreich unterdrückte.

Bill machte diesem Plan allerdings schnell einen Strich durch die Rechnung. Sie saß am Steuer und schaute immer wieder zu ihm hinüber. Wahrscheinlich war ihr bereits aufgefallen, was er sich vorgenommen hatte. Sie schien jedoch nicht daran interessiert zu sein, die Fahrt schweigend zu verbringen. Also erklärte sie schon bald: »Ich glaube, Nasti will Zaster abschießen.«

»Ach ja?« Er versuchte sich nichts anmerken zu lassen. Von

Klatsch und Tratsch hielt er sich ansonsten fern, aber da ging es ja auch nicht um Zassenberg. »Wie kommst du darauf?«

»Sie hat sich gestern komisch benommen. Aber ich glaube, er hat es gar nicht bemerkt.«

Momberger lachte. »Vielleicht ist das seine Schwachstelle. Irgendwie muss er seine vier Ex-Frauen ja zusammenbekommen haben.«

»Hoffentlich lässt sie sich mit dem Abschuss noch so lange Zeit, bis wir den Fall zu Ende gebracht haben.«

»Warum?«

Sie grinste diebisch. »Sonst muss er ja bei mir übernachten.« Er verstand den kleinen Seitenhieb auf sein kindisches Benehmen und freute sich, dass Bill ihn bereits damit aufzog, statt es ihm übel zu nehmen. Um das Kriegsbeil endgültig zu begraben, legte auch er seine ohnehin selten genutzte Professionalität wieder ab und antwortete: »Ihr Mädchen vom Dorf steht wohl einfach auf Frankfurter Würstchen.«

Sie mussten beide laut lachen, und Bill hätte sogar fast ein Auto am Wegesrand gestreift. So hatte sich ihr Verhältnis schnell wieder normalisiert. Momberger freute sich darüber, dass er Bill aus der Dienststelle geschmuggelt hatte.

Etwa fünf Minuten später fuhren sie auf das Vereinsgelände des TV Rot-Weiß Marburg und suchten sich einen Parkplatz zwischen den bereits anwesenden Nobelkarossen. Neben verschiedenen SUVs aus dem oberen Preissegment waren natürlich auch einige für die Stadt völlig übermotorisierte Porsches anwesend. Nur ein kleiner alter Polo mit einer Tür, die farblich nicht zum Rest des Autos passte, störte das Bild.

Momberger unterzog den Fuhrpark einer Sichtung. »Es ist doch erst halb zehn«, wunderte er sich. »Was machen die alle schon hier?«

Der Antwort näherten sie sich, als sie den Parkplatz verließen. Auf der Anlage des Vereins gab es gut und gerne ein Dutzend Tennisplätze, und etwa die Hälfte wurde bereits zu dieser frühen Stunde bespielt. Bei den Spielern handelte es sich fast ausschließlich um Damen und Herren des gehobenen Alters in teurer Tenniskluft. Die meisten schienen weniger daran interessiert zu sein, zu spielen, als daran, am Netz zusammenzukommen und miteinander zu plappern.

Momberger fragte sich, wer wohl der beste Ansprechpartner sein könnte, als er zwischen zwei Werbebannern hindurch einen jungen Mann auf dem Platz bemerkte, der etwa im Alter von Marcel Sindermann zu sein schien. Er tippte Bill an und sagte: »Ich befrage mal den Kerl dahinten. Kannst du dir eins von den Altherrendoppeln vornehmen?«

»Na klar! Die haben keine Chance gegen mich.« Sie zwinkerte ihm zu und verschwand mit schnellen Schritten. Damit war sie bereits aktiver als die Damen und Herren auf dem Platz.

Momberger sah ihr für einen Moment hinterher. Er überquerte die Anlage und prüfte im Vorbeigehen die aktuelle Karte des hochgelobten Italieners, der an das Vereinsheim angeschlossen war. Sie hing in einem Schaukasten neben einigen Aufnahmen des Tennisnachwuchses sowie mehreren Bildern, die wohl von einem kleinen Turnier auf der Anlage stammten. Gerade wollte er weiter, da fiel ihm etwas ins Auge: Auf einem großen Foto in der Mitte standen zwei sportlich gekleidete Männer vor einem Tennisnetz. Der eine hielt einen ansehnlichen Pokal in den Händen und sah dem jungen Mann sehr ähnlich, der gerade nebenan auf dem Platz stand. Der andere musste sich mit einem hübsch polierten silbrig glänzenden Teller zufriedengeben, der wohl dem zweiten Platz vorbehalten war. Diesen Kerl kannte er nicht, allerdings zog er eine Miene, als wollte er seinem Nebenmann mit dem Teller den Scheitel neu ziehen. Seine Aufmerksamkeit hatte aber eine dritte Person erregt: Es war das Opfer, Marcel Sindermann. Er trug Anzug und Krawatte und hielt sich abseits der Tennisspieler. Über dem Bild stand: »Vereinsmeisterschaften 2023, 2. August. 1. Platz: Nino Althaus; 2. Platz: Moritz Schultheis«. Besonders interessant war das Datum. Der zweite August war erst zehn Tage her. Vielleicht war Marcel Sindermann nach der Aufnahme nur noch einige

95

Stunden am Leben gewesen. Beim zornigen Funkeln in den Augen des Zweitplatzierten konnte Momberger sich denken, wer an diesem Tag in der richtigen Stimmung für einen Mord gewesen war.

Er warf einen letzten Blick auf den noch lebendigen Marcel und ging zum Sieger der Vereinsmeisterschaften, der gerade ziemlich wild auf dem Sand hin und her sprintete. Allerdings war auf der anderen Seite kein Roger Federer zu finden, der ihm die Bälle mit Kraft und Geschick um die Ohren fliegen ließ, sondern eine Frau Ende vierzig, die nicht wirklich etwas mit dem Schläger in ihrer Hand anzufangen wusste. Selbst Momberger, der vom Tennis so viel Ahnung hatte wie von Quantenphysik, erkannte, dass hier Hopfen und Malz verloren war. Während die Frau jeden zweiten Ball mit dem Rahmen traf und die gelbe Filzkugel so kreuz und quer verteilte, hetzte auf der anderen Seite Nino Althaus über den Platz und spielte seiner weniger talentierten Mitspielerin den Ball ein ums andere Mal genau vor die Füße, sodass diese sich beim erneuten Versagen kaum von der Stelle rühren musste.

»Entschuldigung!«, rief Momberger und trat auf die rote Asche. »Haben Sie eine Minute?«

Nino Althaus fing den Ball mit seiner freien Hand, in der er schon drei andere Bälle hielt. »Kommt drauf an«, antwortete er. »Brauchen Sie eine Trainingsstunde?«

»Nein, danke! Ich bin nicht so der Sportler.« Er rieb sich über den Bauch und machte ein trauriges Gesicht. »Ich würde gerne mit Ihnen über Marcel Sindermann reden.«

»Nicht schon wieder! Da habe ich wirklich keinen Bock mehr drauf!«

Er war bereits dabei, sein Training fortzusetzen, als Momberger seinen Ausweis zückte. »Herr Sindermann ist tot.«

Der Trainer erstarrte, fing sich dann aber wieder. An seine Mitspielerin gewandt sagte er: »Katja, wir müssen für heute leider Schluss machen.«

»Ist alles okay?«, fragte die Frau auf der anderen Seite des

Netzes. Sie hatte anscheinend nicht mitbekommen, was Momberger von ihrem Trainer wollte.

Nino Althaus erklärte ihr: »Nicht wirklich. Aber wir holen die Stunde nach, versprochen!«

Mit kritischem Blick packte sie ihre Sachen zusammen und verschwand.

»Ich melde mich bei dir«, warf ihr Nino Althaus hinterher und hob zum Abschied noch einmal den Schläger, als wäre es sein verlängerter Arm. Dann wandte er sich Momberger zu und atmete durch.

Nino Althaus entsprach nicht ganz dem Bild des reichen Tennisschnösels. Er trug durchgelaufene Schuhe, hatte wohl schon länger keinen Friseur mehr gesehen und zu allem Überfluss ein Led-Zeppelin-Shirt an – Mombergers Lieblingsband. Vielleicht war es tatsächlich an der Zeit, seine alten Feindbilder zu überdenken – dazu gehörten die privilegierten Mitglieder im Tennisverein schon aus Prinzip.

»Sie sind Nino Althaus, oder? Ich habe Ihr Bild im Schaukasten gesehen.«

»Ja, der bin ich. Nennen Sie mich Nino!«

»Bleiben wir bei Herr Althaus. Mein Name ist Eduard Momberger.

»Also stimmt das, was Sie von Marcel erzählt haben? Er ist wirklich tot?«

»Ja, das ist leider die Wahrheit. Sie hatten mit ihm zu tun, nehme ich an? Ihre Reaktion spricht dafür, dass Sie nicht unbedingt die besten Freunde waren.«

»Freunde? Marcel und ich waren ziemlich weit davon entfernt, Freunde zu sein. Der Drecksack hat die Hälfte meiner Schüler vergrault.« Er bemerkte schnell, dass er sich gerade ziemlich verdächtig gemacht hatte, und fragte wahrscheinlich deswegen noch einmal neugierig nach: »Was ist mit ihm passiert?«

»Er ist vom Kaiser-Wilhelm-Turm gefallen.«

»Vom Spiegelslusturm?«

»Ganz genau, vom Spiegelslustturm.« Er versuchte, den Namen nicht so zu betonen, als wenn er ihm zuwider wäre, und scheiterte kläglich. »Waren Sie in letzter Zeit mal dort?«

»Ja, nach dem Turnier. Wir hatten letzte Woche Vereinsmeisterschaften.«

»Habe ich gesehen. Herzlichen Glückwunsch übrigens!«

Es erfolgte keine Antwort, wohl weil es recht pietätlos gewesen wäre, Glückwünsche entgegenzunehmen, während sein ermordeter Bekannter in der Gerichtsmedizin aufgebahrt lag.

Allerdings gab es auch etwas viel Wichtigeres zu besprechen. »Sie waren beim Spiegelslustturm?«, fragte Momberger. »Mit Marcel Sindermann? Letzte Woche?«

»Ich würde nicht sagen, dass ich *mit* ihm da war. Man geht eben zum Turm, wenn man etwas zu feiern hat. Und ich hatte ja etwas zu feiern. Also bin ich zusammen mit meiner Freundin hoch. Da waren außer uns noch zwei Dutzend Studenten, die ihren Abschluss gefeiert haben.«

Plötzlich wurde es interessant. Es war nicht unmöglich, dass Nino Althaus gerade nichts ahnend von der Tatnacht erzählte. Vielleicht wusste er es aber auch ganz genau. Momberger zückte seinen altmodischen Notizblock, den die meisten seiner Kollegen bereits durch eine App auf dem Handy ersetzt hatten. Doch er hatte zum einen kein Smartphone und zum anderen eine gewisse Schwäche für die altmodische Herangehensweise. »Können Sie mir sagen, wer sich noch da oben aufgehalten hat?«

»Ein paar Namen kann ich Ihnen nennen, ja, aber die meisten kannte ich natürlich nicht. Von den Studenten sind mir nur zwei oder drei schon mal über den Weg gelaufen.«

»Sagen Sie mir einfach jeden Namen, der Ihnen einfällt.«

Genau das tat Nino Althaus, und Momberger notierte alle Informationen, die er bekommen konnte. Für den Schluss hatte sich sein Gegenüber noch jemanden aufgehoben, dessen Namen er herauspуckte wie eine faule Nuss: »Und Moritz. Der war auch da, obwohl er das Finale gegen mich verloren hatte.«

»Moritz? Moritz Schultheis? Der junge Mann mit dem Geschirr in der Hand?«

»Genau der. Er war stocksauer auf Marcel. Wäre ihm um ein Haar an die Gurgel gegangen.«

»Warum das?«

»Marcel war Schiedsrichter im Finale, und Moritz hat sich mehrere Male um einen Punkt betrogen gefühlt – unter anderem beim Matchball.«

»Wurde er denn betrogen?«

Er zuckte mit den Schultern, was für Momberger bereits ein Eingeständnis darstellte. Die Antwort, die er schließlich von sich gab, war eine weniger eindeutige: »Ich spiele den Ball nur übers Netz. Wenn der Schiri sagt, dass er im Feld war, dann war er das für mich auch.«

»Wenn Sie meinen. Haben sich die beiden wegen seiner Entscheidungen gestritten?«

»Gestritten?« Er lachte höhnisch. »Moritz hätte Marcel fast verprügelt. Er hat drei Schläger zertrümmert. Der Vorstand wollte ihn nach dem Finale aus dem Verein werfen, weil auch Journalisten anwesend waren. Man hatte Angst um das Image des Vereins – hat der Vorstand eigentlich immer. Schauen mich immer an wie einen Außerirdischen, wenn ich so was hier anziehe.« Er zupfte an seinem Led-Zeppelin-Shirt herum, auf dem der nackte Apollo mit seinen engelsgleichen Schwingen zu sehen war. »Sie haben sich dann aber dazu entschieden, Moritz nur bis zum Ende der Sommersaison auszusperren.«

»Interessant«, meinte Momberger und schrieb mit. Dann fiel ihm ein, dass er noch etwas anderes fragen wollte: »Als ich Sie auf Marcel angesprochen habe, reagierten Sie ebenfalls ziemlich gereizt. Wie kommt das?«

Nino Althaus rollte mit den Augen. »Ich finanziere mit dem Training mein Studium. Deshalb ist es mir sehr wichtig, dass meine Schüler ein gutes Verhältnis zu mir haben und mich im besten Fall weiterempfehlen.« Er hielt sich den Schläger wie einen Schild vor die Brust. »Aus irgendeinem Grund hat Marcel vor ein paar Monaten das Gerücht verbreitet, ich würde die Kinder im Training … na ja … anfassen.«

»Aber das haben Sie nicht?«

»Nein! Um Gottes willen! Natürlich nicht. Sie können gerne die Kinder fragen oder die Eltern oder die zwanzig Leute, die immer auf der Anlage sind, während ich Training gebe.«

»Trotzdem haben Sie Probleme bekommen?«

»Mir sind die Hälfte meiner Stunden weggebrochen. Deswegen musste ich noch einen zweiten Job annehmen. Ich gebe jetzt noch Deutschunterricht in Integrationskursen. Sonst könnte ich meine Miete nicht mehr zahlen.«

»Die Leute haben Marcel Sindermann also geglaubt?«

»Zumindest haben sie ihre Kinder nicht mehr zu mir geschickt. Sicher ist sicher, haben die sich wahrscheinlich gedacht – selbst wenn sie mir geglaubt haben. Vor zwei Wochen hatte ich ein Gespräch mit dem Vorstand. Die haben gesagt, dass die Eltern lieber einen anderen Trainer hätten. Deswegen gebe ich jetzt hauptsächlich Stunden für gelangweilte Hausfrauen.«

Momberger klappte seinen Notizblock wieder zu. »Herr Althaus, ich würde Sie bitten, morgen noch mal bei uns auf der Dienststelle zu erscheinen. Ich habe vielleicht noch einige Fragen, die Sie mir beantworten könnten. Aber jetzt fehlt mir die Zeit.«

»Kein Problem«, antwortete er und nahm von Momberger eine Visitenkarte entgegen.

Bevor der Ermittler sich wieder auf den Weg zu Bill machte, deutete er noch einmal auf den geflügelten Apollo. »Sehr guter Geschmack. Bleiben Sie dabei!«

12

»War das Nino Althaus?«, fragte Bill, als sie sich wieder trafen. Auf einem der roten Ascheplätze standen vier Herren im gehobenen Alter und schauten der jungen Beamtin hinterher.

Momberger ignorierte die unangebrachten Blicke und ging auf die Frage ein: »Ja, genau der. Woher weißt du das?«

»Die Jungs dahinten …«, sie winkte ihren neuen Verehrern zu, »… haben mich ein wenig in das Vereinsleben eingeführt. Und Nino Althaus war dabei Thema.«

»Wegen der Gerüchte um die Kinder?«

»Auch, ja. Aber die hat niemand geglaubt, sagen die Herren. Vor allem, weil sie von unserem Opfer gekommen sind. ›Wer einmal lügt, dem glaubt man nicht‹, war der allgemeine Tenor. Es hat den Anschein, als müsste man bei Marcel Sindermann ergänzen: Wer immer lügt, dem glaubt man schon mal gar nicht.«

Momberger war erleichtert, dass nicht alle glaubten, was Marcel Sindermann von sich gab. Der war, das stellte sich nun immer deutlicher heraus, eine faule Zwiebel, die sich mit jeder Schicht als verdorbener entpuppte. Trotzdem wusste er den Toten noch nicht einzuordnen, konnte noch nicht sagen, was ihn antrieb und was am Ende einen anderen Menschen dazu gebracht hatte, ihn in den Tod zu stoßen.

Nino Althaus hingegen schien sich eventuell wieder aus dem Tal herausziehen zu können, in das ihn sein Vereinskollege gestoßen hatte. Nun war dem Ermittler klar, dass der kleine angerostete Polo, der ein paar Meter weiter stand, nur dem jungen Trainer gehören konnte. Dafür sprach zudem das Nummernschild mit den Initialen NA. Trotzdem blieb der Mann mit dem guten Musikgeschmack natürlich im Kreis der Verdächtigen, wenn auch nicht die Nummer eins. Jemanden, der diese Stelle einnehmen konnte, hatte er allerdings noch nicht entdecken können.

»Was haben die alten Herren noch erzählt? War etwas dabei, das uns weiterbringen könnte? Vielleicht vom Turnier letzte Woche?«

»Das wollte ich gerade ansprechen. Die Jungs …« »Noch einmal drehte sie sich herum und die vier Herren sich daraufhin ertappt zur Seite, als würden sie sich tatsächlich einmal ihrem Sport widmen und nicht die ganze Zeit die junge blonde Polizistin anstarren.«

Bill setzte ein breites Lächeln auf. »Sie haben mir erzählt, dass ein gewisser Moritz Schultheis wohl ziemlich sauer auf unser Opfer gewesen sein soll.«

»Weil er sich um den Turniersieg betrogen gefühlt hat«, ergänzte Momberger. »Dann sollten wir diesen Herrn Schultheis mal ausfindig machen.«

»Die Adresse habe ich schon.«

»Von den Alpharentnern? Die können sich doch kaum an ihr Frühstück erinnern.« Momberger wagte einen weiteren Blick in Richtung Herrendoppel, das sich noch immer nicht wirklich zum Spielen durchringen konnte. Sie standen weiterhin am Netz, stierten diesmal aber nicht auf Bills Hintern, sondern unterhielten sich. Momberger ging davon aus, dass sie die Farbe ihres nächsten Porsche untereinander absprachen, um der Peinlichkeit aus dem Weg zu gehen, mit dem gleichen Wagen vorzufahren. Er bemerkte zu spät, dass sein Plan, pauschale Urteile zu vermeiden, bereits nach kurzer Zeit in den Hintergrund zu rücken drohte.

»Es ist eine ganz besondere Adresse. Deshalb haben sie es sich gemerkt.«

»Es gibt besondere Adressen bei uns? Wohnt er im Schloss?«

»Du sagst es.«

Momberger runzelte die Stirn, schließlich wusste er, dass im Schloss nur ein Mensch wohnte, und zwar der Hausmeister. Diesen kannte er zufälligerweise von früher, denn er hatte im »Troubadix« den ein oder anderen Abend mit ihm verbracht. Die Kneipe in der Oberstadt war nur wenige hundert Meter vom Schloss entfernt. Allerdings handelte es sich bei dem längsten Teil der Strecke um steile Höhenmeter, die – gerade nach sechs bis zehn Bier – den Heimweg in eine längere Prozedur verwandeln konnten.

Erst nach einigen Sekunden ging ihm auf, dass Bill nicht das Schloss selbst gemeint hatte, sondern eine besondere Einrichtung, die sich direkt daneben befand.

»Ist er einer von den Stipendiaten?«, fragte er. Bill nickte, woraufhin ihm eine gute Idee kam. »Da muss ich mit Zaster hin. Das wird ihn zur Weißglut treiben.«

Wie abgesprochen klingelte plötzlich sein Handy, und als er es aus der Hosentasche gefummelt hatte, wurde der Name »Zaster« angezeigt. Er klappte das Handy auf und fragte: »Sie wünschen?«

»Wo sind Sie?« Die Stimme am anderen Ende klang extrem mürrisch.

»Beim Tennisverein. Hat Ihnen Michel nichts davon gesagt?« Statt einer Antwort hörte Momberger zunächst nur ein genervtes Schnaufen. »Die Pappnase hat mir erzählt, Sie würden Sport treiben. Damit konnte ich natürlich wenig anfangen, schließlich haben Sie offensichtlich noch nie Sport getrieben.«

Das stimmte so nicht ganz, denn in seiner Jugend hatte Momberger sich durchaus an der einen oder anderen Sportart versucht, allerdings hatte ihm stets die Lust und häufig auch die Disziplin gefehlt, um eine davon wirklich zu verinnerlichen. Da das nun schon eine ganze Weile her war und er das letzte Mal vor etwa zehn Jahren für eine körperliche Aktivität aus dem Haus gegangen war, konnte er Zaster nicht wirklich widersprechen.

»Das haben wir beide gemeinsam«, versuchte er stattdessen zurückzusticheln. »Jetzt wissen Sie ja, wo ich bin. Aber wir sind in zwanzig Minuten ohnehin wieder auf der Dienststelle.«

»Beeilen Sie sich!« Zassenberg legte auf, ohne sich zu verabschieden.

Momberger schüttelte den Kopf und steckte das Handy weg.

»Lass uns fahren«, sagte er.

Zum Abschied drehte Bill sich noch einmal zu ihren Jungs und schenkte ihnen ein überschwängliches »Auf Wiedersehen!« und ein zweideutiges Zwinkern.

Als sie im Auto saßen, holte Momberger einmal mehr seinen Notizblock hervor.

Bill stichelte: »Willkommen in den Fünfzigern!«

»Ruhe auf den billigen Plätzen! Das hier sind Namen und Daten von ein paar Personen, die letzte Woche auf dem Kaiser-Wilhelm-Turm waren – vermutlich an dem Tag, als der Mord geschehen ist. Könntest du mit denen Kontakt aufnehmen?«

»Haben wir plötzlich einen genauen Zeitpunkt für den Mord? Und das sagst du mir so nebenbei?«

Momberger erzählte ihr, was ihm zuvor Nino Althaus gesagt hatte, und fügte hinzu: »Wir können wohl davon ausgehen, dass Marcel Sindermann die Feier nicht lebendig wieder verlassen hat. Und wenn dem so ist …«

»… dann war der Mörder unter denjenigen, die ebenfalls dort oben waren.«

»Oder die Mörderin.«

»Natürlich. Gleichberechtigung auf allen Ebenen.«

Zassenberg wartete bereits auf dem Parkplatz und gönnte sich eine Zigarette. Bill parkte den Wagen gar nicht erst, sondern warf Momberger nur die Schlüssel zu und verschwand in der Dienststelle.

Zassenberg lehnte am Treppengeländer und sah noch übler als gewöhnlich aus.

»Guten Morgen, Zaster!«, sagte Momberger. »Müde?«

»Sie meinen das hier?« Er zog seine Augenringe straff. »Hatte nicht allzu viel Schlaf, das stimmt.«

»Nasti?«

»Hat mich noch ein wenig wach gehalten, als sie heute Morgen nach Hause gekommen ist.« Das bubenhafte Grinsen unter den eingefallenen Augen musste Momberger als Antwort genügen. »Sie und Bill haben sich wieder vertragen?«

Momberger nickte. »Passt schon.«

Nach einem letzten Zug an seiner Zigarette drückte sich Zassenberg vom Treppengeländer weg und marschierte Richtung Dienstwagen. »Wo geht's hin? Ich bin schon ganz aufgeregt.«

»Dürfen Sie auch sein. Wir fahren ins Wohnheim.«

Studentenwohnheime gehörten ebenso zu Marburg wie die Elisabethkirche oder die Alte Universität. Momberger hatte selbst nie eines sein Zuhause nennen dürfen. Er hatte während des Studiums in einer kleinen baufälligen Bude in der Oberstadt gewohnt, die bei jedem größeren Regenguss Wasser durch die Decke laufen ließ, als hätte jemand den Hahn offen gelassen. Trotzdem war er natürlich gerne und oft Besucher in Wohnheimen gewesen, schon deswegen, weil zwei seiner ehemaligen Liebschaften in einem solchen untergebracht gewesen waren. Sie waren allerdings kein Ort, an dem jemand wohnte, sondern eher eine Anlaufstelle für Menschen, die sich sofort nach etwas Besserem umschauten. Natürlich konnte nicht jeder im edlen Südviertel oder der kneipenreichen Oberstadt unterkommen, aber die meisten versuchten es zumindest. Die Tatsache, dass man sich mit Menschen eine Dusche teilen musste, deren Hygienestandards stark von den eigenen abweichen konnten, verstärkte die hohe Fluktuation in den Unterkünften noch. Sie lagen in der Regel nicht im Zentrum der Stadt und damit auch weit weg von der ersten Theke. Zudem sahen sie häufig aus, als hätte man die letzten Tage der DDR dazu genutzt, möglichst viele Plattenbauten nach Marburg zu schaffen.

Eine Ausnahme gab es allerdings: Über Marburg, das sich im Tal zu beiden Seiten der Lahn angesiedelt hatte, fand sich die mittelalterliche Oberstadt, und über dieser wiederum stand das Landgrafenschloss, das bereits tausend Jahre hinter sich hatte und während der Reformationszeit von Philipp dem Großmütigen zu seiner endgültigen Pracht ausgebaut worden war. So viel wusste Momberger wie die meisten anderen Marburger aus dem Effeff. Neben dem eigentlichen Schloss hatte Philipp, der seinen Beinamen in gewisser Weise durchaus verdient hatte, das erste Studentenwohnheim für seine gerade erst gegründete Universität bauen lassen. Vor diesem mittlerweile fünfhundert Jahre alten Gebäude befand sich ein kleiner Parkplatz, der wie immer komplett belegt war. Momberger scherte sich nicht wirklich darum und stellte den Dienstwagen hinter den erstbesten Mercedes, den er zu sehen bekam.

»Hier wohnen Menschen?«, fragte Zassenberg einmal mehr, diesmal weniger abschätzig als noch in Biedenkopf. »Sieht mir eher nach Museum aus.«

»Das ist die ›Hessische Stipendiatenanstalt‹. Die hat Landgraf Philipp vor fünfhundert Jahren für mittellose —«

»Quatschen Sie keine Opern, Momsen! Sie wissen, dass ich nicht an dem Touri-Gelaber interessiert bin.«

»Als wenn ein wenig Allgemeinwissen schon mal jemandem geschadet hätte.«

»Dass Coca-Cola früher Kokain enthalten hat, ist Allgemeinwissen. Was Sie da erzählen, ist Blabla für fette Touristen.«

Ohne ein weiteres Wort schloss Momberger den Wagen ab. Das Studentenwohnheim sah im Grunde wie ein Anbau des Landgrafenschlosses aus, und es war auch über eine kleine Brücke mit diesem verbunden. Alte, mit grobem Mörtel zusammengehaltene Mauern bildeten ein vierstöckiges Gebäude, das tatsächlich wirkte, als wäre es ein Museum. Anstatt die Zeichen der Vergangenheit auszustellen, diente es noch immer seinem eigentlichen Zweck: mittellosen Studenten ein Zuhause zu bieten. Die Bewohner organisierten sich größtenteils selbst und ließen sich von außen nur ungern in die Angelegenheiten des Hauses hineinreden.

Momberger mochte die kleine, an eine Kommune erinnernde Gemeinde und freute sich jedes Mal darüber, dass sie das historische Gebäude weiterhin für ihre Zwecke nutzen durfte.

Zassenberg auf der anderen Seite hatte bereits einen kritischen Blick aufgesetzt. Dass er mit Studenten nur wenig anfangen konnte, war nichts Neues. Wie aber würde er reagieren, wenn er auf einen ganzen Haufen von ihnen treffen würde? Bei den Bewohnern der »Hessischen Stipendiatenanstalt« handelte es sich zudem um eine eher linke Gruppe, was man schon an den verschiedenen Bannern erkennen konnte, die aus den Fenstern hingen. Dort fanden sich unter anderem Aufschriften wie »Kein Mensch ist illegal«, »Free Tibet« und »Der Danni bleibt«.

»Danni?«, fragte Zassenberg, nachdem er sich die breite Auswahl an politischen Statements durchgelesen hatte. »Wer soll das sein?«

»Nicht wer, sondern was! Der Danni ist der Dannenröder Forst. Von dem haben Sie aber gehört, oder nicht?«

»Der Wald, aus dem wir die Verrückten herausholen mussten? Wegen der Autobahn?«

»Verrückt würde ich die Menschen jetzt nicht nennen. Die haben sich nur für etwas eingesetzt, das sie als schützenswert erachtet haben.«

»Ihnen ist schon klar, dass die Waldfläche in Deutschland seit Jahrzehnten zunimmt, oder?«

Das war Momberger leider nicht klar gewesen, was ihn in seiner schon geplanten Verteidigung der Aktivisten deutlich einschränkte.

Zassenberg legte nach: »Wenn Sie den Wald schützen wollen, dann sagen Sie den Damen und Herren, dass sie aus ihren Baumhäusern klettern und etwas gegen Borkenkäfer unternehmen sollen oder gegen sauren Regen. Das bisschen Autobahn macht den Braten nicht fett. *Das* sollte Allgemeinwissen sein, wenn Sie mich fragen.«

»Sei's drum«, antwortete Momberger. Er hatte noch nicht aufgegeben, sondern war eher zu der Überzeugung gelangt, dass er diesen Streit gar nicht selbst führen musste. Die Studenten im Wohnheim übernahmen das sicher gerne für ihn.

»Wollen wir rein?«, fragte er. Ein Lächeln hatte sich auf sein Gesicht geschlichen.

Die Tür des Wohnheims stand bereits offen. Trotzdem suchten sie auf dem Klingelschild nach dem Namen Schultheis, denn das unaufgeforderte Eintreten der Kriminalpolizei in ein Haus voller linker Studenten konnte schnell den falschen Eindruck erwecken und zu ungewollten Konsequenzen führen.

Als sie den Namen gefunden hatten, drückte Momberger die Klingel zweimal lange durch und wartete auf eine Reaktion. Auch nach einiger Zeit war kein Summer zu hören. Er bezweifelte, dass die uralte Holztür überhaupt einen besaß. Darüber hinaus vernahm er auch kein »Herein« oder etwas Ähnliches, weshalb er noch einmal die Klingel betätigte – diesmal ein wenig fester in der zur Enttäuschung verdammten Hoffnung, sie würde dadurch lauter werden. Wieder tat sich wenig, weshalb sie sich doch dazu entschlossen einzutreten.

Im Inneren herrschte das organisierte Chaos, das Momberger eigentlich eher aus kleinen WGs kannte. Der Flur stand voll mit Fahrrädern, Kleiderständern, Schuhen in allen Größen und Formen und einer erstaunlichen Auswahl an Bierkästen. Die größeren Wohnheime, zu denen dieses nicht gehörte, hatten eine strenge Hausordnung, weshalb man dort weniger Probleme gehabt hätte, durch den Flur zu gelangen. In den kleineren herrschte hingegen immer ein wenig Anarchie und damit ein Zustand, dem Momberger – in einem zu beherrschenden Rahmen – noch immer etwas abgewinnen konnte. Die Abwesenheit eines Herrschaftsverhältnisses – und sei es nur durch einen Zettel an der Wand – hatte ihre Vor- und Nachteile; seiner Meinung nach sorgte sie auf jeden Fall dafür, dass die Menschen sich untereinander besser verstanden. Er war der Überzeugung, dass Solidarität nur dort entstehen konnte, wo niemand allzu viel Macht über andere Menschen ausübte. Kleine, selbst organisierte Wohnheime, in denen kein empathieloser Eigentümer den Zorn auf sich zog, gefielen ihm deswegen auch als Alumnus noch sehr gut.

Für Zassenberg galt das wohl kaum. Der machte bereits ein Gesicht, als hätte man ihm einen Eiswürfel unter die Kleidung geschoben.

»Sehr nett!«, kommentierte er sarkastisch und wedelte mit der Hand vor der Nase herum. »Und hier wohnen also die klügsten Köpfe Hessens?«

»So ist es«, erklärte eine junge Frau, die gerade die Treppe zu ihrer Rechten herunterkam. Sie war klein, hatte lange rote Haare auf der einen und eine kurz geschorene Frisur auf der anderen Seite. »Suchen die Herren nach Rat?«

»So ähnlich«, antwortete Momberger, während Zassenberg den Kopf schüttelte. »Wir suchen nach Moritz Schultheis.«

»Nach unserem Schnösel? Was wollen Sie denn von dem?«

Ihre Ablehnung war unverhohlen. »Schnösel« war nicht unbedingt ein Begriff, mit dem man in einem Haus rechnete, in dessen Flur sechs Kästen Nörten-Hardenberger übereinandergestapelt waren.

Zassenberg zückte seinen Ausweis und antwortete: »Das lassen Sie mal unsere Sorge sein!«

Momberger hielt dieses Verhalten für einen Fehler. Seiner Erfahrung nach war es im Beisein von Studenten immer das Beste, die Staatsgewalt so lange wie möglich im Hintergrund zu halten.

Die Reaktion der Rothaarigen bestätigte diese Ansicht. »Die Bullen?«, fragte sie mit genau dem Gesichtsausdruck, den Zassenberg beim Betreten des Wohnheims aufgesetzt hatte. »Hat euch jemand hier reingelassen? Habt ihr einen Durchsuchungsbeschluss?«

»Jetzt hören Sie mal zu, junge Frau!«, fing Zassenberg an, aber sein Kollege stieß ihn in die Seite und machte einen Schritt auf die Frau zu. Hier war ganz sicher nicht der Frankfurter Vorschlaghammer angebracht, sondern die Erfahrung, die Momberger aus seiner eigenen Zeit an der Uni mitbrachte.

»Wir wollen keinen Ärger machen«, erklärte er mit zur Beruhigung erhobenen Händen, und Zassenberg hielt sich zum Glück aller Anwesenden zurück. »Wir sind von der Kripo und untersuchen einen Fall. Ist Herr Schultheis hier? Ansonsten sind wir gleich wieder weg, versprochen!«

Die Frau verengte die Augen zu schmalen Schlitzen. Offenbar konnte sie sich noch kein Bild davon machen, mit wem sie es zu tun hatte. Eine Antwort blieb sie ihnen schuldig, aber Momberger hatte noch ein kleines Ass im Ärmel. Er erkundigte sich nach dem Namen der jungen Frau.

»Karen«, antwortete sie. »Das muss erst mal genügen.«

»Tut es auch. Kennen Sie vielleicht jemanden namens Marcel Sindermann?«

»Ich? Nein! Wieso?«

»Seine Leiche wurde vor zwei Tagen im Wald gefunden.«

Sie wurde bleich und erstarrte.

Genau damit hatte er gerechnet. Es war für jeden Menschen unangenehm, in eine Ermittlung hineingezogen zu werden, ganz besonders, wenn es sich dabei um einen Mord handelte. Das galt natürlich auch für die linke Studentenschaft, die zwar des Öfteren mit der Polizei in Berührung kam, meistens aber in einem sehr wörtlichen Sinne. Schließlich bildeten Polizisten häufig die letzte Barriere zwischen den Studenten und etwas, das sie wahlweise zu schützen oder abzuschaffen gedachten: Wälder, Tiere oder Flüchtlinge auf der einen Seite und meistens Nazis auf der anderen. Es war ein von den Studenten und leider häufig genug auch von der Polizei provoziertes Gerangel und deswegen etwas vollkommen anderes als die Ermittlung, in die Karen ohne Nachnamen gerade geraten war. Das war der Vorteil auf Mombergers Seite.

»Also?«, fragte er nach. »Der Name sagt Ihnen nichts?«

»Nicht dass ich wüsste.«

»Aber Moritz Schultheis kennen Sie schon?«

»Ja, den kenne ich. Er ist eben mit Sportklamotten rausgegangen. Wahrscheinlich dreht er ein paar Runden im Schloss-

110

park, das macht er fast jeden Tag. Muss sich für das nächste Tennismatch in Form bringen. Oder er will einfach nur Frauen beeindrucken.«

Nein, sie schien wirklich nicht viel von ihrem Nachbarn zu halten.

Seltsam, dachte Momberger, denn in einem solchen Heim, das einer Kommune relativ nahekam, verstanden sich die Bewohner in der Regel hervorragend.

»Sie mögen Herrn Schultheis nicht besonders, höre ich heraus.«

»Niemand mag ihn. Aber das beruht auf Gegenseitigkeit.«

»Gibt es einen Grund dafür?«

»Er ist ein Arschloch, ist das Grund genug für Sie?«

»Es würde mich schon interessieren, welche Art von Arschloch Sie meinen. Donald Trump oder Johnny Depp?«

»Eher Elon Musk, zumindest hält er sich dafür. Spricht von morgens bis abends von seinen Plänen für die Zukunft, von Anlagemöglichkeiten, lukrativen Branchen und was weiß ich. Meistens versuche ich wegzuhören, wenn er den Mund aufmacht. Aber eines kann ich Ihnen sagen: Für seine erste Million würde er über Leichen gehen.«

Sie hatte es ausgesprochen und erschrak sofort vor sich selbst. Die Verbindung zwischen der Redewendung und dem Mordfall, der die Ermittler zu ihr geführt hatte, war ihr zu spät bewusst geworden.

»So habe ich das nicht gemeint«, versuchte sie ihre Äußerung zu relativieren. »Metaphorische Leichen, keine echten.«

Momberger beruhigte sie: »Keine Sorge! Ich habe auch schon ›Auf Wiedersehen‹ zu Blinden gesagt. Das rutscht einem manchmal raus.«

Zassenberg mischte sich ein: »Grundsätzlich scheinen Sie dem jungen Mann aber einiges zuzutrauen. Ist Ihnen bekannt, ob das auch Gewalt einschließt?«

Sie sah ihn an, als hätte er sie um eine Niere gebeten. Wahrscheinlich ratterte es gerade in ihr. Was hatte hier mehr Gewicht:

ihre Abneigung gegen Moritz Schultheis oder die gegen die Polizei?

»Nein«, antwortete sie schließlich. »Das traue ich ihm nicht zu.« Überzeugend klang das nicht, aber wie überzeugend konnte man schon jemanden verteidigen, den man nicht ausstehen konnte?

»Hatte er Streit mit Personen außerhalb des Wohnheims?«, fragte Zassenberg.

»Davon gehe ich aus.«

»Können Sie Namen nennen?«

»Leider nicht, so leid es mir tut.«

»Wissen Sie unter Umständen, wo Herr Schultheis letzten Samstag gewesen ist?«, fragte Momberger ohne große Hoffnung.

»Ich weiß nicht einmal, wo *ich* letzten Samstag gewesen bin. Da müssen Sie ihn schon selbst fragen.«

»Dann sollten wir das wohl tun.«

Er bedankte sich und lächelte Karen ohne Nachnamen freundlich entgegen. »Schönen Tag noch!«

Sie antwortete mit einem Kopfnicken und verschwand in den ersten Stock. Momberger und Zassenberg hingegen traten wieder aus dem Wohnheim heraus. Der eine froh, dass er dem Chaos entfliehen konnte, der andere enttäuscht, dass sein Partner ihn dazu gezwungen hatte, den Besonnenen zu spielen. Nur zu gerne hätte er gesehen, wie die Bewohner Zassenbergs Ansichten auseinandernahmen. Doch ein kleiner Spaziergang im Schlosspark schien dazu eine wunderbare Alternative zu sein.

»Hier entlang!«, erklärte er Zassenberg, der sich bereits dem Wagen näherte. »Es ist nur ein Katzensprung.«

Sie überquerten eine kleine mittelalterliche Brücke, die an beiden Seiten mit bunten Blumenkästen geschmückt war. Vor ihnen ragten uralte Bäume in den Himmel, zwischen denen mehrere Steinbogen von unterschiedlicher Höhe hindurchschauten. Sie sahen aus wie Eingangstore zu gewaltigen Kirchen, die man vergessen hatte zu bauen. In Wahrheit gehörten sie zur Theaterbühne, die mitten im Park stand und ein besonders atmosphärischer Schauplatz für vielerlei Veranstaltungen war. Um diese herum erstreckte sich der kleine Park auf einer Größe von nicht viel mehr als zwei Fußballfeldern. Neben dem herrlichen Blick über die Stadt lockte der Schlosspark auch mit seiner gut gepflegten Grünanlage. Blumenbeete und Sträucher aller Art fanden sich zwischen den alten Bäumen. An jeder Ecke waren kleine Plätze und Bänke zum Verweilen untergebracht, und entlang des äußeren Rands der Anlage zog sich ein geschotterter Rundweg von einigen hundert Metern Länge.

Der Park war ein Marburger Wohlfühlort, und doch befanden sich nicht mehr als ein Dutzend Menschen darin, was vor allem der Tatsache geschuldet war, dass man erst einmal einen ermüdenden Marsch auf den Schlossberg hinter sich bringen musste, um ihn zu erreichen.

Bei einem dieser wenigen Besucher handelte es sich um einen Mann in seinen Zwanzigern, der – in auffällige Neonkleidung gehüllt – seine Runden auf dem kleinen Schotterweg drehte. Momberger und Zassenberg platzierten sich mittig auf dem Weg, um ihn abfangen zu können. Noch hatte er eine halbe Runde vor sich.

»Sehr nett hier!« Zassenberg schien es ernst zu meinen.

»Schön ruhig!«

»Die meisten haben keine Lust, hier hochzulaufen. Und Parkplätze gibt es nur wenige. Deswegen ist man meistens unter sich.«

Zassenberg beobachtete den jungen Jogger kritisch. »Können Sie das verstehen? Ewig im Kreis laufen und jedes Mal wieder dort herauskommen, wo man gestartet ist? Das wäre nichts für mich.«

Momberger wagte einen Blick nach unten und blieb zwangsläufig an der Rundung hängen, die sich dort in den letzten zehn Jahren gebildet hatte. »Nein! Für mich auch nicht.«

Beide zündeten sich eine Zigarette an und warteten auf

Moritz Schultheis. Der wurde wütend, als er merkte, dass die beiden ihm nicht den Weg frei machen wollten und er über das Gras ausweichen musste. Zassenberg hob aber den Arm, um ihn zu stoppen, was er geflissentlich ignorierte. Der Ermittler musste ihm resolut Einhalt gebieten.

»Was soll das? Sehen Sie nicht, dass ich hier trainiere?«

Zassenberg zückte seinen Ausweis, und Momberger hatte diesmal nichts dagegen. »Wir sind von der Kripo. Ist Ihr Name Moritz Schultheis?«

Seine schwere Atmung stockte für einen Moment, intensivierte sich aber schnell wieder, als er den Ausweis unter die Lupe genommen hatte. »Ja, der bin ich. Um was geht es?«

»Vielleicht sollten Sie sich setzen.« Zassenberg deutete auf eine Bank zwischen zwei hohen Platanen mit Blick über die nördlichen Hänge Marburgs.

Für Moritz Schultheis war die Aussicht ganz sicher das Letzte, woran er gerade dachte. Noch immer schien er im Sportmodus zu sein, schaute ständig auf seine digitale Armbanduhr und danach den Rundweg hinunter, auf dem er ohne die Unterbrechung schon wieder ein paar hundert Meter zurückgelegt hätte. Den Beamten war zu wünschen, dass er keine Fluchtgedanken hegte. Hätte er sich entschlossen wegzulaufen, wären weder Momberger noch Zassenberg in der Lage gewesen, ihm zu folgen.

Eine Flucht stand aber nicht auf seinem Plan, und er setzte sich auf die Bank, während sie ihm den Blick versperrten.

»Herr Schultheis«, fing Zassenberg an. »Sagt Ihnen der Name Marcel Sindermann etwas?«

»Natürlich sagt er mir was. Das Arschloch hat mir den Sieg beim Turnier geklaut. Ich hätte ihm eine reinhauen können, diesem blöden Wichser! Genau das habe ich ihm auch gesagt.« Für einen Moment beherrschte Wut sein Gesicht, doch dann schien er sich darauf zu besinnen, mit wem er gerade ein Gespräch führte, und fügte hinzu: »Weshalb sind Sie noch mal hier?«

»Wir haben seine Leiche gefunden«, erklärte Zassenberg

114

trocken und beobachtete, wie die Gesichtszüge des Joggers in sich zusammenfielen.

Zunächst antwortete er nicht, sondern schluckte nur schwer. Dann jedoch hob er seinen Kopf, sah Zassenberg an und fragte: »Stimmt das, was Sie sagen? Er ist tot? So richtig tot? Was ist passiert?«

Der Ermittler schaute von oben auf ihn herab. Bei den zwei Metern, die Zassenberg maß, war das eine ganz schöne Strecke. »Ich lüge Sie nicht an. Er ist richtig tot, toter geht es gar nicht. Wir haben ihn beim Spiegelslustturm gefunden, vor zwei Tagen. Er lag da allerdings schon mindestens eine Woche.«

»Wir gehen davon aus, dass er während einer Feier ermordet wurde, die vor zehn Tagen stattgefunden hat«, fügte Momberger hinzu. »Und wir wissen, dass Sie sich mit dem Opfer genau an diesem Tag gestritten haben.«

»Habe ich nicht! Wer hat das behauptet?«

»Sie! Vor etwa dreißig Sekunden.«

Der Ertappte wischte den Schweiß aus seinem Gesicht. »Ja, schon gut. Natürlich haben wir uns gestritten. Aber ich hatte auch allen Grund dazu. Marcel hat mich um den Sieg gebracht.«

»Beim Turnier von Rot-Weiß Marburg, nicht wahr? Da haben Sie im Finale gegen Nino Althaus gespielt.«

»Genau! Nichts gegen Nino, aber der Kerl hat bisher noch nie einen Satz gegen mich geholt. Wenn Marcel nicht gewesen wäre, dann hätte sich daran auch nichts geändert, aber der Sack hat alle engen Bälle gegen mich entschieden.«

»Bekommt man viel Geld für den Sieg beim Turnier?«

»Geld? Nein, kaum etwas! Aber im Vorstand des Vereins sitzen hohe Tiere der einflussreichsten Firmen in der Umgebung. Es ist hier Tradition, dass die Vorstandsmitglieder sich nur vom Turniersieger trainieren lassen.«

»Und?«, fragte Momberger wenig beeindruckt. »Was soll uns das jetzt sagen?«

»Seit einigen Monaten ist Peter Fürstens zweiter Vorsitzender bei Rot-Weiß. Schon mal gehört?«

»Der Betonfürst von Marburg? Was hat es denn mit dem auf sich?«

»Fürst-Beton hat letztes Jahr fast eine Milliarde Umsatz gemacht. Ich wollte ins Unternehmen einsteigen, aber ich war nicht der Einzige. Stellen bei ihm sind beliebt und kaum zu bekommen. Die Trainingsstunden mit Fürstens wären die perfekte Gelegenheit gewesen, um mich in eine gute Position zu bringen. Auf dem Platz werden mehr Geschäfte eingetütet als in jedem Büro in der Stadt.«

Momberger erinnerte sich daran, wie Bills »Jungs« am Netz zusammengestanden und sich unterhalten hatten. Vielleicht ging es dabei ja nicht nur um die Farbe des nächsten Porsche.

»Marcel wusste genau, dass das mein Plan war«, erklärte Schultheis weiter. »Er hat das Finale absichtlich manipuliert, weil er auch auf den Platz im Unternehmen scharf war.«

»Ach ja? Und was ist mit Nino Althaus? Der hat doch das Turnier gewonnen.«

»Nino? Der hat doch keine Ambitionen. Hat Germanistik studiert. Was soll man von so einem erwarten?«

»Haben Sie nicht auch Germanistik studiert, Momberger?«

»Mit Freude.«

Damit hatte Schultheis offenbar nicht gerechnet. Wie auch? Dass ein Geisteswissenschaftler in den Dienst der Polizei geriet, war in etwa so wahrscheinlich, wie vom Blitz erschlagen zu werden, während man sich gerade seinen Lottogewinn auszahlen ließ. Nun saß Moritz Schultheis da und sah aus, als hätte er sich in die Windel gemacht. Fettnäpfchen wie dieses waren ein gefundenes Fressen, denn sie brachten Zeugen in eine derart unangenehme Situation, dass sie es nicht mehr wagten, um den heißen Brei herumzureden. Momberger hatte sich schnell in Stellung gebracht: »Herr Schultheis, am Abend nach dem Turnier fand auf dem Kaiser-Wilhelm-Turm eine Feier statt, bei der der auch Marcel Sindermann anwesend war. Wo waren Sie zu diesem Zeitpunkt?«

Schultheis knirschte mit den Zähnen. Seine Atmung hatte er

mittlerweile auf ein normales Niveau heruntergefahren, doch sein Puls stieg gerade sicher wieder an. »Ja, ich war auch auf der Feier. Aber mit Marcel hatte ich an dem Abend keinen Kontakt.«

»Und das würden uns auch Zeugen bestätigen, wenn wir sie nach Ihnen fragen?«

Er verzog angespannt das Gesicht. »Vielleicht habe ich ihm noch ein oder zwei Beschimpfungen an den Kopf geworfen. Glauben Sie etwa, ich hätte ihn umgebracht?« Er wurde lauter und stand auf.

»Wir stellen nur Fragen. Setzen Sie sich wieder!«

Bockig nahm er Platz und wirkte wie ein Schuljunge, der vom Direktor einbestellt worden und sich keiner Schuld bewusst war.

Momberger erinnerte sich daran, was Karen ohne Nachnamen ihnen erzählt hatte. »Sagen Sie mal, Herr Schultheis: Wie kommt es, dass Sie hier im Studentenwohnheim untergekommen sind? Dort leben ansonsten nur Studenten, die eher weniger Berührungspunkte mit den Untiefen des Kapitalismus haben. Aber Sie scheinen es gar nicht abwarten zu können, beim Betonfürsten anzufangen.«

»Ach, aus der Bude will ich schon lange raus.« Er machte eine wegwerfende Handbewegung in Richtung seiner Wohnung. »Wenn ich gewusst hätte, dass da nur alternative Hippies wohnen, wäre ich nie eingezogen.«

»Sehr ehrlich von Ihnen. Wie wäre es, wenn Sie kurz die Dusche in Ihrem geliebten Zuhause aufsuchen und uns dann aufs Revier begleiten? Vielleicht fühlen Sie sich dort wohler.«

»Halte ich für unwahrscheinlich. Aber habe ich eine Wahl?«

Beide Beamten schüttelten den Kopf, als wären sie synchronisiert. »Die haben Sie nicht!«

14

Als sie wieder auf dem Parkplatz der Dienststelle ankamen, waren sie einigermaßen mit den Nerven am Ende. Das hatten sie ausnahmsweise weniger sich selbst als vielmehr dem Mann auf dem Rücksitz zu verdanken.

Momberger war von Zeugen und Verdächtigen ein eher ängstliches und unterwürfiges Verhalten gewohnt. Die wenigsten wollten der Polizei größere Umstände bereiten, schließlich saßen die Männer und Frauen der Staatsmacht meistens am längeren Hebel. Viele Menschen bekamen schon einen erhöhten Puls, wenn ihnen ein Streifenwagen auf der Straße begegnete, was sich in ähnlicher, wenn auch intensiverer Form auch in Gesprächen widerspiegelte. Viele hatten Angst davor, einem Polizeibeamten zu widersprechen, und taten deswegen meistens das, was man von ihnen verlangte.

Selbstverständlich gab es immer wieder auch Sonderfälle – junge Menschen mit übertriebenem Selbstbewusstsein, Männer und Frauen ohne jedes Gefühl für Schuld oder Pflicht und natürlich auch kleine Gangster und solche, die sich dafür hielten. Letztere widersetzten sich schon aus Prinzip den Anweisungen der »Bullen«. Doch sie waren vergleichsweise selten und häufig nicht clever genug, um den Beamten lange auf den Geist zu gehen. Der Standard-Verbrecher war in der Regel nicht dazu in der Lage, sich ohne fremde Hilfe im Spiegel zu erkennen. Das galt nicht für alle, aber für die meisten.

Menschen, die sich nicht der dunklen Seite der Macht verschrieben hatten, machten eher dann Probleme, wenn sie es mit der Wahrheit nicht so genau nahmen oder diese so weit verbogen, dass sie nicht mehr als solche zu erkennen war. Jeder Mensch tat Dinge – der eine seltener, der andere häufiger –, die er lieber für sich behalten wollte, ganz besonders in Anwesenheit der Polizei. Der Großteil dessen war derart irrelevant, dass sich niemand – auch nicht die Kripo – dafür interessierte. Gerade wenn es um Kapitalverbrechen ging, scherte sich niemand um kleinere Delikte. Ein Zeuge, der beim Gras-Kaufen einen Bankräuber beobachtete und später zu identifizieren vermochte, konnte sich relativ sicher sein, nicht für seine Gesetzesübertretung belangt zu werden. Dieser Tatsache waren sich die meisten Menschen allerdings nicht bewusst. Das führte im Endeffekt dazu, dass man manchmal selbst aus unbescholtenen Bürgern nicht die Wahrheit herauskitzeln konnte.

Moritz Schultheis war von einem anderen Schlag, und das fing schon damit an, dass er sich Anweisungen durchaus widersetzte oder sie zumindest immer wieder zu seinen Gunsten auslegte. Bevor er in seiner Wohnung verschwunden war, hatte ihm Zassenberg eine nachvollziehbare und nicht schwer zu verstehende Anweisung mit auf den Weg gegeben: »Beeilen Sie sich!«

Die beiden Polizisten waren vor der Tür im Flur stehen geblieben und hatten auf den frisch geduschten Moritz Schultheis gewartet. Obwohl der ihnen weder wie ein kleiner noch wie ein großer Gangster vorkam, geschweige denn wie jemand, der sich dafür hielt, hatte er es geschafft, sie ganze fünfundvierzig Minuten vor der Wohnung warten zu lassen.

Die Wartezeit war vor allem für Zassenberg ein Akt der Folter gewesen. Schnell hatte sich die Anwesenheit der Kriminalbeamten im ganzen Gebäude herumgesprochen, und so war er doch noch in die eine oder andere Diskussion mit den Bewohnern geraten. Ganz besonders intensiv war ein Streitgespräch mit zwei Studentinnen ausgefallen, die ihn darüber aufzuklären versucht hatten, welche Relevanz der Feminismus auch für Männer in der Gesellschaft hatte. Da war viel von Unterdrückungsmechanismen, gesellschaftlichen Strukturen und anhaltenden Stereotypen die Rede gewesen. Nichts, was Momberger nicht schon während seines eigenen Studiums gehört und teilweise gefeiert hatte.

Zassenberg hatte sich von den durchaus schlüssig vorgetragenen Argumenten keineswegs begeistern, sondern vor allem belästigen lassen. Es war spürbar gewesen, wie sich seine Laune mit jeder weiteren Erwähnung des Wortes »Patriarchat« verschlechterte.

Als Moritz Schultheis endlich wie aus dem Ei gepellt auf den Flur getreten war, hatte Momberger für einen kurzen Moment vor sich gesehen, wie Zassenberg seine Waffe ziehen und dem Studenten eine Lektion in Sachen Respekt erteilen würde.

Schultheis hingegen hatte nicht den Hauch von Reue oder gar Einsicht gezeigt und es darüber hinaus sogar geschafft, ihnen noch gründlicher auf die Nerven zu gehen. Er war nicht nur resistent gegen Anweisungen, sondern versuchte erst gar nicht, etwas vor ihnen zu verbergen – ganz im Gegenteil. Während der gesamten Fahrt hatte er den Mund nicht einmal geschlossen gehalten. Er hatte so munter drauflosgeplappert wie ein alter Bekannter. Dadurch hatte sich die Gegensätzlichkeit von Moritz Schultheis und dem Rest der Studenten im Wohnheim weiter offenbart. Während die anderen Bewohner mehr oder weniger dem Bild des links-grünen Revolutionärs entsprochen hatten, war der Mann auf der Rückbank genau das, was Karen ohne Nachnamen über ihn gesagt hatte: ein Schnösel.

Er erzählte den Beamten von seinen Plänen für die Zukunft, von großen Erfolgen auf dem Tennisplatz, von seinem brodelnden Ehrgeiz und ganz besonders anrührend davon, wie er sich trotz der Armut seiner Eltern zum vielversprechenden Jungunternehmer gemausert hatte. Laut eigener Aussage saß er gerade die letzten Tage als Stipendiat im Wohnheim ab, bevor er von einem bekannten Unternehmen angeheuert und großes Geld verdienen würde. Beim Betonfürsten sei er zwar gescheitert, doch die Liste der Firmen, die ihn haben wollten, habe noch einige Zeilen.

Nach diesen Informationen gefragt hatte ihn niemand, und es war auch nicht wirklich etwas damit anzufangen. Dementsprechend gereizt stiegen Momberger und Zassenberg aus dem Wagen. Als sie das Gebäude betraten, kam ihnen Bill mit einem großen Stapel Papiere entgegen. »Hey!«, grüßte sie beide und legte den Zettelberg auf dem erstbesten Schreibtisch ab. »Habt ihr eine Minute?«

»Nur zu gerne«, stöhnte Momberger. Er hätte sich zu diesem Zeitpunkt in ein Wespennest gesetzt, nur um einen Moment ohne Schultheis zu verbringen.

»Setzen Sie sich doch bitte dahinten auf die Bank!« Er deutete auf eine schmale Sitzgelegenheit in der Ecke, auf der bereits ein alter Mann mit dreckigen, abgewetzten Klamotten und auffällig blutunterlaufenen Augenringen saß – wahrscheinlich ein harmloser Obdachloser, der sich die falsche Stelle zum Übernachten ausgesucht hatte.

»Dahin?«, fragte Schultheis, dem die Gesellschaft nicht zu gefallen schien. »Wirklich?«

»Ja, wirklich!«, bestätigte Zassenberg resolut und schubste ihn in die entsprechende Richtung.

Momberger konnte es ihm nicht verdenken, hätte sich die körperliche Unterstützung allerdings gespart.

Schultheis schaute wütend, hielt sich aber zurück. Er hatte wohl bemerkt, dass Zassenberg größeres Talent im aggressiven Starren hatte. Angefressen stapfte er zur Bank und setzte sich so weit wie möglich entfernt von seinem ungewaschenen Nachbarn. Für eine Weile beobachtete er Momberger und Zassenberg beim Gespräch mit Bill, dann kramte er sein Handy aus der Tasche und tippte mit der Fingerfertigkeit eines Menschen unter dreißig darauf herum.

Momberger warf noch einen letzten Blick auf ihn und wandte sich dann wichtigeren Dingen zu. »Was hast du herausgefunden?«, fragte er Bill.

»Eine ganze Menge. Zunächst einmal habe ich die Leute kontaktiert, die Nino Althaus aufgeschrieben hatte. Die haben mir wiederum von anderen erzählt, die auch auf der Feier waren, die hatten wieder neue Namen parat und so weiter.«

Sie zog einen Zettel aus dem Papierstapel, auf dem gut und gerne zwanzig Namen mit Telefonnummer und Adresse zu sehen waren. »Wie immer waren die Zeugen sich erstaunlich uneinig

121

darüber, wie viele Menschen an dem Abend anwesend waren. Die Aussagen schwanken zwischen höchstens zwanzig und mindestens fünfzig – je nachdem, wen man fragt. Ich habe die Vermutungen der Leute mal zusammengefasst und denke, dass wir mit dreißig bis vierzig Teilnehmern rechnen können. Einer davon war Herr Schultheis. Aber das wusstet ihr sicher schon.«

Momberger nickte zustimmend. »Wie viele davon konntest du ausfindig machen?«

»Michel und Zaun haben mir geholfen. Ich habe achtzehn gefunden. Zusammen mit den Namen der beiden Superbullen sind wir bei einundzwanzig.«

»Ist irgendjemand dabei, den wir uns genauer ansehen sollten?«

»Allerdings!« Bill deutete auf einen Namen. »Johanna Prätorius. Sie war für ein paar Monate mit Marcel Sindermann liiert. Anscheinend hat sie aber von vorne bis hinten verarscht. In dieser Hinsicht waren sich die Zeugen ziemlich einig. Und da wären wir auch schon beim Thema: Niemand hat auch nur ein gutes Haar am Opfer gelassen. Jeder, der ihn kannte, war wenig betrübt über die Nachricht seines Ablebens. Und sonderlich überrascht hat sie auch keinen.«

»Hast du diese Frau Prätorius schon erreicht?«

»Ja, habe ich. Sie ist auf dem Weg und sollte demnächst hier eintreffen.«

»Sehr gut!«, sagte Momberger, und auch Zassenbergs versteinerte Mimik schien Anerkennung ausdrücken zu wollen. »Was hast du noch?«

»Zweierlei: Einige Zeugen haben mir von einem zwielichtigen älteren Herrn berichtet, der sich stets im Hintergrund aufgehalten hat. Einen Namen oder eine genauere Beschreibung konnte mir aber niemand geben. Ich könnte mir gut vorstellen, dass der irgendetwas mit der Geschichte zu tun hat.«

»Oder er ist nur ein Perverser, der gerne Studenten beim Feiern beobachtet«, schob Zassenberg ein. »Wäre nicht der Erste seiner Art.«

»Ist zumindest nicht auszuschließen. Auf jeden Fall wird er wichtige Informationen für uns haben. Wenn wir ihn denn finden.« Bill ging noch einmal den Stapel auf dem Schreibtisch durch und zog eine schmale Akte hervor. »Außerdem hat die Pathologie ihren Bericht geschickt.«

»Lass mich raten! Er ist immer noch tot.«

»Sehr witzig, Momsen! Abgesehen vom Offensichtlichen haben sie etwas Interessantes herausgefunden.« Sie reichte die Akte an Zassenberg, obwohl Momberger schon die Hand ausgestreckt hatte.

Ging das jetzt schon wieder so los?, fragte er sich und beobachtete seinen Kollegen dabei, wie er den Bericht überflog.

»Verstehe ich das richtig? Marcel Sindermann ist nicht durch den Sturz gestorben?«

»Anscheinend nicht. Er hat sich zwar fast alle Knochen gebrochen, die Lunge ist kollabiert, und wahrscheinlich hatte er auch eine schwere Gehirnerschütterung, aber laut der Rechtsmedizin war er danach noch eine ganze Weile am Leben, wahrscheinlich sogar bei Bewusstsein.«

»Was heißt ›eine ganze Weile‹?«, fragte Momberger, der sich hinüberlehnte, um auch einen Blick in die Akte werfen zu können. »Ein paar Minuten?«

»Wohl eher ein bis zwei Tage.«

»Was? Wieso hat er sich denn nicht bemerkbar gemacht?«

»Weil sein Kiefer an mehreren Stellen gebrochen und sein Zwerchfell eingerissen war. Er hätte höchstens flüstern können. Wahrscheinlich ist er ganz langsam verblutet oder sogar verdurstet. Auf jeden Fall hat er extrem lange gelitten.«

»Der Mörder hat ihn also in den Wald gezerrt und wusste genau, dass er noch lebte«, murmelte Zassenberg, der mehr mit sich selbst als mit den anderen redete. »Und dann hat er ihn einfach elendig dort verrecken lassen.«

»Scheint so«, sagte Bill.

»Wer ist so kaltblütig?«, fragte sich Momberger und schaute noch einmal zu Moritz Schultheis hinüber.

Der starrte weiterhin auf sein Handy und versuchte wahrscheinlich gerade, Elon Musk oder Jeff Bezos wegen eines Praktikums anzuschreiben.

Für Momberger war jeder, der sich mehr um sein Gehalt als um seine Mitmenschen scherte, grundsätzlich mit einer gewissen Kaltblütigkeit ausgestattet. Und natürlich hatte der überehrgeizige Student auch einen triftigen Grund gehabt, Marcel Sindermann zu grollen. Doch auf der Fahrt mit ihm hatte Momberger auch erfahren, dass Schultheis angeblich noch mehr Eisen im Feuer hatte. Das Opfer hatte ihm nur das heißeste genommen. Er konnte sich kaum vorstellen, dass dies genügen sollte, um jemanden in den Tod zu stoßen und ihn dann tagelang unter einem Haufen Laub verbluten zu lassen – dafür brauchte es eine andere Art Kaltblütigkeit. Außerdem hatte sich Marcel Sindermann in seinem kurzen Leben derart viele Feinde gemacht, dass mit Sicherheit jemand dabei war, der ein handfesteres Mordmotiv hatte als Moritz Schultheis. Konnte man den arroganten Stipendiaten deswegen ausschließen? Natürlich nicht! Aber es war wichtig, zunächst die anderen Möglichkeiten durchzuspielen.

Ein paar Meter weiter schwang die Tür auf, und zwei junge Damen traten herein. Die eine kannten die Ermittler bereits vom Vortrag. Es handelte sich um Mia Bernhard, die Mitbewohnerin des Opfers. Bei ihrer letzten Begegnung war sie vom THC in ihrer Blutbahn noch glücklich beseelt gewesen, doch nun schien sie relativ nüchtern zu sein. Sie wirkte dennoch ein wenig durch den Wind. Das lag vor allem daran, dass ihre äußere Erscheinung diesen Eindruck stark förderte. Sie trug die gleiche weite Hose wie am Vortrag, ein abgetragenes, in allen Farben des Regenbogens leuchtendes Flanellhemd und eine Frisur, die lange keine Bürste mehr gesehen hatte.

Neben ihr stand eine andere Frau, fast noch ein Mädchen. Sie hatte rotblonde, schulterlange Haare und ein Gesicht voller Sommersprossen. Im Gegensatz zu Mia Bernhard war sie gut gepflegt und in ein hübsches Sommerkleid gehüllt. Die beiden schienen sich zu kennen und unterhielten sich verschwörerisch, während sie sich umsahen.

»Frau Bernhard«, rief Momberger und hob die Hand, um die Frau auf sich aufmerksam zu machen. Die schien sich aber erst einmal darüber klar werden zu müssen, ob sie ihn bereits kannte. Irgendwann fand sie die richtige Erinnerung, was ihr Gesicht zugleich zu einer weniger feindseligen Mimik motivierte. Die beiden Frauen drängten sich zwischen den Schreibtischen hindurch auf die Ermittler zu.

»Guten Morgen, Herr …« Mia Bernhard suchte nach dem richtigen Namen und hatte offenbar vergessen, dass eine Visitenkarte mit der Antwort sie überhaupt erst auf das Revier gelockt hatte.

»Momberger«, half er nach. »Guten Tag! Sie haben uns jemanden mitgebracht, wie ich sehe.«

»Johanna Prätorius«, erklärte das Mädchen mit den Sommersprossen und streckte ihre filigrane Hand aus. »Ich habe Mia zufällig draußen getroffen. Wir kennen uns von …« Hier geriet sie ins Stocken und schien eine unangenehme Erinnerung verdrängen zu müssen. »… von früher.«

»Johanna war oft zu Besuch in unserer Wohnung«, erklärte Mia Bernhard, die weniger zurückhaltend agierte. »Sie war mal mit Marcel zusammen.«

Johanna Prätorius setzte eine Miene auf, als wäre sie gerade in eine Falle getappt. Das war kaum verwunderlich, Ex-Partner standen bei Ermittlungen sehr weit oben auf der Fahndungsliste. Auf den ersten Blick traute Momberger dem Mädchen von der Größe und Statur eines Rehkitzes keinen kaltblütigen Mord zu. Am Ende musste das aber nichts heißen, denn es waren schon ganz andere Menschen zum Mörder geworden.

»Dann wollen wir mal loslegen«, sagte Bill. Im Hintergrund saß noch immer Moritz Schultheis auf der Bank und beschäftigte sich mit seinem Handy. Auch ihn hatte sie nicht vergessen. Neugierig fragte sie: »Wer nimmt wen?«

15

Schnell hatten sie sich darauf geeinigt, dass Momberger in seinem Büro ein Gespräch mit Mia Bernhard führen sollte. Er kannte sie bereits und kam von allen dreien am besten damit zurecht, dass sie den Kopf in den Wolken trug.

Bill hatte sich die noch unbekannte Johanna Prätorius geschnappt und war mit ihr an ihren kleinen Schreibtisch entschwunden.

Zassenberg hingegen wollte mit Moritz Schultheis sprechen, den er nach der Aufteilung der Zeugen am Kragen packte und unter wilden Flüchen in das freie Büro von Wolfgang Plank zerrte.

»Setz dich doch!«, schlug er seinem Zeugen vor und nahm ihm gleich darauf die Entscheidung ab, seinem Vorschlag Folge zu leisten, indem er ihn in den Stuhl drückte, der vor dem breiten Schreibtisch des Revierleiters stand. Zassenberg nahm auf dem ebenfalls überdimensionierten Drehstuhl Platz. Wie er es doch hasste, wenn Menschen versuchten, ihre gehobene Stellung zu präsentieren. Sein Vater hatte das stets genauso gehalten wie Wolfgang Plank, der sich gerade auf irgendeiner Weiterbildung zu Tode langweilte. Nicht dass er die beiden Männer miteinander vergleichen wollte, denn Plank schien – kein allzu schlimmer Vertreter seiner Art zu sein. Zassenbergs Vater hingegen, der als Erster als »Zaster« bezeichnet worden war, hatte lange und intensiv daran gearbeitet, seinen schlechten Ruf zu zementieren. Er hatte mehrere Spielhallen in Westberlin besessen, sein Geld aber weniger mit Klimpergeld verdient als vielmehr durch Geldwäsche im großen Stil. Das hatte ihm neben einem beachtlichen Vermögen eine Menge Bekannter eingebracht, die man lieber nicht haben wollte, und natürlich einen pompösen Schreibtisch mit einem gigantischen Stuhl, den die meisten Menschen wohl eher als Thron bezeichnet hätten.

Plank war in dieser Hinsicht selbstverständlich etwas bescheidener als der alte Zaster; trotzdem erinnerte ihn die unpassende Einrichtung an seinen alten Herrn, der jetzt schon fast vierzig Jahre nicht mehr unter den Lebenden weilte.

»Kleiner Hinweis«, fing er seine Vernehmung an und deutete auf das Smartphone, das Moritz Schultheis noch immer in einer Hand hielt. »Ich empfinde es als Respektlosigkeit, wenn jemand einem elektronischen Gerät mehr Aufmerksamkeit schenkt als seinem Gesprächspartner. Und ich möchte ungern vorführen müssen, was passiert, wenn ich mich respektlos behandelt fühle.«

Sein Vater hatte ihm nicht nur den Spitznamen, sondern auch gewisse Vorgehensweisen vererbt, die bei der Polizei seit den achtziger Jahren eher in Verruf geraten waren. Davon ließ er sich allerdings kaum abhalten, auch wenn ihm genau dieses Vorgehen immer wieder im Weg gestanden hatte, wenn es um seine berufliche Laufbahn ging.

»Klar so weit?«

Moritz Schultheis steckte das Handy in seine Tasche. Er hockte ganz brav auf seinem Stuhl und versuchte, Zassenberg nicht in die Augen zu sehen.

Im großen Gemeinschaftsbüro saß Bill an einem der zahlreichen Schreibtische und nahm die Daten von Johanna Prätorius auf. Die rotblonde Frau mit den auffälligen Sommersprossen war gerade einmal einundzwanzig Jahre alt und wirkte sogar noch jünger. Während Bill die wichtigsten Informationen über ihr Gegenüber zusammentrug, hob sie immer wieder den Blick. Johanna Prätorius wirkte sympathisch und sah ansprechend aus, besonders in ihrem luftigen Sommerkleid, aber auch ausgesprochen schüchtern. Es war durchaus möglich, dass sie genau diese Wirkung hervorrufen wollte, um unangenehmen Fragen aus dem Weg zu gehen. Dem musste nicht so sein, aber

Bill hatte nicht das erste Mal mit hübschen jungen Frauen zu tun – in diesem Kleid wäre sie selbst wahrscheinlich auch nicht unansehnlich gewesen.

»Also, Frau Prätorius«, sagte sie und lächelte. »Sie waren mit Marcel Sindermann liiert. Ist das richtig?«

»Ja, für etwa vier Monate.«

Bill tippte die wichtigsten Daten in den PC ein. »Bis wann waren Sie zusammen?«

»Bis vor drei oder vier Wochen. Dann habe ich Schluss gemacht.«

»Warum haben Sie die Beziehung beendet?«

»Puh«, fing sie an, als ob die Liste der Gründe ziemlich lang wäre. »Also, am Anfang war er unglaublich süß, ein richtiger Gentleman. Bei unserem zweiten Date hat er mich mit aufs Schloss genommen. Er hatte Champagner dabei, und wir haben über den Lichtern der Stadt angestoßen. Das war ziemlich romantisch und ein bisschen so, als hätte er meinen Mädchentraum verwirklicht.«

»Es war dann aber kein Traum, oder?« Bill wusste nicht, ob Johanna Prätorius nun eine Romantikerin war oder einfach nur ziemlich naiv. »Es war eher ein Alptraum.«

»Und wie es das war! Ein Gentleman war er so lange, bis er mich ins Bett bekommen hatte. Danach wurde er ziemlich abgestumpft und begann damit, mich anzulügen. Na ja, wahrscheinlich hat er das von Anfang an getan.«

Eifrig schrieb Bill mit. Gleichzeitig versuchte sie, nicht wie ein Polizeiroboter zu wirken, sondern auch Mitgefühl zu zeigen. Bisher war sie nur eine ganz normale Zeugin und, wie es schien, ein weiteres Opfer von Marcel Sindermann. Sie hatte deswegen sicher ein wenig Zuneigung verdient.

»Wussten Sie von Anfang an, dass er Sie belogen hat? War das offensichtlich?«

»Nein, das wusste ich nicht. Er war sehr geschickt. Anfangs habe ich ihm vertraut und sein Geschwätz nicht hinterfragt. Aber ich war auch ziemlich verliebt in ihn, da übersieht man schon mal etwas, denke ich. Außerdem – und das soll jetzt keine Ausrede sein – hatte ich vorher nur mit ehrlichen Menschen zu tun. Na ja, nicht ausschließlich ehrlich, aber ...« Sie suchte nach den richtigen Worten, obwohl sie eigentlich nur einen ganz normalen Menschen beschreiben wollte.

»Ich verstehe schon«, sagte Bill. »Sie haben nicht damit gerechnet, so hinters Licht geführt zu werden.«

»Ja, genau. Wer tut denn so was? Ich meine: Er hatte etwas mit anderen Frauen, während wir zusammen waren. Darüber hat er mich natürlich belogen, aber auch, wenn es überhaupt nicht nötig gewesen wäre. Er war auf dem Tennisplatz, hat mir aber erzählt, er wäre einkaufen. Einmal hatte er seine Unterwäsche bei mir vergessen, und als ich sie ihm zurückgebracht habe, hat er behauptet, sie gehöre ihm nicht.«

»Um Ihnen irgendwann vorwerfen zu können, Sie hätten etwas mit einem anderen Mann gehabt«, erklärte Bill, die durchaus schon mit notorischen Lügnern zu tun gehabt hatte – glücklicherweise nur auf der Arbeit und nicht privat. »Damit hatte er etwas in der Hand, falls Sie das mit den anderen Frauen herausgefunden hätten.«

Die Augenbrauen von Johanna Prätorius zogen sich zusammen. »Ach so!«, meinte sie. Anscheinend war ihr bis zu diesem Zeitpunkt gar nicht klar gewesen, welche Beweggründe Marcel Sindermann gehabt hatte.

Vielleicht war sie wirklich nur naiv, dachte Bill.

Momberger hatte es mit Mia Bernhard zu tun, die ihm menschlich durchaus wohlgefällig, für die Aufklärung des Falls allerdings keine große Hilfe war. Man konnte ihren Aussagen nur bedingt trauen. Zeugenaussagen waren ohnehin ein zweischneidiges Schwert. Natürlich war ein funktionierendes Justizsystem darauf angewiesen, dass jemand von bestimmten Geschehnissen erzählte. Allerdings wusste jeder Kriminalbeamte, dass Zeugen nur selten das erzählten, was wirklich geschehen war, sondern in den allermeisten Fällen ihre ganz persönliche Version. Wie viel eine Aussage wert war, entschied sich erst, wenn man sie mit denen anderer vergleichen konnte. Besonders schwierig wurde es, wenn Zeugen sich nicht mehr richtig an etwas erinnern konnten und ihr Verstand Lücken automatisch zu füllen versuchte. Starke Trinker oder Kiffer wie Mia Bernhard hatten leider besonders große Lücken. Für die Ermittler stellte sich dann die nicht unerhebliche Aufgabe, den Unterschied zwischen glaubhafter Erinnerung und persönlicher Phantasie herauszuarbeiten.

Wegen seines eigenen Hangs zu Entspannungszigaretten hegte Momberger zwar gewisse Sympathien für seine Zeugin, aber als Informationsquelle war sie für ihn eher nicht zu gebrauchen.

»Okay, Frau Bernhard«, begann er. Sein Gegenüber kräuselte sich an den Haaren herum und erinnerte ihn an seine kleine Schwäche für wilde Frisuren. Er erinnerte sich jedoch an seine eigentliche Aufgabe und suchte nach dem bisschen Professionalität, das er sich irgendwann einmal antrainiert hatte. »Erinnern Sie sich an unser Gespräch von gestern?«

»Natürlich!«, antwortete sie beleidigt. »Na ja, also nicht an alles. Also, ich weiß auf jeden Fall, dass Sie gestern da waren.«

»Ich fasse das als Nein auf.«

Zunächst regte sich Widerstand in ihr, dann besann sie sich eines Besseren und winkte ab. »Ja, kann schon sein.«

»Kein Problem. Wir fangen einfach noch mal von vorne an. Sie haben mit Herrn Sindermann zusammengewohnt. Seit wann waren Sie Mitbewohner?«

»Das kann ich gar nicht genau sagen. Vielleicht seit einem Jahr.«

»Das können wir ja aus den Mietzahlungen herauslesen«, erklärte Momberger.

Aber sie enttäuschte ihn: »Da werden Sie nichts finden.«

»Wieso nicht? Sie haben doch Miete gezahlt, oder nicht?«

Sie schüttelte energisch den Kopf. »Das Haus gehört meinen Eltern.«

130

»Ach ja? Ich dachte, es gehört dem Anwalt aus dem Erdgeschoss. Wie hieß er noch?«

»Gunthard, Gunthard Trenk. Aber nein! Er bekommt seine Wohnung und die Räume der Kanzlei etwas günstiger vermietet, weil er mich oben wohnen lässt.«

»Und dafür, dass Sie ihm ab und an einen Joint vorbeibringen, oder nicht?«

»Was?« Frau Bernhard richtete sich ruckartig in ihrem Stuhl auf. »Woher wissen Sie das?«

»Das haben Sie uns gestern erzählt«, erklärte Momberger amüsiert. »Einfach so.«

Seine Zeugin legte sich peinlich ertappt die flache Hand über die Augen und zog die Schultern zusammen. »Oh Mann!«, keuchte sie, als ihr bewusst wurde, was sie in Anwesenheit von zwei Staatsbeamten von sich gegeben hatte. »Hören Sie, Herr ...«

»Momberger! Eduard Momberger.«

»Ja, Herr Momberger.« Sie lehnte sich im Stuhl nach vorne und senkte ihre Stimme zu einem Flüstern. »Das mit dem Gras ... das ist gar keine große Sache. Ich rauche nur hier und da einen Joint, um ein wenig runterzukommen.«

Auch Momberger lehnte sich nun nach vorne und begann zu flüstern: »Das mit dem Gras, Frau Bernhard, ist mir vollkommen egal.«

»Also, Moritz.« Zassenberg schob einen Stapel Papier zur Seite, als würde er den Weg zum Angriff frei machen. »Es würde mich sehr interessieren, was du am Tag des Tennisturniers gemacht hast. Da habe ich noch ein paar weiße Flecken.« Er suchte nach dem Blick seines Gegenübers, doch der weigerte sich beharrlich, ihn anzusehen.

»Was soll ich schon gemacht haben? Ich war ziemlich sauer, dass ich das Finale verloren habe. Ich musste erst mal runterkommen.«

»Und wie hast du das gemacht? Ein bisschen an dir selbst herumgespielt? Fünf gegen Willi gespielt?«

Er ging darauf nicht ein. »Ich war in einer Kneipe in der Nähe vom Verein.«

»Wieso nicht im Vereinsheim? Da gibt es doch sicher auch genügend Prosecco.«

Moritz Schultheis verengte die Augen und sah Zassenberg nun doch an. »Ich wurde vom Gelände verwiesen, weil ich mich ein wenig danebenbenommen habe. Sagen *die* zumindest.«

»Die?«

»Der Vorstand. Ich habe mich mit Marcel gestritten. Er hat im Finale absichtlich gegen mich entschieden. Das hat jeder gesehen, der Ahnung hat.«

»Und?«

»Und was?«

»Muss man deshalb derart ausrasten, dass einen der eigene Vorstand aus dem Haus wirft?«

»Sie sind kein Sportler, was?«

Zassenberg musste lachen, lehnte sich im Stuhl nach hinten und deutete an seinem gealterten Körper hinunter. »Sehe ich so aus?«

Darauf ging Schultheis nicht ein, was auch besser für ihn war. Er führte stattdessen seine Aussage weiter aus: »Dann wissen Sie nicht, wie das ist, wenn man monatelang auf etwas hintrainiert, und dann entscheidet jemand aufgrund einer Laune über Sieg oder Niederlage.«

»Na ja, ich war oft genug verheiratet«, erklärte Zassenberg. »Von daher …«

Diesen Vergleich nahm Schultheis – wahrscheinlich aus Mangel an Erfahrung – ohne jede Regung entgegen. Stattdessen sagte er: »Ich hatte den Sieg verdient. Und ich hatte die Stelle bei Fürstens verdient. Ich finde, da kann man schon mal ausrasten.«

»So sehr, dass man jemanden übers Geländer wirft?«

»Nein! Das ganz sicher nicht.«

»Dann sag mir doch endlich, was an dem Abend los gewesen ist. Ich muss mir ein Bild von der Feier machen.«

132

»Gar kein Problem.« Er tat, als hätte Zassenberg gerade zum ersten Mal danach gefragt. »Nach dem Finale war ich wie gesagt in der Kneipe und habe mir ein paar Bierchen eingeflößt. Irgendwann hatte ich mich dann beruhigt. Ich wusste, dass Nino und seine Freundin zum Turm wollten, um den Sieg zu feiern, und war mir sicher, dass Marcel mitkommen würde. Der Drecksack ließ nie eine Chance aus, anderen ihren Erfolg miesezumachen; das können Sie mir glauben.«

Zassenberg war verwundert, in welch abfälligem Ton sein Gegenüber vom Opfer sprach. Er war selbst kein allzu sympathischer Zeitgenosse und wusste das ganz sicher auch. Seine Erfahrung lehrte ihn, dass Menschen wie Marcel Sindermann und Moritz Schultheis sich gegenseitig meist eher als Rivalen, nicht aber als Unsympathen sahen – ihnen fehlte einfach ein Gespür für die Niedertracht. In diesem Fall schien das anders zu sein, denn Schultheis hatte offenbar keine allzu gute Meinung vom Opfer.

»Erzähl ruhig weiter!«, sagte Zassenberg. »Noch bist du nicht aus dem Spiel.«

»Schon gut«, sagte er. »Ich habe mir dann ein Taxi genommen und bin hoch zum Turm.«

»Um wie viel Uhr war das etwa?«

»Gegen neun Uhr abends, würde ich sagen. Vielleicht etwas später. Als ich angekommen bin, kamen gerade zwei Dutzend Studenten dazu. Die wollten ihren Abschluss feiern, hatten eine ganze Menge Trinkbares dabei. Da habe ich mich erst mal bedient.«

»Und das Opfer war auch schon da?«

»Ja, als ich angekommen bin, hat er sich mit einem komischen Typen unterhalten.«

»Ein komischer Typ?«

»Ja, so ein alter Kerl im Anzug. Der war noch länger da, hat sich aber nach dem Gespräch mit Marcel eher im Hintergrund gehalten, fast versteckt.«

»Sie waren an dem Abend auch am Spiegelslustturm, oder?« Bill wollte in Erfahrung bringen, was die junge, wahrscheinlich etwas leichtgläubige Frau Prätorius mit der ganzen Sache zu tun hatte. Einen Mord traute sie ihr eigentlich nicht zu. Doch nach allem, was sie der Beamtin bisher anvertraut hatte, war ihr von Marcel übel mitgespielt worden. Wer konnte wissen, was in der Studentin zerbrochen war, als ihr Ex-Freund die Träumereien vom holden Prinzen auf dem weißen Schimmel zerstört hatte?

»Ja, ich war da oben«, antwortete sie. »Eine Freundin von mir hatte ihren Bachelor gemacht, und aus diesem Grund haben wir gefeiert. Wir sind extra aus der Stadt hochgewandert.« Sie betonte den letzten Satz, als wäre es eine Leistung, für achthundert Meter Fußweg einmal nicht den Bus zu nehmen.

»Um wie viel Uhr sind Sie angekommen?«

»Das dürfte etwa gegen halb zehn gewesen sein.«

»Und wie lange waren Sie da?«

»Ich bin mir nicht ganz sicher. Warten Sie kurz!« Sie zückte ihr Handy und fummelte ein paar Sekunden darauf herum. »Ich habe einem Bekannten geschrieben, dass wir noch ins Brauhaus gehen wollen. Da war es fünf nach zwölf. Kurz danach sind wir zurückgelaufen.«

»Sie waren also etwa zweieinhalb Stunden dort oben. Was hat Marcel in der Zeit gemacht?«

»Den habe ich die meiste Zeit nicht gesehen. Ich wusste ja nicht, dass er auch dort sein würde. Als ich ihn bemerkt habe, wollte ich eigentlich gleich wieder gehen. Dann bin ich ihm aber einfach aus dem Weg gegangen.«

Leichtgläubig war sie vielleicht, dachte Bill, aber deswegen musste man ihr noch lange nicht alles glauben. Sie war schließlich selbst eine Frau und ein klar denkender Mensch noch obendrein. Sie konnte sich kaum vorstellen, dass Marcel Sindermanns belogene und betrogene Ex-Freundin den ganzen Abend Abstand zu ihm gehalten hatte. Viel wahrscheinlicher war es, dass sie ihn nach allen Regeln der Kunst unter die Lupe genommen hatte. Allerdings war es auch ohne die gesicherte Ehrlichkeit ihrer Zeugin möglich, die wichtigsten Informationen aus ihr herauszubekommen.

»Ist Ihnen sonst noch etwas aufgefallen? Gab es besondere Vorkommnisse, jemanden, der Ihnen seltsam vorgekommen ist?«

»Na ja, da war dieser Typ. Ein älterer Mann, der uns die ganze Zeit beobachtet hat.«

»Ein Herr im dunklen Anzug um die fünfzig?«

»Ja, genau. Der kam mir schon ein wenig seltsam vor. Aber er war dann weg, als wir das Feuerwerk gezündet haben.«

»Feuerwerk?«, fragte Bill, die zum ersten Mal davon hörte.

»Welches Feuerwerk?«

»Über das bisschen Gras machen Sie sich bitte keine Sorgen, Frau Bernhard.« Momberger versuchte sein Gegenüber mit einem freundlichen Gesichtsausdruck zu beruhigen. Das gelang ihm zumindest in Ansätzen.

»Na ja«, sagte sie und wirkte dabei so angespannt, als würde sie auf einem spitzen Stein hocken. »Was wäre denn, wenn ich mein Gras von Marcel bekommen hätte?«

Momberger war wie vor den Kopf gestoßen. Zwar hatte er die Akte von Marcel Sindermann im Hinterkopf, doch mit dieser Enthüllung war trotzdem nicht zu rechnen gewesen.

»Marcel war Ihr Dealer?«

»Ja, das war er.« Mia Bernhard verzog das Gesicht zu einem verschämten Lächeln, von dem sie sich wahrscheinlich mitleidiges Verständnis erhoffte. »Hat mich immer mit Gras versorgt. Dafür habe ich ihn bei mir wohnen lassen. Ich hatte sowieso noch ein Zimmer frei. Das konnte er gerne haben.«

»Von wie viel Gras sprechen wir hier, Frau Bernhard?«

»Ich dachte, das wäre Ihnen egal.«

»Als es darum ging, dass Sie hin und wieder einen Joint rauchen, ja! Aber wenn Marcel größere Mengen Drogen verkauft hat, dann ist das für uns durchaus von Interesse. Also, welche

Mengen darf ich mir vorstellen? Für den Hausgebrauch oder eher, um ein Haus zu kaufen?«

»Keine Ahnung. Marcel war echt nicht oft zu Hause. Und er hat das Zeug ja nicht bei mir aufbewahrt.«

»Und wo dann?«

»Mann, das weiß ich doch nicht. Ich war nur froh, dass ich *mein* Gras bekommen habe. Da habe ich nicht weiter nachgefragt.«

»Okay«, meinte Momberger und atmete einmal durch. Die Lust auf eine Zigarette stieg in ihm an, und das ständige Gerede von Joints und Gras war dabei nicht unbedingt förderlich. Zudem glaubte er seiner Zeugin, wenn sie sagte, dass sie nichts weiter wusste. Er versuchte es deswegen in eine andere Richtung: »Hatten Sie auch oft Streit mit dem Opfer?«

»Ich? Wir haben uns nicht ein einziges Mal gestritten. Aber er war ja auch nie da. Hat nur dann und wann in seinem Zimmer gepennt, meistens habe ich ihn nicht zu Gesicht bekommen. Gestritten haben wir uns nicht.«

Und wenn, dann half es ganz sicher, nicht ganz bei Bewusstsein zu sein. Vielleicht war Mia Bernhard die einzige Person, die Marcel Sindermann gekannt hatte, ohne mit ihm aneinanderzugeraten zu sein.

Und da sage noch mal einer, dass Marihuana weiter verboten gehört, dachte Momberger.

»Haben Sie mitbekommen, dass er sich mit anderen Leuten gestritten hat? Zum Beispiel mit Frau Prätorius? Sie beide kannten sich über Herrn Sindermann, oder?«

»Ja, das stimmt. Johanna war manchmal bei uns.«

»Wurde es da auch mal laut?«

Sie grinste schelmisch. »Im Schlafzimmer, meinen Sie?«

»Stellen Sie sich nicht dumm, Frau Bernhard! « Eigentlich war er durchaus ein Freund zweideutiger Wortspiele.

»Na gut, die beiden haben sich tatsächlich häufig gestritten. Aber nicht so oft wie er und Laura.«

»Laura? Wer ist denn Laura?«

136

»Eine alte Freundin von Marcel. Kommt aus dem gleichen Kaff wie er selbst. Die war relativ häufig bei uns.«

»Und diese Laura war auch mit ihm zusammen?«

»Kann sein, ich bin mir nicht sicher. Aber bei den ganzen Diskussionen würde ich eher auf Ja tippen.«

16

Johanna Prätorius und Mia Bernhard verließen die Dienststelle erneut gemeinsam, Moritz Schultheis hingegen blieb auf sich alleine gestellt. Momberger hatte den Eindruck, als trüge er die Nase deutlich weniger hoch als noch vor dem Gespräch mit Zaster. Er war sich nicht sicher, inwiefern das auf Methoden zurückzuführen war, die man ansonsten eher im Zwielicht von Organisationen vorfand, die mit der Polizei traditionell in Konkurrenz standen. Schließlich wusste er um die Vergangenheit Zassenbergs, dessen Vater und sein kleines illegales Spielhallenimperium, und natürlich war er ebenfalls darüber im Bilde, dass in Zasters Akte regelmäßig unschöne Zwischenfälle auftauchten, die genau mit solchen Methoden in Zusammenhang standen. Wenn es allerdings um den Schnösel aus dem Studentenwohnheim ging, konnte er ein bis zwei Augen mehr zudrücken, als er es ohnehin schon tat.

Als die drei Studenten das Revier wieder verlassen hatten, fanden sich die Ermittler im Büro von Wolfgang Plank zusammen. Im protzigen Drehstuhl des Chefs saß noch immer Zassenberg und versuchte sich als James-Bond-Bösewicht. Momberger blieb im Türrahmen stehen, musterte seinen Kollegen und grinste. »Sie haben Ihre weiße Katze vergessen«, scherzte er.

»Die macht gerade ein Nickerchen in meiner geheimen Basis auf dem Mond. Ich hoffe, dass mein Weltraumlaser bald fertiggestellt ist.«

Bill schaute zwischen ihren Kollegen hin und her, versuchte zu verstehen, worauf diese gerade angespielt hatten, gab dann aber auf. »Habe ich was verpasst?«

»Ja, die Achtziger«, antwortete Momberger. »Können dir deine Eltern erklären.«

»Von mir aus.« Sie trat in den Raum und setzte sich auf einen der beiden Stühle, Momberger nahm den anderen.

»Gibt's was Neues?«, fragte er.

»Keine richtig heiße Spur, aber wir sollten dringend den alten Mann im Anzug finden. Der war nicht zum Feiern da, hatte aber sicher einen triftigen Grund für seine Anwesenheit.«

»Und er hat sich anscheinend angeregt mit unserem Opfer unterhalten«, fügte Zassenberg hinzu. »Haben wir schon eine Idee, wer der Kerl sein könnte?«

»Bisher noch nicht«, antwortete Bill. »Ich habe noch nicht alle Personen herausfinden können, die während der Feier vor Ort waren. Daran werde ich mich gleich wieder setzen. Vielleicht weiß einer ja, wer der Mann ist.«

»Sehr gut!« Zassenberg wandte sich Momberger zu: »Und bei Ihnen?«

»Frau Bernhard erzählte mir von einer Laura.« Er zückte den Notizzettel, den er gemacht hatte. »Henrichsen, Laura Henrichsen. Die scheint das Opfer genauer gekannt zu haben. Ich werde Michel und Zaun darauf ansetzen. Vielleicht schaffen sie es vor Weihnachten, die Frau ausfindig zu machen.«

Wie auf Befehl standen die beiden schwerfälligen Beamten in der Tür und warteten darauf, dass jemand ihren Startknopf drückte. Momberger tat ihnen den Gefallen: »Was gibt's denn, Jungs?«

»Der Hausmeister ist da«, erklärte Zaun mit dem Anflug eines Lächelns, was wahrscheinlich daherrührte, dass er sich auf das Leckerli freute, das er sich für die Erledigung einer Aufgabe erhoffte.

»Gut«, meinte Momberger kurz angebunden. »Er soll reinkommen.«

»Wie, reinkommen?«

»In diesen Raum kommen«, präzisierte er seine nicht allzu schwer zu verstehende Aussage.

»Der Hausmeister ist aber nicht hier«, schob Michel ein.

»Was?« Momberger war verwirrt, während Bill neben ihm sich bereits die Schläfen rieb. »Fritz hat doch gerade gesagt, er sei da.«

»Er ist ja auch da«, erklärte Zaun. »Beim Spiegelslustturm. Er hat angerufen, weil er auf euch wartet.«

»Und warum wartet er auf uns? Was habt ihr zwei wohl vergessen?« Er beobachtete die beiden dabei, wie sie versuchten, das lösbarste aller Rätsel zu durchdenken. Wie so oft stellte er sich die Frage, welchen Ruf die Polizei haben könnte, wenn sie nur die Besten einer Gesellschaft aufnehmen und entsprechend bezahlen würde. Stattdessen konnten es auch von der Evolution Übergangene wie Michel und Zaun in Lohn und Brot schaffen. Anstatt der müßigen Überlegung nachzuhängen, wie man die deutsche Polizei von Grund auf sanieren könnte, gab er den beiden schwach leuchtenden Glühbirnen die Antwort auf seine Frage: »Ihr habt vergessen, uns Bescheid zu sagen.«

»Ach ja«, erinnerten sie sich gleichzeitig. »Tut uns leid!«

»Alles klar«, seufzte Zassenberg und stand auf, um das sinnlose Gespräch an dieser Stelle abzukürzen. »Momsen, wir fahren da hoch, bevor der Hausmeister sich wieder auf den Heimweg macht. Bill, Sie suchen weiter nach dem Mann im Anzug und erklären den beiden Trantüten ihre neue Aufgabe. Mehr schaffen wir heute ohnehin nicht.« Er schaute auf die Uhr an der Wand – es schlug bald fünf.

Während Momberger und Zassenberg das Revier verließen, hörten sich die beiden weniger Begabten an, was Bill ihnen zu sagen hatte, und schlichen dann zurück an ihr Wasserloch, um den Rest des Tages entspannt ausklingen zu lassen. Dass ihnen Wolfgang Plank – ein wenig gegen ihren Willen – eigentlich Bills Aufgaben im Außendienst übertragen hatte, schienen sie sehr gut ignorieren zu können.

Am Fuß des Spiegelslustturms wartete bereits ein kleiner Mann mit Cordhose und Handwerkerweste, der nicht nur einen ansehnlichen Bauch vor sich herschob, sondern offensichtlich auch eine ganze Menge Wut. Er war der eigentliche Leidtragende der Unfähigkeit von Michel und Zaun.

»Ich warte jetzt seit fast einer Stunde«, meckerte er, als Momberger und Zassenberg aus dem Auto gestiegen waren. »Ich habe Besseres zu tun, als hier Steinchen zu zählen.«

»Das tut uns sehr leid!«, entschuldigte sich Momberger. »Es gab einen Kommunikationsfehler.«

»Es ist mir egal, was es bei Ihnen gab.« Er klopfte auf die Uhr an seinem Handgelenk. »Zeit ist Geld. Im Gegensatz zu Ihnen werde ich nicht fürs Rumsitzen bezahlt.«

»Jetzt haben Sie Ihren Frust ja rausgelassen«, schaltete sich Zassenberg ein. Er hatte anscheinend keine Lust auf eine längere Diskussion. »Je schneller wir hier fertig sind, desto früher können Sie wieder Kaffeeflecken wegwischen oder was auch immer Sie so machen.«

»Ich bin Angestellter im Krankenhaus, Sie Trantüte!« Er starrte Zassenberg durch die dicken Gläser seiner Brille an. »Wenn ich nicht bei der Arbeit bin, stehen Menschenleben auf dem Spiel.«

Zassenberg konnte sich ein Lachen nicht verkneifen. »Sind Sie Hausmeister *und* Arzt? Wieso gibt es noch keine Fernsehserie über Sie?«

»Nein, ich bin kein Arzt. Aber ich kümmere mich um die Gerätschaften in der Klinik. Wenn die nicht funktionieren, geht es auch bergab mit der Gesundheit der Patienten.«

»Und hier sind Sie Schlüsselmeister und Torwächter. Ich hoffe, Sie kommen mit der ganzen Verantwortung zurecht.«

»Ich kann auch wieder gehen. Sie wollen etwas von mir und nicht umgekehrt.«

»Schon gut, schon gut!« Momberger übernahm erneut die Kontrolle über das Gespräch, um es nicht weiter bei der Eskalation beobachten zu müssen. »Würden Sie uns bitte die Tür öffnen? Ein Mensch ist gestorben. Wir wollen nur herausfinden, was ihm zugestoßen ist und wer ihn umgebracht hat.«

Noch immer ruhte der Blick des Hausmeisters auf Zassenberg. Irgendwann war Mombergers Bitte aber doch zu ihm durchgedrungen. »Dann lassen Sie uns loslegen!«

»Danke! Mein Name ist übrigens Eduard Momberger. Das ist mein Kollege Philipp Zassenberg.«

»Kurt Mangner. Kommen Sie mit!«

Sie gingen zum Eingang des Turms, einer breiten Holztür aus Zeiten, die schon lange vergangen waren. »Ich schließe hier normalerweise morgens auf und abends wieder zu. Am Ende der Woche fege ich einmal durch. Sehr viel mehr habe ich mit dem Turm nicht zu tun.«

»Hier steht ›Eintritt ein Euro‹ und ›Studenten frei‹«, las Momberger vor. »Wer nimmt das Geld entgegen?«

Mangner deutete auf einen kleinen Kasten an der Wand, in dem ein schmaler Schlitz für Münzen eingelassen war. »Es lohnt sich nicht, hier extra einen Kassierer hinzustellen. Die meisten bezahlen auch tatsächlich etwas, bevor sie hochgehen.«

Sie betraten den Turm und gingen die schmale Wendeltreppe an der Wand nach oben. Es war dunkel und roch modrig. Alle drei bis vier Meter ließ ein schmaler Schlitz in der Wand ein wenig Licht hinein. Nach knapp einer Minute und deutlich mehr Anstrengung, als den beiden Rauchern lieb gewesen wäre, kamen sie auf der schmalen Holzplattform an, die den Turm nach oben hin abschloss. Sie war etwa drei mal drei Meter groß und von e:nem niedrigen Geländer umgeben.

»Wäre kein großes Problem gewesen, jemanden hier rüberzuwerfen.« Momberger untersuchte die Stelle, über die Marcel Sindermann gefallen sein musste, um dort aufzuschlagen, wo sie am Tag zuvor die Blutflecken entdeckt hatten. Beim Blick nach unten erkannte er das Absperrband, das diesen Punkt markierte.

»Vom Geländer kriegen wir aber nichts bei der Flut an Leuten, die sich hier anlehnen.«

»Sie me:nen Fingerabdrücke?«, fragte Kurt Mangner. »Oder DNA-Spuren?«

»Eher Fingerabdrücke. Aber die bringen nichts, wenn es zu viele sind. Außerdem kann an dem Abend jeder hier oben gewesen sein. Das heißt aber noch lange nicht, dass auch der Mörder das Geländer angefasst hat.«

142

»Welchen Abend meinen Sie? Diese Woche?«

»Letzte Woche Samstag. Der Mord ist wahrscheinlich zwischen zehn Uhr abends und Mitternacht geschehen.«

»Daran habe ich ganz starke Zweifel.«

»Zweifel?« Zassenberg schaltete sich ein. »Waren Sie etwa auch hier? Hatten Sie die Nierenschalen schon alle ausgewischt?«

Wütend starrte der Hausmeister ihn an. »Damit habe ich nichts am Hut«, stellte er klar. »Und nein! Ich war letzten Samstag nicht hier. Zumindest nicht zu diesem Zeitpunkt. Ich habe den Turm um neunzehn Uhr abgeschlossen und bin dann nach Hause. Es kann also niemand zwischen zehn Uhr und Mitternacht hier oben auf der Plattform gewesen sein.«

Die Ermittler sahen sich überrascht an, um dann den Blick wieder Kurt Mangner zuzuwenden.

»Sind Sie sicher?«, fragte Zassenberg.

»Ob ich sicher bin? Mal ganz abgesehen davon, dass letzte Woche die Eintracht gegen Bayern gewonnen hat und ich das Spiel in der Sportschau sehen wollte, glaube ich doch, dass ich sieben Uhr von Mitternacht unterscheiden kann.«

»Die Tür könnte aufgebrochen worden sein«, mutmaßte Momberger.

»Wir haben sie doch gerade gesehen«, widersprach ihm Zassenberg. »Haben Sie da Spuren eines gewaltsamen Eindringens ausfindig machen können?«

»Nein, Sie haben recht. Gibt es vielleicht einen Zweitschlüssel?«

»Ja, natürlich«, sagte Mangner. »Der hängt bei uns im Schlüsselkasten. Aber da kommt man nur dran, wenn man bei uns arbeitet. Außerdem hängt er immer noch an Ort und Stelle. Das kann ich Ihnen versichern.«

Momberger kratzte sich am Kinn und versuchte sich einen Reim auf die neuen Informationen zu machen. »Was heißt das für uns?«

»Nun«, begann Zassenberg. »Es heißt entweder, dass Herr

Mangner hier der unauffälligste Mörder ist, den ich jemals getroffen habe ...« Er sah sich den kleinen Mann gründlich von oben bis unten an und wippte dann abschätzend mit den Schultern. »... oder wir müssen in Frage stellen, ob unsere Version der Geschichte wirklich die beste ist.«

17

»Sie meinen, dass er gar nicht hier heruntergefallen ist?«, fragte Momberger und schaute noch einmal von oben hinunter zu der im Schatten gelegenen Stelle, wo er die Blutflecken auf dem Kies kaum noch erkennen konnte. Es passte eigentlich zu gut. Und die Gelegenheit wäre günstig gewesen. Auf der anderen Seite der Plattform schaute man Richtung Schloss und konnte eine der schönsten Aussichten in und auf Marburg genießen. Die allermeisten Besucher des Turms sahen Richtung Stadt – weg vom vermeintlichen Tatort. Hinzu kam, dass ebendiese Stelle nicht nur vom Absperrband der Spurensicherung umgeben war, sondern auch von einigen hohen Ziersträuchern, die nahe der Mauer des Turms wuchsen. Sie waren breit und voluminös, hätten einen Sturz aber nicht abfedern können. Als kurzfristiges Versteck waren sie hingegen gut geeignet – besonders bei Dunkelheit.

Zassenberg stellte sich neben Momberger und blickte ebenfalls über das Geländer. »Das würde ich nicht gleich ausschließen«, erklärte er. »Wenn ich darauf wetten müsste, würde ich immer noch darauf tippen, dass er hier heruntergefallen ist. Er war an dem Abend vor Ort und wurde danach nicht mehr gesehen. Aber wie kamen er und sein Mörder hier hoch? Sie werden kaum geklettert sein.«

»Sie waren vielleicht schon im Turm, als er abgeschlossen worden ist.«

»Glaube ich nicht.« Zassenberg drehte sich zu seinem neuen besten Freund, dem Hausmeister. »Um sieben Uhr hat er hier abgeschlossen. Und wie wir bereits erfahren haben, kann Herr Mangner schon wie ein großer Junge die Uhr lesen.«

Kurt Mangner biss die Zähne zusammen. Seine Kiefermuskulatur trat hervor. »Hören Sie mal ...«, rief er und schien sich bereits eine passende Antwort zurechtzulegen. Dann jedoch besann er sich wohl darauf, dass der Klügere nachgab, und meinte. »Ich mache meinen Job hier ausgesprochen gewissenhaft. Außerdem schaue ich immer noch mal in den Turm, bevor ich abschließe. Zu diesem Zeitpunkt war hier auf dem Platz noch kein Mensch und im Turm ganz sicher auch nicht.«

Er wollte noch etwas hinzufügen, kam allerdings nicht weit, denn Zassenberg ignorierte ihn einfach, nachdem er die wichtigsten Informationen erhalten hatte.

»Zwischen neun Uhr und Mitternacht wurde Herr Sindermann allerdings noch von einigen Zeugen gesehen«, erklärte er. »Wenn das Opfer und sein Mörder also keinen Geheimgang in den Turm hinein und vor allem aus ihm heraus kannten, waren sie mit an Sicherheit grenzender Wahrscheinlichkeit nicht schon vorher im Turm. Hier gibt es keine Kerzenhalter, an denen man ziehen kann, um eine geheime Tür zu öffnen, nehme ich an?«

»Nein, den Turm hat ja nicht Edgar Allan Poe konstruiert.«

»Okay!« Zassenberg schien überrascht von der unvermuteten Belesenheit des Hausmeisters. Dann schlug er unvermittelt in die Hände. »Wir finden es schon heraus. Den Schlüssel für den Turm überlassen Sie bitte uns. Dann kann die Spurensicherung ein wenig ihr Glück versuchen.« Er streckte die offene Hand aus und wartete darauf, dass Kurt Mangner den Schlüssel darin ablegte.

»Wie meinen Sie?«, fragte er und schien plötzlich verwirrt zu sein.

»Schlüssel!«, verlangte Zassenberg.

»Den können Sie nicht haben. Ich muss doch den Turm aufschließen.«

»Der Turm ist ein Tatort, Herr Mangner«, erklärte Momberger, der nicht ganz so aggressiv hinter dem Schlüssel her war wie sein Kollege. »Ich fürchte, auf die sieben Euro Einnahmen am Tag muss die Stadt für eine Weile verzichten. Und falls alle Stricke reißen, haben Sie ja noch den Zweitschlüssel, nicht wahr?«

»Zweitschlüssel«, wiederholte Mangner nachdenklich.

146

»Stimmt ja!« Er übergab Zassenberg den Schlüssel. »Kann ich dann wieder gehen?«

»Tun Sie sich keinen Zwang an«, sagte Zassenberg und deutete ebenfalls auf die Treppe. »Die Nachttöpfe leeren sich ja nicht von alleine.«

»Ich ...«, begann er mit wütend erhobenem Zeigefinger, überlegte es sich dann aber anders und winkte einfach ab. »Auf Wiedersehen!«

Momberger hob die Hand zum Abschied und beobachtete den dicklichen Mann, wie er langsamen Schrittes die Treppe nach unten schlurfte.

Als er den Turm unten wieder verlassen hatte, fragte Momberger: »Kam er Ihnen auch ein wenig eingeschüchtert vor? Am Ende, meine ich.«

Zassenberg kratzte sich am stoppeligen Kinn mit dem Dreitagebart wie aus Rosshaar und antwortete: »Allerdings! Den Schlüssel hat er nicht gerne abgegeben.«

»Sollten wir da nachhaken?«

»Und wie. Aber nicht mehr heute.« Er schaute auf seine Uhr. »Wir haben gleich sieben. Und ich habe noch etwas mit Nasti zu besprechen.«

»Soll ich Sie in die ›Tränke‹ fahren?«

»Nein, sie arbeitet heute nicht.«

»Dann in die Barfüßerstraße?«

»Woher wissen Sie denn, wo Nasti wohnt?«

»Habe ich Ihnen nicht erzählt, dass wir zur gleichen Zeit studiert haben? Da läuft man sich zwangsläufig hier und da über den Weg, und sie hat ihre Wohnung seitdem nicht gewechselt.«

»Stimmt leider«, sagte Zassenberg und fuhr seine Neugier wieder herunter. »Sie hat immer noch Mitbewohner, die so alt sind wie meine Nichte. Mit so was sollte ich mich in meinem Alter eigentlich nicht mehr auseinandersetzen müssen.«

»Aber Nasti mag das, oder nicht?«

»Tut sie! Es steckt noch ziemlich viel Studentin in ihr. Nicht unbedingt ihre beste Eigenschaft.«

147

»Sie mag einfach die Gesellschaft«, sagte Momberger und war sich durchaus darüber im Klaren, dass er Nastis Liebhaber gerade erklärte, wie sie tickte. »Deshalb arbeitet sie ja auch noch in der ›Tränke‹.« Er verschwieg ihm, dass Nasti auch schon den einen oder anderen Job gehabt hatte, den man in ihren Kreisen als »seriös« bezeichnet hätte. Allerdings war jeder Versuch, sich in einem solchen zu etablieren, an ihrer Einstellung gescheitert. Nasti war einfach nicht dafür gemacht, von anderen gesagt zu bekommen, was sie zu tun hatte. Er glaubte zu wissen, dass gerade diese Eigenschaft sie für Zassenberg besonders attraktiv machte.

»Also Barfüßerstraße?«, fragte er noch einmal.

Zassenberg wagte noch einen letzten Blick in die Tiefe und schien für einen Moment in der Tatnacht zu verweilen. Dann sagte er: »Ja, fahren wir!«

Nachdem er Zassenberg in der Oberstadt abgesetzt hatte, fuhr Momberger mit dem Dienstwagen nach Hause. Seine Gedanken kreisten während der Fahrt immer wieder um den Fall, konnten sich aber an nichts festbeißen. Noch lagen die Geschehnisse im Nebel. Nur der Täter oder auch die Täterin wusste, was geschehen war. Die Zeugen waren ihnen bisher keine große Hilfe gewesen. Die Ermittler wussten nur, dass Marcel Sindermann mit einer Menge Studenten gefeiert hatte und am nächsten Morgen nicht in seinem eigenen Bett aufgewacht war, sondern unter einem Haufen Laub. Ganz langsam und einsam war er dann in das unbekannte Land vorangeschritten. Hatte ihn jemand vom Turm gestoßen? Mit an Sicherheit grenzender Wahrscheinlichkeit! Aber wer? Und wie waren die beiden in den Turm gekommen? Was hatte der mysteriöse Mann im Anzug mit der Sache zu tun? Und warum hatte sich der Hausmeister so seltsam benommen, als es darum ging, den Beamten den Schlüssel auszuhändigen? Nichts von alldem ließ sich zu einem schlüssigen Ganzen kombinieren.

Er parkte den Wagen vor seinem kleinen Haus am Gegenhang des Schlosses. Der Kaiser-Wilhelm-Turm, den außer ihm niemand so nannte – jeder Marburger sprach vom Spiegelslustturm –, war nicht allzu weit von seinem Zuhause entfernt. Er konnte die Spitze des Turms am oberen Ende des Hügels aufragen sehen. Er beobachtete, wie die letzten Strahlen der Sonne sie noch einmal streichelten und dann verschwunden waren.

Auf der anderen Seite des Tals lag das Schloss ebenfalls im Zwielicht der abendlichen Dämmerung. In dem Moment, da Momberger sich herumdrehte, um den wunderbaren Ausblick auf den mittelalterlichen Stadtkern Marburgs zu genießen, wurden die Scheinwerfer aktiviert, die das Schloss nachts anstrahlten und zu einem Leuchtturm machten, den man kilometerweit sehen konnte.

Ihm selbst ging allerdings weiterhin kein Licht auf, weshalb er den stufigen Weg zu seiner Haustür in Angriff nahm und die Tür zu seinem kleinen Haus öffnete, das für ihn eigentlich zu groß war. Eine weitere Person hätte noch wunderbar Platz gefunden. Jedoch sah es gerade nicht danach aus, als würde in nächster Zeit jemand seine Siebensachen bei Momberger unterbringen.

Er zog Schuhe und Jacke aus, knöpfte sein Hemd auf und warf es auf sein Sofa. Aus dem Kühlschrank holte er sich ein Bier und setzte sich an den Küchentisch. Nach einem wohltuenden Schluck aus der Flasche zog er sein Handy aus der Jackentasche und rief Bill an.

»Hey!«, sagte er, als diese sich meldete. »Ich wollte dir nur sagen, dass ich den Dienstwagen mit nach Hause genommen habe. Soll ich dich morgen mit aufs Revier nehmen?«

»Nein, musst du nicht!«, antwortete sie mit einem Unterton, den Momberger nicht von ihr kannte. »Ich … ich schlafe heute nicht bei mir.«

»Wo denn sonst?«

»Bei meinen Eltern!«

Momberger wusste, dass Herr und Frau Weigand einen klei-

149

nen Hof hatten, der wiederum fast die Hälfte des winzigen Dorfs ausmachte, aus dem Bill stammte. Hin und wieder besuchte sie die beiden und half ihnen ein wenig dabei, das alte Gemäuer in Schuss zu halten. Aber warum war sie dann so verunsichert? Erst nach einer für einen Ermittler erstaunlich langen Zeitspanne traf Momberger die Erkenntnis: Sascha Cegledi. Sie war ganz sicher bei ihm.

»Ach so!«, murmelte er und versuchte sich nichts anmerken zu lassen. »Dann sehen wir uns morgen.«

»Ja, bis dann!«

Er pfefferte das Handy über den Tisch, wo es erst von der leeren Obstschale gestoppt wurde. Mit schnellen Zügen trank er das Bier und holte sich direkt das nächste aus dem Kühlschrank.

Zwei Stunden und ein Sixpack später saß er auf dem Sofa und schaltete gelangweilt und immer noch einigermaßen angefressen durch das unergiebige Fernsehprogramm. Gerade als er sich auf den Weg zum DVD-Regal machen wollte, um aus Mangel an Alternativen doch wieder »Indiana Jones« einzulegen, klingelte es an der Tür.

Er schaute verwirrt auf die Uhr. Es war bereits nach zehn. Die Zeiten, in denen seine Freunde ihn um diese Uhrzeit aus dem Haus geholt und in die nächstbeste Kneipe geschleift hatten, waren lange vorbei. Er war mittlerweile in einem Alter, in dem er jedes Klingeln auf eine halbe Stunde genau vorhersagen konnte.

Als er die Tür öffnete, staunte er nicht schlecht, die grimmigen Gesichtszüge von Philipp Zassenberg zu erblicken.

»Sie haben doch Bier, oder nicht?« Sein Kollege ließ sich selbst in die Wohnung. Er zog einen kleinen Rollkoffer hinter sich her.

Momberger schaffte es gerade noch, aus dem Weg zu treten. Er folgte Zassenberg und war erstaunt darüber, dass der den Weg zum Kühlschrank so schnell fand, als wäre er schon häufig bei ihm gewesen. Beim jetzigen Besuch handelte es sich aber um eine Premiere und nicht zwingend um eine erfreuliche.

»Ja, bedienen Sie sich doch! Vielleicht noch ein Steak mit Ofenkartoffel dazu?«

»Wenn Sie haben.« Er nahm zwei Bier aus dem Kühlschrank und öffnete das eine mit Hilfe des anderen. Zusammen mit seinen beiden neuen Freunden setzte er sich aufs Sofa.

Mombergers Blick blieb indes an dem Koffer kleben, der einsam und verlassen vor dem Kühlschrank stand. Am Flughafen hätte man jetzt die Polizei gerufen – Bombenalarm! Aber die Polizei war schon da und das Unglück bereits geschehen. Die Bombe ließ sich nicht mehr entschärfen, sie war bereits detoniert. Aber warum?

Wieder einmal streifte die Erkenntnis erstaunlich spät seinen Geist.

»Nasti hat Sie abgeschossen«, sagte er, als es dann doch so weit war. Besonders überrascht war er davon nicht. Der konservative, schlecht gelaunte Polizist und die alternative Thekenkraft – so etwas funktionierte außerhalb Hollywoods einfach nicht.

Mit einem Kopfnicken bestätigte Zassenberg diese Annahme und trank sein erstes Bier auf einen Zug.

»Aus Ihnen wird einmal ein toller Ermittler, Sherlock!«, sagte er, nachdem er heftig aufgestoßen hatte.

Ohne auf diese Spitze einzugehen, wanderte auch Momberger erneut zum Kühlschrank, um sich ein Bier zu holen. Anschließend ging er zurück zum Sofa, setzte sich neben seinen Kollegen und hielt ihm die Flasche zum Anstoßen hin. Der nahm die Einladung an und ließ das Glas leise klirren. »Sind Sie immer noch angefressen, weil ich Ihnen nichts gesagt habe, wenn ich in Marburg war? So oft ist es übrigens nicht vorgekommen.«

»Bill haben Sie Bescheid gesagt.« Momberger bemerkte sofort, wie pubertär diese Antwort klang.

»Aus der wird ja auch mal was. Sie hingegen ...« Er brachte den Satz nicht zu Ende; vielleicht weil er bemerkt hatte, dass man niemanden beleidigen sollte, den man gerade wortlos um Obdach gebeten hatte.

»Sagen Sie es nur«, forderte Momberger. »Ich halte das aus.«

»Na ja, Sie sind ja nicht einmal gerne bei der Polizei. Ihnen kann ich nicht helfen. Bill hingegen schon. Und dass wir beide nicht dazu gemacht sind, auf Amadeus und Sabrina durch den Wind zu jagen, sollte Ihnen mittlerweile auch bewusst geworden sein.«

Momberger musste – auch wenn er eigentlich keinen Grund dazu hatte – lachen. »Wo Sie recht haben …« Er nippte noch einmal am Bier. »Was hat Nasti Ihnen denn gesagt?«

»Sehr viel hat sie gesagt.« Zassenberg klang erschöpfter als sonst. »Aber im Grunde lässt es sich mit ›Ich möchte gerade keine festen Bindungen haben‹ zusammenfassen. Und das wiederum lässt sich meiner Erfahrung nach mit ›Ich möchte gerade keine feste Bindung mit *dir* haben‹ übersetzen.«

»Sie müssen es ja wissen. Wie oft waren Sie verheiratet? Fünfmal?«

»Viermal! Übertreiben Sie es nicht.«

»Und immer wurden Sie von Ihren Frauen verlassen?«

»Bei den letzten dreien haben wir uns im Grunde gegenseitig verlassen. Als Schutzmaßnahme, ansonsten hätten wir uns zerfleischt. Bei der ersten allerdings …« Zassenberg hielt für einen Moment inne und starrte durch die schmale Öffnung auf den Boden seiner Bierflasche. »Na ja, die hat mich tatsächlich verlassen – aber nicht freiwillig.«

18

Der nächste Morgen war vor allem von dem heftigen Kater geprägt, den die beiden Ermittler mit auf die Dienststelle brachten. Sein geschundener Körper und die brachialen Kopfschmerzen erinnerten Momberger auf unangenehme Weise an den letzten gemeinsamen Fall mit Zassenberg, der ebenfalls damit angefangen hatte, dass er und sein Kollege zwei, drei oder auch sieben Bier über den Durst getrunken hatten. Einmal mehr erstaunte es ihn, dass Zassenberg trotz seines Vorsprungs von etwa zehn Jahren Lebenszeit deutlich besser mit den Nachwirkungen des Alkohols zurechtzukommen schien als er selbst. Der Mann war wohl einfach besser ans Vergiften des eigenen Körpers gewöhnt.

Viel hatte Zaster am vorherigen Abend nicht mehr über seine erste Frau erzählen wollen. Man hatte ihm deutlich angemerkt, dass sie eine Lücke in seinem Leben hinterlassen hatte. Momberger hatte nur noch in Erfahrung gebracht, dass sie eine seltene Art Blutkrebs bekommen hatte, der lange von niemandem erkannt worden war – zu lange. Als dann doch endlich einer der vielen konsultierten Ärzte die Ursache der sich stetig verschlechternden Gesundheit gefunden hatte, war es leider schon zu spät gewesen.

Momberger hatte es kaum gewundert, dass Zassenberg kein gutes Haar an den behandelnden Ärzten und der Medizin im Allgemeinen gelassen hatte. Mehr als dieser kurze Blick in die Vergangenheit wurde ihm aber nicht gewährt. Danach waren sie vor allem damit beschäftigt gewesen, die Alkoholvorräte in der Wohnung zu reduzieren und die Unmöglichkeit zu diskutieren, Frauen zu verstehen.

Einer der Gründe für sein ganz persönliches schwieriges Verhältnis zum anderen Geschlecht stand nun vor Momberger und grinste von einem Ohr bis zum anderen.

»Na, Momsen«, freute sich Bill, als er völlig erschlagen an ihrem Tisch vorbeigeschlichen kam. »Netter Abend gestern?«

Er antwortete nicht, sondern schnappte sich nur die Tasse Kaffee, die auf Bills Schreibtisch stand, und kippte diese komplett in sich hinein. Erst dann antwortete er: »Geht so!« Er deutete mit der Tasse Richtung Küche, wo Zassenberg gerade ebenfalls für Koffeinnachschub sorgte. »Nasti hat mit Zaster Schluss gemacht.«

Bill schien wenig überrascht zu sein. »Habe ich dir doch gesagt«, erklärte sie und setzte den Gesichtsausdruck der Allwissenheit auf, den man bei ihr sonst selten zu sehen bekam.

Momberger rieb sich die Schläfen. »Bei deiner Vorhersage hast du vergessen zu erwähnen, dass ich auch darunter leiden würde.« Sein Blick verschwamm, und er wischte sich die Tränen aus den Augen, die der Kater aus nicht nachvollziehbaren Gründen dort hineingetrieben hatte. »Ich habe jetzt anscheinend einen Mitbewohner«, erklärte er und gähnte ausgiebig. »Was gibt's hier Neues?«

Er schaute konzentriert auf die Uhr, erkannte aber wenig hinter seinem verschwommenen Blick. Aufgrund der doppelten Nutzung seines Badezimmers hatten er und Zassenberg die Wohnung erst mit einer halben Stunde Verspätung verlassen. Allerdings war es nicht unmöglich, dass ihre erschlafften Körper nicht ganz so eifrig dem morgendlichen Alltag nachgegangen waren, wie sie es ansonsten taten.

Bill schob ihm einen Zettel hin, auf dem eine kurze Notiz stand.

»Mann im Anzug – Nino Althaus«, las er vor. »Der Tennistrainer soll der Typ sein, den wir suchen?«

»Nein! Er hat noch mal hier angerufen, weil er sich auch an den Kerl erinnert hat. Aber nicht nur am Abend beim Spielgelsustturm …« Sie hob die Hand und grüßte Zassenberg, der mit einer Suppenschale voll Kaffee an ihren Schreibtisch herangetreten war. Anscheinend war er noch nicht ganz in der Verfassung, den Mund zu öffnen.

Bill fuhr fort: »Herr Althaus hat angegeben, dass er den Mann auch schon während des Turniers gesehen haben will, das vorher am Tag stattgefunden hat.«

»Ach ja?«, fragte Momberger überrascht. »Ist er sich sicher?«

»Ich konnte leider kein umfassendes Gespräch mit ihm führen. Er musste leider zum Training, wollte aber vorher noch anrufen, weil er dachte, die Information könnte uns weiterhelfen.«

»Womit er recht haben könnte«, sagte Zassenberg, der sich nun doch dazu durchgerungen hatte, den Mund aufzumachen. Bill führte weiter aus: »Vielleicht sollten wir Herrn Althaus einen kleinen Besuch abstatten. Wir wissen ja, wo er sich gerade aufhält.«

»Das erledigen wir«, erklärte Momberger.

Bill musste noch einmal grinsen. »Frischluft? Kann euch nicht schaden.«

»Sonst noch was?«

»Ja, ich habe noch mal mit den Eltern des Opfers telefoniert.« Sie zupfte einen anderen Zettel aus einem größeren Stapel. »Sie haben mir die Nummer von Laura Henrichsen geben können.«

Der Name brachte weder bei Momberger nach bei Zassenberg etwas zum Klingeln. Das änderte sich erst, als Bill hinzufügte: »Das ist die alte Bekannte des Opfers. Ich wollte sie gerade anrufen, als ihr hier … hineingetorkelt seid.«

»Dann mach das jetzt«, sagte Momberger. »Ruf uns an, falls sich was Neues ergeben hat.«

Nach einer Zigarettenpause auf dem Parkplatz machten sich die beiden auf den Weg zum Vereinsgelände des TC Rot-Weiß Marburg, wo sie sich direkt noch einen weiteren Glimmstängel anzündeten, der den Kater zwar nicht verschwinden ließ, aber zumindest das ständige Verlangen, das die Nikotinsucht mit sich brachte.

Zassenberg war zum ersten Mal auf dem Vereinsgelände und schaute sich um. Es war noch früh am Morgen, die Luft frisch und angenehm kühl. Trotzdem standen auf den zahlreichen Tennisplätzen bereits einige Spieler. Die meisten kamen erneut am Netz zusammen, tauschten sich aus und versicherten sich gegenseitig ihrer gesellschaftlichen Stellung. Doch einige wenige versuchten es tatsächlich mit Sport und schlugen sich entspannt die Bälle zu.

»Das muss für Sie ja die Hölle auf Erden sein«, erklärte Zassenberg süffisant. »Der Tennisverein als Treffpunkt des einen Prozents.« Wieder einmal standen auf dem Parkplatz neben dem leicht angerosteten Polo von Nino Althaus ausschließlich Autos, für die man auch ein kleines Einfamilienhaus kaufen, renovieren und den Zwischenboden mit Fünf-Euro-Scheinen auskleiden konnte. »Nach dem Treffen mit Herrn Althaus können Sie mit den Mitgliedern ja noch ein wenig die Vorteile einer Erbschaftssteuer erörtern.«

»Ich habe keine Todessehnsucht«, antwortete Momberger. »Na ja, normalerweise habe ich keine.« Sein Schädel pochte so wild, dass er befürchtete, ihm könnte das Blut aus den Ohren schießen. »Mir würde es schon reichen, wenn SUV-Fahrer ein paar Euro extra zahlen würden. Kein Mensch braucht so ein Ding in der Stadt.«

»Es geht nicht ums Brauchen. Es geht ums Haben.«

»Aber wieso einen SUV haben, wenn man keinen braucht?«

»Mein Gott, Momsen! Sie sind doch nicht erst gestern auf der Erde gelandet. Warum kaufen Leute Handys, die sie nicht brauchen, Uhren, die sie nicht tragen, und Handtaschen, die sie sich nicht leisten können? Damit sie den ganzen Scheiß den anderen Affen auf dem Ast präsentieren können.«

»Aber irgendwann sind die Ärsche auf dem Ast zu fett geworden«, konterte Momberger. »Und dann bricht er ab und reißt alle Affen mit ins Verderben. Hätte man gleich darauf geachtet, dass die Ärsche gleichmäßig verteilt sind …«

»Schon gut, Momsen! Reiten Sie die Metapher nicht komplett zu Tode! Sagen Sie mir lieber, wo wir diesen Herrn Althaus finden!« Er drückte seine Zigarette aus.

»Von mir aus! Aber Sie haben doch damit angefangen.«

156

»Und *Sie* mussten gleich eine Vorlesung daraus machen.«

»Vielleicht beschworen Sie sich noch mal darüber, wenn Sie heute Abend wieder einen Platz zum Schlafen brauchen!«

Diese Spitze ging ein wenig über das hinaus, was man noch als kollegialen Zwist hätte bezeichnen können, verfehlte seine Wirkung allerdings nicht, denn Zassenberg führte die Diskussion nicht weiter.

»Also?«, fragte er. »Wo ist Herr Althaus?«

»Dahinten.« Momberger deutete auf den jungen Mann, der einmal mehr eine schwerfällige Dame im gehobenen Alter trainierte.

Sie betraten den Platz und beobachteten den Trainer beim Versuch, seinem Gegenüber eine bessere Technik beizubringen. Er rief Dinge wie »Richtig durchziehen«, »Seitlicher hinstellen« oder »Nach oben ziehen«.

Obwohl Momberger nicht die geringste Ahnung von Tennis hatte, war ihm doch schnell klar, dass diese Anweisungen im Nichts verpufften. Vollkommen egal, was der Trainer rief, die Trainierte auf der anderen Seite des Netzes machte bei jedem Schlag exakt dasselbe. Das führte vor allem dazu, dass ihre Bälle kreuz und quer über den Platz flogen. Nino Althaus ließ sich davon nicht aus der Ruhe bringen, sondern sprintete von links nach rechts und von vorne nach hinten über die rote Asche und hinterließ darin jedes Mal lange Spuren, wenn er den Ball mit tief gesenktem Körper noch im Rutschen erreichte. Auf der anderen Seite fiel die Filzkugel der Dame jedes Mal genau vor die Füße, woraufhin diese wieder ihr Talent zeigte, Anweisungen zu ignorieren, und den Ball ins Netz schlug.

»Ich hätte ihr schon lange den Schädel mit dem Schläger eingeschlagen«, erklärte Zassenberg.

Die Tennisspieler bemerkten sie.

»Wie bitte?«, fragte die Frau.

»Sehr gute Technik!«, rief Zassenberg. »Tolle Vorhand!«

»Oh, danke! Ich gebe mir auch wirklich sehr viel Mühe, wie Sie sehen.«

»Steffi Graf würde vor Neid erblassen. Könnten wir kurz Ihren Trainer entführen?«

»Geht gleich weiter, Miriam.« Nino Althaus joggte zu den Ermittlern hinüber. »Herr Momberger. Wie kann ich Ihnen helfen?«

»Guten Tag, Herr Althaus! Das hier ist mein Kollege Philipp Zassenberg.«

»Zassenberg? Sie haben doch letztes Jahr den Mordfall von Yalda Wegener gelöst, nicht wahr?« »Der Trainer war hörbar begeistert. »Ich habe davon in der Zeitung gelesen.«

»Wir *beide* haben ihn gelöst«, erklärte Momberger. »Mein Name stand auch in dem Artikel.«

»Entschuldigen Sie bitte! Ich wollte Sie nicht —«

»Genug davon!«, fuhr Zassenberg dazwischen. »Wir sind hier, Herr Althaus, weil Sie meiner Kollegin heute Morgen erzählt haben, dass Sie Informationen zu einem gewissen Mann im Anzug für uns haben.«

»Das stimmt. Den Kerl habe ich schon auf dem Turnier beobachtet. Ich kannte ihn nicht, aber es kommt beim Finale schon mal vor, dass ein paar Interessierte von außerhalb hinzukommen. Wir sind nicht der All England Club, aber man bekommt schon etwas geboten. Deswegen hat mich das nicht wirklich gewundert. Außerdem war ich an diesem Tag ohnehin mit den Gedanken woanders – schließlich habe ich auch mitgespielt. Aber dann war das Turnier vorbei, und ich habe den Mann noch einmal gesehen. Oben beim Turm, und das kam mir schon irgendwie seltsam vor. Er war ganz sicher nicht zum Feiern da. Die meiste Zeit hat er sich im Hintergrund aufgehalten und jemanden beobachtet.«

»Wieso sagen Sie uns das erst jetzt?«

»Tut mir leid! Ich habe zum ersten Mal mit einem Mordfall zu tun. Aber jetzt sage ich es ja. Ich kann Ihnen auch zeigen, wie der Mann ausgesehen hat.«

»Ach ja?«, fragte Momberger. »Wie das?«

»Kommen Sie mal mit!« Er ging hinüber zur Bank, die am

Rand des Tennisplatzes stand. Darauf war eine alte Tennistasche abgelegt, in der er kurz herumkramte. Schließlich zog er einen Umschlag hervor und überreichte ihn den Ermittlern.

Momberger staunte nicht schlecht, als er einen kleinen Stapel Fotos herauszog.

»Meine Freundin ist Hobbyfotografin. Sie hat auch auf dem Turnier Bilder gemacht. Die wollte ich eigentlich nachher im Vereinsheim aufhängen, aber als ich sie eben noch einmal durchgeschaut habe, ist mir der Mann im Hintergrund aufgefallen.« Er deutete mit dem Zeigefinger auf das Foto. Vordergründig zeigte es den Besitzer des Zeigefingers, wie er einen gelben Filzball anstarrte, der kurz vor ihm in der Luft verharrte – ein klassisches Sportmotiv.

Doch im Hintergrund stand ein hagerer älterer Mann mit einem schlecht sitzenden Anzug. Er beobachtete den Stuhlschiedsrichter, dessen Gestalt man noch am Bildrand erahnen konnte. Momberger wusste, dass es sich dabei um Marcel Sindermann handelte. Den Mann im Hintergrund hatte er noch nie gesehen.

»Was zur Hölle!«, rief Zassenberg und riss ihm das Bild aus der Hand.

»Was haben Sie?«, fragte Momberger überrascht.

Zassenberg hielt sich das Bild so nahe vor sein Gesicht, dass er es hätte ablecken können. Auf die Frage ging er nicht ein und hatte sie wahrscheinlich nicht einmal gehört. Stattdessen zückte er sein Handy, suchte einen Kontakt heraus und wartete einen Moment.

»Stummel!«, rief er, als der Anruf entgegengenommen wurde. Noch einmal starrte er mit zusammengekniffenen Augen auf das Foto in seiner Hand. »Was in drei Teufels Namen hast du letzte Woche in Marburg getrieben?«

19

Zassenberg konnte kaum glauben, dass ausgerechnet er einen Verdächtigen identifiziert hatte. In Frankfurt war das mit Sicherheit keine große Sache. Auch Momberger hatte mittlerweile ein nettes Portfolio angelegt, in dem sich viele kleinere und einige größere Ganoven fanden, mit denen er häufiger zu tun hatte. Doch diese beschränkten sich auf Marburg und die nähere Umgebung. Zassenberg mochte zwar größere Fische an Land gezogen haben als er selbst, aber bis nach Marburg reichte sein Teich wohl kaum. Er war deswegen ebenso überrascht davon, was gerade vor sich ging, wie sein Kollege.

»Du setzt sofort deinen Arsch in Bewegung, Stummel!«, schrie Zassenberg in sein Handy. »Sonst lasse ich dich abholen. Ich bin mir sicher, dass du lieber in deinem eigenen Wagen und nicht in Handschellen kommen willst.« Ohne weitere Worte legte er auf und steckte das Handy wieder weg.

Momberger starrte ihn genauso verwirrt an wie Nino Althaus, der mit Tennisschläger in der Hand neben dem Ermittler verharrte. »Sie kennen den Mann?«, fragte er mit spürbarer Neugier. »Woher denn?«

»Sind Sie jetzt Teil unseres Ermittlerteams, Herr Althaus? Ansonsten erzähle ich Ihnen nämlich gar nichts.« Er hielt die Fotos hoch und fügte hinzu: »Die nehmen wir mit. Das haben Sie sich wahrscheinlich schon gedacht.«

»Ja, kein Problem. Der Vorstand hätte sicher etwas dagegen, ein Bild von einem Mörder an die Wand zu hängen.«

»Das ist nicht der Mörder!«, sagte Zassenberg. »Glauben Sie mir! Und jetzt gehen Sie wieder Bällchen spielen!«

»Wir melden uns bei Ihnen«, fügte Momberger hinzu. »Nicht zu weit wegfahren!«

Nino Althaus nickte und joggte zurück zu seiner Trainingspartnerin, die sich während der Pause im Grunde nicht sehr viel weniger bewegt hatte als im vorherigen Spiel mit dem Trainer – in beiden Fällen so gut wie gar nicht.

»Spannen Sie mich nicht weiter auf die Folter«, sagte Momberger. »Wer ist der Kerl? Und woher zum Teufel kennen Sie ihn?«

Zassenberg schien sich selbst noch mit der Situation anfreunden zu müssen. Sein Blick verharrte auf dem Bild, als hoffte er, noch einen Ausweg darauf zu finden. »Der Kerl heißt Peter Barski. Seine Freunde nennen ihn Stummel. Sehen Sie das hier?« Er hielt Momberger eines der Fotos hin. »Die abgetrennten Finger hat er meinem Vater zu verdanken.«

»Ach du Scheiße! So einer war Ihr alter Herr?«

»Ja, so einer war er. Vielleicht erzähle ich Ihnen irgendwann mal etwas mehr vom alten Zaster. Aber jetzt geht es nicht um ihn, sondern um Stummel.« Er zündete sich eine Zigarette an, und sie setzten sich gemeinsam auf eine kleine Tribüne neben dem Platz. »Stummel ist so etwas wie das schwarze Schaf der Familie, dabei ist er gar nicht mit mir verwandt. Hat sich aber immer so angefühlt. Ich bin quasi mit ihm groß geworden. Ist mir über die Jahre irgendwie ans Herz gewachsen, der alte Schwachmat. Stummel hat eine klassische Ganoven-Karriere gemacht: Sein Vater hatte die Familie verlassen, kaum dass Peter im Kreißsaal die ersten Schreie losgeworden war. Mit der Verantwortung überfordert, hatte sich seine Mutter dem Alkohol zugewandt und war nie wieder davon losgekommen. Als ihr Sohn gerade elf war, starb sie, und Peter kam im Heim unter. Die Schule konnte ihm nichts beibringen, er hat sie ohne Abschluss verlassen. Stummel kann nur mit viel Mühe lesen und schreiben. Den Rest können Sie quasi im Handbuch nachlesen: Taschendiebstahl, Überfälle, größere Nummern, bis er irgendwann an den Falschen geraten ist. Der stellte ihn vor die Wahl, seine Langfinger zu verlieren oder sie in Zukunft für ihn einzusetzen. Das war der Vorgänger von meinem Vater. Ein grässlicher Typ namens Stefanos Kristatos, der nicht sonderlich intelligent, dafür aber ausgesprochen skrupellos war. Kristatos machte sein Geld vor allem mit Drogen und Prostitution. Einer seiner Untergebenen wollte ihn überreden, seine Geschäfte auch in legale Bereiche auszuweiten, um sich besser vor der deutschen Justiz verstecken zu können. Das war mein Vater. Der setzte die Idee nach dem Tod des alten Kristatos selbst in die Tat um, stampfte ein kleines Spielhallenimperium aus dem Boden und holte seinen alten Kollegen Peter Barski mit ins Boot.«

»Klingt, als hätten Sie die Geschichte nicht zum ersten Mal erzählt«, sagte Momberger.

»Ich musste den alten Stummel schon das eine oder andere Mal aus der Scheiße ziehen, und ich fühle mich noch immer für ihn verantwortlich. Mit dem Tod meines Vaters verlor auch er seinen Anker. Irgendwie habe ich diese Rolle für ihn übernommen.«

»Wie ein Ersatzvater?«

»Ja, so was in der Richtung. Dabei war Stummel früher *mein* Babysitter.«

»Ach, wirklich?«

»Zumindest hat er es versucht. Er war die rechte Hand meines Vaters. Hat entweder die Sachen erledigt, die sich keiner getraut oder auf die niemand Lust hatte. Das hieß einerseits Knochen brechen und andererseits auf den kleinen Philipp aufpassen. Wie Sie sehen, hat er aus mir ein wahres Vorzeige-Exemplar gemacht. Nach dem Tod meines alten Herrn hat Stummel dann versucht, sich auf legale Weise die Miete zu verdienen.«

»Lassen Sie mich raten! Privatdetektiv!«

»Sieh an!«, freute sich Zassenberg. »Sie könnten ja auch einer werden.« Er reichte seinem Kollegen das Foto, der es wieder in den Umschlag steckte.

Sie verabschiedeten sich von Nino Althaus und gingen zurück zum Auto.

»Zumindest offiziell ist Peter ein Privater«, erklärte Zassenberg.

»Und inoffiziell?«

»Noch immer der Mann fürs Grobe. Sie wissen ja, dass die Arbeit von Privatdetektiven dort anfängt, wo unsere aufhört.«

Momberger hatte eine ähnliche Abneigung gegen diesen halbseidenen Berufszweig wie ein Großteil seiner Kollegen. Die zwielichtigen Schnüffler konnte niemand auf der Wache ausstehen. Die meisten waren eher dem nächsten Gehaltsscheck als der Aufklärung auf der Spur. Das war der Preis dafür, wenn man es auf seriöse Weise nie geschafft hatte.

»Nun, Peters Arbeit beginnt dort, wo die von Privaten aufhört«, führte Zassenberg weiter aus und nahm es Momberger ab, danach zu fragen, ob das auch Mord einschloss: »Menschen umzubringen gehört nicht zu Peters Kompetenzgebiet. Glauben Sie mir!«

»Das fällt mir schwer, schließlich ist er von fast allen Zeugen gesehen worden. Viele haben ausgesagt, dass er etwas im Schilde zu führen schien.«

»Stummel führt immer irgendwas im Schilde.« Sie waren gerade wieder auf dem Parkplatz angekommen. »Das ist sein Job, und für den bricht er hier und da schon mal das Gesetz oder einen Daumen, aber ganz sicher kein Rückgrat. Mord steht bisher noch nicht in seinem Lebenslauf, und ich bezweifle, dass er diesen Punkt noch hinzufügen will.«

»Und wo ist er jetzt?«

»In Frankfurt. Er macht sich gleich auf den Weg. Hat sich wahrscheinlich vom Acker gemacht, als die Geschichte zu heiß wurde. Ich weiß, ich weiß!« Zassenberg hob beschwichtigend die Arme, denn Momberger rümpfte bereits die Nase. Ein solches Verhalten sprach nicht gerade für die Unschuld von Peter Barski. »Nach dem Mittagessen sollte er hier sein. Dann werden Sie sehen, dass er damit nichts zu tun hatte.«

Zassenberg musste wissen, dass Momberger kaum mit diesen Antworten zufrieden sein konnte. Nur ein Idiot hätte sofort geglaubt, dass Stummel nichts mit dem Mord zu tun hatte. Und Momberger war kein Idiot. Sicher, Hercule Poirot war er auch nicht, aber der war gerade nicht gefragt. Und selbst wenn er seinem Kollegen Glauben schenken wollte, blieb doch die Frage zu klären, was Peter Barski mit dem Opfer zu tun hatte. Als

163

Privater hatte er wohl einen Job zu erledigen gehabt. Nach allem, was sie bisher wussten, war die Wahrscheinlichkeit hoch, dass dieser Job etwas mit Marcel Sindermann zu tun gehabt hatte.

Sie setzten sich wieder in den Wagen und fuhren Richtung Dienststelle, als irgendwann Zassenbergs Handy zu klingeln begann. Momberger erhaschte den Anflug eines Lächelns. Zaster hoffte wohl auf Nasti, doch der Blick auf das Display vertrieb das Lächeln schnell wieder.

»Krematorium, Kammer drei«, meldete er sich und stellte auf Lautsprecher. »Sie wünschen?«

»Oh, Entschuldigung!«, stammelte die vertraute Stimme von Albert Michel am anderen Ende der Leitung. »Ich muss mich verwählt haben.«

Zassenberg rollte mit den Augen. »Schon gut, Michel!«, klärte er ihn auf, bevor er das Telefonat beendete. »Ich bin's doch! Was gibt's denn?«

»Ah, Zaster!«, meinte Michel und wollte schon anfangen zu erzählen.

»Herr Zassenberg für Sie!« Er sah Momberger scharf an. Der war sich keiner Schuld bewusst, konnte aber die Gedanken seines Partners erahnen: Schlimm genug, dass der Kommunist mich beim Spitznamen nennt. Wenn die beiden Nilpferde das auch noch tun, geht meine Autorität bald vollkommen flöten.

»Also, was darf's sein?«

»Wir haben diese Laura Henrichsen ausfindig gemacht. Sie wohnt in der Nähe vom Bahnhof. Wenn Sie vom Tennisverein zurückkommen, sollten Sie direkt daran vorbeifahren. Soll ich Ihnen die Adresse durchsagen?«

»Versuchen Sie es«, sagte Zassenberg.

Momberger kannte die Adresse und sagte: »Da fahren wir noch vorbei.«

Zassenberg legte auf, ohne ein Wort zu sagen, und schaute überrascht auf sein Display, als es zehn Sekunden später erneut klingelte. »Gibt's noch was?«, fragte er.

»Die Verbindung ist unterbrochen worden«, erklärte Michel. »Ist sie nicht! Ich habe aufgelegt. Was hatten Sie mir denn noch zu sagen?«

»Ich wollte Ihnen nur sagen, dass die Verbindung unterbrochen worden ist«, antwortete er, woraufhin Zassenberg fast die Augen in den Hinterkopf fielen. Wieder legte er auf und starrte noch für ein paar Sekunden auf sein Mobiltelefon, das aber nicht noch einmal klingelte. »Wie halten Sie das nur Tag für Tag aus?«

»Mit viel Geduld und der Hoffnung, dass sie sich doch noch irgendwann bessern werden. Und indem ich die beiden ignoriere.«

Sie fuhren durch das hübsche Südviertel zurück, vorbei an einem kleinen Wochenmarkt, auf dem sich Hunderte Menschen versammelt hatten und fröhlich einkauften, miteinander quatschten und die sommerliche Wärme genossen. Sie sahen viele Studentinnen und Studenten in Sommerkleidern mit Bastkörben voller frischer Einkäufe. Ein Bild wie aus einer Fernsehreklame.

Als sie die Innenstadt erreichten, hielt Momberger an einer Ampel direkt vor der Alten Universität. Zassenberg schaute durch die Frontscheibe des Autos nach oben, wo der imposante Bau aufragte wie Hogwarts über einem Loch in Schottland. Der einzige Unterschied war, dass Marburg kein Loch hatte, sondern die Lahn, die in der Nähe gemächlich durch die Innenstadt floss und bei sonnigem Wetter, wie es gerade herrschte, Tausende Studenten anlockte. Während sie an der Ampel warteten, konnten sie die Menschen beobachten, wie sie an einem kleinen Steg am Ufer des Flusses die Füße ins Wasser und ein Bier in der Hand hielten. Es war kaum elf Uhr mittags, und Momberger war trotz seines üblen Katers neidisch.

Glücklicherweise sprang die Ampel schnell auf Grün, und die Postkartenmotive verschwanden, während Bürogebäude zu beiden Seiten sie ersetzten. Mit jedem Meter in Richtung Bahnhof wurde das mittelalterliche und studentische Marburg ein wenig in den Hintergrund gedrängt und näherte sich immer

165

mehr dem an, was ein Bahnhofsviertel nun mal ausmachte: betonierte Eintönigkeit. Das war auch in Marburg nicht anders und wurde sogar noch von der hochgebockten Schnellstraße verstärkt. Um den Bahnhof herum war die Studentenstadt genauso unwohnlich wie in jedem anderen Ort ähnlicher Größe.

Laura Henrichsen wohnte neben dem Bahnhof in einem grauen Betonklotz mit fünf Stockwerken und dem Wiedererkennungswert eines Felsens. Direkt hinter dem Gebäude führten die Gleise Richtung Kassel. Man stellte sich die Frage, wie die Bewohner zum Schlafen kamen, wenn alle fünf Minuten ein Zug vorbeiratterte.

Schnell hatten sie den Namen auf dem Klingelschild gefunden, und nach kurzer Wartezeit wurden sie auch hineingelassen. Laura Henrichsen wohnte im Erdgeschoss und erwartete sie im Flur, als sie durch die Haustür traten.

»Sind Sie von der Polizei? Ihr Kollege hat mich bereits angerufen.«

Momberger streckte ihr die Hand hin. »Eduard Momberger!«, stellte er sich vor. »Das ist mein Kollege Philipp Zassenberg.« Der sah sich um, als wäre die Umgebung toxisch.

Laura Henrichsen war Mitte zwanzig, hatte lockiges braunes Haar und auffällig grüne Augen. Diese machten sie zu einem Hingucker, obwohl sie ansonsten nichts Außergewöhnliches an sich hatte. Dem grünen Funkeln konnte man sich kaum entziehen. Leider wurde es umrandet von dunklen Schatten und rötlich unterlaufener Haut. Entweder hatte sie eine ansehnliche Drogenkarriere hinter sich, oder der Tod von Marcel Sindermann war ein Schock für sie gewesen. So oder so: Viel Schlaf hatte sie in den letzten Tagen sicher nicht gefunden.

»Nehmen Sie mich mit aufs Revier?«, fragte sie verunsichert. »Oder wollen Sie reinkommen?«

»Wir kommen erst einmal rein«, sagte Momberger. »Sie müssen uns ein paar Fragen beantworten.«

Er und Zassenberg folgten der jungen Frau und fanden sich in einer winzigen Studentenwohnung wieder. Küche, Wohn- und Schlafzimmer waren alle in einem Raum, der insgesamt nicht größer war als zwanzig Quadratmeter. Es gab noch eine weitere Tür, die wohl ins Badezimmer führte, und ein Fenster, durch das man die Eingangstür des Nachbargebäudes sehen konnte. Der Beengtheit des Raums war es geschuldet, dass viele Dinge einfach übereinandergestapelt an der Wand oder auf dem Boden standen, ein Berg Klamotten türmte sich am Fuß des Bettes, und die kleine Küche hatte ihren letzten Abwaschtag wohl schon eine Weile hinter sich – zumindest sprachen die Geschirrstapel nicht dafür, dass hier allzu oft gespült wurde.

»Ich würde Ihnen ja anbieten, sich zu setzen«, sagte Laura Henrichsen verschüchtert, »aber Sie sehen ja. Ich wohne erst seit ein paar Wochen hier und konnte mich noch nicht einrichten.«

Tatsächlich gab es außer einem Stuhl, der vor einem kleinen, überladenen Schreibtisch stand, keine Sitzgelegenheit. Und dieser war auch noch von einem Stapel Bücher belegt, der gefährliche Seitenneigung hatte.

»Schon gut«, sagte Momberger. »So lange wird es nicht dauern.«

»Sie sind eine alte Bekannte des Opfers, nicht wahr?« »Zassenberg wollte wohl gleich zur Sache kommen, um schnell wieder aus diesem Loch verschwinden zu können. »Wie lange kannten Sie Marcel Sindermann?«

»Eigentlich schon immer. Wir sind zusammen in den Kindergarten gegangen. Danach waren wir fast durchgängig in einer Klasse. Als ich für das Studium nach Marburg gezogen bin, ist Marcel auch gekommen.«

»Sie meinen, dass er Ihnen gefolgt ist?«

»Oh, nein! Das wollte ich damit nicht sagen. Es hat sich nur zufällig ergeben, dass wir zur gleichen Zeit nach Marburg gezogen sind.«

»Hatten Sie oft Streit mit ihm?«, fragte Zassenberg. »Offenbar schien er ja mit jedem Probleme zu bekommen, dem er über den Weg gelaufen ist.«

»Ja, ich weiß.« Ihr smaragdgrüner Blick richtete sich auf den Boden. »Das war schon immer so. Aber ich habe mich eigentlich sehr gut mit ihm verstanden.«

»Wenn Sie sagen, dass er schon immer so war, was meinen Sie damit? Von seinen Eltern haben wir erfahren, dass er bereits als Kind psychopathische Züge gezeigt hat. Sehen Sie das auch so?«

Sie neigte den Kopf zur Seite und schaute gedankenverloren an die Decke. Es schien, als machte sie eine kleine Reise in die Vergangenheit. »Ja, eigentlich schon. Er war schon als Kind ein schwieriger Mensch. Aus irgendeinem Grund hatte er immer das Bedürfnis, die Wahrheit zu verdrehen. Ein notorischer Lügner eben; wissen Sie, was ich meine?«

Momberger rührte sich nicht. »Notorischer Lügner« konnte viel bedeuten, das wusste man nach ein paar Jahren bei der Kripo.

»Erklären Sie es uns«, bat er sein Gegenüber und zückte den Notizblock. Zassenberg hatte die Hände in den Taschen vergraben und fand es sicher reichlich überflüssig zu notieren, wie Marcel als Kind gewesen war.

»Da war zum Beispiel diese eine Situation, als wir gerade in der zweiten oder dritten Klasse waren. Marcel hatte die anderen Kinder dazu überredet, die Hausaufgaben bei ihnen abschreiben zu dürfen. Aber selbst das war ihm irgendwann zu viel. Also fing er an, die Aufgaben der anderen einfach zu behalten. Das ist natürlich schnell aufgeflogen. Er war ja erst sieben oder acht und hat sich nicht sonderlich clever dabei angestellt. Unsere Klassenlehrerin hat dann versucht, Marcel davon zu überzeugen, dass sein Verhalten falsch war.«

»Das war nicht wirklich erfolgreich, nehme ich an?«

»Ganz und gar nicht. Marcel hat sich gemerkt, dass ihn seine Mitschüler verpfiffen haben.«

»Hat er sich an der Lehrerin gerächt?«, fragte Momberger und stellte sich unwillkürlich einen kleinen Jungen vor, der im dunklen Keller, nur von einer Schreibtischlampe beleuchtet, einen düsteren Plan aushecke.

168

»Nein, das nicht. Aber die Kinder, die ihn verpetzt haben, hatten danach keine schöne Zeit. Er hat ständig versucht, ihnen etwas in die Schuhe zu schieben. Irgendwann hat er mal den Feueralarm ausgelöst. Die Feuerwehr musste kommen, und es gab einen riesigen Aufstand. Die Gelegenheit hat er genutzt, um diejenigen anzuschwärzen, die ihn verpfiffen hatten.«

Anscheinend war der kleine Marcel bereits ebenso unbeliebt gewesen, wie es später ein größeres Ich sein sollte. Es schien, als müssten sie jetzt auch seine Klassenkameraden auf die Liste der Verdächtigen setzen.

»Zu etwas anderem, Frau Henrichsen«, sagte Momberger und blätterte einmal um. »Waren Sie bei der Feier am Kaiser-Wilhelm-Turm letzten Samstag?«

Sie sah ihn verwirrt an. »Was ist der Kaiser-Wilhelm-Turm?«

»Der Spiegelslustturm«, erklärte Momberger. Er bemerkte Zassenbergs Gesichtsausdruck. Vielleicht war eine Zeugenbefragung tatsächlich nicht der passende Ort, um historisch korrekte Begriffe zu etablieren.

Zumindest wusste Laura Henrichsen nun, was er gemeint hatte, und konnte seine Frage beantworten: »Ja, beim Spiegelslustturm war ich. Marcel war auch da. Er ist mit den Leuten vom Tennisverein gekommen, glaube ich.«

»Und warum waren Sie dort oben?«, fragte Zassenberg, den die Vernehmung anscheinend zu lange dauerte. »Wegen Marcel?«

»Ich? Nein! Ich habe kürzlich meinen Bachelor gemacht – BWL. Das wollte ich feiern. Deswegen bin ich mit ein paar Kommilitonen hoch zum Turm. Heißt der wirklich Kaiser-Wilhelm-Turm?«

»Unwichtig, Frau Henrichsen.« Zassenberg würgte Momberger ab, bevor er seine Einführung in die Geschichte deutscher Denkmalkunst vortragen konnte. »Wie lange waren Sie da?«

»Ich glaube, als das Feuerwerk vorbei war, bin ich wieder zurück in die Stadt gefahren. Das muss gegen Mitternacht gewesen sein.«

169

»Sie sind gefahren? Alleine?«

»Nein, mit ein paar Leuten, die noch einen Platz frei hatten. Ich war ein wenig angetrunken und wollte nicht mehr im Dunkeln durch den Wald wandern. Die haben mich dann mitgenommen.«

»Und wer war das?«, fragte Momberger. »Wer ist gefahren?« Ein nüchterner Zeuge konnte in diesem Fall Gold wert sein. Alle anderen hatten sicher zu viel getrunken, als dass man ihre Aussagen wirklich ernst nehmen konnte. Aber ein Fahrer würde schon mehr Licht ins Dunkel bringen. Zusammen mit der Aussage von Peter Barski, der ebenfalls zum fraglichen Zeitpunkt anwesend gewesen war, hatten sie vielleicht schon etwas mehr in der Hand.

Allerdings enttäuschte Laura Henrichsen diese Hoffnungen. »Tut mir leid! Ich kannte keinen von denen. Die haben mich einfach mitgenommen und vor dem Brauhaus rausgeworfen; dann sind sie weiter.« Sie überlegte einen Moment. »Aber da war so ein Kerl, als wir noch oben waren – ein kleiner, hagerer Mann im Anzug. Der hat Marcel den ganzen Abend verfolgt.«

»Ja«, sagte Zassenberg mürrisch. »Der kann uns hoffentlich einige Fragen beantworten.«

20

Frau Henrichsen konnte ihnen – abgesehen von weiteren üblen Geschichten aus der Vergangenheit des Opfers – nicht helfen, weshalb die Beamten sie mit einer Visitenkarte abspeisten und ihr auftrugen, auf die Dienststelle zu kommen, falls ihr noch etwas Wichtiges einfallen sollte.

Als sie sich schon verabschiedet hatten, lief sie ihnen noch einmal hinterher und rief: »Warten Sie!« Erneut war sie im Begriff zu weinen, konnte sich dann aber zusammenreißen.

»Sie hören wahrscheinlich viel Schlimmes über Marcel.« Zassenberg nickte. »Vor fünf Minuten erst hat uns eine Frau in diesem Haus etwas Schauriges erzählt.«

»Deswegen wollte ich Ihnen noch sagen, dass er nicht immer so war, wie Sie ihn bisher kennengelernt haben.«

»Sie meinen, zu *Ihnen* war er nicht so?«

»Nun ja, schon, aber ich habe immer gewusst, dass noch mehr in ihm steckt als dieser Kerl, den alle anderen gesehen haben.«

»Was soll uns das sagen, Frau Henrichsen?«, fragte Momberger, der ihre Beweggründe noch nicht nachvollziehen konnte.

Diese ergriff plötzlich seine Hand und hielt sie fest, als wollte sie ihn um eine Spende für die Marcel-Sindermann-Stiftung bitten. »Gehen Sie nur nicht zu hart mit ihm ins Gericht!«, flehte sie ihn an. »Denken Sie daran, dass er auch gute Seiten hatte!«

»Nun, Frau Henrichsen«, sagte Zassenberg und löste ihren Griff. »Von diesen Seiten hätte er wohl seinem Mörder einige zeigen sollen. Vielleicht stünden wir dann nicht hier.«

Obwohl Momberger seine Worte überzogen fand, war er doch froh, nicht mehr in den Fängen der Trauernden zu sein. Sie waren schließlich Kriminalbeamte und keine Seelsorger, auch wenn das für die Bevölkerung hin und wieder ein und dasselbe zu sein schien.

»Melden Sie sich bei uns, wenn Ihnen noch etwas einfällt«, sagte Zassenberg und deutete auf die Visitenkarte. Dann scheuchte er Momberger Richtung Haustür, um weiteren Annäherungsversuchen aus dem Weg zu gehen.

Draußen angekommen stiegen sie schnell ins Auto und fuhren los.

»Was sagen Sie dazu?«, fragte Zassenberg. »Ich meine, zu dem kleinen Zusammenbruch, den wir gerade miterlebt haben?«

Momberger ahnte, dass er manchmal. Zu blöd, dass er im Vergleich zur Musterschülerin wahrscheinlich einen schlechten Eindruck machte. Sein Glück bestand darin, dass Zassenberg nicht sein Vorgesetzter war, sondern nur ein aus Frankfurt hinzugezogener Berater, dem er keine Rechenschaft schuldig war. So blieben falsche Antworten ungestraft und richtige verbesserten die Meinung, die sein Kollege von ihm hatte.

»Ich würde sagen: Da war jemand verliebt in das Opfer«, vermutete er und zog an seiner Zigarette. Der Kater aus der letzten Nacht war immer noch nicht verschwunden und pumpte weiterhin dickflüssigen Sirup durch seinen Kopf. Aber jeder Zug an seiner Kippe minderte für einen Moment sein Leiden.

»Wahrscheinlich war sie schon seit dem Kindergarten hinter ihm her – warum auch immer.«

Zassenberg schob die Lippen vor, als würde er eine unsichtbare Geliebte küssen wollen. Dann steckte er sich aber doch nur die Zigarette in den Mund, inhalierte einmal tief und stieß den warmen Rauch durch beide Nasenlöcher wieder aus. »Und weiter?«

»Ähm ...«, war Mombergers nicht allzu ausgereifte Antwort. Sehr viel mehr hatte er sich noch nicht zusammenreimen können. Eigentlich war er schon froh darüber gewesen, wenigstens die erste Frage zufriedenstellend beantwortet zu haben. Mit einer Folgefrage hatte er nicht gerechnet. Er improvisierte: »Marcel hat immer wieder verschiedene Liebschaften gehabt. Wahrscheinlich werden wir nie von allen erfahren. Er war ein geschickter Lügner und hatte oft mehrere Beziehungen parallel.

Frau Henrichsen hat diese Spielchen lange Zeit beobachtet und sich gefragt, wann sie wohl endlich an der Reihe wäre. Irgendwann ist ihr eine Sicherung durchgebrannt, und das Ergebnis untersuchen wir gerade.«

Diesmal folgte keine Geste der Zustimmung, sondern nur ein Gesicht, das sich in tausend Falten zusammenzog, als wollten die Linien darauf vor Mombergers Antwort fliehen.

»Sehen Sie, Momsen«, erklärte Zassenberg ruhig. »Das hat Bill Ihnen voraus. Sie stellt von Anfang an die richtigen Fragen. Deswegen muss sie bei den Antworten nicht raten. Oder lassen Sie es mich anders ausdrücken: Raten muss man als Ermittler im Grunde ständig, aber während Sie ›6 aus 49‹ spielen, muss sich Bill nur die Superzahl raussuchen. Warum ist das so?« Er zog die Augenbrauen nach oben, bekam aber nur Schweigen als Antwort. »Weil Bill vorher den ganzen unnützen Quatsch aussortiert.«

Momberger zog ein letztes Mal an der Zigarette und drückte sie im überfüllten Aschenbecher aus. »Und was heißt das jetzt?«, fragte er. »Tritt Ihr Ermittler-Gespür meinem mal wieder in den Hintern?«

»Worauf Sie Gift nehmen können!«

Vor der Dienststelle angekommen, streckten sie die Glieder.

»Also?«, hakte Momberger nach und versuchte dabei möglichst souverän zu wirken. »Was ist nun mit Frau Henrichsen?«

Zassenberg schnipste seine Zigarette in hohem Bogen über den Parkplatz. Kleine Funken sprühten durch die Luft und verteilten sich über den Asphalt. Momberger verfolgte den Flug des giftigen Glühwürmchens, unterließ es nach kurzer Überlegung aber, seinen Kollegen auf den Aschenbecher hinzuweisen.

»War Frau Henrichsen die Täterin?«, fragte Zassenberg und beantwortete die Frage auch gleich selbst: »Keine Ahnung! Das können wir jetzt noch nicht sagen. Aber darauf kommt es mir gerade auch nicht an. Die Frau hat sich selbst in den Kreis der Verdächtigen geschoben, indem sie uns noch einmal auf die Nase drücken musste, dass sie in Herrn Sindermann verliebt war. Nun müssen wir uns die Frage stellen: Halten wir Frau

173

Henrichsen für so dumm, den Mord zu begehen und uns dann auf diese wenig subtile Art ihr Herz auszuschütten? Oder war es ihr einfach nur wichtig, uns zu sagen, dass Herr Sindermann auch eine gute Seite hatte, bevor er als größtes Scheusal aller Zeiten unter die Erde gelegt wird? Wenn wir all das hinterfragt haben – und wirklich erst dann –, können wir dazu übergehen, willkürlich Leute des Mordes zu bezichtigen.«

Ganz so ungestraft blieben falsche Antworten also doch nicht. Momberger fühlte sich wie ein Schüler, der gerade eine Aufgabe in den Sand gesetzt hatte. Schön war das beileibe nicht, und auch die Tatsache, dass er etwas dazugelernt hatte, konnte das unschöne Gefühl der Demütigung in ihm nicht wirklich vertreiben.

Zassenberg nahm derweil die Treppe. Sein Kollege berappelte sich nach ein paar Sekunden und folgte ihm. Er war gespannt, was sich länger in ihm halten würde: die Demütigung oder der Kater?

Zu diesem Zeitpunkt wusste er nicht, dass sich seine Stimmung noch deutlich verschlimmern sollte, denn als sie die Dienststelle betreten hatten, sah er einen attraktiven Mann mit schwarzen Haaren und sportlicher Figur am Schreibtisch von Bill stehen. Er hatte ein Lächeln wie die Darsteller in einer Zahnpasta-Werbung und grinste, als hätte er im Lotto gewonnen. Momberger ahnte, um wen es sich handeln musste, und wurde auch prompt bestätigt, als sie an den Schreibtisch herantraten. »Das ist Sascha«, stellte Bill ihn vor. »Sascha, das sind Philipp Zassenberg aus Frankfurt und mein Kollege Eduard Momberger.«

Kollege?, dachte sich Momberger. Es stieß ihm sauer auf, dass Bill ihn nur als Kollegen bezeichnete. Aber wie hätte sie ihn sonst nennen sollen? Freund? Bekannter? Vorgesetzter mit Ansätzen einer potenziellen Liebschaft? Am Ende blieb eigentlich nur Kollege übrig, und das war für ihn schwer zu akzeptieren. Allerdings ließ er sich nichts anmerken, sondern streckte seinen Arm aus und versuchte, einen festen Handschlag zu geben.

Zassenberg hingegen nickte lediglich, was für ihn wohl mehr als ausreichend für eine Begrüßung war.

»Ich muss dann auch wieder los«, meinte Sascha Cegledi.

»War schön, Sie mal kennengelernt zu haben, Sybille, wir sehen uns später?«

»Ja, klar, ich melde mich bei dir.«

Zunächst schien es, als wollten sich die beiden einen Kuss geben, doch heraus kam nur eine Umarmung.

Momberger wusste nicht, was er davon halten sollte. Der Kloß in seinem Hals gesellte sich zu dem unschönen Gefühl, das sich in seinem Bauch ausbreitete. Sehr viel schlimmer konnte der Tag nicht werden, weshalb er schnell versuchte, sich auf die Arbeit zu konzentrieren. »Gibt's was Neues?«, fragte er möglichst professionell.

»Jetzt warten Sie doch mal, Momsen!«, vermieste ihm Zassenberg die Taktik. »Lassen Sie uns doch kurz über Herrn Cegledi reden. Ein strammer Kerl, Bill, meinen Glückwunsch!«

»Glückwunsch?« Seine Sachlichkeit begann bereits zu schwinden. »Wozu?«

»Es ist Ihnen vielleicht nicht klar, aber die meisten Menschen sind deutlich glücklicher, wenn sie einen netten Partner finden, mit dem sie abends vor dem Fernseher einschlafen können. Ich weiß das, weil zwei meiner Ex-Frauen genau so einen Partner gefunden haben, während sie mit mir verheiratet waren.«

Bill versuchte sich aus der Affäre zu ziehen: »Wir haben uns doch nur ein paarmal getroffen. Ich weiß gar nicht, ob es was für mich ist.«

»Warten Sie nicht zu lange«, erklärte Zassenberg, und Momberger hatte das Gefühl, als wäre diese Aufforderung weniger an Bill als an ihn gerichtet. »Sonst schnappt Ihnen noch jemand den richtigen Partner vor der Nase weg.«

»Ja, schon klar.« Bill winkte ab, ihr war das Thema sichtlich unangenehm. »Lassen Sie uns zur Arbeit zurückkommen.«

»Genau!«, rief Momberger überdeutlich und fragte sich im gleichen Moment, ob er seine Zustimmung nicht auch etwas weniger enthusiastisch hätte ausdrücken können. Er räusperte sich und fügte sachlich an: »Also, hast du was herausgefunden?«

»Ich habe die Finanzen des Opfers unter die Lupe genommen. Erstaunlicherweise hatte er vier verschiedene Konten bei drei Banken.«

»Ziemlich große Sammlung für einen Studenten.«

»Und auf den Konten finden sich auch ganz andere Beträge als bei einem normalen Studenten.« Sie drehte den Bildschirm ihres Computers in seine Richtung und öffnete ein Fenster mit vielen roten und schwarzen Zahlen. Zunächst war er völlig erschlagen von dem Ziffernwirrwarr, doch sie brachte schnell Ordnung in das vermeintliche Chaos: »Ich habe mal versucht, das Ganze zusammenzufassen. Anscheinend hatte Herr Sindermann ein ganz normales Girokonto, auf dem auch nichts viel Auffälliges passiert ist. Das hier ist ein Sparkonto, das wir auch erst einmal ignorieren können. Viel interessanter sind diese beiden Konten.« Sie deutete auf zwei verschiedene Spalten auf dem Bildschirm, in die deutlich höhere Beträge eingetragen waren. »Anscheinend hatte Herr Sindermann hohe Ausgaben für einen Studenten, der kostenfrei im Südviertel wohnt. Er hat wohl gerne teure Dinge gekauft. In seiner Wohnung haben wir ein paar Uhren gefunden, bei deren Preisen euch die Ohren schlackern würden. Und die sind nur die Spitze des Eisbergs.«

»War er verschuldet?«, fragte Momberger neugierig und stützte beide Hände auf den Schreibtisch. Er versuchte selbst, den Zahlensalat zu sortieren. »Oder wie hat er das finanziert?«

»Siehst du das hier?« Bill zeigte auf einige schwarz hinterlegte Zahlen im vierstelligen Bereich. Zahlungen um zweitausend Euro waren dort jeden Monat zu sehen. Er erkannte auch eine Bareinzahlung in Höhe von fünftausend Euro – etwas, das immer für dubiose Geschäfte sprach. Der höchste Betrag waren nicht weniger als achttausend Euro – eine Summe, für die man bei der Kripo eine ganze Menge Verbrecher einbuchten musste.

»Woher kommt das ganze Geld?«

»Damit bin ich noch nicht ganz durch, aber woher die achttausend kommen, kann ich euch jetzt schon sagen.« Sie zog eine Akte hervor und legte sie offen auf den Tisch.

»Jochen Krovacek«, erklärte sie und zeigte ihnen das Bild eines Mannes, der aussah, als hätte er in seinem Leben nicht immer die richtigen Entscheidungen getroffen. Die Akte wies ihn als zweiundfünfzig aus, er wäre aber auch gut und gerne als Mitte sechzig durchgegangen. Sein Gesicht war schwammig, die Augen verquollen und rötlich angelaufen. Seine Nase hatte die typischen Anzeichen einer Alkoholsucht: dunkle Verfärbungen an der verdickten Spitze. Und sein Blick sagte, dass man ihm lieber nicht zu nahe kommen sollte.

Momberger wusste das sogar aus eigener Erfahrung, denn beim Anblick des Bildes klingelte es bei ihm. »Den habe ich doch vor Ewigkeiten mal festgenommen.« Er kratzte sich am Kopf. »Der hatte so ein Import-Export-Ding, mit dem er Billigware aus Osteuropa an den Mann gebracht hat.«

»Und manchmal auch teurere Sachen«, fügte Bill hinzu. »Du hast ihn vor sechs Jahren wegen des Handels mit Kokain und Marihuana verhaftet. Er hat vier Jahre bekommen, zwei davon abgesessen und macht jetzt auf seriös.«

»Soll heißen?«

»Sein Unternehmen verschifft jetzt keine Billigware mehr, sondern vermeintliche Luxusgüter aus Asien.«

»Also auch Billigware«, erklärte Zassenberg.

»Das kann ich noch nicht sagen. Aber ich würde meine Hand dafür ins Feuer legen, dass seine wichtigsten Waren immer noch geschnieft und geraucht werden.«

Momberger dachte noch einen Schritt weiter. »Und welcher kürzlich Verstorbene hat seine Miete mit Gras bezahlt?«

»Marcel Sindermann!«, rief eine kratzige Stimme. Sie drehten sich alle in ihre Richtung. Ein kleiner, hagerer Mann im Anzug schob sich an zwei Beamten vorbei.

»Stummel!«, rief Zassenberg fröhlich. »Warum hat das so lange gedauert?«

177

21

Warum Peter Barski auch Stummel genannt wurde, wusste Momberger schon. Doch selbst wenn er bisher unwissend gewesen wäre, hätte er es herausgefunden, als dieser ihm die rechte Hand entgegenstreckte. Am Zeige- und am Mittelfinger fehlte jeweils das oberste Glied, weshalb der Ringfinger aus der Hand herausragte wie ein einzelner Baum, nachdem ein Sturm den restlichen Wald niedergemäht hatte. Das Händeschütteln fühlte sich so an, als würde man einem kräftigen Kind die Hand geben, das einen ungewöhnlich großen Finger hatte.

»Keine Sorge!«, sagte Stummel mit rauer, bassiger Stimme, die nicht ganz zu seiner schmalen Statur passen wollte. »Ist nicht ansteckend.«

»Stummel!« Zassenberg deutete einen Leberhaken an, schlug dann aber doch mit seinem alten Bekannten ein und ihm zusätzlich freundschaftlich auf die Schulter. Doch schon einen Moment später änderte sich seine Stimmung. »Und jetzt ab ins Büro!« Er deutete auf die Tür. »Bill kommt auch mit!«

Quer durch den Raum war plötzlich eine Stimme zu hören: »Frau Weigand!« Es war Wolfgang Plank, dessen Kopf aus seinem Büro herausragte. »Kommen Sie mal kurz her!«

»Tut mir leid, Zaster!« Sie huschte davon.

»Zaster?«, fragte Stummel. Er schien überrascht, dass Bill ihn mit Spitznamen ansprach. »Seid ihr zwei …?«

»Nein, Stummel! Du bist ja schlimmer als Momsen! Der hat auch immer gleich pubertäre Phantasien, wenn Männlein und Weiblein sich gut verstehen.« Er schubste ihn vor sich her, und gemeinsam betraten sie Mombergers Büro, das sich wie jeden Tag von seiner besten Seite zeigte, was im Grunde hieß, dass man es nur mit Mühe von einem Kriegsschauplatz unterscheiden konnte.

Stummel setzte sich ohne Aufforderung auf den Stuhl vor

dem Schreibtisch, und Momberger nahm auf dem dahinter Platz. Zassenberg lehnte sich an den Tisch und verschränkte die Arme, während er auf den Mann hinabschaute, den er noch ein paar Stunden zuvor als seinen Babysitter bezeichnet hatte.

»Was ist hier los, Stummel?«, fragte er. »Und erzähl mir nicht, du hättest keine Ahnung, wovon ich rede!«

»Mach mal halblang!« Er tat, als wenn nichts passiert wäre. »Du bist ja schlimmer als dein Vater.« Er hob seine rechte Hand und präsentierte Momberger noch einmal die unvollständigen Finger. »Das habe ich dem alten Zaster zu verdanken.«

»Weil du ihn bestohlen hast.«

»Darf ich Sie darauf aufmerksam machen«, erklärte Stummel mit Blick auf Momberger, »dass Ihr Kollege Selbstjustiz gutheißt?«

»Versuch nicht vom Thema abzulenken! Warum bist du hier?«

»Weil du mich hergebeten hast.«

Zassenberg schnaufte durch. »Letzte Woche«, spezifizierte er seine Frage. »Warum warst du letzte Woche in Marburg?«

»Eine Bildungsreise kaufst du mir nicht ab, nehme ich an?«

Stummel wartete kurz auf eine Reaktion, bekam aber keine und führte irgendwann von selbst aus: »Okay, ich habe einen Auftrag bekommen.«

»Warum du? Wir sind hier nicht in einem Vorort von Frankfurt.«

»Ganz sicher nicht. Hast du dich mal umgesehen? Hier passiert eigentlich nicht genug, um mir das Konto zu füllen. Aber dann kam ein sehr interessantes Angebot rein.«

»Wir haben auch Private hier«, mischte sich Momberger ein und wurde prompt mit bösen Blicken gestraft.

»Was Sie haben, sind Spanner mit Handykamera«, erklärte Stummel. »Die machen für zweihundert Euro Fotos von untreuen Ehemännern. Das ist nicht ganz mein Einsatzgebiet.«

»Und was wäre Ihr Einsatzgebiet? Kapitalverbrechen?« Zassenberg schaute seinen Kollegen finster an, doch Peter

179

Barski rührte keine Miene. »Sicher nicht. Selbst der alte Zaster«, er deutete mit dem noch vollständigen Zeigefinger seiner linken Hand auf Zassenberg, »hat dem Sargbauer kein Geld eingebracht. Und der war noch mal ein ganz anderes Kaliber als wir alle.«

»Das heißt aber noch nicht –«, fing Momberger an, wurde jedoch vom erhobenen Arm seines Kollegen unterbrochen.

»Lassen Sie es gut sein, Momsen! Er lenkt nur ab. Das kann er wie kein Zweiter. Was wir hören wollen, hat er uns aber immer noch nicht erzählt. Also, Stummel: Was hast du in Marburg gemacht? Und für wen?«

Peter Barski ließ sich in seinen Stuhl zurückfallen und überschlug die Beine. »Meinen Auftraggeber kann ich euch nicht verraten, sonst habe ich bald keine Aufträge mehr. Was ich aber sagen kann, ist, dass ich auf den jungen Herrn Sindermann angesetzt worden bin.«

»Das wissen wir doch schon«, beschwerte sich Momberger, der langsam ungeduldig wurde und nicht verstand, warum Zassenberg ihn nicht mehr unterstützte. »Wir haben Fotos, die Sie dabei zeigen, wie Sie das Opfer beobachten. Und fast ein Dutzend Zeugen hat angegeben, Sie während der Feier beim Kaiser-Wilhelm-Turm gesehen zu haben.«

»Kaiser Wilhelm? Nein, da war ich nicht, sondern bei dem anderen, dem Spiegelslustturm.«

»Das ist ein und derselbe«, erklärte Zassenberg. »Mein Kollege hat eine kleine Zwangsstörung.«

»Habe ich nicht! Und jetzt sind Sie es, der abzulenken versucht. Herr Barski, Sie haben selbst zugegeben, dass Sie am Turm waren.«

»Und? Was soll mir das nun sagen?«

»Dass Sie auf dünnem Eis stehen!« Momberger wurde lauter und stand von seinem Stuhl auf. »Sagen Sie uns etwas, das wir noch nicht wissen, sonst verbringen Sie die nächsten Tage hinter Gittern.«

»Momberger!« Zassenberg war auch aufgestanden. »Ich

mache das hier schon. Gehen Sie mal für fünf Minuten nach draußen!«

»Wie bitte?«

»Fünf Minuten, Momsen. Vertrauen Sie mir!«

Er hatte schon eine Antwort auf den Lippen, schluckte diese aber herunter und verließ das Büro.

Bill saß schon nach einem offenbar kurzen Gespräch mit dem Chef schon wieder an ihrem Schreibtisch. Sie machte einen ähnlich mies gelaunten Eindruck wie Momberger selbst. Langsam ging er zu ihr hinüber und fragte sie: »Und wie heißt deine Laus?«

»Wie bitte?« Bill war in Gedanken versunken und bemerkte Momberger erst mit Verzögerung.

»Die Laus«, versuchte er zu erklären. »Die dir über die Leber gelaufen ist.«

»Ach so. Der Chef sagte, ich solle mich mehr auf meine Arbeit konzentrieren.«

»Machst du doch, oder nicht?«

»Er meinte damit, dass ich euch zwei ermitteln lassen soll. Während ich hier Papierkram erledige.«

»Jetzt reicht's!« Momberger ballte die Fäuste und walzte Richtung Wolfgang Plank. Dem würde er jetzt einmal gehörig die Meinung geigen. Eine Polizistin wie Bill ließ man nicht hinter dem Schreibtisch versauern, sondern musste sie fördern. Wenn der alte Plank das nicht von selbst erkannte, musste man es ihm eben auf andere Weise beibringen. In seinem Rücken hörte er Bill seinen Namen rufen, ignorierte das aber. Den ganzen Tag brodelte es schon in ihm, und irgendwann musste der Druck einfach mal raus.

»Momsen!«, rief Bill noch einmal. Sie lief ihm hinterher, ergriff seinen Arm und sagte: »Eduard!«

Nur ein Mensch auf der Welt nannte ihn bei seinem richtigen Vornamen, nämlich seine Mutter. Und selbst die tat es nur, wenn er etwas angestellt hatte – das letzte Mal vor über zwanzig Jahren.

Der Name Momsen stammte noch aus seiner Kindheit. Als

er etwa zehn Jahre alt gewesen war, hatte seine deutlich jüngere Schwester einen Waschbären getroffen, der die Mülltonnen durchwühlt hatte. Er war von ihr kurzerhand Momsen getauft worden, wahrscheinlich wegen der Nähe zu ihrem Familiennamen. Eines schönen Tages, als er seinen ersten Abend mit Alkohol verbracht und es dabei gleich übertrieben hatte, war ihm das Bier kurz vor der Haustür wieder hochgekommen. Weil sonst nichts da gewesen war, hatte er sich in die nahe Mülltonne übergeben. Seine Schwester hatte ihn dabei beobachtet, und er hatte sie gebeten, Stillschweigen zu bewahren. Sie war nicht zu ihren Eltern gegangen, hatte ihn aber fortan – in Anspielung auf den Waschbären – nur noch Momsen genannt. Der Spitzname hatte sich später auch unter seinen Freunden und Kollegen durchgesetzt.

Als Bill ihn also Eduard nannte, fühlte er sich plötzlich in eine Zeit zurückversetzt, als er noch ein unschuldiger Junge gewesen war, dessen größter Fehler darin bestanden hatte, vier große Bier am Stück trinken zu wollen.

Er blieb stehen und drehte sich herum. »Der alte Sack kann dich nicht ständig übergehen. Das muss ihm mal jemand klarmachen.«

Seine Kollegin lockerte ihren Griff. »Das ist mein Kampf, Momsen! Lass mich das erledigen!«

Eigentlich wollte er sagen, dass ein kleines bisschen Hilfe noch nie geschadet hatte, doch ihr Blick machte ihm klar, dass er es lieber lassen sollte.

Langsam gingen sie zu Bills Schreibtisch. An diesem stand bereits jemand, der vorher nicht dort gewesen war. Ein junges, etwas rundliches Mädchen mit braunen Haaren und einem Gesicht, das Momberger bekannt vorkam.

»Sind Sie Eduard Momberger?«

»Schuldig! Und Sie sind … Tabea Sindermann! Die Schwester von Marcel!«

»Das stimmt. Haben Sie kurz Zeit für mich?«

»Natürlich!« Er deutete auf einen freien Stuhl. »Setzen Sie sich bitte!«

»Wir möchten Ihnen unser Beileid aussprechen«, erklärte Bill. »Was führt Sie zu uns?« Sie fuhr den Computer hoch.

»Sind Ihre Eltern auch hier?«

Sie schüttelte den Kopf. Ihre Ähnlichkeit mit dem Opfer war auffällig, aber sie wirkte viel freundlicher als ihr Bruder, und das, obwohl man ihr die Strapazen der letzten Tage deutlich ansehen konnte.

»Meine Eltern wissen nicht, dass ich hier bin. Und es wäre auch gut, wenn das so bliebe.«

»Warum das?«, fragte Bill.

»Sie haben Ihnen nicht alles gesagt, was sie wissen. Aber ich muss es Ihnen einfach erzählen.«

Ohne den Blick abzuwenden, schob Bill die Tastatur zur Seite. »Was wollen Sie uns erzählen?«

Tabea Sindermann zögerte einen Moment und begann fast verschwörerisch zu berichten: »Sie wissen doch, dass meine Eltern ein großes Unternehmen besitzen, oder?«

»Selbstverständlich«, antwortete Bill. »Metallguss, nicht wahr?«

»Autozulieferung, um genau zu sein. Auf jeden Fall hat Marcel, nachdem er ausgezogen war, immer eine ganze Menge Geld von meinen Eltern bekommen.«

Auch das wusste Bill. »Zweitausend Euro im Monat. Das ist mehr als doppelt so viel, wie die Studenten hier normalerweise zur Verfügung haben. Aber die letzte Zahlung ist schon über ein Jahr her.«

»Marcel hat immer schon eine Menge Geld ausgegeben. Selten sein eigenes. Irgendwann wurde es meinen Eltern zu viel. Besonders mein Vater wollte, dass er auf eigenen Füßen steht.«

Vielleicht wollte er auch nur, dass Marcel ohne den Verkauf von Drogen klarkommt, dachte Momberger, sprach es aber nicht laut aus.

»Auf jeden Fall sollte Marcel für das Geld in den Semesterferien bei meinen Eltern im Büro arbeiten. Ein bisschen Telefondienst machen, E-Mails checken, nichts Weltbewegendes.«

»Das hört sich nicht gerade nach einer Arbeit an, die Ihr Bruder gerne gemacht hat.«

»Hat er auch nicht. Er hat sich einfach wie immer benommen. Und damit meine ich nicht, dass er gewissenhaft seiner Arbeit nachgegangen wäre.«

»Das kam bei Ihren Eltern sicher nicht gut an.«

»Sie haben ja keine Ahnung! Marcel ist schon immer schnell langweilig geworden. Sie haben vielleicht schon gehört, womit er sich die Zeit vertrieben hat. Im Nachhinein hätte es mein Vater besser wissen müssen.«

»Was ist denn passiert?«

Sie fuhr sich durch die Haare. »Wie sich herausgestellt hat, führte er eigenmächtig Gespräche mit Kunden, unter anderem mit dem Geschäftsführer des wichtigsten Auftraggebers. Marcel hat ihm erzählt, er bekomme in Zukunft einen erheblichen Rabatt. Einfach so, völlig ohne ersichtlichen Grund. Hatte er Hintergedanken? Hatte er einen Mehrwert davon? Keine Ahnung! Aber es würde mich nicht wundern, wenn es nicht so wäre. Dass er es einfach getan hat, weil ihm langweilig war. So war er eben. Chaos um des Chaos willen. Den versprochenen Rabatt wollte der Kerl natürlich auch haben.«

»Ich nehme an, das ging für Ihre Eltern nicht sonderlich gut aus«, sagte Bill.

»Nein, es wurden alle Aufträge zurückgezogen. Da half es auch nichts, dass mein Vater ihn auf Knien um Verzeihung gebeten hat. Die Aufträge waren futsch, fast zwanzig Prozent der Einnahmen. Ein Dutzend Mitarbeiter musste entlassen werden, die Firma stand vor dem Bankrott.«

Momberger fiel auf, dass Tabea Sindermann sich trotz ihres jungen Alters von nicht einmal zwanzig Jahren sehr gut in den geschäftlichen Angelegenheiten ihrer Eltern auskannte. »Ich verstehe das noch nicht so ganz«, sagte er. »So was muss sich doch wieder einrenken lassen.«

»Wir sind ein Familienunternehmen«, erklärte sie. »Und die

meisten unserer Partner sind es ebenfalls.« Ganz plötzlich war sie dazu übergegangen, die Firma als ihre eigene zu bezeichnen. »Zusammenhalt und Vertrauen sind oft der Schlüssel, um unsere Geschäfte zu machen. Marcel hat das Vertrauen in die Familie so sehr beschädigt, dass es nicht mehr zu reparieren war. Ein schwarzes Schaf färbt quasi auf alle anderen ab.«

Momberger ahnte, was Tabea Sindermann ihnen sagen wollte, aber er konnte es noch nicht richtig fassen, geschweige denn aussprechen.

Bill hatte damit deutlich weniger Probleme. »Verstehe ich das richtig, Frau Sindermann?«, fragte sie und griff wieder zur Tastatur. »Sie wollen uns damit sagen, dass Sie glauben, Ihre Eltern hätten etwas mit dem Tod von Marcel zu tun?«

22

»Nein, um Gottes willen!«, entfuhr es Tabea Sindermann. »Für welche Art von Familie halten Sie uns? Meine Eltern bringen doch nicht ihren einzigen Sohn um, weil der mal wieder frei gedreht hat.« Sie fuchtelte mit den Armen herum, als wollte sie damit feindselige Anschuldigungen abwehren. »Nein, ich wollte Ihnen lediglich mitteilen, dass meine Eltern Ihnen nicht die ganze Wahrheit erzählt haben. Warum sie das getan haben? Keine Ahnung! Aber dafür wird es schon seine Gründe geben, und ich dachte mir, das sollten Sie wissen. Vielleicht führt es ja zu etwas.«

Bill schien zu überlegen, was Tabea Sindermann dazu bewogen haben konnte, eine solche Aussage zu machen. Auch Momberger stand verdutzt neben ihr. Für welche Art von Familie hielt er die Sindermanns? Eine berechtigte Frage, über deren Antwort er sich noch nicht ganz im Klaren war.

Da war zum einen der tote Sohn, ein scheußlicher Widerling, der es in seinen jungen Jahren bereits geschafft hatte, derart viele Menschen vor den Kopf zu stoßen, dass sie mit einem ganzen Haufen Kriminalbeamter immer noch nicht alle Namen zusammengetragen hatten. Dann die Eltern, denen man zwar nicht vorwerfen konnte, vollumfänglich am Verhalten ihres Nachwuchses die Schuld zu tragen, die daran aber sicher nicht gänzlich unbeteiligt waren. Hinzu kam, dass sie – wenn Tabea Sindermann die Wahrheit sagte – auch noch wichtige Informationen in einer Mordermittlung verschwiegen hatten, die ihren eigenen Sohn wie auch sie selbst betrafen. Und nun auch noch die Tochter, die heimlich ihre Eltern ans Messer lieferte, die sie ihr ganzes Leben gehegt und gepflegt hatten.

Was hielt er nun also von dieser Familie? Gerade jedenfalls nicht allzu viel. Bill saß hinter ihrem Schreibtisch und verriet mit keiner Miene, was in ihr vor sich ging. Wie immer, wenn es darauf ankam, benahm sie sich professionell und sachlich. »Ich danke Ihnen sehr, Frau Sindermann«, sagte sie ruhig. »War das dann alles?«

Tabea Sindermann schien sich kurz nicht sicher zu sein, antwortete dann aber mit »Ja!«.

Im selben Moment traten aus Mombergers Büro Philipp Zassenberg und sein Alter Kumpan Peter Barski heraus. Sie unterhielten sich noch immer angeregt, waren jedoch zu weit entfernt, um etwas verstehen zu können.

Tabea Sindermann machte sich auf den Weg, wollte sich am Ende aber noch einmal der Verschwiegenheit der Ermittler versichern: »Sie sagen meinen Eltern doch nichts hiervon, oder?«

»Nicht wenn es sich vermeiden lässt«, antwortete Bill und meinte damit eigentlich: »Wir ermitteln in einem Mordfall! Wir erzählen, was wir wollen, wem wir wollen, wann wir wollen! So lange, bis der Gerechtigkeit Genüge getan wurde!«

Zassenberg hätte das sicher laut ausgesprochen, doch Bill war eine zu gute Kriminalbeamtin, als dass sie derart aus sich herausgehen würde. Zumindest während der Arbeitszeit, dachte sich Momberger. Danach war sie wieder das Mädchen vom Dorf. Er gab Tabea Sindermann die Hand. »Wir melden uns, falls wir etwas Neues erfahren.«

»Ich danke Ihnen!« Keine zehn Sekunden später war sie verschwunden.

»Ein seltsamer Besuch«, sagte Bill, nachdem die Tür sich wieder geschlossen hatte. »Oder was meinst du, Momsen?«

»Ausgesprochen seltsam!«

»Was ist seltsam?«, fragte Stummel, der im Schlepptau von Zassenberg an den Schreibtisch kam.

»Das geht Sie nun wirklich nichts an!«, sagte Momberger mit Nachdruck und schaute Zassenberg finster an. Er hoffte, dass sein Blick ausdrücken konnte, was er sagen wollte, nämlich: »Was macht der immer noch außerhalb einer Zelle?«

»Stummel, warte doch noch mal kurz im Büro!«, verlangte Zassenberg. Ohne Widerworte schlurfte er zurück in Mombergers kleinen Tempel des Chaos. Zassenberg widmete sich ohne weitere Umschweife seinen Kollegen. »War das die Schwester des Opfers?«

Bill stellte sicher, dass Stummel nicht mehr in Hörweite war, und fasste zusammen, was Tabea Sindermann ihnen gerade mitgeteilt hatte.

»Soso …«, murmelte Zassenberg, während die Zahnräder in seinem Kopf anfingen, sich in Bewegung zu setzen. »Warten Sie kurz!« Er eilte noch einmal zurück ins Büro, wo Stummel kaum Platz genommen hatte, beugte sich zu ihm hinunter und flüsterte ihm etwas ins Ohr. Stummel nickte mehrmals zustimmend, stellte noch eine Frage, nickte erneut und stand dann auf. Er verließ das Büro und bog kommentarlos Richtung Ausgang ab. Unter erstaunten Blicken verließ er die Dienststelle.

»Was war das denn?«, fragte Momberger. »Der Mann ist unser Hauptverdächtiger!«

»War!«, korrigierte ihn sein Kollege. »Stummel *war* unser Hauptverdächtiger. Jetzt ist er unser …« Er schien seinen Kopf nach einer passenden Bezeichnung zu durchsuchen. »Er ist unser Hauptberater!«

»Wie bitte?« Momberger war beileibe der letzte Mensch, der auf die blinde Einhaltung von Regeln bestand. Aber jemanden wie Peter Barski, der von allen Zeugen gesehen worden war und eine Vergangenheit aufwies, die alleine schon höchst verdächtig erschien, konnte man nun wirklich nicht einfach auf freien Fuß setzen.

»Zaster …«, sagte Bill deutlich ruhiger. »Ich halte das auch nicht für die beste Idee. Sie wissen doch wirklich nicht, was Herr Barski an dem Tag getan hat.«

»*Noch* nicht!«, widersprach Zassenberg. »Ich weiß *noch* nicht, was Stummel getan hat. Aber ich werde es bald erfahren.«

»Er ist doch gerade weg!« Momberger deutete mit ausgestrecktem Arm auf die Tür. »Vielleicht haut er einfach ab, und wir sehen ihn nie wieder.«

188

»Beruhigen Sie sich! Unter Umständen erinnern Sie sich daran, dass Stummel nur hier ist, weil ich ihn darum gebeten habe. Das wird er auch wieder tun.«

»Leute bekommen Panik, wenn die Polizei sich bei ihnen meldet«, erklärte Momberger, der einem solchen Zustand selbst immer näher kam. »Was, wenn er nur deswegen gekommen ist?«

»Aus Panik? Momsen, hören Sie zu! Bevor Stummel auch nur Moped fahren durfte, hat er mit Sicherheit schon drei- oder viermal den Lauf einer Waffe vor der Nase gehabt. Der bekommt keine Panik. Und er haut auch nicht einfach ab, versprochen! Viel wichtiger ist, dass wir aus ihm herausbekommen, wer ihn beauftragt hat.«

»Aber wie soll das gehen, wenn er nicht hier ist? Was macht er gerade?«

»Er hilft uns. Schließlich ist er unser Hauptberater!«

Momberger verschwand wortlos in seinem Büro. Von dort beobachtete er Zassenberg und Bill, die etwas besprachen, das er nicht verstehen konnte. Erst als der Zorn über das seltsame Verhalten seines Kollegen ein wenig abgeklungen war, fing er an, sich eine Zigarette zu drehen, mit der er nach draußen verschwand, ohne dass ihm jemand folgte.

Auf dem Parkplatz steckte er die Kippe an und spürte, wie Ruhe in ihn zurückkehrte.

Seit wann war er eigentlich der Korinthenkacker vom Dienst? Beim letzten Mal hatte das unprofessionelle Verhalten Zassenbergs seinen Zweck erfüllt. Aber da ging es auch noch darum, Renate Fischer, ihre alte Chefin, zur Weißglut und letztes Endes aus dem Revier zu treiben. Solange dem alten Giftzahn etwas gegen den Strich gegangen war, war für Momberger die Welt in Ordnung gewesen. Aber Renate Fischer weilte schon seit fast einem Jahr nicht mehr in Marburg; dank Zassenberg, wie er sich eingestehen musste.

Wurde er plötzlich zum Paragrafenreiter? Stimmte der alte Spruch, dass man im Alter immer konservativer wurde? Es

189

war schon immer sein ganz persönlicher Alptraum gewesen, dass sich das bewahrheiten könnte. Bis jetzt hatte er immer Zweifel an der Zwangsläufigkeit dieser Regel gehegt. Bei dem Gedanken, dass er sich irren könnte, schüttelte es ihn. Nein, er musste Zassenberg vertrauen. Der wusste, was er tat, und fing nun damit an, die Fäden zu ziehen. Momberger ließ er nicht an seinen Gedankengängen teilhaben, weil er es genoss, ihm auf die Nerven zu gehen.

Er nahm einen tiefen Zug und wippte mit dem ganzen Körper von vorne nach hinten. Natürlich war es so. Und er ließ sich so einfach auf die Palme bringen, obwohl Zassenberg nur einen kleinen Nebenschauplatz eröffnet hatte, um sich die Zeit zu vertreiben.

Gerade als er sich darüber freuen konnte, eine triviale Erkenntnis gehabt und seine Wut zumindest teilweise überwunden zu haben, fuhr ein Auto auf dem Parkplatz vor. Ausgerechnet Sascha Cegledi, der – obwohl gefühlt gerade erst verschwunden – in schickem Outfit auf ihn zumarschierte.

»Hallo, Herr Momberger!«, sagte er freundlich. »Wissen Sie, ob Sybille schon fertig ist?«

Herr Momberger, äffte er ihn im Kopf nach. Sascha Cegledi war gerade einmal sieben oder acht Jahre jünger als er und tat so, als ob er sein Altenpfleger wäre. Er schaute auf die Uhr. Es war tatsächlich schon nach sechs. Wo war nur die Zeit geblieben?

»Bill … ich meine Sybille, müsste jeden Moment so weit sein. Ein kleines bisschen Geduld werden Sie noch aufbringen müssen.« Er merkte selbst, dass ein spitzer Unterton durchstach.

»Na dann …«< Cegledi schlüpfte an ihm vorbei und verschwand auf der Dienststelle. Eine weitere Zigarette später tauchte er mit Bill im Schlepptau wieder auf.

»Mach's gut, Momsen!«, rief sie fröhlich und stieg in das Auto ihrer Verabredung.

Momberger beobachtete den Wagen dabei, wie er vom Parkplatz fuhr und sich in den Feierabendverkehr einfädelte. »Blödes Arschloch!«, zischte er leise.

»Er tut nur, was Sie sich nicht trauen, Momsen.« Zassenberg trat plötzlich neben ihn. »Noch haben Sie eine Chance. Aber warten Sie nicht zu lange!« Er legte seine kräftige Hand auf seine Schulter. »In der Zwischenzeit können wir ein Bier trinken gehen. Wir müssen ohnehin ein wenig Zeit totschlagen.«

»Wieso das?«

»Sehen Sie dann!«

Er zuckte mit den Schultern und brummte: »Was soll's?«

Aus nachvollziehbaren Gründen entschieden sich die beiden gegen die »Tränke«, schließlich wollte Zassenberg Nasti nicht sehen. Also setzten sie sich in der Nähe der prächtigen Elisabethkirche an einen der wenigen freien Tische der Kneipe »Zum Brauhaus«. Die Gastronomie hatte die kleine Gasse am Fuß der Marburger Oberstadt komplett mit Tischen und Stühlen vollgepflastert, sodass zwischen den hohen Fachwerkhäusern die typische Kakofonie zu hören war, die immer dann entstand, wenn viele angetrunkene Menschen sich miteinander unterhielten.

»Brauhaus«, las Zassenberg vor, als er die Karte in die Hand genommen hatte. »Ist das nicht die Kneipe, in die die Studenten nach der Feier am Spiegelslusturm gegangen sind?«

»Meinen Sie, wir sollten die Ohren offen halten?«

»Später vielleicht! Zuerst der Spaß, dann das Vergnügen. Oder so ähnlich.«

Er zückte sein Handy, tippte eine Nachricht ein und verstaute es wieder in seiner Tasche.

Sie bestellten sich jeweils ein großes Bier und etwas zu essen. Momberger versuchte, das Gesprächsthema nicht auf Bill kommen zu lassen. »Haben Sie schon einen Verdächtigen?«, fragte er und hoffte, dass durch seine Art zu fragen klar wurde, dass sein Hauptverdächtiger immer noch Peter Barski war.

»Keinen Verdächtigen«, antwortete Zassenberg. »Eher eine Theorie. Aber die kann sich auch als Blödsinn herausstellen.«

»Und wie lautet Ihre Theorie?«

»Das sage ich Ihnen, wenn ich sicher weiß, dass sie *kein* Blödsinn ist.«

»Ihnen ist schon klar, dass wir in dem Fall zusammenarbeiten, oder?«

»Natürlich ist mir das klar«, antwortete Zassenberg, als wäre er der beste Teamplayer der Welt. »Aber wenn ich Sie jetzt schon damit konfrontiere, versteifen Sie sich wieder darauf und verlieren alle anderen Möglichkeiten aus dem Blick. Wie beim letzten Mal.«

Momberger verschränkte die Arme. Leider hatte Zassenberg recht. In ihrem letzten gemeinsamen Fall hatte er sich zu sehr auf seine Lieblingsfeindbilder konzentriert: den Burschenschaftler und den Millionär. Beide hatten sich am Ende als unschuldig herausgestellt. Zassenberg hingegen schien alle gleichermaßen zu verdächtigen, egal, wer oder was sie waren. Das hatte er ihm voraus. Viele Freunde hatte er sich damit aber sicherlich nicht gemacht.

Ihr Bier und das Essen kamen, und sie stürzten sich auf beides, als wäre es ihre letzte Chance, jemals etwas zu sich zu nehmen. Kurze Zeit später saßen sie vor leeren Tellern und zumindest Zassenberg auch vor einem leeren Bier. Als der Kellner vorbeikam, hob er das Glas. »Noch zwei, bitte!«

»Für mich noch nicht«, erklärte Momberger. »Ich brauche etwas länger.«

»Das ist nicht für Sie.«

»Sondern für mich.« Die Reibeisenstimme kam Momberger bekannt vor. Einen Moment später stand Stummel neben ihnen am Tisch, klopfte mit der Faust zweimal auf die Platte und setzte sich ungeniert neben seinen Kumpel. Zassenberg nickte er einmal zu, wahrscheinlich um ihm zu sagen, dass was auch immer die beiden unter Beratung verstanden, von ihm erledigt worden war. Dann widmete er sich der Karte.

»Was kann man hier essen?«, fragte er.

Zassenberg antwortete: »Das Zigeuner…« Momberger setzte

bereits zur Korrektur an, doch er war schneller: »Das Schnitzel mediterraner Art war nicht schlecht. Du siehst hier die Überreste.«

Er deutete auf seinen Teller, auf dem nur die Salatdekoration noch unangetastet herumlag.

»Dann soll es das wohl sein«, sagte Stummel und bestellte sich ein Schnitzel, als der Kellner ihm das Bier brachte.

»Und noch drei Korn«, fügte Zassenberg an.

»Sind Sie sicher?« Momberger spürte noch immer den Kater vom letzten Abend in den Knochen. »Wir müssen morgen früh raus.«

»Halten Sie den Rand!« Zassenberg zwinkerte ihm so zu, dass Stummel es nicht sehen konnte. »So jung kommen wir nicht mehr zusammen.«

Was war das denn? Wollte er ihm etwas sagen, ihn anmachen oder ihn nur an der Nase herumführen? Scheiß drauf! Diesmal wollte er nicht den Vernünftigen spielen. Außerdem war Stummel tatsächlich wieder da, und hier konnte er ihn immerhin im Auge behalten. Mit einem ausgewiesenen Verbrecher an einem Tisch zu sitzen war ihm zwar nicht ganz recht; das erste Mal war es allerdings auch nicht.

Die nächsten zwei Stunden verbrachten sie damit, Bier, Korn und Zigaretten zu konsumieren, als würden sie Geld dafür bekommen. Zassenberg versuchte das Gespräch auf Bill zu lenken, was Momberger zunächst ablehnte, nach dem vierten Bier aber freudig annahm und den anderen sein Leid klagte. Stummel, der nicht gerade nach einem Experten für funktionierende Beziehungen aussah, gab Momberger den gleichen Rat wie Zassenberg: Wenn er nicht langsam die Hufe schwinge, sei es ohnehin zu spät.

Er verschwand auf der Toilette, und Zassenberg saß plötzlich aufrecht in seinem Stuhl.

»Passen Sie auf, Momsen!«, sagte er, als hätte er gerade sieben Kaffee und nicht die gleiche Anzahl an großen Bieren getrunken. »Alkohol hat eine ganz bestimmte Wirkung auf Stummel.«

»Auf mich auch«, antwortete er und rülpste. »Ich glaube, er hat eine bestimmte Wirkung auf uns alle.«

»Das meine ich nicht.«

»Dann drücken Sie sich verständlich aus!«

»Spielen Sie einfach mit!«

Momberger verstand kein Wort, dafür war er auch viel zu betrunken. Aus einem unerfindlichen Grund wirkte Zassenberg plötzlich, als wäre er an diesem Abend der Fahrer. Gerade noch hatte er sich benommen, als wären sie auf einem Junggesellenabschied. Bevor Momberger jedoch nachhaken konnte, war Stummel schon wieder zurück, und Zassenberg mimte erneut den Betrunkenen.

»Ja, die Frauen«, fing er betont gefühlsduselig an und schaute in den dunklen Abendhimmel. »Weißt du noch, was mit Erika war, Stummel?«

»Klar weiß ich das noch«, lachte der. »Jeder hat dir gesagt, du sollst das Miststück nicht heiraten. Und hast du darauf gehört? Natürlich nicht!« Er nahm sein Bier und trank einen großen Schluck. »Weil du nie auf jemanden hörst. Ganz im Gegenteil!«

»Wie mein junger Freund hier.« Sein betrunkenes Gelaber war eigentlich schnell als Schauspiel zu enttarnen, aber Stummel schien das nicht aufzufallen. Der hatte auch gut und gerne das Doppelte an Alkohol intus wie Momberger.

»Gut, dass du jetzt hier bist.« Zassenberg legte seinem Freund den Arm um die Schulter. »Zum Glück hat der alte Krovacek dich beauftragt.«

Stummel nickte eifrig. »Ich freue mich auch, mal wieder einen mit dir zu heben, Zaster. Fast wie früher.«

Zassenberg sah Momberger durchdringend an und hob die Augenbrauen, was so viel heißen musste wie: Habe ich zu viel versprochen?

»Bist du eigentlich fertig hier, oder wollte Krovacek noch was von dir?«

Stummel winkte ab, ohne die Falle zu wittern. »Nee, bin durch«, erzählte er offenherzig. »Ich hab dem komischen Hausmeister noch das Geld vorbeigebracht. Das war's dann. Als ich von der Scheiße gehört habe, die passiert ist, bin ich schnell wieder zurück in die Heimat.«

»Der Hausmeister«, wiederholte Zassenberg, während Momberger auf der anderen Seite des Tisches seine Kinnlade herunterfiel. »Das dachte ich mir doch!«

23

Der Tag brach gerade erst an, und Momberger wachte auf seinem eigenen Sofa auf. Damit stellten sich zwei Fragen. Erstens: Hatte er letzte Nacht geheiratet, sich mit seiner unbekannten Frau heftig gestritten und war deswegen auf dem Sofa gelandet? Wenn das nicht der Fall war, dann zweitens: Was zur Hölle hatte er auf seinem Sofa verloren? Seit fünfzehn Jahren hatte er keine Nacht mehr auf einem Sitzmöbel verbracht. Er hatte es aufgeben müssen, um seinen geschundenen Rücken zu retten. Es bedeutete schon damals vier bis fünf Tage Schmerzen. Seit er als Jugendlicher im Zeitraum eines Halbjahres einen Schuss von dreißig Zentimetern in die Höhe gemacht hatte, bereitete ihm der Rücken immer wieder Probleme. Seine eingefallene Haltung machte es nicht besser, und die Tatsache, dass er um Sport schon immer einen großen Bogen gemacht hatte, tat das Übrige dazu.

Als er versuchte, sich aufzurichten, wünschte er die alten Zeiten zurück, als er den Schmerz noch mit einem »Es zwickt ein wenig« weglächeln konnte. Es dauerte ganze fünf Minuten, bis er sich endlich aufgesetzt hatte.

»Guten Morgen, Schlafmütze!« Zassenberg trat ins Wohnzimmer. Er sah ebenfalls nicht wie das blühende Leben aus. Aber immerhin konnte er sich schmerzfrei bewegen. »Kaffee gefällig?«

Um nicht wie der alte Mann zu wirken, wie der er sich fühlte, raffte er sich unter Stöhnen auf und drückte sein Kreuz durch, wobei ein Geräusch entstand, als würde man auf einen Reisigbesen treten. »Warum habe ich auf dem Sofa geschlafen?«, stöhnte er.

»Wissen Sie das nicht mehr? Sie haben gewettet, dass Sie Ihr Bier schneller exen können als ich. Blöde Idee!«

»Können Sie laut sagen. Ich würde jetzt gern den Kaffee nehmen.«

»Da haben Sie mich falsch verstanden. Den Kaffee müssen Sie schon selbst kochen.«

»Wieso fragen Sie dann?«

»Wieso machen Sie jetzt eine Diskussion daraus? In der Zeit könnten Sie auch Kaffee kochen.«

Momberger schluckte seinen Zorn hinunter, denn ohne Kaffee würde er weder eine Diskussion noch den Tag überstehen. Er begab sich in die Küche, ließ einige Tassen durch die Maschine laufen und kehrte damit zurück.

»Wollen Sie nicht mal duschen?«, fragte er, nachdem er seinem Kollegen näher gekommen war. »So wollen Sie doch nicht aus dem Haus.«

Zu seinem Glück nahm Zaster das Angebot an und kippte den Kaffee schnell in sich hinein.

Ob er seine Speiseröhre wohl mit dem Alkohol der letzten Nacht betäubt hatte? Anders konnte sich Momberger nicht erklären, wie er das heiße Getränk ohne Schmerzensschreie hinunterbekommen hatte.

Als er vom Duschen zurückkam, trug er noch immer dieselben Klamotten wie zuvor.

»Ich könnte Ihnen ein paar frische Sachen borgen«, bot Momberger an und sah Zassenberg dabei zu, wie er sein zerknittertes Hemd zuknöpfte. »Wäre kein Problem!«

»Danke für das Angebot.« Er schloss mühsam seinen Gürtel. »Aber meinen Umfang haben Sie noch lange nicht erreicht. Ich fürchte, dann müsste ich bauchfrei herumlaufen. Da stinke ich lieber.«

»Von mir aus.« Momberger zuckte mit den Schultern und nippte an seinem Kaffee. »Das mit Stummel gestern war übrigens stark.«

»Natürlich war es das. Aber auch kein großes Kunststück. Es ist eigentlich selten ein Problem, aus Stummel Informationen herauszubekommen. Der hat schon früher nach einer Handvoll Schnaps immer sehr offenherzig von seinen Abenteuern erzählt, also meistens davon, wem er auf welche Art und Weise wie viel Geld aus der Tasche gezogen hatte. Das ist einer der Gründe dafür, dass er selten erfolgreich gewesen ist. Sie wissen ja: Sowohl für Ganoven als auch für Privatdetektive ist Verschwiegenheit oberstes Gebot. Zu unserem Glück hat Jochen Krovacek in Marburg niemanden gefunden, der die Dinge erledigt, die Stummel die Butter aufs Brot bringen. Der sollte wohl auf Marcel Sindermann aufpassen.«

»Wenn Sie mit ›aufpassen‹ meinen, dass er seine körperliche Unversehrtheit in Frage stellen sollte.«

»Kommt doch aufs Gleiche raus.«

»Hat Krovacek dafür eigentlich keine eigenen Männer?«

»Das haben Sie wohl bereits vergessen. Die sind polizeibekannt. Dieser Krovacek mag ungeschickt sein, aber er ist nicht dumm. Für solche Sachen engagiert er Externe und kann so alles abstreiten, falls es auffliegt. Das nächste Mal sollte er sich ein Helferlein besorgen, das unter Alkoholeinfluss nicht zum Plappermaul mutiert.«

»Wir sollten Krovacek einen Besuch abstatten«, erklärte Momberger. Doch ihm fiel ein, dass Stummel auch einen anderen Namen ins Spiel gebracht hatte: »Oder erst dem Hausmeister?«

»Was denken Sie?«, fragte Zassenberg, dem es vollkommen egal zu sein schien.

»Krovacek«, antwortete Momberger so unsicher, dass es beinahe wieder in eine Frage überging.

»Ist das Ihre Antwort, oder wissen Sie nicht, wie man den Namen ausspricht?«

Momberger spürte, wie sehr es sein Kollege genoss, ihn zu verunsichern. Und er war auch noch dumm genug, sich davon beeindrucken zu lassen. In Zasters Gegenwart verlor er die Selbstverständlichkeit seiner Berufserfahrung und mutierte wieder zum Anfänger. Alles schien in einen Wettbewerb auszuarten, dabei hätten sie sich eigentlich ergänzen sollen. Es war wie am Ende einer Ehe inklusive der nicht vorhandenen Körperlichkeit.

Er versuchte es noch einmal mit etwas mehr Nachdruck:
»Erst Krovacek und dann der Hausmeister.«

»Ganz wie Sie wollen, Momsen!«

Momberger rief Bill an, um sich von ihr abholen zu lassen, doch sie teilte ihm mit, dass der Chef sie für den Rest der Woche am Schreibtisch sehen wollte. Sie schickte ihnen einen Streifenpolizisten vorbei, der sie zu Krovaceks Firma fuhr, die aus einer großen Lagerhalle und zwei Containern bestand, in denen sich das Büro befand.

»Diesen Teil von Marburg kenne ich ja noch gar nicht«, erklärte Zassenberg amüsiert, und es war nur zu leicht herauszuhören, dass ihm das nicht missfiel. Selbst die märchenhaftesten Mittelalterstädte hatten keine andere Wahl, als ihre Gewerbeeinnahmen in großen, eintönigen Hallen zu generieren, die sich neben ebenso großen, eintönigen Einkaufscentern einsortierten. Momberger war nicht allzu gerne in dieser Gegend unterwegs. Doch sein Job zwang ihn manchmal dazu.

Der große Stahlbetonbau mit der Aufschrift »Krovacek International« war dabei noch eines der kleineren Übel und versteckte sich geradezu zwischen zwei deutlich größeren Gebäuden. Auffällig waren die protzigen Wagen, die vor den beiden Containern geparkt waren: tonnenschwere pechschwarze Geländewagen mit abgedunkelten Scheiben und blinkenden Chromfelgen. Ein eindeutiges Zeichen dafür, dass hier etwas Zwielichtiges vor sich ging. Vor dem Eingang des Containers stand zudem ein einhundertzwanzig Kilogramm schwerer Wachmann, der gerade damit beschäftigt war, seine drei Gehirnzellen zusammenzusuchen.

»Herrliche Ecke!«, freute sich Zassenberg, der sich tatsächlich wohlzufühlen schien. »Mein Vater hatte ein ganz ähnliches ›Büro‹. Ich muss Ihnen hoffentlich nicht erklären, dass sich die Besitzer solcher Anlagen nur selten für Teilhaber der deutschen Gesetzgebung halten. Die schaffen sich ihre eigenen Regeln.«

Als sie aus dem Streifenwagen ausgestiegen waren, trat ein

zweiter Wachmann aus dem Container heraus und gesellte sich zu seinem Kollegen. Das bestätigte zum einen Zassenbergs Annahme und sorgte zu allem Überfluss bei ihm auch für eine gewisse Vorfreude. Seine Arbeit bescherte ihm wohl mehr Freude, wenn es einen Widerstand gab, den man erst einmal brechen musste. Zunächst ließ er allerdings seinem Kollegen den Vortritt, um beobachten zu können, wie er sich in einer solchen Situation anstellte. Momberger hatte nicht vor, sich zu blamieren.

»Guten Tag, die Herren!«, begrüßte er die Muskelmänner. »Wir sind auf der Suche nach Jochen Krovacek. Ist er zu sprechen?«

Einer der beiden schaute auf den nicht gerade klein geratenen Beamten hinunter und schüttelte den Kopf. »Nicht da!«, sagte er mit starkem osteuropäischen Akzent.

»Und der Wagen da?«, fragte Momberger und deutete auf einen der dunklen Geländewagen. »Mit dem Nummernschild JK 67. Der ist auf Herrn Krovacek zugelassen, wenn ich nicht irre.«

Guter Anfang, dachte Momberger. Jetzt nur nicht nachlassen und immer mit Selbstvertrauen auftreten. Das zählte in einer solchen Umgebung oftmals mehr als eine Polizeimarke.

Die beiden Wachhunde schienen das weniger zu beeindrucken. Sie schüttelten abermals den Kopf und wiederholten ihre Antwort: »Nicht da!«

Momberger griff nun doch in seine Tasche und zückte den Ausweis, der einem Kriminalbeamten in anderen Umgebungen oftmals die Tür öffnete. Jetzt, da er es getan hatte, ärgerte er sich über sein vorschnelles Handeln. Vielleicht war es nicht klug gewesen, gleich mit der Staatsmacht zu drohen.

Einer der beiden Riesen beugte sich nach unten, um sich den Ausweis genauer anzusehen, stellte sich dann wieder aufrecht hin, als wäre er aus Stein gemeißelt, und erklärte erneut: »Trotzdem nicht da!«

Momberger hatte keine Karten mehr, die er ausspielen

konnte. Leider hatte er den Großteil seines Decks ohnehin nicht mitgenommen. Also trat Zassenberg nach vorne und stellte sich unterstützend neben seinen Kollegen, allerdings knapp eine Schrittlänge näher an die Wachmänner heran.

»Gott zum Gruße!«, rief er fröhlich und streckte den beiden die Hand hin. Nachdem niemand sie ergreifen wollte, richtete sich sein Blick auf eine Überwachungskamera über ihm. Er winkte hinein, als würde er einen Freund aus dem Kindergarten besuchen. Statt auf die beiden Muskelberge einzugehen, verharrte er mit dem Blick auf der Kameralinse. Entspannt ließ er die Hände in die Hosentaschen gleiten und bewegte sich dann nicht mehr.

Es dauerte etwa dreißig Sekunden, dann wurde die Tür hinter den beiden Riesen geöffnet, und das ungesund wirkende Gesicht von Jochen Krovacek schaute heraus. »Nur Sie!« Er deutete auf Zassenberg. Momberger warf er einen finsteren Blick zu. Ganz offensichtlich erinnerte er sich noch sehr gut daran, wer ihn vor ein paar Jahren hinter Gitter gebracht hatte.

Zassenberg erklärte ungerührt: »Sie geben hier keine Befehle. Wir kommen entweder beide rein oder mit Durchsuchungsbeschluss.«

»Der da hat mich verhaftet! Ich habe zwei Jahre hinter Gittern gesessen.«

Zassenberg sah Momberger an. »Stimmt das?«

»Absolut.«

»Haben Sie ihm etwas untergeschoben?«

»Was? Nein, natürlich nicht.«

»Lügt mein Kollege, Herr Krovacek?«

Er reagierte verwirrt. »Wie? Was? Nein, er hat mir nichts untergeschoben. Aber seinetwegen saß ich hinter Gittern.«

»Seinetwegen? Hat er die Drogen für Sie nach Marburg geschleust und unter die Leute gebracht?«

»Nein, aber er hat mich deswegen verhaftet.«

Zassenberg beugte sich vor. »Und Ihnen war damals nicht bewusst, dass der Handel mit Drogen in Deutschland illegal ist?«

201

»Was?« Krovacek gestikulierte wild. »Natürlich wusste ich das. Aber darum geht –«

»Also hat Kommissar Momberger nur seinen Job gemacht. Sehr interessant. Ich persönlich würde mich ja freuen, wenn die Leute häufiger ihren Job machen würden. Waren Sie in letzter Zeit mal auf dem Amt? Wenn da nur jeder Zweite das tun würde, wofür er bezahlt wird, würde dieses Land deutlich besser funktionieren. Und meinem Kollegen hier wollen Sie vorwerfen, dass er genau das getan hat? Sein Job ist es auch, Sie zu beschützen. Wissen Sie das nicht?«

»Ich brauche keinen Schutz.«

»Oh ja, mir ist durchaus aufgefallen, dass Ihre Gorillas mich sehr durchdringend anstarren, seit wir dieses Gespräch hier führen. Jederzeit bereit, sich auf mich zu stürzen. Aber dann müsste unser junger Kollege dahinten auf die beiden schießen. Und das wiederum würde trotz der steinharten Muskeln von Gorilla eins und Gorilla zwei wohl zu ihrem Ableben führen. Das hätte sicher einen erheblichen Einfluss auf Ihr Schutzbedürfnis, Herr Krovacek. Wären Sie dann wohl noch in der Lage, Ihren Job auszuführen?«

Momberger lief Gänsehaut über den Rücken. Wenn hier jemand seinen Job machte, dann Zaster. Man wollte sich ihm wirklich nicht in den Weg stellen. Und das sah wohl auch Krovacek so. Sein Gesichtsausdruck zeigte, dass er sich geschlagen gab.

»Von mir aus«, presste er zwischen den Zähnen hervor.

»Kommen Sie.«

Die Beamten betraten den Container, der innen nicht viel luxuriöser war als außen. Momberger kannte das bereits vom letzten Mal. Es hatte sich nichts geändert. Am gegenüberliegenden Ende gab es einen tristen Schreibtisch, hinter dem Jochen Krovacek gerade Platz nahm. Davor standen zwei durchgesessene Stühle. Der Rest des Raumes war leer. Es gab nur einen überdimensionierten Perserteppich und einen großen Fernseher, auf dem die beiden Nobelpreisträger vor der Tür zu sehen waren. Krovacek griff zu einer Fernbedienung und schaltete um auf ein Fußballspiel.

»Was kann ich für Sie tun?«, fragte er. Seine Stimme röchelte, als wäre seine Lunge nicht in Ordnung. »Vom Zoll kommen Sie ja wohl kaum, oder?«

»Nein«, antwortete Zassenberg. »Kisten aufmachen und den Inhalt zählen ist nicht so mein Ding.«

»Und was ist dann Ihr Ding?«

»Ich ziehe nachts im Fledermauskostüm durch die Straßen und verprügle Verbrecher. Aber nur am Wochenende.«

»Sehr witzig! Darf ich nun erfahren, wer Sie wirklich sind? Gehören Sie zu dem Arschloch da?«

»Zassenberg«, stellte er sich vor. »Mordkommission.«

Eine auffällige Reaktion seines Gegenübers blieb aus. Wahrscheinlich hatte er damit gerechnet, dass irgendwann jemand vor ihm stehen und ihn mit dem unschönen Wortpaar »Mordkommission« begrüßen würde. Es war vielleicht auch nicht das erste Mal für ihn.

»Hübsches Büro«, sagte Zassenberg, ohne den Blick von seinem Gegenüber abzuwenden. »Selbst eingerichtet?«

»Wurde möbliert angeboten. Brauchen Sie Einrichtungstipps?«

»Nein, ich war oft genug verheiratet.«

Krovacek lachte kurz. »Wie kann ich Ihnen dann behilflich sein?«

»Marcel Sindermann!«, warf Zassenberg in den Raum, und diesmal blieb die Reaktion nicht aus.

Für den Bruchteil einer Sekunde wich sein Blick dem Zassenbergs aus. Er sah Momberger an und bemerkte, dass der ihm ganz sicher auch keine Hilfe sein würde.

»Schon mal gehört?«, fragte er.

Krovacek zog die Mundwinkel nach unten und die Augenbrauen nach oben, nun sah er aus wie ein unglücklicher Frosch. »Nicht dass ich wüsste. Ist das der Tote, der im Wald gefunden wurde?«

203

»Das wissen Sie doch schon. Sie haben ihm vor nicht allzu langer Zeit achttausend Euro überwiesen.«

»Habe ich das? Kann mich gar nicht erinnern.«

»Ich denke ja für Sie mit. Wie gesagt: Ich war oft verheiratet.« Sein Gegenüber musste laut lachen, was dann aber in ein heftiges Husten überging. Er zog ein besticktes Taschentuch aus seiner Jackentasche und spuckte hinein.

»Sie denken also für mich mit?« Er nickte übertrieben und sah dadurch mehr nach Wackelkopf und weniger nach Kleinganove aus. Schließlich lehnte er sich betont lässig in seinem Sessel zurück. »Dann erzählen Sie mir doch mal, was Sie so denken!«

»Gerne!« Zassenberg nahm auf einem der Stühle Platz. Momberger blieb hinter ihm stehen. So konnte er die Szene besser überblicken. Mittlerweile hatte er Gefallen daran gefunden, wie sein Kollege den schwerfälligen Möchtegern-Capone auseinandernahm.

Nachdem sich eine unangenehme Stille im Raum ausgebreitet hatte, ließ Zassenberg seinen Gedanken freien Lauf: »Ich denke, dass Sie nicht wissen, was ich für ein Glückspilz bin. Gut aussehend, überdurchschnittlich intelligent, für einen Polizisten recht vermögend und Besitzer dieses Schmuckstücks hier.« Zassenberg machte sich die Mühe, sein Handy herauszukramen und seinem Gegenüber ein Bild von dem kirschroten Sportwagen zu zeigen. »Ein Shelby GT. Den habe ich mir vor ein paar Jahren aus den guten alten US und A importieren lassen. Davon gibt es in Deutschland nicht viele. Ja, Fortuna hat mich wirklich geküsst. Doch mein Glück interessiert Sie wahrscheinlich gar nicht. Aber keine Sorge! Auch hier habe ich für Sie mitgedacht. Wie Sie sicher wissen, ist das eigentliche Glück auf dieser Welt die Zeit, die wir mit unseren Freunden verbringen können. Momberger hier ist ein guter Kerl. Sein Poesiealbum platzt geradezu vor Einträgen. Aber Menschen wie wir zwei Griesgrame haben natürlich nicht viele Freunde. Umso wichtiger ist es, dass wir uns gut mit denen halten, die uns beschieden sind.

Deswegen tausche ich mich häufig und gerne mit meinem alten Kumpel Peter Barski aus.«

Diesmal blieb die Reaktion von Krovacek nicht bei einem kleinen Blick zur Seite, sondern fiel deutlich aus. »Scheiße!«, zische er und schnaufte durch.

»Sie sagen es. Wie Sie sehen, habe ich tatsächlich viel Glück. Und nun raten Sie mal, was Peter Barski mir über Sie und Marcel Sindermann erzählt hat!«

»Schon gut, schon gut!« Krovacek hob die Arme, als wollte er sich ergeben. »Ich kannte den Burschen. Hat ab und zu kleinere Sachen für mich erledigt.«

»Sachen?«

»Geschäfte«, korrigierte er sich. »Deswegen auch die achttausend Euro.«

»Und warum haben Sie Peter hinzugezogen?«

»Weil Marcel nicht das geliefert hat, was ich von ihm wollte. Herr Barski sollte ihm lediglich ein wenig auf die Finger klopfen. Das ist alles. Das Ganze war rein geschäftlich.«

»Natürlich«, meinte Zassenberg und tat so, als müsste er sich seine nächste Frage erst einmal durch den Kopf gehen lassen.

»Haben Sie solche Geschäfte auch mit Karl Mangner gemacht?« Krovaceks Gesichtsausdruck fiel wie ein Kartenhaus in sich zusammen. Trotzdem versuchte er amateurhaft, Zassenberg noch für eine Weile im Dunkeln zu lassen.

»Nicht dass ich wüsste«, antwortete er. »Wer soll das sein?«

»Wollen Sie behaupten, dass Sie niemanden mit diesem Namen kennen?«

»Nein, wirklich nicht. Wie hieß der Mann noch mal? Rangler?«

»Mangner! Ein Hausmeister der Uniklinik. Karl Mangner.«

»Ach, Sie meinen Karl! Das ist ein alter Bekannter. Er war in finanzielle Schwierigkeiten geraten, also habe ich ihm einen kleinen Privatkredit gewährt.«

»Und warum haben Sie Karl diesen Kredit über einen Privatdetektiv überbringen lassen?«

»Nun ja, ich wollte nicht unbedingt, dass die Steuer davon erfährt. Ich will ja nicht, dass er gleich die Hälfte wieder abgeben muss. Sie werden uns doch nicht verpetzen, oder? Ich habe Karl wirklich nur einen Gefallen tun wollen.«

»Meine Lippen sind versiegelt«, versprach Zassenberg lächelnd. »Sie sind also alte Kumpels?«, fragte er.

»Bekannte.«

»Dann wäre da nur noch eine Sache, die den guten alten Karl betrifft.« Er legte die Ellenbogen auf seine Oberschenkel und faltete die Hände langsam ineinander. »Der Hausmeister des Uniklinikums heißt Kurt Mangner und nicht Karl.«

24

»Kurt, ist das so?« Krovacek kratzte sich mit dem Zeigefinger die Nase. »Nicht schlecht, Herr Kommissar!«

»Danke!« Zassenberg schlug ein Bein über das andere. »Ich habe so meine Momente.«

»Und was jetzt?«, fragte der Ertappte mürrisch. »Verhaften Sie mich?«

»Weswegen sollte ich das tun? Uns lügen alle Verdächtigen an. Meine Aufgabe ist es, die großen von den kleinen Lügen zu unterscheiden. Das ist meine Superkraft.«

»Ach ja? Was soll das heißen?«

»Nun, das weiß ich ehrlich gesagt noch nicht.« Zassenberg stand auf. Er ging im hässlichen Container herum und gab sich interessiert. Besonders angetan war er von dem teuren Perserteppich, der beinahe den ganzen Raum einnahm. Er glitt mit der Spitze seines Schuhs über die Fasern. Dafür, dass ständig Menschen mit dreckigem Schuhwerk ein und aus gehen mussten, waren sie erstaunlich sauber.

»Sie sind offensichtlich kein allzu guter Lügner«, sagte Zassenberg. Krovacek wiederum versuchte, in seinem Sessel möglichst unbeteiligt zu wirken, was ihm nicht gelang. »Sie wurden bereits wegen Drogenhandels und Hehlerei verurteilt. Dank meines stummen Kollegen hier.«

Momberger hatte tatsächlich nichts zu sagen. Warum auch? Er wusste genau, wann er sich zurückzuhalten hatte, um seinen Kollegen das Feld zu überlassen. Zassenberg hatte die Lage im Griff.

»Den Einträgen in Ihrer Akte zufolge dürfte sich eine solche Verurteilung in den nächsten Monaten wiederholen«, fügte Zassenberg an.

Krovacek verlor die Beherrschung über seine Gesichtszüge. Ganz offensichtlich spielte er eher den Ganoven, als dass er wirklich einer war. In dieser Hinsicht war Zassenberg sicher deutlich größerer Kaliber gewohnt. In Marburg genügte es manchmal schon, den Kriminellen zu mimen, um mitspielen zu können. In Frankfurt hätten die großen Haie jemanden wie Krovacek nach fünf Minuten aufgefressen. Das Becken war nicht groß genug, um allen Möchtegerns Platz zu bieten. Trotzdem war Momberger noch nicht dahintergekommen, was genau der schwammige Mann vor ihnen verbarg. Auch Zassenberg wirkte nicht, als hätte er einen genialen Plan, der nur auf seine Umsetzung wartete. Vielmehr machte er den Eindruck, als bastelte er noch an der Theorie, die er kurz erwähnt, aber nicht weiter ausgeführt hatte. Er wolle sie erst prüfen, hatte er gesagt. Vielleicht tat er gerade genau das.

»Was hatte es mit Marcel und Ihnen auf sich?«, fragte er.

»Er hat für Sie Drogen unters Volk gebracht, so viel wissen wir schon. Aber etwas hat Ihr Verhältnis nachhaltig zerrüttet. Was war das? Hat er sich so illoyal verhalten, dass Sie ihn umbringen mussten? Sie sind doch kein Typ, der Leute einfach so von Türmen werfen lässt. Aus so was halten Sie sich raus. Zu viel Aufmerksamkeit. Und seien wir doch mal ehrlich: Dafür fehlt Ihnen der Schneid! Aber was war es dann?«

Krovacek trat langsam der Schweiß auf die Stirn, was ihn natürlich nur noch schwammiger und ungesünder wirken ließ. Sein unsteter Blick flog durch den Raum, als suchte er nach einem Ausweg. Trotzdem blieb er standhaft. »Ich denke nicht, dass ich ohne meinen Anwalt noch mehr dazu sagen sollte.« Es klang auswendig gelernt. »Und ich muss Sie bitten, mein Gelände nun zu verlassen.«

»Dachte ich mir schon. Dann muss ich Sie aber darum bitten, in der Stadt zu bleiben. Alles andere würden wir als Fluchtversuch auffassen. Wenn Sie nur einmal zucken, hetze ich Ihnen die Drogenfahndung auf den Hals! Nicht die netten Jungs aus Marburg, sondern die Kampfhundtreiber aus Frankfurt. Und die nehmen Ihnen ganzen Laden auseinander.«

»Kein Problem. Ich zucke nicht.«

»Na dann …« Er hob die Hand zum Abschied, ging Richtung Tür und öffnete sie einen Spaltbreit. Doch dann hielt er inne.

»Eine letzte Frage habe ich noch«, sagte er. »Laura Henrichsen, schon mal gehört?«

»Nein! Die kenne ich nicht.« Und diesmal war es wirklich auswendig gelernt.

Als die beiden Ermittler vor die Tür traten, türmten sich am Horizont dunkle Wolken auf und kündigten einen heftigen Schauer an. Über ihnen schien jedoch die Sonne herrlich wärmend vom Himmel. Zassenberg klopfte einem der beiden Hünen auf die Schulter und meinte: »Gute Arbeit, Herkules!«

Sie schnappten sich den wartenden Beamten und fuhren wieder davon.

»Was sagt uns das alles?«, wollte Momberger wissen. »Was hatte er mit dem Opfer zu tun?«

»Eine ganze Menge, wie es scheint«, antwortete Zassenberg.

»Aber zuerst müssen wir zu Karl Mangner.«

»Sie meinen Kurt Mangner.«

»Sehr gut, Momsen. Damit können wir Sie schon mal als Verdächtigen ausschließen.«

»Das freut mich über die Maßen. Aber es bringt uns kein Stück weiter.«

Während sie die breite Straße hinauffuhren, die zum Uniklinikum führte, versuchte Momberger das Puzzle in seinem Kopf zusammenzusetzen, das sich vor ihnen ausgebreitet hatte. Bisher konnte er nur eines mit Sicherheit sagen: Alle hatten gelogen. Dieses Verhalten war nicht nur erstaunlich bigott, schließlich war Marcel Sindermann allem Anschein nach von jemandem getötet worden, der seiner Lügengeschichten überdrüssig geworden war, sondern auch auf eine besondere Weise erhellend. Die meisten Menschen logen die Polizei an, und das nicht ohne Grund, schließlich hatte auch jeder etwas zu verbergen. Viele Lügen wurden niemals wirklich aufgedeckt, denn Polizisten waren keine lebendigen Lügendetektoren. Nur viel Erfahrung oder ein besonders gutes Näschen für Unwahrheiten halfen in solchen Situationen weiter. Momberger war immer der Meinung gewesen, damit ausgestattet zu sein, aber neben Zassenberg war er sich dessen nicht mehr so sicher. Dennoch wusste er mit ziemlicher Sicherheit, dass bisher niemand die ganze Wahrheit gesagt hatte. Die Eltern des Opfers? Lügner! Die Schwester? Wahrscheinlich auch! Moritz Schultheis, der überehrgeizige Tennisspieler? Ganz sicher! Johanna Prätorius und Laura Henrichsen? Mit an Sicherheit grenzender Wahrscheinlichkeit ebenfalls. Und dass der Kleinganove Jochen Krovacek es mit der Wahrheit nicht allzu genau nahm, war im Grunde Allgemeinwissen. Die Einzige, die bisher vollkommen ehrlich zu ihnen gewesen war, schien Mia Bernhard, die kiffende Mitbewohnerin von Marcel Sindermann, zu sein, und die wusste wahrscheinlich selbst nicht genau, ob sie log oder nicht.

Das alles half Momberger nicht weiter. Nur weil er wusste, dass alle ihn anlogen, kannte er die wahre Geschichte noch nicht.

»Was macht Ihre Theorie?«, fragte er. »Ist sie schon spruchreif?«

»Dauert nicht mehr lange«, antwortete Zassenberg. »Es fehlen noch ein paar wichtige Informationen. Aber ich weiß, dass der Hausmeister uns dabei helfen kann – ob er nun will oder nicht.«

Auf dem gewaltigen Parkplatz des Uniklinikums waren noch viele Plätze frei, und sie suchten sich einen weit entfernten aus, damit sich die beiden Raucherlungen auf dem Weg zur Klinik noch eine Zigarette gönnen konnten. Momberger war es unangenehm, vor dem Eingang eines Krankenhauses zu rauchen, weil es etwas in schlechter Hinsicht Prophetisches hatte. Zassenberg schien ganz ähnlicher Ansicht zu sein, denn auch er lief sehr gemächlich und hatte es nicht eilig.

»Ganz schöner Block«, sagte er.

Tatsächlich war das Krankenhaus ein Monstrum, das rechts und links mehrere hundert Meter in die Breite ging, etwa fünf

Stockwerke hoch und durch seine Lage am Hang auch einige Etagen tief war. »Gibt es so viele Kranke in Marburg?«

»Es gibt vor allem keine anderen Krankenhäuser in der Gegend. Alles wurde erst privatisiert und dann zentralisiert, um mehr Profit zu machen. Das hat nur eine Weile funktioniert. Mittlerweile laufen ihnen in Scharen die Mitarbeiter davon. Die wollen doch tatsächlich für ihre Arbeit bezahlt werden. Können Sie mir erklären, warum man mit der Gesundheit von Menschen Geld machen sollte?« Er starrte auf seine Zigarette, schaute auf den Eingang des Krankenhauses und hatte ein unschönes Bild davon im Kopf, dass ihn das eine bald ins andere führen könnte. Er schnippte den Glimmstängel weg, was er eigentlich nie tat, wenn irgendwo in der Nähe ein Aschenbecher zu finden war. Der Geschmack auf der Zunge war ihm ausnahmsweise unangenehm.

»Jeder muss Geld machen«, antwortete Zassenberg. »Ohne Geld könnten sie gar keinen mehr behandeln.«

»Ich bitte Sie! Als wenn es nicht möglich wäre, das Gesundheitssystem unabhängig vom Markt zu betreiben. Dann würde es nicht auf den Profit ankommen, sondern darauf, möglichst viele Patienten gesund nach Hause zu schicken. Wussten Sie eigentlich, dass die meisten Operationen im Krankenhaus nicht aus medizinischer Notwendigkeit —

»Momsen, ich bitte Sie! Mir dröhnt immer noch der Schädel von letzter Nacht.«

Momberger hielt inne, verzog aber sein Gesicht wie ein kleines Mädchen, dem man die Puppe geklaut hatte.

Es dauerte eine Weile, bis sie in dem labyrinthartigen Komplex das Büro von Kurt Mangner gefunden hatten. Momberger war sich fast sicher, dass irgendwo auf den Fluren dieses absurden Gebäudes Patienten und deren Angehörige auf der Suche nach dem Ausgang eines natürlichen Todes gestorben waren. Sie hatten sich jedenfalls dreimal verlaufen und waren dann nur durch die Begleitung einer hilfsbereiten Schwester an ihr Ziel gelangt.

Der Hausmeister hatte seine Räumlichkeiten im untersten Stockwerk in der letzten Ecke des Gebäudes. Im engen Flur gab es kein Fenster, und auch die Beleuchtung ließ sehr zu wünschen übrig. An den Wänden hingen vergilbte Luftaufnahmen des Krankenhauses, wie es früher einmal ausgesehen hatte. »Deutlich kleiner« schien als Beschreibung noch übertrieben zu sein. Momberger bemerkte den winzigen Parkplatz auf einem der Bilder. Mittlerweile konnte er dort halb Marburg sein Auto unterstellen.

Als sie den Namen Kurt Mangner auf einem Schild gefunden hatten, klopften sie an die Tür. Eine dumpfe Stimme bat sie herein.

Der Raum sah von innen ziemlich genau so aus, wie Momberger ihn sich beim Gang durch den Flur vorgestellt hatte. Auch hier gab es kein Fenster, aber zumindest war das Licht der Neonlampen etwas heller. Das Mobiliar stammte wohl noch aus einer Zeit, als man den Aderlass als fortschrittlichste Methode der Heilung angesehen hatte. Der größte Teil der Wände stand voll mit Regalen, in denen unzählige Dokumente und lose Blätter gestapelt lagen. Zwischen dem Chaos saß an einem kleinen Schreibtisch Kurt Mangner und übte sich im Mürrisch-Dreinblicken.

»Herr Mangner«, rief Zassenberg fröhlich. »Wie schön, dass wir uns so schnell wiedersehen. Sie haben abgenommen, oder?«

»Was wollen Sie?«, fragte er, ohne sich auch nur ein Stück zu bewegen.

»Sie! Ich will Sie für meine neue Band – ›Die aufrichtigen Moppschwinger‹. Ich plane bereits eine Welttournee: San Francisco, Tokio, Barcelona. Was halten Sie davon?«

»Wollen Sie mich verarschen?«

»Diese Frage gebe ich an Sie zurück. Könnte es sein, dass Sie uns bei unserem letzten Zusammentreffen das eine oder andere Detail vorenthalten haben?«

»Ich weiß nicht, was Sie meinen.« Er starrte auf ein Dokument, das vor ihm lag. »Ich habe Ihnen alles gesagt.«

»Alles? Und was ist mit dem Geld, das Sie von Jochen Krovacek bekommen haben? Das Geld, das Ihnen ein kleiner, alter Mann mit nur drei Fingerkuppen an der rechten Hand übergeben hat? Klingelt da was?«

Noch immer ruhte der Blick des Hausmeisters auf dem Papier. Mit einem Kugelschreiber kreuzte er einige Kästchen an und schrieb mit zittriger Hand zwei Sätze in eine freie Zeile.

»Was für Geld?«, fragte er unsicher.

Es war nur zu offensichtlich, dass er log. Momberger schaltete sich ein: »Das Geld, das Sie ins Gefängnis bringen wird, wenn Sie uns nicht die Wahrheit erzählen, Herr Mangner. Beihilfe zum Mord. Das ist kein Kavaliersdelikt. Das sind Minimum fünf Jahre – selbst bei guter Führung.«

»Fünf Jahre unter Verbrechern«, fügte Zassenberg hinzu. »Das wäre das Ende der ›Aufrichtigen Moppschwinger‹ – wir nehmen nur Hausmeister auf, die nicht vorbestraft sind. Wegen des Namens, wissen Sie? Aber vielleicht können Sie ja Ihre eigene Band gründen: ›Die aufgeschlitzten Spitzel‹.«

»Ist ja gut«, fuhr es aus ihm heraus. »Ich habe zehntausend Euro von Krovacek bekommen, damit ich den Mund halte.« Er packte sich mit beiden Händen ins Gesicht und fuhr sich dann durch die dünnen, fettigen Haare. »Ich sollte das mit dem Schlüssel für mich behalten.«

»Das mit dem Schlüssel?«, fragte Momberger. »Dem Zweitschlüssel, von dem Sie uns erzählt haben?«

»Ja, genau!« Er ließ die Schultern so tief hängen, dass sie ihn auf den Boden zu ziehen schienen. Er blickte zur Decke, presste die Lippen zusammen und die Augenlider aufeinander, als müsste er die Tränen zurückhalten.

Auf Momberger wirkte es wie ein einstudiertes Stück, wie Schauspielerei. Er übertrieb es ein wenig mit seiner Reaktion. Etwas stimmte nicht.

»Krovacek kam vor zwei Wochen zu mir und bat mich um den Schlüssel für den Turm. Ich sagte ihm, dass ich ihn nicht einfach an Fremde herausgeben könne. Doch er bot mir zehn-

213

tausend Euro für den Schlüssel und meine Verschwiegenheit. Zehntausend Euro extra! Dafür muss ich jahrelang arbeiten. Ich wusste doch nicht, dass er jemanden umbringen wollte.«

Wieder fiel er auf dem Stuhl in sich zusammen und starrte auf den Boden. Für einen Moment betrachteten die beiden Beamten das Häufchen Elend vor ihnen. Dann erlöste ihn Zassenberg aus der folternden Stille: »Herr Mangner, ich muss Sie bitten, uns aufs Revier zu begleiten! Wir müssen dort Ihre Aussage offiziell aufnehmen.«

»Natürlich«, sagte er und stand langsam auf. An seinem Schreibtisch ordnete er schnell ein paar Unterlagen und griff dann zu seinem Handy. »Wenn ich noch kurz meine Frau anrufen könnte?«

Momberger nickte, und Kurt Mangner tippte eine Nummer auf seinem Smartphone ein. »Hallo, mein Engel! Es kann sein, dass ich heute etwas später nach Hause komme. Ich habe noch ein Meeting.«

Auf dem Parkplatz angekommen, verstauten sie den Hausmeister im Auto. Momberger beobachtete durch die Fensterscheibe den in sich zusammengesackten Mann.

»Es war also Jochen Krovacek.« Er hatte diese Möglichkeit nicht in Betracht gezogen. »Vielleicht ist ein Geschäft schiefgelaufen, und Marcel Sindermann musste dafür büßen. Was meinen Sie?«

Doch Zassenberg war anderer Meinung. »Ich glaube nicht, dass es Krovacek war«, erklärte er.

»Nicht? Aber er hat den Schlüssel für den Turm gehabt. Wozu sonst sollte er sich den besorgt haben?«

»Das wäre eine interessante Frage, wenn Krovacek wirklich den Schlüssel gehabt hätte. Aber ehrlich gesagt glaube ich nicht einmal das.«

25

Trotz der von Zassenberg vorgebrachten Zweifel an der Schuld Jochen Krovaceks fuhren sie mit dem Streifenwagen zurück ins Industriegebiet, um den Mann vorläufig festzunehmen. Er hatte zwei Kriminalbeamte bei einer Mordermittlung behindert, was ihn auch ohne direkte Beteiligung an der Tat teuer zu stehen kommen würde. Momberger freute sich bereits darauf, den schmierigen Möchtegern-Corleone erneut festnehmen zu können.

»Sollten wir da nicht Verstärkung anfordern?«, fragte der Beamte am Steuer. »Da sind doch diese Wachmänner. Was ist, wenn die bewaffnet sind?«

»Dann werden wir sie auch festnehmen«, erklärte Momberger. »Wird dann nur ein wenig eng hier hinten.« Neben ihm saß bereits Kurt Mangner und versuchte, keine Aufmerksamkeit zu erregen.

»Und wenn sie sich wehren?«

»Sind Sie sicher, dass Sie den richtigen Beruf gewählt haben, Bürschchen?« Zassenberg warf ihm vom Beifahrersitz einen abschätzigen Blick zu. Die Antwort nahm er ihm ab: »Lassen Sie mich raten! Sie sind bei der Polizei wegen des sicheren Jobs, der guten Rente und weil man im ersten Ausbildungsjahr schon mehr bekommt als ein ausgelernter Maurer. Außerdem dürfen Sie eine Waffe tragen, was Sie als Kind schon immer ganz kribbelig gemacht hat.«

Momberger war erstaunt, dass Zassenberg eine ähnlich negative Haltung gegenüber seinen Kollegen einnahm wie er selbst. Normalerweise rotteten sich Polizisten zu einem schützenden Rudel zusammen, um sich Angriffen von außen zu erwehren. Übertriebene Gewalt, rechte Chatgruppen oder der Verkauf von konfiszierter Ware konnten den meisten nichts anhaben, weil sich immer ein Schutzwall um sie herum bildete.

Momberger hatte seine Kollegen bereits häufig darauf angesprochen und fast immer dieselbe Antwort erhalten: Ein guter Polizist verrät seinen Kameraden nicht! Militärischer Zusammenhalt war das A und O. Wer sollte die Polizei schützen, wenn nicht die Polizei selbst? Doch viele schienen dabei zu vergessen, dass ein Polizist zunächst dem Schutz seiner Mitmenschen verpflichtet war und nicht dem der Truppe. Mit dieser Meinung stand Momberger oft genug alleine da. Vielleicht hatte er in Zassenberg jemanden gefunden, der seine Ansichten teilte.

»Sie dürfen im Auto sitzen bleiben«, beruhigte er ihren Fahrer, vergaß dabei aber nicht, sich möglichst väterlich anzuhören. »Wir machen das schon.«

Als sie den geschotterten Platz vor Krovaceks Container erreichten, fielen bereits die ersten Tropfen aus den dunklen Wolken, die sich seit Tagesbeginn zu immer höheren Gebilden aufgebaut hatten. Es stand nur ein Wachmann draußen, der genervt in den Himmel starrte, kurz die flache Hand ausstreckte, um zu prüfen, ob es sich wirklich um Regen oder nicht doch um etwas anderes handelte, und dann die Herren von der Kripo missmutig beäugte. Keine zwei Stunden waren seit ihrem letzten Besuch vergangen, und dass sie nun so schnell zurückgekehrt waren, musste auch für den bulligen Wachmann ein schlechtes Zeichen sein. Er ging einen Schritt zur Seite und versperrte den Ermittlern den direkten Zugang zur Containertür.

»Wo ist denn Ihr Zwilling?«, fragte Zassenberg, der trotz seiner beinahe zwei Meter nur gerade eben auf Augenhöhe mit dem Giganten war. »Pipi?«

»Sie dürfen nicht rein!«, grunzte der Riese und plusterte sich noch ein wenig mehr auf.

Ob er explodieren würde, wenn man ihn mit einer spitzen Nadel anstäche? Momberger ließ sich vom Imponiergehabe der anderen nicht einschüchtern und behielt seine gewohnt schlaffe Körperhaltung bei.

»Wir müssen Ihren Chef festnehmen«, erklärte er. »Haben Sie vor, uns dabei in die Quere zu kommen?«

Der Wachmann legte einen der fünf Schalter um, die in seinem Oberstübchen eine Funktion erfüllten, und wiederholte seine erste Aussage: »Sie dürfen nicht rein!«

Plötzlich öffnete sich hinter ihm die Tür, und Jochen Krovacek trat heraus. Er trug einen Regenmantel und hatte die Kapuze bereits über den Kopf gezogen. Ganz offensichtlich war er darauf vorbereitet, in das ungemütliche Nass hinauszutreten. »Lass gut sein, Mischa!«, sagte er und klopfte seinem Wachmann auf die Schulter. »Sorg lieber dafür, dass der faule Sack von Anwalt nicht zu spät auf dem Revier erscheint. Ich habe keine Lust, dort länger als nötig zu versauern.«

Der Wachmann nickte in hoher Frequenz, was ihn wie ein zu groß gewordenes Kind erscheinen ließ, das gerade gelernt hatte, wie man »Ja« und »Nein« durch gezielte Bewegungen mit dem Nacken unterstützen konnte. »Okay, Boss!«, murmelte er und verschwand im Container.

Krovacek war unter der Kapuze seines Regenmantels kaum zu erkennen. Momberger hoffte, dass er sein Lächeln trotzdem wahrnehmen konnte. »Ist fast ein Déjà-vu. Allerdings hatten Sie das letzte Mal noch nicht diese imposante Halle. War es nicht die Garage Ihrer Mutter, in der Sie die Drogen aufbewahrt haben? Wie geht es der alten Dame?«

»Sie ist tot!«, antwortete Krovacek ungerührt und bewegte sich ohne weitere Worte auf den Streifenwagen zu. »Wir sollten das hier nicht unnötig in die Länge ziehen. Ich habe Termine.«

Momberger saß auf der Rückbank in der Mitte. Neben ihm hatten sich Krovacek und Mangner niedergelassen.

»Ich würde Sie ja vorstellen«, sagte er. »Aber das ist wohl nicht mehr nötig.«

»Das ist *Kurt* Mangner«, mischte sich Zassenberg ein. »Sie kennen ihn ja als Karl, Herr Krovacek.«

»Sehr witzig!«, sagte er.

»Karl?«, fragte Mangner.

»Ein Insider. Sie können sich weiter als Kurt vorstellen.«

Während der Fahrt wurde der Regen immer heftiger und prasselte so stark auf den Wagen, dass man sich kaum unterhalten konnte. Krovacek saß regungslos neben Momberger und starrte in die tosenden Wassermassen hinaus, als wäre seine Festnahme für ihn eine willkommene Abwechslung vom stressigen Arbeitsalltag. Kurt Mangner tat sein Bestes, ihn zu ignorieren.

Auf die Dienststelle schafften sie es nur durchnässt, trotz eines für alle Beteiligten ungewohnten Sprints. Einzig Jochen Krovacek blieb vom Schlimmsten verschont, da er nach wie vor in seinen langen Regenmantel gehüllt war. Sie übergaben ihre Mitbringsel Zaun und Michel mit der Anweisung, kurz auf sie aufzupassen. Anschließend holten sie sich aus Mombergers Spind ein paar trockene Klamotten.

»Sie sind ja doch dicker, als Sie aussehen«, bemerkte Zassenberg, als er die Hose angezogen hatte und sie ihm erstaunlich gut passte. »Das sollte Ihnen zu denken geben.«

»Tut es seit zehn Jahren«, erklärte Momberger und schloss seinen Gürtel. »Aber böse Jungs einbuchten macht mich immer so hungrig.«

»Das kenne ich gut. Mein Magen knurrt schon wieder.« Mit einem Mal stand Bill vor ihnen.

»Wo kommst du denn her?«, fragte Momberger. »Ich habe dich gar nicht gesehen.«

»Vielleicht, weil du noch Fett in den Augen hast.« Bill lächelte und fuhr ihm durch die glänzenden Haare. »Ist die Dusche kaputt?«

»Das ist Regen«, erklärte er und fügte etwas zu stolz hinzu: »Ich habe heute schon geduscht.«

»Ist der Monat schon wieder rum? Oder hast du ein Date?«

Weil Momberger auf die Schnelle keine passende Antwort parat hatte, fuhr Bill einfach fort: »Ich habe eine gute und eine schlechte Nachricht. Na ja, eigentlich mehrere gute Nachrichten und nur eine schlechte.«

»Und zwar?«

»Mittlerweile habe ich fast alle Personen ausfindig gemacht, die während der Feier anwesend waren. Die meisten konnte ich telefonisch erreichen.«

»Waren ein paar brauchbare dabei?«, wollte Zassenberg wissen. »Oder müssen wir sie umtauschen?«

»Nein! Gute Ware. Vor allem einer ist mir aufgefallen: Daniel Röder. Der war zwar allem Anschein nach ziemlich betrunken und nicht ganz zurechnungsfähig, aber er hat mir eine sehr interessante Geschichte erzählt.« Bill rückte ein wenig näher heran, als wollte sie eine geheimnisvolle Verschwörung aufdecken. »Herr Röder war relativ lange vor Ort. Er sagte mir, dass er irgendwann zum Urinieren in den Wald hinter dem Turm gegangen sei. Dabei habe er ein dumpfes Geräusch gehört, als sei etwas sehr Schweres auf den Boden gefallen.«

Momberger wurde hellhörig. »Etwa Schweres? Wie ein menschlicher Körper?«

»Das habe ich ihn auch gefragt. Und tatsächlich hat Herr Röder der Sache auf den Grund gehen wollen. Aber er kam nicht dazu, denn nur ein wenig später lief ihm ein Mädchen über den Weg, das ihn – und ich zitiere – ›heftig angegraben hat.‹«

Mit einem Mal fiel Mombergers aufgeregte Stimmung in sich zusammen. »Ach ja? Wieso ist das so wichtig?«

Bill suchte den Blick Zassenbergs. »Momsen war früher ein ziemlich hübsches Kerlchen«, erklärte sie. »Deshalb glaubt er, dass die meisten jungen Männer ständig von Frauen angemacht werden.«

»Was heißt denn früher?«, fragte er beleidigt, musste sich allerdings eingestehen, dass ihn tatsächlich seit einer halben Ewigkeit keine Frau mehr angesprochen hatte. Mit unsicherer Stimme schob er hinterher: »Ich bin doch immer noch ein attraktiver Kerl.«

»Sie haben wohl eher einen attraktiven Kerl gefressen«, stichelte Zassenberg und klopfte ihm ungeniert auf die Hüfte. »Und im Gegensatz zu Ihnen ist mir durchaus klar, was die

Kollegin damit anzudeuten versucht. Die junge Frau hat sich nicht einfach so an Herrn Röder herangeschmissen. Sie hatte einen Grund dafür. Einen anderen als die Suche nach einer möglichst gelenkigen Zunge.«

»Das glaube ich auch«, stimmte Bill zu. »Sie wollte die Aufmerksamkeit von Herrn Röder auf sich lenken. Damit der nicht nachsehen konnte, was genau da auf den Boden gefallen war.«

Nun ging auch Mombergers Lampe endlich an. »Du meine Güte!«, rief er verblüfft. »Wissen wir, wer das Mädchen war?«

»Es war dunkel und Herr Röder wie gesagt ziemlich betrunken. Bei einer Sache war er sich allerdings sicher.«

»Und die wäre?«

»Sie hatte das ganze Gesicht voll mit Sommersprossen. So wie ...« Bill deutete auf Momberger, der endlich den Faden aufgenommen hatte und ihren Satz gekonnt vollendete: »So wie Johanna Prätorius, die Ex-Freundin des Opfers.«

»So sieht's aus!«

In Mombergers Verstand ratterte es plötzlich, und er spürte, wie die Teile des Puzzles sich zusammensetzten. »Wisst ihr, was wir machen sollten? Wir bestellen diesen Herrn Röder ein. Gleichzeitig muss Johanna Prätorius auch da sein. Dann kann er uns bestätigen, dass sie es war, und wir können ihre Reaktion beobachten, wenn wir sie bloßstellen. Was haltet ihr davon?«

»Super Idee!«, sagte Bill. »Die beiden sind gleich hier. Ich habe sie vor einer Stunde angerufen.«

Schon war seine Euphorie wieder dahin. Bill war ihm mal wieder einen Schritt voraus gewesen. Wie lange konnte es noch dauern, bis sie ihn wie einen alten, lahmen Esel anblickte? Wann würde sie ihm den Gnadenschuss geben, um das Leiden abzukürzen, das ihm noch bevorstand?

Neben ihm stand Zassenberg mit verschränkten Armen und lächelte auf seine Schülerin herab.

Was machten die beiden nur anders? Oder war er einfach nur zu dumm, um Zusammenhänge so schnell zu erkennen? Er versuchte, diesen unschönen Gedanken abzuschütteln und sich auf etwas anderes zu konzentrieren. Schließlich hatte er immer noch eine der besten Aufklärungsquoten. Nur weil ein neuer Sheriff in der Stadt war, musste er ja nicht die nächsten Jahre im Schaukelstuhl auf der Veranda verbringen.

»Gute Arbeit!«, versuchte er Bill zu loben. »Aber du hast gesagt, du hast mehrere Nachrichten. Das war nur eine.«

»Genau! Es bleiben noch eine gute und eine schlechte.«

»Zuerst die gute«, sagte Zassenberg. »Zögert das Leid hinaus. Deshalb sind die Menschen auch immer besonders freundlich, wenn sie einem etwas Schlimmes mitteilen wollen.« Er sagte das so, als habe er genug Erfahrung in Sachen schlechte Nachrichten gesammelt.

»Na gut. Wir wissen ja, dass es an dem Abend ein Feuerwerk gab. Um kurz vor zwölf war das.«

»Silvester um ein paar Minuten verpasst«, sagte Momberger.

»Und fünf Monate.«

»Du sagst es! Auf jeden Fall wurden massenhaft Verpackungen von Feuerwerkskörpern um den Turm herum gefunden.«

»An die kommt man doch im Sommer gar nicht ran«, erklärte Zassenberg. »Machen sich die Studenten hier die Mühe, das Zeug illegal zu besorgen?« Er schaute hinüber zu Jochen Krovacek, der noch immer im Büro ausharrte. Momberger erahnte seine Gedanken: Wenn sich jemand mit der Beschaffung illegaler Güter auskannte, dann Krovacek.

»Nicht dass ich wüsste«, antwortete Momberger. »In der Regel ballern die da oben nicht rum. Es wird nur viel getrunken.«

»Stimmt genau«, bestätigte Bill. »Alle, mit denen ich geredet habe, sagten mir, dass sie keine Feuerwerkskörper gekauft hätten. Aber es war wohl jemand da, der die Dinger verteilt hat. Jemand, den wir schon kennen.«

»Moritz Schultheis«, sagte Zassenberg. »Der ätzende Stipendiat vom Schloss! Ganz sicher hatte er das Zeug gekauft, um seinen Sieg beim Turnier zu feiern. Dazu kam es aber nicht.«

»Und warum sollte uns das weiterhelfen?«, fragte Momberger.

»Weil ein Feuerwerk hervorragend von anderen Dingen ablenkt. Und weil Männer wie Herr Schultheis es sich in der Regel nicht nehmen lassen, die Raketen selbst abzufeuern. Sie wissen schon: den großen Macker markieren.«

»Er hat die Raketen aber nicht selbst gezündet«, führte Bill aus, »sondern sie verteilt. Damit er sich in der Zwischenzeit mit etwas anderem beschäftigen konnte. Vielleicht etwas auf dem Turm, mit Marcel Sindermann.«

Nun versuchte Momberger gar nicht mehr, mit den beiden mitzuhalten. Er hatte den Faden ohnehin verloren. Stattdessen dürstete es ihn nach Aufklärung. »Aber was ist nun die schlechte Nachricht?«, fragte er.

»Die schlechte Nachricht, mein lieber Momsen, ist …«Zassenberg löste die verschränkten Arme und schob sie langsam in seine Taschen. »… dass wir unsere Verdächtigen bald nicht mehr zählen können.«

26

Noch immer prasselte der Regen mit lauten Schlägen an die Fenster. Stürmische Böen warfen die Bäume in gefährliche Seitenlage und rissen an den Flaggen, die direkt vor der Dienststelle hingen. Der Horizont leuchtete immer wieder im grellen Schein der Blitze auf, noch brauchte der Donner ein paar Sekunden, um vom tosenden Wind bis nach Marburg getragen zu werden. Doch lange konnte es nicht mehr dauern, bis der Sturm mit seiner ganzen brachialen Gewalt über sie herfiele.

Momberger stand mit Bill vor den Scheiben seines Büros, während Jochen Krovacek ausgesprochen missmutig auf dem Stuhl vor dem Schreibtisch saß.

»Möchte nicht bei den Kollegen von der Feuerwehr sein.« Bill verrenkte den Kopf, um sich einen groben Überblick über die Situation vor dem Fenster zu verschaffen. »Besonders heute nicht.«

»Warst du nicht mal mit einem Feuerwehrmann liiert?«

»Noch ein Grund dagegen!«

Jochen Krovacek war auffällig darauf bedacht, möglichst stur geradeaus zu schauen.

Momberger ging hinter seinen Schreibtisch, setzte sich aber nicht, sondern lehnte sich nur leicht auf die Tischplatte.

»Wie ist es Ihnen seit unserem letzten Zusammentreffen ergangen, Herr Krovacek?«, fragte er lächelnd. »Was macht die Arbeit?«

Ungerührt zog Krovacek die Mundwinkel nach oben. »Alles bestens!«, antwortete er. »Trotz Ihrer gelegentlichen Eingriffe.«

»Die nerven, nicht wahr?« Momberger machte ein Gesicht, als täte es ihm wirklich leid, dass die Polizei den Drogenhandel von »Krovacek International«, so gut es ging, unterband. »Vielleicht vergessen wir ja das nächste Mal unsere Quartalsprüfung, wenn Sie heute ein wenig Ihre Zunge lösen.«

»Die Zunge lösen? Wollen Sie mit mir knutschen?« Er drehte den Kopf und schaute Bill mit schmalen Augen an. »Oder *Sie*?«

»Gerne! Wenn Sie uns sagen, was Sie mit Marcel Sindermann gemacht haben.«

»Was soll ich mit ihm gemacht haben? Der Junge hat hier und da für mich gearbeitet. Das war's.«

»Okay!« Momberger setzte sich nun doch auf seinen Stuhl. Die Ellenbogen lehnte er auf die Tischplatte und verschränkte die Finger. »Kurt Mangner – Sie wissen schon: Ihr alter Kumpel – sagte uns, dass Sie ihm einen ganzen Haufen Geld gegeben haben. Im Gegenzug für den Schlüssel zum Turm.«

»Und?«, fragte Krovacek, ohne die Miene zu verziehen. »Ich wollte mal mit meiner Freundin da hoch. Das ist doch kein Verbrechen.«

»Ganz und gar nicht! Ist ja nur ein Schlüssel. Wenn man den allerdings dazu benutzt, jemanden auf eine hoch gelegene Aussichtsplattform zu führen und ihn von dort oben herunterzuwerfen, dann handelt es sich doch schon um eine Grauzone, würde ich sagen.«

»Und das soll ich getan haben?« Krovacek verschränkte die Arme. »Wie zur Hölle kommen Sie darauf?«

»Wir kommen darauf«, fing Bill an, griff zu einer Akte auf dem Tisch, nahm ein Dokument heraus und warf es Krovacek auf den Schoß, »weil Sie Marcel Sindermann vor Kurzem achttausend Euro überwiesen haben. Und Herrn Mangner sogar zehntausend! Eine ganze Menge Geld für ein Date mit Ihrer Freundin, oder nicht? Außerdem wurden Sie bereits wegen Drogenhandels überführt und haben zwei Jahre deswegen gesessen. Wir wissen, dass Herr Sindermann in Marburg als Dealer unterwegs war. Für achttausend Euro muss man schon einen großen Haufen Gras verkaufen. Was, wenn er nicht nur ein kleiner Dealer war, sondern nach oben aufsteigen wollte? Was, wenn er für einen Aufstieg bestimmte Dinge erledigen sollte? Und was, wenn dabei etwas schiefgelaufen ist? Müsste er dann nicht aus dem Weg geräumt werden? Und jetzt kommt die eigentliche Frage: Was, wenn Sie Herrn Mangner das Geld gar nicht vorher gegeben haben, sondern erst nach dem Mord? Um ihn für sein Schweigen zu bezahlen?«

Krovacek hatte seine entspannte Haltung wiedergefunden. Die verschränkten Arme löste er und breitete sie zu einer weiten Geste der Unschuld aus. »Sie reden die ganze Zeit von Drogen. Aber ich habe gar nichts mit Drogen zu tun.«

Währenddessen saß Zassenberg an Bills Schreibtisch und schüttete eine lauwarme Zucker-Sahne-Mischung in sich hinein, in der auch Spuren von Kaffee zu finden waren. Die Aussage von Kurt Mangner hatten sie bereits aufgenommen. Sie hatten ihm keine weiteren Informationen entlocken können, und wahrscheinlich gab es auch nicht viel mehr zu holen. Er war von seiner verdutzten Ehefrau abgeholt worden. Zumindest an diesem Abend würden die Mangners sich wohl keine weiteren Gesprächsthemen suchen müssen.

Zassenberg hatte Bill den Vortritt bei der Vernehmung gelassen, weil sie die Erfahrung gut gebrauchen konnte. Aber warum hatte er Momberger ebenfalls mitgehen lassen? Seltsame Entscheidung, dachte er und sah sich um. Wenn man einmal nicht aufpasste, war man schnell zum Schreibtischdienst degradiert. Er kratzte sich am stoppeligen Kinn, was wie immer so klang, als würde man mit einem Reisigbesen den Bürgersteig kehren.

Am Schreibtisch neben ihm versuchten gerade die beiden Nobelpreisträger Michel und Zaun ein Problem am PC zu lösen, was offenbar nur daran scheiterte, dass sie den Monitor nicht eingeschaltet hatten. Er sagte nichts, um weiter beobachten zu können, welche Komponenten und Kabel sie wohl noch auszutauschen gedachten, und widmete sich zwischendurch immer wieder seinem Kaffee-Gemisch.

Gerade als ihn die Langeweile fast dazu gebracht hatte, den Versuch zu starten, im tosenden Regen sein Feuerzeug für eine Zigarette zu entzünden, öffnete sich die Tür, und er schaute auf. Es war ein junger Mann mit verwirrtem Blick, der hilfsbedürftig wirkte. Ob das der Student war, der die Zunge mit Johanna Prätorius gekreuzt hatte? Es gab nur einen Weg, das herauszufinden.

Noch bevor er sich erheben und zur Empfangstheke schreiten konnte, hatte sich dort ein anderer Beamter eingefunden und begrüßte den Neuankömmling. »Wie kann ich Ihnen –«

Weiter kam er nicht, denn schon drückte ihn Zassenberg mit massigen Armen aus dem Weg. »Sind Sie Daniel Röder?«, fragte er, ohne auf den wütenden Beamten zu achten, den er gerade sehr resolut von seiner Aufgabe entbunden hatte.

»Äh, ja.« Er schaute verdutzt hin und her.

»Hier spielt die Musik!«, erklärte Zassenberg und wedelte mit der flachen Hand vor seiner Nase herum. »Kommen Sie mal mit!« Er führte Daniel Röder zu Bills Schreibtisch und drückte ihn schroff in einen Stuhl.

»Also?«, begann er sein Gespräch, noch bevor er sich selbst gesetzt hatte. »Wie stehen die Aktien?«

»Die … äh … Aktien?«

»Wie es Ihnen geht, junger Mann!«

»Ach so, ja, ganz in Ordnung. Das mit dem Mord beschäftigt mich ziemlich.«

»Weil Sie den Aufschlag des Körpers mitbekommen haben? Kann ich nachvollziehen. Ist nichts für schwache Gemüter.«

Ganz plötzlich entschwand aus Röders ohnehin blassem Gesicht noch ein wenig mehr Farbe. »Ich habe was?«, fragte er und musste aufstoßen.

»Kommt da noch was?« Er hatte die Befürchtung, dass Bill an einen Schreibtisch zurückkehren könnte, der mit Erbrochenem verziert war. »Da steht ein Eimer!«, fügte er hinzu und schob den Papierkorb sicherheitshalber noch ein wenig näher.

»Geht schon!« Daniel Röder schluckte etwas herunter, von dem Zassenberg lieber nicht wissen wollte, was es war.

Nach kurzem Abwarten führte er die Vernehmung fort: »Dann wussten Sie gar nicht, dass das Geräusch der Aufschlag des Opfers war?«

Er schien sich abermals zusammenreißen zu müssen, um sein Frühstück nicht ans Tageslicht zu bringen. »Nein, das wusste ich nicht«, erklärte er, während sich seine Augen weiteten, als wollten sie aus dem Kopf treten. »Dann ist er direkt neben mir gestorben, sagen Sie?«

»Nein, nein, keine Sorge!« Zassenberg verstand sich nicht unbedingt als Instanz in Sachen Deeskalation, und er hatte nicht vor, daran etwas zu ändern. Ohne Skrupel erzählte er, was nach dem Aufprall geschehen war: »Der Körper wurde noch in den Wald gezogen, wo er ganz langsam erstickt oder verhungert ist, ohne sich bemerkbar machen zu können.« Er deutete mit dem Zeigefinger auf seine Brust. »Lunge und Zwerchfell, beide zerfetzt. Muss heftig gewesen sein. Dazu die Gehirnerschütterung, ein paar Dutzend Knochenbrüche und die inneren Blutungen. Na ja, jedenfalls ist er nicht direkt neben Ihnen gestorben, wenn Sie das beruhigt.«

Das schien nicht der Fall zu sein, denn Daniel Röder schnappte sich nun doch den Papierkorb und erbrach seine letzten drei Mahlzeiten auf einmal. Zassenberg beobachtete das Schauspiel eine Weile und sagte schließlich: »Warten wir noch eine Minute mit der Vernehmung.«

Daniel Röder hob kurz sein Haupt, sah Zassenberg traurig an und antwortete leise: »Wir haben noch nicht angefangen?«

»Also?«, fragte Momberger noch einmal. Krovacek hatte sich bei seiner letzten Festnahme als deutlich ergiebigerer Gesprächspartner erwiesen und war – auch wegen seiner flotten Zunge – schnell hinter Gitter gewandert. Diesmal schien es ein schwierigeres Gespräch zu werden.

»Also, was?«, fragte er zurück. »Sie müssen sich schon spezifischer ausdrücken.«

»Wurde Marcel Sindermann wegen Ihrer Drogengeschäfte ermordet? Ist Ihnen das spezifisch genug?«

»Ja.«

»Im Ernst? Sie haben ihn ermordet?«

»Nein! Aber Ihre Frage ist mir spezifisch genug.«

Bevor Momberger seine zwei Zentner Gewicht über den Schreibtisch werfen konnte, schritt Bill dazwischen und versuchte die Situation unter Kontrolle zu bekommen. »Lass gut sein, Momsen!« Sie streckte ihren zarten Arm dem massigen Körper ihres Kollegen entgegen. »Das will er doch nur.«

Er hatte sich bereits erhoben und in Angriffsstellung gebracht, ohne es wirklich zu bemerken. Erst jetzt wurde ihm klar, dass er die Fäuste geballt hatte und bereit war, über den Schreibtisch zu springen, um dem arroganten Arschloch eine zu verpassen. Keine gute Idee, sagte er sich selbst. Damit würde er Krovacek auf jeden Fall eine »Du kommst aus dem Gefängnis frei«-Karte ausstellen, und das war das Letzte, was er wollte. Sein Atem ging schnell, und er sah zwischen Bill und Krovacek hin und her, der wohl ahnte, was in ihm vorging. In den letzten Tagen hatte sich einiges angestaut. Wozu das führen konnte, wurde gerade deutlich.

»Wie schade«, sagte Krovacek und deutete etwas Kleines an. »So viel hat gefehlt, und Sie wären noch deutlich vor mir hinter Gittern gelandet.«

»Siehst du, Momsen. Er will dich nur provozieren. Lass mich das machen!«

Dreimal atmete er durch, schaffte es irgendwann, seine Muskulatur wieder in Entspannung zu versetzen, und ließ sich in seinen Stuhl fallen. Die Lust auf eine Zigarette kam mit einem Schlag herangaloppiert und zerrte an seiner Lunge. Missmutig sah er Bill an und spürte so heftig wie selten die Überlegenheit seiner Kollegin.

»Also«, fuhr sie fort und warf Krovacek die gesamte Akte auf den Schoß, aus der er vor wenigen Minuten schon eine Leseprobe erhalten hatte. »Wie Sie hier sehen können, haben wir Sie in den letzten Jahren genau beobachtet. Meine Vorgesetzten würden Sie gerne als Köder benutzen, um einen größeren Fisch an Land zu ziehen. Laszlo Duda, schon mal gehört?«

Krovacek antwortete nicht, doch die Frage war ihm sichtlich unangenehm. Den Namen Laszlo Duda hörte er ganz sicher nicht zum ersten Mal. Bill machte ihre Sache gut.

»Sie müssen nicht antworten. Wenn Sie ein paar Seiten weiterblättern, finden Sie Bilder von Herrn Duda und Ihnen bei einer kleinen Besichtigung der Lagerhalle, die neben Ihrem hübschen Büro steht. Normalerweise würde auch ich Sie gerne als Köder benutzen, um dieses Arschloch dranzukriegen, aber hier geht es um Mord. Da müssen sich auch die größten Arschlöcher einmal hinten anstellen.«

Krovacek schaute sich die Fotos nicht an, und Momberger wusste, dass es diese auch gar nicht gab. Stattdessen landete die Akte wieder auf dem Schreibtisch. Bill hatte gut gepokert und nun die Oberhand.

»Sollten Sie mir das überhaupt erzählen?«, fragte Krovacek.

»Bin ich jetzt als Köder nicht unbrauchbar geworden?«

»Wenn Sie wegen Mordes lebenslänglich hinter Gitter wandern, können Sie gar keinen Köder mehr spielen. Außer vielleicht unter der Dusche. Sie kennen das ja schon.«

Draußen war der erste Donnerschlag zu hören. Das Gewitter war endgültig über Marburg angekommen – und Bill gleichzeitig in ihrem Element. Sie hatte Krovacek genau dort, wo sie ihn haben wollte.

»Na gut«, sagte der endlich. »Ich habe zwar nichts mit dem Mord an Marcel zu tun, aber ich kann Ihnen einen wichtigen Hinweis geben.« Er sah Momberger von der Seite an und schien ihn nun als ungewollten Zuhörer zu empfinden. Bills Übernahme der Zügel war etwas zu erfolgreich gewesen. Trotzdem sprach er weiter: »Sie haben sicher eine lange Liste von Personen, die bei dieser Feier am Turm anwesend gewesen sind. Aber ich wette, dass darauf noch zwei Namen fehlen. Ich weiß, dass Marcels Eltern auch da waren. War Ihnen das bekannt?«

Die beiden Beamten sahen sich an. »Nein, das war es nicht!«

Nachdem Daniel Röder kurz auf dem Klo verschwunden war und ein armer, zufällig von Zassenberg ausgewählter Beamter den mit halb verdauter Nahrung gefüllten Papierkorb entsorgt hatte, konnte die Befragung weitergehen.

»Wässerchen?«, fragte Zassenberg und bot dem beinahe zur papiernen Bleiche erblassten Studenten ein Glas an. Der lehnte es zitternd ab und nahm eine ungesund buckelige Haltung ein, die ihn wie einen Todkranken aussehen ließ.

»Hiervon nehmen Sie aber eins!« Zassenberg drückte seinem Gegenüber ein Pfefferminzbonbon in die Hand. »Sie können den Mund während einer Vernehmung schließlich schlecht geschlossen halten.«

Peinlich berührt stopfte er sich das Bonbon in den Mund.

»Haben Sie eine Freundin?«, fragte Zassenberg. Die Antwort gab sich fast von selbst, und tatsächlich schüttelte Daniel Röder traurig den Kopf.

»Schon mal eine gehabt?«

Wieder nur Kopfschütteln. Vielleicht war die Vernehmung ja doch ohne mündliche Beteiligung durchführbar.

»Und am Abend vor zwei Wochen kam einfach eine hübsche Frau auf Sie zu und steckte Ihnen die Zunge in den …« Zassenberg schaute auf die Stelle, wo eben noch der Papierkorb mit dem Mageninhalt von Daniel Röder gestanden hatte. Er entschloss sich zu einer Umformulierung: »Die junge Frau hat Sie quasi überfallen.«

Diesmal erntete er ein Kopfnicken. Wahrscheinlich traute sich das Häufchen Elend nicht mehr, den Mund aufzumachen.

»Könnten Sie die Frau beschreiben?«

Röder schluckte das Bonbon komplett herunter. »Nein«, sagte er endlich. »Aber das muss ich auch nicht.« Er deutete mit zittrigem Arm an Zassenberg vorbei. »Dahinten ist sie.«

Es war eine kleine Frau mit feuerroten Haaren und unzähligen Sommersprossen – Johanna Prätorius. Neben ihr stand Moritz Schultheis und tat so, als würde er sie nicht kennen.

Einen Moment später trat Jochen Krovacek aus Mombergers Büro. Der schwammige Mann mit dem fettigen Gesicht bemerkte die beiden und schaute sofort auf seine Schuhe. Auch die anderen taten so, als hätten sie den Ganoven noch nie gesehen. Doch selbst jemandem, der nicht wie Zassenberg jeden Tag verlegene Blicke zu sehen und ausweichende Antworten zu hören bekam, musste auffallen, dass diese drei sich nicht zum ersten Mal über den Weg liefen.

27

Bill, Momberger und Zassenberg steckten die Köpfe zusammen. Auf einer Bank neben dem Eingang hatten sie Johanna Prätorius, Moritz Schultheis, Jochen Krovacek und den noch immer etwas mitgenommenen Daniel Röder platziert, die allesamt angestrengt versuchten, sich nicht zu nahe zu kommen oder gar in die Augen zu sehen.

»Irgendwelche Ideen?«, fragte Bill.

Momberger warf einen Blick auf die vier traurigen Gestalten auf der Strafbank. Es war noch nicht lange her, dass ihn das Gefühl überkommen hatte, den hartnäckigen Nebel endlich lichten zu können, der sich über den Fall gelegt hatte. Nun hatte er sich noch dichter zusammengezogen. Seine einzige Idee war deswegen: »Wir sollten noch einmal zu den Eltern von Marcel Sindermann fahren.«

Zassenberg verzog das Gesicht. »Und was erwarten Sie, dort zu erfahren?«

»Ähm …«, antwortete Momberger souverän. »Na, Sie wissen schon.«

»Ich weiß was?«

»Krovacek hat uns erzählt, dass die Sindermanns auch beim Kaiser-Wilhelm-Turm waren. Sollen wir das ignorieren?«

Er bekam Unterstützung von Bill. »Ich denke, die Eltern haben wirklich etwas zu verbergen. Kam es euch nicht auch seltsam vor, dass Tabea Sindermann hier gestern einfach so auftauchte, um ihre Eltern anzuschwärzen?«

»Du hast recht!«, sagte Momberger. »Ich dachte mir schon, dass da was nicht stimmt. Was sagen Sie, Zaster?«

»Was ich dazu sage? Sagen Sie mir lieber, was mit den Eltern nicht stimmen soll!«

Was sollte das nun wieder?, fragte sich Momberger, versuchte aber trotzdem, seine Synapsen zu aktivieren.

Bevor er jedoch etwas sagen konnte, war Bill ihm schon zuvorgekommen. »Es könnte sein, dass die Eltern absichtlich Verwirrung stiften. Um die Ermittlungen zu verzögern oder ganz zum Stillstand zu bringen.«

Zassenberg sah sie zufrieden an. »Weiter!«

Bill streckte sich und nahm eine feste Haltung ein. Sie fühlte sich offenbar sehr wohl bei dem, was sie tat. »Ich habe zwei verschiedene Theorien«, erklärte sie. »Einerseits haben die Eltern seit über zwei Jahrzehnten unter ihrem eigenen Sohn gelitten. Wir haben von vielen Beteiligten und auch von den Sindermans selbst gehört, dass er schon in seiner Kindheit mehr Probleme verursacht hat, als Kinder das normalerweise tun. Er hat ein Nachbarskind fast in den Selbstmord getrieben, anscheinend einfach aus Langeweile. Und das ist nur eine Geschichte von vielen. Wie viele Freunde und Bekannte haben die Sindermans wohl wegen ihres Sohns verloren? Wie viele Anfeindungen mussten sie ertragen?

Als Marcel für kurze Zeit im Unternehmen tätig war, hat er den wichtigsten Kunden seiner Eltern vertrieben. Wohl auch mehr, um sich zu beschäftigen, als wegen einer persönlichen Agenda. Also hat der Sohnemann nicht nur das gesellschaftliche, sondern auch das berufliche Ansehen der Sindermans in Mitleidenschaft gezogen. Die Frage ist doch: Wie viel muss passieren, bis liebende Eltern zu bitteren Feinden werden?«

Zassenberg nickte. »Die alte Marvin-Gaye-Geschichte«, erklärte er.

Momberger erinnerte sich daran, dass Zassenberg bei der Aufklärung ihres letzten Falls davon erzählt hatte, wie Marvin Gaye von seinem enttäuschten Vater erschossen worden war. Damals war er zu dem Schluss gekommen, dass der Bruder des Opfers seine Schwester nicht umgebracht hatte. Ansonsten, so hatte Zassenberg erläutert, hätte er sich sofort gestellt. Wie war es wohl diesmal?

»Was ist die zweite Theorie?«, fragte er.

»Die Sindermans versuchen, jemanden zu schützen«, erklärte Bill. »Mal abgesehen von allen Motiven finde ich es einfach schwer zu glauben, dass jemand seinen eigenen Sohn ermordet. Trotzdem haben die Sindermanns sich ja seltsam benommen und offenbar versucht, die Ermittlungen zu torpedieren. Das machen die ja nicht aus Spaß.«

»Vielleicht doch!«, sagte Momberger.

»Aus Spaß?«

»Ganz genau!« Er hatte einen Geistesblitz. »Wer hat sich denn noch die Zeit damit vertrieben, anderen das Leben schwer zu machen? Marcel! Bisher sind wir davon ausgegangen, dass er einfach das schwarze Schaf in der Familie gewesen ist. Aber was ist, wenn er nicht aus Zufall dieses widerliche Arschloch geworden ist? Was, wenn die Eltern uns etwas verschweigen? Wenn sie der Grund dafür sind, dass der kleine Marcel auf den falschen Weg geraten ist?«

Momberger war zum ersten Mal seit einigen Tagen sehr zufrieden mit sich selbst. Doch Zassenberg konnte dem wenig abgewinnen. »Sie haben die beiden doch selbst vernommen. Kamen die Ihnen vor wie Herr und Frau Beelzebub persönlich?«

Tatsächlich musste Momberger sich eingestehen, dass die zwei nicht den Eindruck gemacht hatten, besonders niederträchtige Personen zu sein. Aber was hieß das schon? Er erklärte: »Der größte Trick, den der Teufel je vollbracht hat, war, die Welt glauben zu lassen, es gäbe ihn gar nicht.«

»Ich habe auch ›Die üblichen Verdächtigen‹ gesehen«, antwortete Zassenberg ungerührt. »Aber das hier ist das echte Leben und nicht Hollywood. Wir brauchen mehr als ein Filmzitat, wenn wir einen echten Menschen und nicht Keyser Soze hinter Gitter bringen wollen.«

Mombergers Geistesblitz folgte kein allzu lauter Donner, sondern nur der klagende Laut eines enttäuschten Beamten.

»Wo waren Sie stehen geblieben, Bill?« Zassenberg ignorierte das schmollende Gesicht seines Kollegen mit antrainierter Leichtigkeit. »Erzählen Sie weiter!«

Sie nahm wieder ihre feste Haltung ein. »Ich denke, dass

es für das Verhalten der Eltern nur einen Grund geben kann, wenn wir davon ausgehen, dass sie ihren Sohn nicht umgebracht haben: Sie schützen jemanden. Wahrscheinlich jemanden, den wir schon kennengelernt haben.«

Alle schauten zur Bank, auf der noch immer vier Personen saßen, die versuchten, sich gegenseitig zu ignorieren.

»Was schlagen Sie vor?«, fragte Zassenberg.

»Wir sollten …« Weiter kam sie nicht, denn in diesem Moment trat Wolfgang Plank aus seinem Büro. »Machen Sie hier Kaffeekränzchen, oder was?« Er stürmte mit schnellen, kleinen Schritten durch den Raum. »Warum stehen Sie drei hier im Kreis wie bestellt und nicht abgeholt?«

»Sie verstehen nicht, Chef!«, wollte Bill ihn beruhigen. »Wir sind gerade kurz davor, den Fall –«

Doch schon wieder unterbrach er sie, diesmal mit erhobener Hand vor ihrem Gesicht.

»Sollten Sie nicht Schreibtischdienst machen, Frau Weigand? Ihr Platz sieht mir nicht sehr besetzt aus.«

»Bitte, Chef!« Bill ließ sich nicht einschüchtern. »Ich bin wirklich tief in dem Fall drin. Sicher kann ich den Kollegen hilfreich bei den Ermittlungen sein.«

»Können Sie das?«, fragte Plank. Er war kleiner als sie, versuchte seine fehlenden Zentimeter aber durch eine militärische Haltung wettzumachen. »Und warum denken Sie das?«

Sie hatte schnell die passende Antwort parat: »Zunächst einmal bin ich auf der kompletten Dienststelle die Einzige, die letztes Jahr die Weiterbildung zu Tötungsdelikten besucht hat. Außerdem habe ich alle Akten in- und auswendig gelernt, kenne mich gut mit modernen Vernehmungstaktiken aus, habe einige der Zeugen schon selbst befragt. Und was noch hinzukommt: Wissenschaftliche Erhebungen haben ergeben, dass eine weibliche Komponente bei Zeugen und Verdächtigen dazu führen kann, dass sie sich eher kooperativ gegenüber den Ermittlungen zeigen als bei einem Mann.«

Momberger spürte eine nicht zu leugnende Anziehungskraft,

235

die von Bill ausging, während sie dem Chef Paroli bot. Dass der davon nicht gerade begeistert war, sah er leider auch.

»Wissenschaftliche Erhebungen?« Er schnalzte mit der Zunge. »Frau Weigand, wenn Sie unbedingt studieren wollen, dann sollten Sie sich an der Universität einschreiben. Wir machen hier Polizeiarbeit, und da kommt es nicht auf wissenschaftliche Erhebungen an. Sie tun, was ich Ihnen sage. Und ich sage: Setzen Sie sich an den Schreibtisch!«

»Aber Chef.« Sie wollte sich erneut in Stellung bringen.

Diesmal war es jedoch Momberger, der dazwischenging. »Jetzt machen Sie mal halblang!«, rief er. »Bill ist hier mit Abstand die beste Beamtin. Ohne sie würde doch der ganze Laden zusammenbrechen. Wenn Sie sie an den Schreibtisch setzen, ist das so, als würden Sie aus einem Motor drei Zylinder nehmen.« Er redete sich merklich in Rage, und Bill versuchte ihn zu unterbrechen.

»Momsen!«, zischte sie.

Doch der hob nur die Hand und sagte: »Jetzt nicht, Bill!«

Neben ihm kniff Zassenberg die Augen zusammen, als wäre gerade etwas Schlimmes passiert.

Er redete einfach weiter, während die Blicke sich immer mehr an seinen Lippen festbissen. »Bei allem Respekt, Chef, aber Sie lassen Bill doch nur am Schreibtisch versauern, weil sie eine Frau ist. Sie sind ein —«

In diesem Moment drückte ihm Zassenberg heftig den Ellenbogen in die Seite, sodass er nicht weitersprechen konnte. Wütend sah er seinen Kollegen an.

Mit einem ganz ähnlichen Gesichtsausdruck wartete auch Wolfgang Plank auf, als er sich ihm ein Stück näherte. »*Was bin ich, Herr Momberger?*

Bill schien kaum weniger wütend zu sein. Seltsamerweise hatte er das Gefühl, dass sich diese Wut gegen ihn richtete und nicht gegen ihren Chef Plank. »Sie sind …«, fing er an.

»Lass gut sein, Momsen!«, sagte Bill. Als wäre nichts gewesen, setzte sie sich tatsächlich hinter ihren Schreibtisch und starrte auf den dunklen Bildschirm. »Lass einfach gut sein!«

»Sie schließen diesen Fall noch ab, Herr Momberger«, befahl Plank mit versteinerter Miene. »Und danach sprechen wir uns.«

Eigentlich wollte Momberger diese Ankündigung nicht einfach im Raum stehen lassen, doch Zassenberg bewahrte ihn davor, sich noch tiefer reinzureiten. »Ich erledige das, Herr Plank!«, sagte er ungewohnt unterwürfig. »Wir werden bald mit dem Fall durch sein.«

»Das will ich auch hoffen.« Er warf einen letzten Blick auf Momberger und verschwand in seinem Büro.

Bill starrte noch immer auf den Bildschirm und klickte hin und wieder etwas mit der Maus an.

»Hey?«, fragte Momberger. »Alles in Ordnung?«

Sie gab keinen Ton von sich.

»Bill?«

Noch immer rührte sie sich nicht.

Wut stieg in ihm auf. Er hatte sich doch gerade für sie eingesetzt, und so wollte sie es ihm danken? Hatte er etwas verpasst?

»Kommen Sie, Momsen!« Zassenberg packte ihn am Arm.

»Wir rauchen mal eine.«

Nur widerwillig ließ sich Momberger abführen. Die vier auf der Bank sahen ihn ähnlich verwirrt an, wie er sich fühlte.

»Kann ich helfen?«, blaffte Zassenberg sie an. Sie schreckten gleichzeitig zusammen. Daniel Röder stieß mit dem Kopf gegen die Wand und rubbelte sich mit der flachen Hand über den Schädel.

»Zu Ihnen kommen wir noch«, erklärte Zassenberg und verschwand mit seinem Anhängsel durch die Tür.

Sie suchten sich unter dem winzigen Vordach eine Stelle heraus, die nicht gänzlich vom peitschenden, fast waagerechten Regen erreicht wurde. Sonderlich erfolgreich waren sie damit allerdings nicht. Momberger zog seinen Tabak heraus, musste den Versuch, sich eine Zigarette zu drehen, aber schon nach wenigen Sekunden aufgeben – es war einfach zu windig und nass.

»Hier.« Zassenberg hielt ihm seine Packung unter die Nase.

»Nehmen Sie die.«

»Danke!« Momberger klang wie ein kleines Kind, das einen großen Eisbecher bekommen hatte, weil es vom Fahrrad gefallen war. Er steckte sich den Glimmstängel in den Mund und zückte das Feuerzeug, das Zassenberg ihm nach ihrem letzten Fall geschenkt hatte. Darauf waren die Worte »Gern geschehen« eingraviert. Nachdem er seine Zigarette nach mehrmaligem Versuchen irgendwann entzündet hatte, schaute er auf die zart hervorstechenden Worte.

»Gern geschehen«, murmelte er und war durch den tosenden Wind und den prasselnden Regen kaum zu verstehen. Das hätte er auch gerne mal zu Bill gesagt.

Die Kanalisation war mit den Wassermassen völlig überfordert, und so floss der größte Teil des Regens einfach über den Asphalt, bis er irgendwo in der Nähe endlich in die ansteigende Lahn sickern konnte. Zu ihrer Rechten verschwamm der pechschwarze Himmel mit dem Horizont, doch auf der Linken zeigte sich bereits ein winziger Silberstreif, der sich über die nahen Hügel des Marburger Mittelgebirges zog.

»Wie viele Frauen hatten Sie in Ihrem Leben?«, fragte Zassenberg irgendwann. »Ich meine nicht im Bett, sondern eine feste Beziehung. Wie viele?«

Eine seltsame Frage, dachte Momberger. Peinlicherweise war die Antwort darauf sehr einfach: »Eigentlich noch keine. Ich hatte viel … sagen wir: Spaß in meiner Studienzeit, aber eine richtige Beziehung war im Grunde nie dabei. Nach dem Abi war ich mal für ein paar Monate mit einer Klassenkameradin zusammen.«

»Nach dem Abi habe ich lange Haare getragen und mir das hier stechen lassen.« Er zog seine Hose nach oben und entblößte ein Tattoo auf seiner Wade – »U2« war dort in fetter Schrift zu lesen. »Die Zeit nach dem Abi zählt nicht, wie Sie hier leider überdeutlich erkennen können.« Er zog die Hose wieder hinunter und dann an seiner Zigarette. »Sie haben wirklich keine Ahnung von Frauen, oder?«

Ahnung von Frauen? Momberger hatte Ahnung von Menschen, das musste doch reichen. Zassenberg war wirklich der Letzte, von dem er sich Tipps in Sachen Frauen geben lassen wollte. »Immerhin bin ich nicht viermal geschieden!«

»Dreimal«, korrigierte ihn Zassenberg.

Das war nicht gerade sensibel, dachte Momberger. Zassenbergs erste Frau war an Krebs gestorben. Er hatte ihn nicht damit konfrontieren wollen.

»Schon gut«, beruhigte der ihn. »Machen Sie sich keinen Kopf. Aber eines kann ich Ihnen trotz meiner gescheiterten Ehen sagen: Wenn Sie ständig den mutigen Ritter für Bill spielen, dann wird sie mit diesem Sascha Cegledi bald ein Haus auf dem Land kaufen. Bill braucht keinen Beschützer, die schlägt sich sehr gut alleine durch. Ist Ihnen das noch nicht aufgefallen?«

»Doch, natürlich. Ich dachte nur –«

»Überlassen Sie ihr das Denken! Im Gegensatz zu Ihnen hat sie die nötigen Voraussetzungen dafür.«

Momberger entfuhr ein gequältes Lachen. »Wahrscheinlich haben Sie recht«, sagte er, zog ein letztes Mal an seiner Zigarette und ging in den Regen, um sie in den Aschenbecher am unteren Ende der Treppe zu stecken. Als er durchnässt zurückkam, fragte er: »Glauben Sie auch, dass die Eltern uns an der Nase herumführen?«

Zassenberg nickte behäbig. »Ziemlich sicher! Wenn der Fluss da vorne sich wieder in eine Straße verwandelt hat, sollten wir ihnen tatsächlich einen Besuch abstatten. Eine Sache müssen wir vorher allerdings noch klären.«

»Bill?«, fragte Momberger.

»Die lassen Sie mal lieber für eine Weile in Ruhe.«

»Was dann?«

Zassenberg senkte seinen Blick und schob sein rechtes Bein nach vorn. »Wenn Sie jemandem von dem Tattoo erzählen, werde ich Ihre Welt zum Einsturz bringen.«

28

Der Regen hatte endlich nachgelassen und verwandelte sich nun langsam in einen schwülen Dunst, der sich über das gewaschene Land legte. Die heiße Sonne, die über Marburg zum Vorschein gekommen war, machte die Umgebung zu einer grünen Sauna.

Momberger und Zassenberg fuhren Richtung Norden, wo die dunklen Wolken noch nicht verschwunden waren und weiterhin biblische Fluten auf die Erde niedergehen ließen. Die Landstraßen waren teilweise in tiefen Pfützen und kleinen Teichen verschwunden. An vielen Stellen versperrten dicke Äste den Weg, die – vom Sturm abgerissen – auf der noch nassen Straße lagen. Mehrmals mussten sie aussteigen und die Hindernisse eigenhändig aus dem Weg räumen.

»Das ist etwas Neues für mich«, erklärte Zassenberg angestrengt. Er beugte sich zu einem besonders dicken Ast hinunter, um ihn gemeinsam mit seinem Kollegen hochzuheben.

»Gibt es in Frankfurt keine Bäume?«, fragte Momberger.

»Haben Sie die schon digitalisiert?«

»Ganz im Gegenteil.« Sie wuchteten den Ast nach oben und schmissen ihn mit vereinten Kräften in den Straßengraben. Zassenberg stemmte seine Hände in die Hüften, sein Atem ging schwer. »In den engen Straßen knicken die Bäume gerne mal um. Aber bei uns käme doch niemand auf die Idee, den Mist selbst wegzuräumen. Dafür gibt es Leute.«

Auch Momberger fühlte seinen rasenden, beinahe bedenklichen Puls und hyperventilierte wie ein Marathonläufer bei Kilometer zweiundvierzig. »Sie wollten doch unbedingt zu den Sindermanns«, schob er ein. »Nicht ich.«

»Nur weil ich es Ihnen wieder ausgeredet habe. Außerdem wusste ich ja nicht, dass hier Wald und Wiese auf der Fahrbahn liegen.«

Plötzlich hupte ein Auto. Es hatte sich eine kleine Schlange gebildet. Ihren eigenen Wagen hatten sie schräg auf der Fahrbahn geparkt, was kein Problem dargestellt hatte, als der dicke Ast ohnehin noch die Weiterfahrt verhinderte. Nun, da diese seit etwa zehn Sekunden wieder möglich war, wurde einer der wartenden Fahrer anscheinend ungeduldig.

Momberger wollte sich empören, als Zassenberg ihn am Arm packte. »Warten Sie, Momsen«, sagte er. Der Autofahrer drückte erneut seine Hupe durch. »Ich habe eine Idee. Kommen Sie!«

Er stieg in den Straßengraben und griff wieder zu dem Ast, den sie gerade erst dort platziert hatten. »Na los!« Er deutete auf das andere Ende. »Helfen Sie mal!«

Ein schmales Grinsen trat auf Mombergers Gesicht, als er verstanden hatte, was sein Kollege vorhatte. Er trat zu ihm, wäre auf dem nassen Gras fast ausgerutscht und packte erneut den dicken Ast. Zusammen hoben sie ihn an und zogen ihn über den glitschigen Rand des Grabens wieder nach oben. Unterdessen hatte der Fahrer des Wagens von Hupen auf Schreien umgestellt. Die Tür seines roten Sportwagens stand offen und er mit einem Fuß auf der Straße.

»Ey!«, rief er. »Wird's bald?«

»Eine Sekunde noch«, antwortete Zassenberg freundlich.

»Wir sind gleich so weit.«

Mit gebeugten Knien trugen sie den gut und gerne achtzig Kilo schweren Ast wieder zurück auf die Straße und legten ihn dem schreienden Fahrer direkt vor seinen Wagen.

»Bitte sehr!«, sagte Zassenberg und klopfte sich die Hände ab. »Jetzt können Sie sich selbst drum kümmern.«

»Geht's noch?« Er stand kurz vor der Eruption. Wutentbrannt stieg er aus seinem roten Potenzmittel-Ersatz und dann ganz vorsichtig über den Ast. Obwohl er einen Kopf kleiner war als die beiden Beamten, baute er sich vor ihnen auf, als wären die Verhältnisse umgekehrt. »Ihr räumt jetzt sofort wieder den Scheiß von der Straße!«

241

Zassenberg ließ sich nicht aus der Ruhe bringen. »Ansonsten?«, fragte er ungerührt. »Verprügeln Sie uns?«

»Worauf du einen lassen kannst, Arschloch! Das tue ich mit Vergnügen.«

»Sie und welche Armee?« Er ließ die Knöchel knacken und streckte seine zwei Meter noch etwas weiter. Schnell zog ihr Gegenüber sich ein wenig zurück und wirkte nun nicht mehr ganz so angriffslustig.

»Ich kann auch die Polizei rufen«, drohte er und verschränkte die Arme vor der Brust. »Mal sehen, was die dazu sagt.«

»Sehr gute Frage.« Zassenberg führte seinen Zeigefinger an die Lippen, als müsste er wirklich darüber nachdenken. »Kommissar Momberger, was sagen wir wohl dazu?«

Ein verächtliches Schnaufen sollte sicher deutlich machen, dass er ihm weder Beruf noch Dienstgrad abkaufte. Als Momberger jedoch seinen Ausweis zückte, fiel ihm mit einem Mal jegliche Farbe aus dem Gesicht. Man hätte meinen können, er müsse sich übergeben. So weit kam es zwar nicht, aber plötzlich war er still wie ein Mäuschen.

»Das nächste Mal, wenn jemand Ihnen hilft«, begann Zassenberg, als er es lange genug genossen hatte, »bedanken Sie sich lieber und beschweren sich nicht auch noch. Ist das klar?«

Der Mann hob entschuldigend die Hände. »Natürlich, natürlich! Ich wusste ja nicht, dass Sie von der Polizei sind.«

»Wenn wir nicht von der Polizei gewesen wären, hätten Sie weiter das Arschloch gespielt? Anstand hat nichts damit zu tun, wen man vor sich hat, Sie Affenarsch! Wenn Sie diesen Ast ohne unsere Hilfe aus dem Weg geräumt haben, dann fahren Sie auf schnellstem Weg zu Ihrer Mutter und erklären ihr, dass sie einen grauenhaften Menschen aufgezogen hat. Verstanden?«

»Ja, ich werde mich bessern, versprochen!«

»Das war kein Euphemismus! Sie fahren sofort zu Ihren Eltern und fragen sie, was in Ihrer Kindheit schiefgelaufen ist. Und jetzt los!« Zassenberg deutete auf den Ast, der vor ihren

Füßen lag. Er machte auf der Stelle kehrt, und Momberger folgte ihm nach einem kurzen Moment der Orientierung.

Die Schlange der Wartenden wurde indes immer länger, und einige fingen ebenfalls an zu hupen. Vor der Schlange stand nun ein hilflos wirkender Affenarsch, der damit beschäftigt war, den Ast aus dem Weg zu räumen, ohne seine Klamotten dreckig zu machen.

Die Beamten stiegen ins Auto und fuhren davon.

Als sie vor dem beeindruckenden, wenn auch vernachlässigten Haus der Sindermanns hielten, hörte es endgültig auf zu regnen. Momberger stieg aus dem Wagen und wandte den Blick in die Ferne. In Richtung Marburg hatten sich die Wolken fast vollständig verzogen, und am Horizont begann sich der Abend bereits über Mittelhessen zu legen. In der entgegengesetzten Richtung versperrte das Haus der Sindermanns seinen Blick. Nur über dem Dach schimmerte hinter dunklen Wolken die abendliche Sonne hindurch.

Als sie klingelten, fuhr auf dem großen Parkplatz der silbrig glänzende Mercedes von Volker Sindermann vor. Brauner Matsch hatte die elegante Lackierung des Wagens um die Radkästen herum überdeckt.

Volker Sindermann stieg aus seinem Wagen. Mit dunkel unterlaufenen Augen und einem Dreitagebart sah er aus wie Zassenbergs Bruder, was wohl keiner der beiden als Kompliment verstanden hätte. Sein dunkelblauer Anzug lag zerknittert über seinen herabhängenden Schultern, und die Schnürsenkel der schwarzen Lackschuhe waren nicht richtig gebunden.

»Guten Tag!«, sagte er mit brüchiger Stimme und drückte langsam die Tür seines Wagens zu. »Ist meine Frau nicht zu Hause?«

In diesem Moment öffnete sich die Tür. Elke Sindermann stand vor ihnen und wirkte ähnlich angeschlagen wie ihr Mann. Sie hatte sich nicht geschminkt, ihre Haare waren ungepflegt, und sie trug eine Jogginghose zu einem T-Shirt mit braunen Kaffeeflecken.

»Volker?«, fragte sie verwirrt. Die Beamten schien sie gar nicht wahrzunehmen. »Du bist schon daheim?«

Er nickte. »Konnte mich nicht mehr auf die Arbeit konzentrieren. Uwe übernimmt die restlichen Termine diese Woche.« Mit Blick auf die Ermittler fügte er hinzu: »Das ist mein Vize. Uwe Reibert.«

Momberger nahm die Information entgegen, konnte damit aber wohl nicht mehr anfangen als Zassenberg, der neben ihm stand und sich Elke Sindermann in ihrem fleckigen Oberteil genauer anschaute.

»Wollen Sie reinkommen?«, fragte sie und machte die Tür frei.

Sie traten ein, gefolgt von Volker Sindermann, der im Flur sein Sakko auf den Boden fallen und die Schuhe mitten im Raum stehen ließ.

Momberger fiel der Geruch im Flur auf, der ihn an die Tage erinnerte, als sein Großvater nicht mehr ganz bei sich war und der Haushalt ihn überfordert hatte.

»Wollen Sie etwas trinken?«, fragte Volker Sindermann. »Kaffee vielleicht?«

Beide lehnten ab. »Können wir uns kurz zusammensetzen?«, fragte Momberger. »Wir haben einige Fragen an Sie.«

Wortlos deutete Volker Sindermann Richtung Wohnzimmer, und sie folgten seiner Geste. Wieder standen viele Weinflaschen im Raum verteilt, einige auf die Seite gelegt. Im Gegensatz zu ihrem letzten Besuch bemühte sich die Frau des Hauses nicht darum, die verräterischen Alkoholika unter dem Tisch zu verstauen.

Die Beamten setzten sich auf eines der Sofas, die um den mit Flaschen bedeckten Glastisch standen, und warfen benutzte Klamotten auf die Lehne. Momberger berührte einen BH von Elke Sindermann nur mit den Spitzen von Daumen und Zeigefinger, als könnte er giftig sein.

244

Die Sindermanns setzten sich ihnen gegenüber. Zusammen sahen sie sogar noch ein wenig verwahrloster aus als nur für sich genommen. Sie machten nicht den Eindruck, als würden sie etwas sagen wollen. Zwar kreuzte ihr Blick den der Ermittler, doch Momberger kam es vor, als starre Elke Sindermann eher durch ihn hindurch. Er richtete seine Frage deswegen an ihren Ehemann: »Wie geht es Ihnen, Herr Sindermann?«

»Den Umständen entsprechend«, brachte er hervor, schaute dann aber wieder ins Leere.

Es dauerte eine ganze Weile, bis er die Frage verarbeitet hatte.

»Ich verstehe, dass Sie eine sehr schwere Zeit durchmachen. Ich hoffe, Sie glauben mir das. Allerdings müssen wir auch unseren Job machen und versuchen, den Mörder Ihres Sohnes zu finden.« Er wartete ab und beobachtete, ob seine Worte bei den Eltern eine Reaktion hervorrufen würden. Dem war allerdings nicht so. Sie saßen da, als hätten sie die Hüllen ihrer Körper verlassen und würden in einer anderen Wirklichkeit umherirren. Momberger war nicht sicher, ob sie an diesem Abend überhaupt noch eine vernünftige Aussage zustande bringen würden, und machte weiter: »Im Laufe unserer Ermittlungen haben wir erfahren, dass Sie am Tatabend auch vor Ort gewesen sind.«

»Vor Ort?«, fragte Frau Sindermann. Sie schien nicht verstanden zu haben, worum es ging.

»Am Spiegelslustturm. Sie waren an dem Abend auch da, als Ihr Sohn ermordet worden ist.«

»Ja, natürlich«, antwortete sie, als wäre es vollkommen nebensächlich. »Haben wir Ihnen das nicht erzählt?«

Momberger war wie vor den Kopf gestoßen und nun derjenige, dem es an Worten fehlte. Eigentlich hatte er erwartet, dass die Eltern ausweichend reagieren oder ihn anlügen würden. Dass jemand einfach mit der Wahrheit herauskam, war eine seltene Ausnahme.

Zassenberg sprang für ihn ein. »Nein, das wussten wir nicht!« Er rückte auf dem Sofa nach vorne. »Ich bin mir sicher, daran würden wir uns erinnern. Wieso haben Sie uns nichts davon erzählt?«

»Wovon?«, fragte Elke Sindermann.

Ihr Mann legte ihr die Hand auf den Oberschenkel und antwortete: »Sie sehen doch, wie es uns geht, Herr Kommissar. Wir standen … wir *stehen* unter Schock. Wahrscheinlich hat meine Frau gedacht, ich hätte es Ihnen schon erzählt, und ich habe gedacht, sie hätte es schon getan. So ist es dann wohl untergegangen.«

»Untergegangen?«, fragte Zassenberg mit spitzem Ton und rückte noch weiter nach vorne. »So ein Pech aber auch! Gut, dass wir das jetzt klären können.«

Langsam tauten die Eltern auf. Sie waren in die gemeinsame Realität mit den Ermittlern zurückgekehrt.

»Was haben Sie dort gemacht?«, fragte Zassenberg. »Am Abend des Mordes?«

Die Augen von Volker Sindermann huschten über den Boden und zu seiner Frau, deren Blick er schließlich traf. »Wir haben Marcel gesucht, weil wir Angst um ihn hatten.«

»Angst?«, fragte Momberger. Er wusste noch nicht, in welche Richtung Zassenberg die Befragung führen wollte. Stattdessen schien ihm das Wort »Angst« irgendwie deplatziert, wenn es um Marcel ging. »Warum hatten Sie Angst um ihn?«

»Sie haben doch mittlerweile erfahren, wie er ist … wie er war. Die Lügen, der Betrug, die Drogen und der ganze Rest. Haben Sie auch nur einen Menschen getroffen, der Marcel freundschaftlich gesonnen war?«

»Was ist mit Laura Henrichsen? Die schien noch etwas Gutes in Ihrem Sohn gesehen zu haben.«

»Ach, Laura«, seufzte die Mutter gedankenverloren. Sie stand auf und ging zu einer hässlichen Kommode aus Glas und goldfarbenen Streben. Darauf standen mehrere Bilder, von denen sie eines nahm und damit zum Sofa zurückkehrte. Sie reichte den Rahmen an Zassenberg. Momberger lehnte sich zu ihm, um ebenfalls etwas erkennen zu können. Zu sehen waren zwei Kinder im Alter von etwa zehn Jahren – ein Junge und ein Mädchen. Der Junge, das erkannte er schnell, war Marcel. Er war es, der die Kamera entdeckt und sich dementsprechend in Pose geworfen hatte. Eine dunkle Haarsträhne lag ihm auf der Stirn, seine Brust war herausgestreckt, und er machte sich ein wenig größer, indem er sich auf die Zehenspitzen stellte. Laura Henrichsen hingegen – die man vor allem an ihren stechenden grünen Augen erkannte – stand knapp neben ihm und war gerade im Begriff, sich in Richtung der Kamera zu drehen. Ihre Haare schwangen um den Kopf wie der Saum eines Kleides.

»Sie hat immer an ihn geglaubt«, erklärte Elke Sindermann. »Für eine Weile hatten wir das Gefühl, dass sie ihn auf die richtige Spur bringen könnte. Das war zu einer Zeit, als die beiden viel miteinander unternommen haben. Aber irgendwann wollte Marcel nichts mehr mit Laura zu tun haben. Seitdem ist er …«

Sie sprach nicht weiter, sondern vergrub das Gesicht in ihren Händen.

Momberger war es unangenehm, die schluchzende Frau zurück zum eigentlichen Thema zu führen. Damit hatte Zassenberg wie so oft weniger Probleme. Er stellte das Bild auf den Tisch.

»Sie haben uns noch nicht gesagt, warum Sie Angst um Marcel hatten. Was war anders an diesem Abend?«

»Wir haben gehört, was auf dem Tennisturnier passiert ist«, antwortete Volker Sindermann. »Der Streit mit Moritz. Die beiden sind schon öfter aneinandergeraten, manchmal ist es sehr hässlich geworden. Moritz hat gedroht, dass es beim nächsten Mal übel enden würde. Wir haben Marcel gesucht, damit es nicht so weit kommt. Deswegen waren wir auch am Turm.«

»Wann war das?«

»Ich weiß nicht. Vielleicht um halb zwölf.«

»Um halb zwölf? Da war doch schon fast alles vorbei. Warum so spät?«

»Vorher haben wir es nicht geschafft. Wir waren noch bei

247

Freunden. Brauchen Sie die genaue Zeit? Die könnte ich sicher herausfinden.«

»Nicht nötig. Aber Sie müssten morgen noch einmal auf die Dienststelle kommen – mit Ihrer Tochter! Wir haben ein paar Dinge zu klären.«

Ach ja?, fragte sich Momberger. Er konnte mit der vagen Aussage ähnlich wenig anfangen wie die Eltern, ließ sich aber nichts anmerken.

»Natürlich kommen wir«, sagte Elke Sindermann, die ihr verweintes Gesicht wieder aus den Händen gehoben hatte. »Gleich als Erstes morgen früh.«

»Vielen Dank! Dann lassen wir Sie jetzt in Frieden.«

Die Ermittler erhoben sich wieder und gingen zur Tür.

Elke und Volker Sindermann standen wie zwei halb volle Säcke Reis im Flur und würden sich wahrscheinlich gleich wieder über den Wein hermachen.

Momberger hatte die Tür bereits geöffnet, aber Zassenberg war noch nicht ganz fertig mit den beiden. »Eine Frage hätte ich noch«, sagte er. »Geben Sie sich die Schuld daran, dass Marcel der Mensch geworden ist, der er war?«

Es folgte die längste Pause bisher, doch irgendwann – wie auf Absprache – antwortete das Ehepaar in trauriger Zweisamkeit:

»Ja, das tun wir!«

248

29

Momberger warf die Bettdecke zur Seite und setzte sich an den Rand der Matratze. Er griff sich in die lichter werdenden Haare, stellte sich einmal mehr die Frage, ob es nicht Zeit wäre, sich von seinem Zopf zu trennen, gab sich wie immer noch ein halbes Jahr Bedenkzeit und drückte sich schließlich mühsam nach oben. Nur langsam schaffte es die Erinnerung des letzten Abends, sich gegen die morgendliche Routine durchzusetzen. Ganz allmählich dämmerte es ihm, dass er einen aufregenden Tag zu erwarten hatte.

Während er Richtung Badezimmer schlurfte und dabei Boxershorts und T-Shirt planlos im Zimmer verteilte, ließ er sich durch den Kopf gehen, was Zassenberg getan hatte, nachdem sie am Abend zuvor das Haus der Sindermanns verlassen hatten: Zunächst hatte er seinen zwielichtigen Kumpel Stummel angerufen und ihm mitgeteilt, dass »es« so weit sei. Danach hatte er ihm noch eine Uhrzeit genannt, und schon war das Gespräch beendet gewesen. So weit, so unverständlich. Als Momberger ihn darauf angesprochen hatte, waren endlich einige wenige Informationen über seine Lippen geronnen, die ein bisschen mehr Licht ins Dunkel gebracht hatten.

»Als Tabea Sindermann uns auf dem Revier aufgesucht hat, war mir schnell klar, dass wir es nicht mit einem normalen Besuch zu tun haben«, hatte er erklärt. »Da war etwas faul. Vielleicht ein abgekartetes Spiel, dessen Spieler wir nicht kennen; vielleicht war das Mädchen nur im Auftrag von jemand anderem da; vielleicht auch einfach ein taktisches Mittel, um uns ein wenig auf die falsche Spur zu führen.«

Momberger seifte sich halbwegs gründlich ein und hoffte einmal mehr, dass das Shampoo diesmal seine Augenringe ebenso wie den Schweiß der Nacht verschwinden ließe, und einmal mehr wurden seine Hoffnungen enttäuscht. Aus der

Dusche heraus konnte er sich im Badezimmerspiegel sehen, und das machte ihn nicht zwingend glücklicher: Seine Haare waren dünn und spärlich geworden, was durch die schweren, nassen Tropfen der Dusche nur noch hervorgehoben wurde. Sein Bauch hatte mittlerweile die Form eines kleinen, durchaus straffen, aber unübersehbaren Medizinballs angenommen, und sein Gesicht war nicht mehr das eines jungen Studenten, sondern das eines Polizisten in den Vierzigern – und genau der war er leider auch.

Glücklicherweise beschlug die Scheibe schnell, und er konnte sich nicht länger erkennen. Stattdessen schweiften seine Gedanken wieder zum letzten Abend ab.

»Nachdem Tabea Sindermann das Revier verlassen hatte, habe ich Stummel damit beauftragt, ihr unauffällig zu folgen, um zu sehen, ob ich mit meiner Vermutung richtiglag«, hatte Zassenberg weiter erklärt, nur um dann prahlerisch anzufügen: »Sie als mein größter Fan ahnen natürlich schon, was jetzt kommt, aber zur Sicherheit sage ich es noch einmal: Selbstverständlich lag ich richtig. Tabea Sindermann fuhr nicht direkt nach Hause, sondern nur aus Marburg heraus, auf einen geschäftigen Parkplatz im Kaufpark.«

Natürlich war Momberger zunächst der Name Jochen Krovacek durch den Kopf geschossen, schließlich lag sein Büro in dieser Ecke. Doch Zassenberg hatte ihm gleich den Wind aus den Segeln genommen. »Es war nicht Krovacek, den sie dort getroffen hat, sondern ihre Eltern. Ganz offensichtlich haben sie ihre Tochter mit voller Absicht zu uns geschickt, haben sich in sicherer Entfernung in Stellung gebracht, Tabea Richtung Front marschieren lassen und sich gegenseitig beim Däumchendrehen motiviert. Und es kommt noch besser: Stummel, der alte Privatdetektiv, hat selbstverständlich immer ein Richtmikro im Auto liegen. Leider ist er nicht der Schnellste, wenn es darum geht, das Ding in Gang zu bekommen, aber bevor die drei Sindermanns sich in ihre Autos gesetzt haben und wieder nach Hause gefahren sind, hat er noch einen vielsagenden

Satz aufschnappen können: »Hoffentlich finden sie es nicht heraus!«

Nach der halbwegs erfrischenden Dusche und dem darauffolgenden Trocknungsprozess warf sich Momberger in frische Klamotten und ging ins Wohnzimmer, wo Zassenberg wieder das Sofa belegt hatte. Momberger bemerkte drei leere Bierflaschen auf dem Tisch. Die waren noch nicht da gewesen, als Momberger sich am Abend zuvor in Richtung Schlafzimmer aufgemacht hatte.

Mit lauten Schritten ging er hinüber zum Sofa und trat seinen Kollegen gegen das aus der Decke herausbaumelnde Bein. Der beschwerte sich unverständlich, drehte sich herum und fing sich einen etwas härteren Tritt ein.

»Kaffee?«, fragte Momberger und ging in Richtung Küche. Hinter ihm grummelte Zassenberg etwas, das man als »Einen großen« oder auch »Meine Hose« interpretieren konnte. Momberger hielt sich an Ersteres, öffnete den Küchenschrank, befüllte die Kaffeemaschine, die er noch von seiner Großmutter zum Einzug in die erste eigene Wohnung geschenkt bekommen hatte, und wartete dann darauf, dass das Gerät seinen Dienst vollzog.

Er beobachtete den heißen braunen Kaffee dabei, wie er langsam in die Kanne tröpfelte. Während hinter ihm laute Geräusche darauf hindeuteten, dass sein heimatloser Kollege sich endlich aufraffte, dachte Momberger erneut an den letzten Abend zurück.

Noch während der Rückfahrt nach Marburg war Zassenberg in eine Art Telefonrausch verfallen. Er hatte ein halbes Dutzend Leute angerufen und sie für den nächsten Morgen einbestellt. Bei Widerworten hatte er mit »Anzeigen aller Art« oder Schlimmerem gedroht und den Widersprechenden einen Besichtigungstermin in einer Zelle ihrer Wahl versprochen. Zuletzt hatte er Bill angerufen und ihr aufgetragen, diejenigen auf die Dienststelle zu schaffen, deren Nummern er nicht parat hatte. Alle Zeugen und Verdächtigen auf einem Haufen, dazu wahrscheinlich noch eine Menge Anwälte, die das entstehende Durcheinander für sich und ihre Brieftasche zu nutzen wussten; das konnte böse enden.

»Was wird das heute?«, fragte er den verschlafenen Zassenberg und reichte ihm einen großen Kaffee mit bedenklich viel Sahne und Zucker – so mochte es sein Mitbewohner. »Gestern Abend wollten Sie mir nichts mehr erzählen. Bei den dreien waren Sie wohl offenherziger.« Er deutete auf die leeren Bierflaschen, die ihr Dasein auf dem Tisch beendet hatten.

»Wie meinen?«, grummelte Zassenberg, der noch nicht vollständig erwacht zu sein schien. Er nahm den Kaffee und schüttete ihn in einem Zug in seinen Rachen. »Wir stellen den Tathergang nach«, erklärte er missmutig. »Ich bin schon so kurz davor, das Ganze zu lösen. Mir fehlt nur noch der letzte Schritt, das eine Puzzlestück, das Glied in der Kette, der …«

»Der schlagende Beweis, ich habe es schon bei der ersten Metapher verstanden.«

»Eins plus mit Sternchen, Momsen. Aber es ist eigentlich ganz einfach: Entweder wir schaffen es, den Abend genau nachzustellen. In Kombination mit den bisherigen Erkenntnissen sollte es dann kein großes Problem mehr darstellen, den Täter zu offenbaren. Wir wissen ziemlich genau, wann wer wo war und was gemacht hat. Vor allem das Fehlen einer bestimmten Person sollte uns den passenden Hinweis geben. Oder der Täter versucht sich anders zu verhalten als in der Tatnacht und zieht damit die Aufmerksamkeit auf sich.«

»Klingt vernünftig. Warum haben wir das nicht schon vorher versucht?«

»Weil es noch eine dritte Möglichkeit gibt.«

»Und die wäre?«

»Lassen Sie mich erst einmal duschen, Momsen. Danach reden wir weiter. Es macht Ihnen doch nichts, wenn ich mir ein paar Klamotten von Ihnen leihe?«

»Bedienen Sie sich!«

252

Viel mehr war nicht aus ihm herauszubekommen, auch nachdem er von der Dusche wachgeküsst und in Mombergers bestem Hemd wieder aufgetaucht war. Ohne viele Worte zu verlieren, fuhren sie auf die Dienststelle, wo auffällig viele Fahrräder auf dem Parkplatz bereits darauf hindeuteten, dass Studenten anwesend waren.

Auf der Bank neben dem Eingang saßen wie am Tag zuvor Johanna Prätorius, Moritz Schultheis, Jochen Krovacek und Daniel Röder, die allesamt versuchten, die Szene ihrer letzten Zusammenkunft zu wiederholen: Daniel Röder schwitzte wie ein Eiswürfel in der Sonne, während die anderen versuchten, sich, so gut es ging, zu ignorieren.

Außer diesen vieren waren auch Elke und Volker Sindermann mit ihrer Tochter Tabea anwesend, dazu Nino Althaus im sportlichen Tennisoutfit und Kurt Mangner in Hausmeister-Overall, der Jochen Krovacek finster anblickte und ihn wahrscheinlich dafür verfluchte, ihn bestochen zu haben.

Wie viel Schuld gibt er sich wohl selbst daran, das Geld angenommen zu haben? Momberger ahnte, dass die Selbstreflexion des Hausmeisters sich wahrscheinlich in Grenzen hielt.

Neben Kurt Mangner stand Laura Henrichsen und schaute mit gesenktem Kopf zwischen allen Anwesenden hin und her. Zu den bekannten Gesichtern hatten sich auch zwei gesellt, die Momberger nicht zuordnen konnte. Die Tatsache, dass sie in feine Anzüge gehüllt waren, ließ aber den Schluss zu, dass sie Anwälte waren, womit die Anzahl der juristischen Vertreter geringer ausgefallen war, als er befürchtet hatte, was nicht zuletzt damit zusammenhängen mochte, dass die anwesenden Studenten sich keine Rechtsvertretung leisten konnten oder diesen nicht vertrauten.

Zwischen all den Zeugen und Verdächtigen wuselte Bill hin und her und versuchte Ordnung ins Chaos zu bringen, was allerdings schon deswegen scheitern musste, weil neben ihr auch Fritz Zaun und Albert Michel dasselbe versuchten und dabei die Mauern wieder einrissen, die Bill mühsam errichtet hatte.

Hinter Momberger und Zassenberg öffnete sich die Tür, und die letzte relevante Zeugin betrat den Raum: Mia Bernhard sah leicht zerzaust, aber relativ wach aus, und ihre Pupillen hatten eine Größe, die darauf schließen ließ, dass sie an diesem Tag noch keine Drogen außer Koffein zu sich genommen hatte.

»Tut mir leid!« Sie schien leicht überfordert mit der Situation.

»Ich bin ein wenig spät dran.«

»Keine Ursache!«, beruhigte sie Zassenberg. »Sie kommen genau richtig.«

Plötzlich ertönte eine infernale Stimme: »Zassenberg!«

Es war Wolfgang Plank. Er war zu klein, als dass man ihn hinter den anderen hätte erkennen können. Doch er schob sich durch die Menschen wie ein Eisbrecher im arktischen Winter. Jeder, der ihm im Weg stand, musste nach rechts oder links ausweichen, wenn er nicht niedergewalzt werden wollte. Schneller als erwartet stand er vor den Ermittlern und schaute zu Zassenberg hinauf, der ihn gut und gerne um zwei Köpfe überragte und nicht den Eindruck machte, als hätte er auch nur die geringsten Bedenken bei dem, was er tat.

»Sind Sie dafür verantwortlich, dass mein Revier sich in einen Freibierstand verwandelt hat?« Plank machte eine weit ausholende Geste, um das aufzuzeigen, was ohnehin offensichtlich war.

»Keine Sorge! Die sind gleich weg.«

»Warum sind die überhaupt hier, verdammt?«

»Wir stellen die Tat nach. Sie werden es noch verstehen. Dürfte ich mal?« Zassenberg schob den kleinen, dicklichen Plank einfach zur Seite.

Momberger hatte kurz die Befürchtung, dass sein Chef die Waffe ziehen und auf den Ermittler richten würde. So weit kam es allerdings nicht, wahrscheinlich auch, weil Plank seine Waffe nur selten aus dem Schrank holte.

Zassenberg platzierte sich derweil in der Mitte des Raums und rief: »Alle mal herhören!« Seiner brachialen Stimme folgend kehrte bald Stille ein. »Jeder, der Marcel Sindermann umge-

254

bracht hat, hebt jetzt bitte die Hand!« Er hielt einen Moment inne, doch wie zu erwarten war kein Arm zu sehen. »Den Versuch war's wert. Alle, die gerade nicht die Hand gehoben haben und auch kein Teil der hiesigen Exekutive sind, folgen mir bitte auf den Parkplatz.«

Er ging durch die Menge zurück und blieb dann bei Bill stehen. »Wir brauchen zwei Transporter, um die Leute hoch zum Turm zu karren«, sagte er. Bill nickte und suchte im Raum nach den entsprechenden Beamten, die nun kurz zu Busfahrern umfunktioniert werden würden.

»Wie lange soll das hier dauern?«, fragte Moritz Schultheis.

»Ich habe Termine.«

»Vielleicht haben Sie bald für eine ganze Weile keine Termine mehr«, antwortete Zassenberg lächelnd. »Schon mal darüber nachgedacht?«

Der Student – neben den Anwälten der Einzige in Anzug und Lackschuhen – senkte den Blick und entgegnete nichts weiter.

Stattdessen erhob nun Jochen Krovacek die Stimme: »Das wird für Sie ein Nachspiel haben!« Doch sofort flüsterte ihm einer der Anwälte etwas zu. Ganz sicher sagte ihm der Anzugträger gerade, dass es keine gute Idee war, einen Polizeibeamten vor einem ganzen Haufen seiner Kollegen zu bedrohen. Das schien selbst der zwielichtige Krovacek nachvollziehen zu können, weshalb auch er sich nun lieber zurückhielt.

»Noch mehr Beschwerden oder Anregungen?«, fragte Zassenberg in die Runde. »Ansonsten würde ich jetzt nämlich gerne herausfinden, wer Marcel Sindermann umgebracht hat.«

30

Zassenberg sah sich mit Freude an, was er angerichtet hatte. Zwei Dutzend Menschen liefen über den matschigen Waldboden und versuchten, möglichst nicht allzu tief im Schlamm zu versinken. Niemand warf einen prüfenden Blick auf die Stelle, an der Marcel Sindermann gefunden worden war.

Die Spitze des Spiegelslusturms wurde bereits von den ersten Strahlen der Sonne erwärmt. An seinem Fuß lag noch die nasse Kälte der Nacht.

Im Tal schlummerte Marburg und war in einen sanften Nebel gehüllt, aus dem nur das Schloss herausragte, das auf seinem Hügel thronte, als wäre er genau aus diesem Grund aus dem Boden gewachsen.

Zassenberg musste zugeben, dass ihn die Stimmung der Stadt langsam für sich begeistern konnte – ein wenig zumindest. Größtenteils sehnte er sich zurück in die Schluchten der Frankfurter Skyline, vermisste den schmutzigen Geruch des Bahnhofsviertels und die schmierigen Gestalten in den billigen Kneipen. Wenn alles so lief wie geplant, dann würde er nicht mehr lange darauf verzichten müssen.

Um ihn hatten sich zwei Dutzend Zeugen und Verdächtige sowie ein paar Anwälte in einem Halbkreis aufgereiht, flankiert von einigen Polizeibeamten, darunter auch Bill, Michel, Zaun und der böse dreinblickende Wolfgang Plank. Letzterer hatte noch einige Hühnchen zu rupfen. Zum einen mit Bill, die sich mit dem Platz auf der Ersatzbank nicht abfinden wollte. Zum anderen mit Momberger, der ihn auf der Dienststelle angegangen war. Und natürlich auch mit Zassenberg, der sich durchaus bewusst war, dass sein kleines Spektakel ihm auch auf die Füße fallen konnte, wenn es nicht so ausging, wie er es sich vorstellte. Er war sich seiner Sache aber einigermaßen sicher.

Im Hintergrund fuhr ein ihm bekannter Wagen vor, aus dem zunächst niemand ausstieg.

»Einen wunderschönen guten Morgen!«, rief Zassenberg. »Bitte schauen Sie nicht so niedergeschlagen, schließlich kommt der Großteil von Ihnen ja *nicht* hinter Gitter.«

Niemand regte sich. Stattdessen stieg die Angst in manche Gesichter.

»Herr Röder, reißen Sie sich zusammen!« Der junge Mann schien kurz davor, sich zu übergeben oder gar in Ohnmacht zu fallen. »Sie sind einer der wenigen, die überhaupt nichts zu befürchten haben.«

»Ach ja?«, fragte er überrascht. »Wirklich nicht?«

»Haben Sie Marcel Sindermann denn umgebracht?«

»Nein, natürlich nicht!«

»Oder jemandem dabei geholfen?«

Er schüttelte eifrig den Kopf.

»Na, dann sind Sie raus. Ich habe Sie als Zeuge herschaffen lassen, nicht als Verdächtigen. Das gilt allerdings nicht für alle. Wir werden nachstellen, was an dem Abend geschehen ist, an dem Marcel Sindermann gestorben ist. Und wir fangen bei Ihnen an.« Er deutete auf Nino Althaus, der überrascht die Augen aufriss.

»Mit mir?«

»Sie waren auf dem Tennisturnier, bei dem Marcel als Schiedsrichter fungiert hat. Sie haben es sogar gewonnen.«

»Ja, das habe ich«, sagte er ohne jeden Stolz. »Ist das wichtig?«

»Für Ihre Mutter ganz sicher. Für den Fall … unter Umständen. Sind Sie denn ein guter Tennisspieler?«

»Ich denke schon.«

Für diese Antwort erntete er ein verächtliches Schnauben von Moritz Schultheis. »Du weißt ganz genau, dass du mich in einem fairen Wettkampf nie geschlagen hättest, Althaus! Du hast nur gewonnen, weil Marcel alle knappen Bälle für dich entschieden hat.«

257

»Sehen Sie das auch so wie John McEnroe da drüben?«, fragte Zassenberg.

Die Antwort von Nino Althaus ließ zu lange auf sich warten, als dass sie noch ehrlich hätte sein können. »Nun ja ... Vielleicht war der eine oder andere Ball dabei. Aber im Großen und Ganzen ...«

»Sie stimmen der Aussage also zu!«, kürzte Zassenberg die Antwort ab. Wer so um den heißen Brei herumredete, war leicht zu durchschauen.

Naturgemäß sah Nino Althaus das anders. »Ich hätte auch so gewinnen können«, verteidigte er sich. »Was soll das hier? Wieso hätte ich Marcel etwas antun sollen, wenn er doch auf meiner Seite war?«

»Sehr gute Frage. Warum wollte Marcel ausgerechnet Sie zum Sieger machen? Ist vielleicht noch etwas anderes zwischen Ihnen beiden vorgefallen? Etwas Unschönes?«

»Was meinen Sie?«

»Das wissen Sie nicht?«

Er zögerte, obwohl sein Geheimnis gar kein richtiges war. Wahrscheinlich war es ihm einfach unangenehm, unschöne Bilder hervorzurufen.

Zu seinem Unglück übernahm erneut Moritz Schultheis: »Jetzt mach den Mund auf, Althaus! Marcel hat behauptet, dass du die Kinder im Training anfasst. Als wenn das ein Geheimnis wäre.«

»Aber das habe ich nicht getan!«

»Das weiß doch jeder! Kein Mensch hat ihm geglaubt.«

»Die Eltern haben ihm geglaubt«, warf Zassenberg ein. »Zumindest genug, um ihre Kinder aus dem Training zu nehmen. Das hat Sie viel Geld gekostet. Und natürlich Ansehen im Verein.«

»Ja, das stimmt schon, aber deswegen bringe ich ihn doch nicht um. Ich komme gut über die Runden.«

Moritz Schultheis schwieg. Ihm fiel wohl kein weiterer Vorwurf ein.

Ihn nahm Zassenberg sich als Nächsten vor: »Sind Sie schon fertig? Herr Althaus liegt noch gar nicht am Boden. Hat er Sie nicht um den Job gebracht, den Sie unbedingt haben wollten?«

»Das war er doch gar nicht. Es war …« Er sprach den Namen nicht aus, aber jeder wusste, wer gemeint war.

Nun war der Verdacht von Nino Althaus auf seinen Finalgegner übergesprungen, ganz wie der gelbe Filzball es in ihrem Match getan hatte.

»Aber das heißt doch nichts.«

»Ach nein?« Zassenberg spielte den Unwissenden. »Dann erzählen Sie uns doch, was Sie nach dem Finale getan haben!«

»Ich?«, fragte er. »Ich war erst mal in einer Kneipe.«

»In einer Kneipe. Und vorher ist nichts passiert?«

Seine Antwort ließ auf sich warten. »Ich … hatte einen Streit mit Marcel. Noch auf dem Platz. Schließlich hat er mir den Sieg abspenstig gemacht.«

»Und damit die Trainingsstunden mit Peter Fürstens, bei dem Sie gerne eine Stelle angetreten hätten.«

»Ja«, gab er zu.

»Sie wussten, dass Marcel ebenfalls auf die Stelle scharf war, und haben sich deswegen mit ihm gestritten. Und dann?«

»Dann ist Marcel abgehauen. Keine Ahnung, wohin. Ich bin in die Kneipe und habe mich betrunken.«

»Was ja kein Verbrechen ist. Trotzdem haben Sie den Tresen noch einmal verlassen. Sie waren auch hier oben, an dem Ort, an dem Sie eigentlich Ihren Sieg feiern wollten.«

Er schwieg.

»Und wie wollten Sie ihn feiern?«

»Was meinen Sie?«

»Hatten Sie etwas Spektakuläres geplant? Eine Marschkapelle, Konfettikanonen oder vielleicht ein Feuerwerk?«

Für den Bruchteil einer Sekunde huschte sein Blick zur Seite. Wen hatte er angesehen? Die Sindermanns? Oder doch Jochen Krovacek? Zassenberg wusste: Jetzt kamen die Dinge ins Rollen.

»Also noch mal«, fuhr er fort. »Sie wollten doch hier oben

eine große Lichterschau zu Ihren eigenen Ehren veranstalten, oder nicht?«

»Ja, das wollte ich. Was hat das mit dem Mord zu tun?«

»Eine ganze Menge, schließlich haben Sie das Finale ja verloren. Trotzdem gab es an dem Abend ein Feuerwerk. Wie kann das sein?«

Wieder kam kein Wort über seine Lippen.

»Wo hatten Sie die Feuerwerkskörper gelagert, Herr Schultheis? Zu Hause?«

Ein Kopfnicken bestätigte diese Annahme. Alle Scheinwerfer waren nun auf einen Mann gerichtet.

»Sie sind also nicht direkt hierhergefahren«, erklärte Zassenberg ruhig, »sondern nach Hause, um das Feuerwerk zu holen. Erst dann kamen Sie hierher. Wieso? Es gab doch nichts zu feiern.«

Wieder erhielt er keine Antwort, doch diesmal schaffte es Moritz Schultheis nicht, seinen verräterischen Blick zu kontrollieren. Er schaute zur Seite, nicht viel länger als einen Wimpernschlag, doch lange genug, um dem Ermittler zu offenbaren, von wem er sich Hilfe erhoffte: Jochen Krovacek.

»Sie bleiben genau da, wo Sie sind, Herr Schultheis!«, befahl Zassenberg. »Ich bin noch nicht fertig mit Ihnen.«

Er trat zwei Schritte zurück, ohne den Studenten aus den Augen zu verlieren.

Krovacek hatte sich auffällig unauffällig hinter zwei anderen Zeugen versteckt. Nicht nur dass er seine teigigen Finger in alles steckte, was zum Hineinstecken geeignet war, er stellte sich auch so ungeschickt an, dass er ständig dabei erwischt wurde.

Noch rührte sich nichts in seinem öligen Gesicht, doch Zassenberg wusste mehr, als sein Gegenüber ahnte. Deswegen war er auch sicher, dass die aufgesetzte Gelassenheit bald in sich zusammenbrechen würde.

Zassenberg deutete auf ihn, fixierte aber jemand anders. »Herr Schultheis!«, rief er. »Kennen Sie diesen Mann?«

»Nein.«

»Ach, wirklich? Noch nie begegnet?«

»Wirklich nicht.«

»Das Gleiche würden Sie wohl auch sagen, Herr Krovacek, wenn ich Sie nach Herrn Schultheis fragen würde.«

»Sehe ich heute zum ersten Mal«, antwortete er.

»Und die verstohlenen Blicke, die Sie gerade ausgetauscht haben, waren nur Ihrer auffallenden Attraktivität geschuldet?«

»Wenn Sie das sagen, Herr Kommissar!« Er grinste und schien sich seiner Sache nur allzu sicher zu sein.

»Dann muss ich Ihnen das wohl glauben. Es ist ja nicht so, dass Sie in den letzten zehn Tagen insgesamt viermal miteinander telefoniert hätten. Das letzte Mal erst gestern für nicht weniger als elf Minuten. Da haben Sie sich wohl ein paarmal verwählt und vergessen, schnell wieder aufzulegen.«

Während Krovacek sich nichts anmerken ließ, verlor der Student die Fassung. Nervös sah er zu ihm hinüber. Erhoffte er sich Hilfe, oder hatte er Angst, mit in den Abgrund gezogen zu werden?

»Was war der Inhalt Ihrer Gespräche, Herr Schultheis? Wollten Sie ein paar Glücklichmacher kaufen? Der gute Herr Krovacek hier bietet diese schließlich in allen Formen und Farben an: als Kräuter, Pillen, Pulver und sogar in ein Meter siebzig Größe mit straffen Brüsten. War es das? Kamen Sie nicht zum Schuss und mussten dafür bezahlen?«

»Nein, verdammt!«, rief er wütend.

Zassenberg bemerkte, wie Jochen Krovacek ein paar Meter weiter zuckte, als wollte er dazwischengehen. Das war ein gutes Zeichen.

»Was war es dann?« Er stellte sich so nahe vor Moritz Schultheis, dass er beinahe riechen konnte, welche Zahnpasta er verwendete. »Was haben Sie mit dem Möchtegern-Mafioso besprochen?«

Die brüchigen Mauern, die Moritz Schultheis errichtet hatte, fielen schnell in sich zusammen. Seine Schultern sanken nach vorne und sein Kinn auf die Brust.

Zassenberg wusste sehr genau, was nun folgen würde: ein Geständnis.

»Moritz!«, rief plötzlich jemand aus der zweiten Reihe. Niemand anders als Elke Sindermann war aus dem Halbkreis der Beobachter getreten.

Plötzlich fand Moritz Schultheis einen Rest Überzeugung und raffte sich noch einmal auf.

Zassenberg hatte bereits geahnt, dass Familie Sindermann sich irgendwann einmischen könnte, aber nicht so früh und nicht bei Moritz Schultheis.

»Frau Sindermann?« Er kramte eine Gauloise hervor, steckte sie an. »Möchten Sie vielleicht bei den Ermittlungen behilflich sein? Oder warum mischen Sie sich ein?«

Sie musste schlucken.

Zassenberg fiel auf, dass sie sich zurechtgemacht hatte. Sie trug Make-up, hatte sich um ihre Haare gekümmert und das fleckige Shirt vom letzten Mal durch eine schicke Bluse ersetzt.

»Warum ich mich einmische?«, fragte sie. »Ich wollte doch nur, dass Moritz endlich die Wahrheit erzählt.« Ihr trauriger Versuch, die Aufmerksamkeit wieder auf den Studenten zu lenken, misslang fürchterlich.

Gemurmel machte sich unter den Anwesenden breit, während Volker Sindermann sich zu seiner Frau gesellte und ihre Hand ergriff. Sie nahm sie entgegen und drückte so fest zu, dass ihre Knöchel weiß hervortraten.

»Wollen Sie mir nicht erzählen, was Sie wirklich vorhatten?« Zassenberg fragte freundlich, aber unmissverständlich. Die Sindermanns hatten ihn schon die ganze Zeit an der Nase herumgeführt, und das gefiel ihm ganz und gar nicht – toter Sohn hin oder her.

»Moritz hat mit der Sache nichts zu tun«, sagte sie ruhig. »Da bin ich mir sicher. Ich weiß, dass er und Marcel ständig aneinandergeraten sind. Sie haben schon als Kinder zusammen auf dem Platz gestanden und sich in die Haare bekommen. Aber ich weiß, dass Moritz meinen Jungen niemals umgebracht hätte.

Sie wollen ihn nur dazu bewegen, etwas zuzugeben, das er nicht getan hat.«

Chapeau!, dachte Zassenberg. War das ehrlich gemeint, oder hatte er sich in der Hausfrau und Mutter getäuscht? Womöglich war sie eine viel bessere Schauspielerin, als er gedacht hatte. Dennoch musste sie warten, denn zunächst war jemand an der Reihe, den er bisher ignoriert hatte.

»Frau Prätorius!«, rief er, als hätte sie einen Preis gewonnen. Die kleine Studentin mit den wild im Gesicht verteilten Sommersprossen erschrak sichtlich.

Zassenberg dachte: Bingo! Sie mimte ihre Rolle entweder am besten von allen oder am schlechtesten.

»Von all den Menschen, die am Tatabend anwesend waren, haben Sie sich ausgerechnet Daniel Röder ausgeguckt.« Er deutete in Richtung des schmächtigen Studenten, dem die Aufmerksamkeit erneut eine ungesunde Blässe ins Gesicht trieb. »Dieses Nervenbündel? Nichts für ungut!«

Der Beleidigte schien gar nicht zu verstehen, was gerade passierte.

»Ich möchte Ihnen nicht zu nahe treten, aber das passt für mich nicht zusammen.«

»Was wollen Sie damit sagen?«, fragte sie. »Dass ich ein Flittchen bin?«

»Ich bitte Sie! Spielen Sie jetzt nicht die Beleidigte! Ich habe Ihnen nur ein Kompliment machen wollen. Außerdem waren Sie es doch, die am fraglichen Abend aktiv geworden ist. Oder nicht, Herr Röder?«

»Ja, ja«, antwortete er wie auf Befehl. »Einfach so!«

»Einfach so? Oder war kurz zuvor etwas passiert?«

»Nun ja, ich habe da dieses Geräusch gehört.«

»Ein Geräusch? Und wo war das genau?« Zassenberg redete wie mit einem Kind. »Zeigen Sie uns die Stelle.«

Daniel Röder schaffte es kaum, geradeaus zu gehen, so viel Pudding hatte er in den Knien. Er schlich an Zassenberg vorbei wie ein Hase am schlafenden Fuchs. Etwa zehn Meter hinter dem Turm, auf der von Marburg abgewandten Seite, blieb er stehen und deutete auf einen kleinen Busch. »Hier habe ich gestanden und ... mich erleichtert. Ich war gerade fertig, als ich plötzlich diesen Schlag gehört habe.«

»Einen Schlag?«, fragte Zassenberg. »Einen Aufschlag meinen Sie? Wie hat der geklungen?«

»Als ...« Er räusperte sich und kratzte nervös an seiner Brust. »Als würde man einen Sack Kartoffeln aus dem Fenster werfen. Es war auf jeden Fall etwas Schweres.«

»Aber gesehen haben Sie nichts?«

»Nein, ich stand mit dem Gesicht in diese Richtung.« Er zeigte in den Wald hinein. »Es war sehr dunkel. Als ich mich umgedreht habe, konnte ich nur die Lichter der Stadt erkennen, der Platz war vollkommen schwarz.«

»Mit einer Ausnahme!«, sagte Zassenberg und meinte damit Johanna Prätorius. »Sie kam plötzlich auf Sie zu, oder nicht?«

Daniel Röder schaute zwischen dem Ermittler und der jungen Frau hin und her, offenbar unsicher, wer ihm mehr Unbehagen bereitete. »Ich wollte nachsehen, was da passiert war. Aber sie kam auf mich zu und nahm mich in den Arm. Ich wusste gar nicht, wie mir geschieht.«

»Und dann hat Frau Prätorius Sie geküsst.«

»Nicht sofort. Erst hat sie ein bisschen geflirtet. Aber lange gedauert hat es nicht.« Für einen Moment wich seine Nervosität der aufregenden Erinnerung, und ein Lächeln stahl sich auf sein Gesicht.

»Haben Sie später nachgesehen, was dieses Geräusch verursacht hat?«

»Nein, daran habe ich ehrlich gesagt keinen Gedanken mehr verschwendet. Wir zwei sind dann zurück zu den anderen und haben uns zusammen das Feuerwerk angesehen.« Es war beinahe unheimlich, wie er das Wort »zusammen« betont hatte.

»Wunderschöne Vorstellung!«, säuselte Zassenberg und widmete sich dann seiner kurzen Liebschaft: »Sie haben jemanden sehr glücklich gemacht, Frau Prätorius. Trotzdem stellt sich mir immer noch die Frage, womit Herr Röder dieses Glück verdient hatte.«

Zassenberg sah die Angst in ihr aufsteigen. Dem zittrigen Daniel Röder fühlte sich das Mädchen naturgemäß überlegen, doch im Angesicht der Staatsmacht sah sie ihre Niederlage kommen.

»Ich darf küssen, wen ich will«, sagte sie. »Und wenn ich hier unten gestanden habe, kann ich Marcel wohl kaum vom Turm gestoßen haben.«

»Ich habe auch nie behauptet, dass Sie Marcel umgebracht haben. Aber Sie haben gesehen, wer es war.«

31

Bill stand wie alle anderen auch im Halbkreis, der sich um Zassenberg, Daniel Röder und Johanna Prätorius gebildet hatte. Weil sie nicht ganz so groß geraten war wie Momberger oder die in alle Dimensionen ausgedehnten Michel und Zaun, hatte sie sich in der ersten Reihe platziert, um möglichst gut sehen und hören zu können. Außerdem stand sie so nicht in der Nähe von Wolfgang Plank. Der hatte sie aus verschiedenen Gründen auf dem Kieker, vor allem aber, weil sie eine Frau war. Damit hatte Momberger absolut recht, aber es war nicht sein Kampf. Ihren wollte sie selbst austragen, so wie Momberger seinen auskämpfen musste. Nachdem er Plank vor aller Augen und Ohren mit dessen Misogynie konfrontiert hatte, stand ihm noch ein ausgiebiges Gespräch bevor.

Anders als die restlichen Beamten war sie von der spontanen Aktion Zassenbergs nicht überrascht worden. Sie hatte bereits geahnt, dass er wieder etwas Ähnliches vorhaben könnte wie bei ihrem letzten Fall, der Ermordung von Yalda Wegener. Während der Besuche bei seiner mittlerweile schon verflossenen Freundin Nasti hatte er auch mit Bill immer wieder kurze, aber sehr informative Verabredungen vereinbart. Er sah in ihr seinen Protegé, auch wenn er das nie laut ausgesprochen hatte. Deswegen wusste sie, dass er gerne die Taktik nutzte, die er selbst »Informationsflut« nannte. Dabei brachte er mehrere Verdächtige zusammen und drängte einen nach dem anderen in eine Ecke. Das Ziel dabei war nicht vorrangig, die Wahrheit aus den Personen herauszubekommen, sondern vor allem, möglichst viele verschiedene Informationen zu erhalten. Mit diesen sollten auch die Verdächtigen konfrontiert werden. Die wurden nervös, gaben mehr von sich preis, weitere Informationen kamen hinzu, mit denen man wiederum andere konfrontieren konnte, und so weiter. Das Ganze wiederholte man so lange, bis die Verdächtigen den Überblick verloren und sich in Widersprüche verstrickten. Eine Taktik, die Zassenberg weiß Gott nicht erfunden, aber doch an den Rand der Perfektion geführt hatte. Beinahe einzigartig waren auf jeden Fall die Schauplätze, die er sich dafür aussuchte.

Die Schwierigkeit für den ermittelnden Beamten ergab sich bei der Informationsflut daraus, dass er selbst den Überblick behalten musste, während die Verdächtigen dies nicht mehr können sollten. Man konnte die Taktik nur einsetzen, wenn man sich in dem Fall gut auskannte und darüber hinaus neue Informationen schnell aufnehmen und verarbeiten konnte. Zassenberg tat das mit einer Leichtigkeit, die nach außen das genaue Gegenteil vermuten ließ. Wie er dort stand – ungeduscht, nicht rasiert, mit schlecht sitzender Kleidung und halb gerauchter Zigarette im Mundwinkel –, könnte man schnell der Illusion erliegen, er wäre nicht ganz auf der Höhe. Doch Bill wusste, dass er wie eine gut geölte Maschine arbeitete. Zassenberg hörte alles, und er nutzte jede Information, um die Flut weiter steigen zu lassen. So auch bei der kleinen rothaarigen Frau, die er sich gerade vorgeknöpft hatte.

»Wieso soll ich gesehen haben, wer Marcel umgebracht hat?«, fragte Johanna Prätorius mit zitternder Stimme. Sie schrumpfte noch mehr in sich zusammen und wäre wahrscheinlich am liebsten im Boden versunken, um den stechenden Augen Zassenbergs zu entrinnen.

Der zog noch einmal an seiner Zigarette und ließ den qualmenden Stummel auf den Boden fallen. Er leckte sich die Lippen und schaute nachdenklich in den blauen Morgenhimmel. »Ich darf einfach mal vermuten, dass Sie sich normalerweise niemandem an den Hals werfen, der sich offensichtlich noch in der Pubertät befindet. Er deutete auf den überforderten Daniel Röder, der jedes Mal sein Frühstück am Aufstieg aus dem Magen hindern musste, wenn er im Zentrum der Aufmerksamkeit stand.

Bill hatte Mitleid, schließlich gab es wenig Grund anzunehmen, dass der arme Kerl etwas mit dem Mord zu tun hatte. Er war ganz einfach zur falschen Zeit am falschen Ort gewesen, ähnlich wie Nino Althaus, der am anderen Ende des Halbkreises stand und seinen Mageninhalt offensichtlich deutlich besser unter Kontrolle hatte.

Zassenberg fuhr fort: »Ich darf also annehmen, dass es einen bestimmten Grund gegeben haben muss, sich Herrn Röder so ... ich will mal sagen: *anzubieten*. Er entspricht entweder exakt Ihrem persönlichen Geschmack und hat Ihren Verstand derart außer Kontrolle geraten lassen, dass Sie ihn ohne jede Vorwarnung bespringen mussten ...« Zassenberg ließ die Formulierung für einen Moment wirken. »... oder es muss einen anderen Grund gegeben haben, ihm die Mandeln mit der Zunge abzutasten. Halten Sie mich für verrückt, aber ich tippe auf Tor Nummer zwei. Und wissen Sie, was ich dahinter noch vermute? Ein Ablenkungsmanöver. Sie haben gesehen, was geschehen ist, haben beobachtet, wie Marcel Sindermann vom Turm fiel, und auch, wer ihn gestoßen hat, hatten damit aber überhaupt keine Probleme. Ein toter Marcel war für Sie allemal besser als ein lebendiger. Wer auch immer für seinen Tod verantwortlich war, hatte eine gute Tat vollbracht und durfte dafür nicht bestraft werden. Aus diesem Grund haben Sie schnell, wenn auch etwas sehr auffällig gehandelt und den wandelnden Schnellkochtopf hier abgelenkt. Ist es nicht so?«

Sie antwortete nicht.

»Ist es nicht so, Frau Prätorius?«, wiederholte Zassenberg deutlich lauter, doch weiterhin erhielt er keine Antwort.

Bill ging nicht in jeder Hinsicht mit der Taktik konform, ahnte sie doch, dass Frau Prätorius vor so vielen Menschen nichts sagen würde. Sie war zwar schüchtern und ein wenig naiv, aber auch sehr auf ein gutes Bild von sich bedacht. Vor all diesen Menschen zuzugeben, etwas mit einem Mord zu tun gehabt zu haben, würde ihre Welt zusammenbrechen lassen, selbst wenn sie dafür nicht ins Gefängnis gehen musste, was – dieser Wahrheit musste sie sich stellen – im Bereich des Möglichen lag. Ein umfassendes Geständnis könnte aber dazu führen, dass sie mit einer Bewährungsstrafe davonkommen würde. Doch das wusste die junge Frau nicht, und Zassenberg schien sich aus irgendeinem Grund davor zu scheuen, sie darauf aufmerksam zu machen. Diesen Teil seines Plans verstand Bill beim besten Willen nicht, denn sie war sich ziemlich sicher, dass man Johanna Prätorius nur in eine stille Ecke führen und ihr dann ihre Optionen vorhalten musste, um sie zum Reden zu bringen. Vielleicht hatte er aber etwas im Sinn, das Bill noch nicht erkennen konnte.

»Frau Prätorius?«, hakte er noch einmal nach und zog dabei jede Silbe in die Länge. »Na gut. Wer nicht will, der hat schon. Ich komme auf Sie zurück.«

Für den Moment geschah nichts weiter. Alle verharrten wie in Schockstarre, doch schon bald zogen sich die angsterfüllte Johanna Prätorius und der kreidebleiche Daniel Röder wieder in die Menge zurück wie junge Schafe, die gerade dem Angriff eines Wolfs entkommen waren.

»Kommen wir zum Hauptakt des heutigen Tages.« Zassenberg breitete theatralisch die Arme aus, während er seinen Oberkörper langsam von rechts nach links drehte, als wäre er ein Glücksspielautomat, der irgendwann bei einer zufällig ausgewählten Person stoppen würde. Zufällig war die Auswahl natürlich nicht, und es war auch keine einzelne Person, die er sich nun vornehmen wollte, sondern gleich drei auf einmal.

»Familie Sindermann!«

Er sprach den Namen so aus, als hätten sie tatsächlich etwas gewonnen. An ihren versteinerten Gesichtern konnte man ablesen, dass dies nicht der Fall war.

»Wie schön, dass Sie alle gekommen sind und nicht nur Ihre Tochter vorgeschickt haben.«

Die Augen von Tabea Sindermann öffneten sich wie ein Burgtor. Nun schien sie zu begreifen, dass ihr Auftritt als solcher erkannt worden war. Auch ihr Vater wirkte ertappt und versuchte seine Gesichtszüge unter Kontrolle zu halten. Bill beobachtete, wie sich seine Kiefermuskulatur unter der Haut immer weiter anspannte. Elke Sindermann hingegen ließ den Kopf hängen. Anscheinend war sie von Anfang an kein großer Freund dessen gewesen, was ihr Mann und vielleicht auch ihre Tochter geplant hatten. Aber was war das eigentlich? Was hatten sie geglaubt, mit ihren Verwirrspielen zu erreichen? War es ihnen kein Bedürfnis, dass der Mörder ihres Sohnes beziehungsweise Bruders gefunden wurde? Waren Sie gar selbst in die Tat verwickelt? Oder war doch etwas dran an der Behauptung von Momberger, die Sindermanns seien teuflische Genies? In dieser Hinsicht tappte sie noch im Dunkeln.

»Ich habe nicht eine Sekunde geglaubt, dass Sie von sich aus zu uns gekommen wären, Frau Sindermann«, erklärte Zassenberg und zündete sich erneut eine Zigarette an.

Wie viele Jahre hatte er sich wohl auf diese Weise schon von der Lebensuhr geraucht? Bill dachte an Momberger, der ein paar Meter neben ihr stand und auch einen Glimmstängel zwischen Zeige- und Mittelfinger balancierte. Als er ihren Blick bemerkte, erwiderte er ihn, doch sie konzentrierte sich schnell wieder auf das Geschehen. Die Stimmung war seit ihrem letzten Streit am Tiefpunkt. Dabei hatte sie sich vor nicht allzu langer Zeit noch gewünscht, dass Momberger endlich einmal den ersten Schritt wagen würde. In diesem Moment wünschte sie sich nichts dergleichen.

»Die eigene Tochter.« Zassenberg schüttelte den Kopf, als hätte er allein die Hoheit über moralische Urteile im engeren Familienkreis. »Sie haben Tabea vorgeschickt, um unsere Ermittlungen zu torpedieren, Herr Sindermann.«

Im Gegensatz zu den meisten anderen schaffte es der Vater scheinbar problemlos, den Blicken des Ermittlers standzuhalten. Doch seine Augen waren leer und blutunterlaufen. Er bäumte sich nicht gegen Zassenberg auf, sondern es war ihm egal, was passierte. »Ach ja?«, fragte er zurück und offenbarte, dass seine Stimme ebenso teilnahmslos wie sein Blick war – ein Spiegel dessen, was sich in seinem Inneren abspielte. »Was führt Sie zu dieser Annahme?«

»Nicht was«, verbesserte ihn Zassenberg, »sondern wer.«
Er steckte die Finger zwischen die Lippen und pfiff laut hin-

durch. Aus dem Auto, das schon vor einer Weile vorgefahren war, stieg Peter »Stummel« Barski, sein zwielichtiger Freund aus alten Tagen.

Viele der Anwesenden schienen ihn als denjenigen wiederzuerkennen, der den ganzen Abend mit düsteren Blicken im Hintergrund gestanden und Marcel Sindermann beobachtet hatte. Erneut machte sich Gemurmel breit. Nur Jochen Krovacek, der Stummel überhaupt erst nach Marburg geholt hatte, versuchte so unbeteiligt wie möglich zu wirken, was ihm allerdings nicht sonderlich gut gelang.

»Erinnern Sie sich an den Mann?«, fragte Zassenberg in Richtung Volker Sindermann. »Das ist Peter Barski, ein Privatdetektiv aus Frankfurt. Er hat Ihren Sohn an den Tagen vor seinem Tod beobachtet. Auch am Tatabend war er hier.«

»Und?« Er zuckte mit den Schultern. »Ist er etwa der Mörder?«

Bill vermochte herauszuhören, dass er die Frage nicht wirklich ernst meinte, sondern vom eigentlichen Thema ablenken wollte.

»Der Mörder?« Zassenberg musste laut lachen. »Nein, dann wären wir alle nicht hier. Leider war er zum Zeitpunkt des Mordes schon nicht mehr da. Andernfalls könnten wir uns dieses ganze Spielchen ja sparen. Nein, Herr Barski hat Ihre Tochter für mich verfolgt, nachdem sie sich auf der Dienststelle aufgetaucht ist. Er hat Sie belauscht, als Sie sich auf dem Parkplatz vor der Stadt getroffen haben. Können Sie sich vorstellen, was seine spitzen Ohren da gehört haben?«

Sehr geschickt!, dachte Bill. Die Sindermanns konnten nicht wissen, dass Peter Barski eigentlich nur einen einzigen Satz aufgeschnappt hatte: »Hoffentlich finden sie es nicht heraus.« Mehr wusste auch Zassenberg nicht. Sein Schachzug war es nun, den Vater glauben zu lassen, dass er noch viel mehr erfahren hatte. Denn zumindest in einer Hinsicht konnte der Ermittler sicher sein: Die Sindermanns hatten große Angst davor, dass eine ganz bestimmte Sache ans Licht kam. Was das war, wussten weder

Bill noch Zassenberg; doch das war auch nicht unbedingt notwendig, denn allein die Angst davor, dass jemand das Geheimnis kannte, brachte ihre Abwehr bereits gehörig ins Wanken.

Allerdings ließ der Vater sich nicht so leicht überlisten, wie Zassenberg vielleicht gehofft hatte. »Was wissen Sie denn?«, fragte er kühl. »Das würde mich sehr interessieren.«

Zassenberg machte einige Schritte auf ihn zu, ohne ihn eine Sekunde aus den Augen zu lassen. »Ich weiß, dass Marcel Ihre Firma in den finanziellen Ruin gestürzt hat; dass er Sie zum gesellschaftlichen Gift gemacht hat. Ich weiß, dass Sie den Karren Ihres Sohnes schon so oft aus dem Dreck gezogen haben, dass der Dreck Sie schon mit Vornamen grüßt. Ich weiß, dass Sie sich endgültig mit Marcel überworfen haben, als dieser Ihren größten Kunden verjagt hat; dass Sie zum Zeitpunkt des Mordes in der Nähe des Turms waren. Und ich weiß, dass Sie auf gar keinen Fall wollen, dass Ihre Rolle bei dem ganzen Theater hier offenbart wird.«

Obwohl Zassenbergs Geschütze noch heiß waren, hatte er bereits das nächste Ziel ins Visier genommen. Gerade wollte er sich von Volker Sindermann abwenden, als dieser sich offenbarte. Er lachte laut, es war ein aufgesetztes, seltsames Lachen, ein Ablenkungsmanöver. Jetzt hatte auch Bill erkannt, was an dem Abend des Mordes wirklich passiert war und welche Rolle die Sindermanns dabei gespielt hatten und immer noch spielten.

Die Angst, dass auch Zassenberg diese Einsicht hatte, stand dem Vater ins Gesicht geschrieben. Ganz plötzlich wirkte er alles andere als unbeteiligt und konnte gerade deswegen nicht von der Person ablenken, die er anscheinend zu schützen versuchte.

»Ich habe eine Rolle?«, fragte er spöttisch. »Und welche Rolle soll das bitte sein?«

Zassenbergs Mundwinkel zogen sich nach oben. In seinem Gesicht stand der Ausdruck des Triumphs. »Nur noch ein wenig Geduld, Herr Sindermann! Wir sind schon ganz kurz vor der großen Offenbarung.«

32

Momberger richtete seinen Blick auf Bill. Die machte ein Gesicht, als hätte man sie zur ersten Polizeipräsidentin Deutschlands gewählt. Ganz offensichtlich hatte sie eine Eingebung gehabt, auf die er selbst noch wartete. Doch weit entfernt von der Wahrheit glaubte auch er sich nicht mehr. Zassenberg warf schließlich mit kleinen Häppchen um sich und überließ es jedem, sich selbst ein Bild von der Nacht zu machen, in der Marcel Sindermann ermordet worden war.

Auch Momberger war nicht entgangen, dass Zassenberg mit einem einfachen Trick gezeigt hatte, dass Volker Sindermann jemanden in der Menge zu schützen versuchte. Leider war er aber noch nicht darauf gekommen, um wen es sich dabei handelte. In der Richtung, in die seine Blicke gewandert waren, standen Laura Henrichsen, Mia Bernhard, Nino Althaus und der Hausmeister Kurt Mangner, dem Momberger allerdings kaum Chancen einräumte, den großen Preis des Tages zu ergattern: freies Wohnen in einer vom Staat gestellten Wohnanlage, die den allerhöchsten Sicherheitsansprüchen genügt.

Erst spät entdeckte Momberger Jochen Krovacek, der es ob seiner geringen Körpergröße geschafft hatte, sich hinter den Frauen und dem sportlich schmalen Nino Althaus zu verstecken.

Auch Zassenberg hatte mitbekommen, dass der Ganove versuchte, sich möglichst im Hintergrund aufzuhalten. »Herr Krovacek!«, rief er und nahm Abstand von Volker Sindermann, den er gerade noch im Würgegriff der Zassenberg'schen Ermittlungstaktik gehalten hatte.

Krovaceks fettige Haare glitzerten in der Sonne. Er schaute überrascht drein, schließlich war Zassenberg gerade dabei gewesen, dem Vater die letzten Kleinigkeiten aus der Nase zu ziehen. Er hatte nicht den Anschein gemacht, sein Ziel einfach wechseln zu wollen. Anscheinend hatte Krovacek sich in einer trügerischen Sicherheit gewiegt und war nun überraschend wieder ins Rampenlicht geraten.

Fast schon eine Aschenputtel-Geschichte, dachte Momberger. Der Außenseiter gewinnt am Ende alles – oder verliert es. Jemanden wie ihn als Außenseiter und in diesem Sinne als wenig verdächtig zu bezeichnen, kam ihm aber kaum treffend vor. Allerdings konnte der Mann, den er vor einigen Jahren wegen Drogenhandels hinter Gitter gebracht hatte, nicht der Mörder von Marcel Sindermann sein, denn Krovacek war an dem Abend nicht anwesend gewesen. Er hatte stattdessen seinen Aufklärer Peter Barski vorgeschickt, »Stummel«, der wiederum genauso wenig der Täter sein konnte – zumindest wenn man den Beteuerungen seines alten Kumpels Glauben schenkte.

Krovacek versuchte derweil möglichst lässig zu wirken, als könnte ihm niemand etwas anhaben. Eine Attitüde, die er sich wahrscheinlich aus Gangsterfilmen abgeschaut hatte, statt sie wirklich zu verkörpern. Krovacek war eher die Karikatur eines Verbrechers. Er überlebte nur, weil er im kleinen Marburg keine natürlichen Feinde hatte. Dessen war sich natürlich auch Zassenberg bewusst, der schon ganz andere Kaliber in die Enge getrieben hatte.

»Wissen Sie, was mich schon die ganze Zeit ins Grübeln bringt, Herr Krovacek?«, fragte er und steckte die Hände tief in die Hosentaschen.

Sein Gegenüber zog die Mundwinkel nach unten. »Nein, keine Ahnung!«

»Nicht dass Sie Herrn Mangner Schweigegeld gezahlt haben, nachdem Marcel Sindermann ermordet wurde. In Ihren Kreisen ist das ja eher so wie … Trinkgeld, nicht wahr? Es gehört ein wenig zum guten Ton. Mich wundert es auch nicht, dass Sie hier jemanden in Schutz nehmen wollen, genau wie Volker Sindermann. Schließlich ist Ihnen dieser jemand somit einen Gefallen schuldig, und Gefallen sind für Sie wie Verträge unter uns normalen Menschen.« Er betonte das Wort »normal« und schien damit suggerieren zu wollen, dass entweder er oder alle Menschen es nicht waren.

Momberger, der in seiner Laufbahn schon vieles gesehen hatte, was ihn an einer normalen Welt zweifeln ließ, glaubte eher an Letzteres.

»Was mich wirklich vor ein Rätsel gestellt hat«, fuhr Zassenberg fort, »ist der Grund, warum Sie sich den Zweitschlüssel für den Turm bei Herrn Mangner besorgt haben. Was sagten Sie noch gleich? Sie wollten einen romantischen Abend mit Ihrer Liebsten verbringen?«

Krovacek nickte, hatte die zu Schlitzen verengten Augen aber stets auf den Ermittler gerichtet. »Ja«, sagte er. »Das stimmt so weit.«

»Ist das so? Wir haben also einen verkappten Romantiker vor uns. Ich nehme an, Sie wollten Ihre Liebschaft mit Erdbeeren und Champagner verwöhnen. Doch dann kam Ihnen blöderweise gerade an diesem einen Abend die Feier der lästigen Studenten dazwischen – einem Typus Mensch, den Sie ohnehin nicht ausstehen können, weil Sie Angst vor Leuten haben, die cleverer sind als Sie. Aber seien Sie versichert: Dafür muss man kein Akademiker sein.«

Zassenberg spielte nicht nur auf sich selbst an, sondern wollte Krovacek ganz allgemein als nicht sonderlich intelligent hinstellen. Das entging auch Momberger nicht, der seines Zeichens Akademiker war, hatte er seiner Laufbahn bei der Polizei doch ein Germanistikstudium vorangestellt. Leider wusste er deswegen nur zu genau, dass ihn das allein noch lange nicht zu einem klugen Kopf machte. Ein kluger Mensch hätte sich nicht vor der versammelten Dienststelle mit seinem Vorgesetzten angelegt. Wolfgang Plank stand direkt neben ihm, die Anspannung war zum Greifen. Momberger hoffte darauf, dass der Fall heute einen Abschluss finden würde. Das würde die Stimmung unter Umständen so weit anheben, dass Plank ihr klärendes Gespräch unter den Tisch fallen ließe. Andernfalls könnte seine ohnehin angekratzte Stellung weiteren Schaden erleiden. Seine Karriere –

275

nicht dass er viel darauf gegeben hätte – lag also einmal mehr in den Händen Zassenbergs.

Der nahm weiter Krovacek auseinander, woran Momberger großen Gefallen fand.

»Nicht nur dass Ihnen der nette Abend mit Ihrer Herzdame genommen wurde«, fuhr Zassenberg fort. »Kurze Zeit später haben Sie auch noch vom Mord an Ihrem Mitarbeiter erfahren. Alles rein zufällig natürlich.«

Jochen Krovacek sagte kein Wort, doch Momberger bemerkte, dass sein Blick kurz zu Stummel schwenkte, von dem er sich entweder Hilfe oder Schweigen erhoffte. Wahrscheinlich würde der ihm weder mit dem einen noch dem anderen dienen können.

Zassenberg ignorierte diesen kleinen Hilferuf. »Als Sie von dem Mord gehört haben, waren Sie natürlich erschüttert. Die körperliche Unversehrtheit ist schließlich etwas, auf das man im Drogen- und Menschenhandel ganz besonders viel Wert legt. Damit nicht plötzlich einer von uns Schnüfflern auf die Idee kommen könnte, dass Sie etwas mit der Geschichte zu tun hatten, haben Sie Herrn Mangner ein großzügiges Angebot gemacht. Er sollte nicht publik machen, dass ausgerechnet Sie den Schlüssel für den Turm besessen haben. Darf ich das so weit eintragen lassen?«

Wieder sagte Krovacek nichts, was im Grunde einem »Ja« nicht näher kommen konnte.

Bei Momberger fingen die Puzzleteile nun endlich an, sich zu einem Ganzen zusammenzufügen. Jochen Krovacek, Volker Sindermann, seine Frau, die Tochter, Johanna Prätorius, ja sogar der Hausmeister: Sie alle schützten und beschuldigten sich gegenseitig, um vom eigentlichen Täter abzulenken. Sein Blick huschte weg von Krovacek und hin zum Dreiergespann, das er zuvor schon im Blick gehabt hatte: Nino Althaus, Laura Henrichsen und Mia Bernhard. Mit einem Mal war es wieder eine Aschenputtel-Geschichte, und er freute sich beinahe darüber, dass er den Mörder nicht auf der Liste gehabt hatte.

»Ihr Schweigen hilft Ihnen auch nicht, Herr Krovacek!« Zassenberg wandte sich von ihm ab. »Genauso wenig wie Ihnen, Herr Sindermann.« Der Vater hob den Kopf. »Oder Ihrer Frau und Ihrer Tochter. Nicht Ihnen, Herr Schultheis, oder Ihnen, Frau Prätorius.« Es schien, als wollte er die Namen aller aufzählen, die sich an diesem Morgen vor dem Spiegelslustturm versammelt hatten. »Sie alle werden sich für Ihr Schweigen verantworten müssen. Behinderung der Justiz nennt sich dieser Tatbestand, dessen sich jeder von Ihnen schuldig gemacht hat. Beihilfe zum Mord ...«, er brach ab und schaute langsam durch die Reihen, »... kommt bei manchen noch dazu. Sie alle haben sich zu einer verschwiegenen kleinen Gruppe zusammengefunden. Und Sie hatten nur ein Ziel: Der Tod von Marcel Sindermann sollte ungesühnt bleiben.«

Die Stimme Zassenbergs erhob sich immer mehr zu einem Tosen im sonst so stillen Wald.

Ähnlich angespannt wie die meisten Zuhörer, jedoch aus einem völlig anderen Grund, war auch Momberger. Er konnte seinem Kollegen zwar durchaus folgen, doch um den endgültigen Schluss zu ziehen, fehlten ihm noch ein paar Teile des Puzzles.

»Wer war Marcel Sindermann?«, fragte Zassenberg. Er ließ allen ein wenig Zeit, sich selbst eine Antwort zu geben. »Marcel Sindermann war jemand, der schon als Kind andere fast in den Selbstmord getrieben hat. Jemand, der das Ansehen seiner Eltern beschmutzt und den Namen der Familie in den Dreck gezogen hat; der nicht davor haltmachte, das Geschäft, das sie sich über Jahrzehnte aufgebaut hatten, aus einer Laune heraus in den Abgrund zu stürzen.«

Zassenberg hielt inne und schien selbst über das Verhältnis Marcels zu seinen Eltern und der Schwester nachdenken zu müssen.

Momberger fragte sich, wie weit die Liebe einer Mutter oder eines Vaters gehen konnte, wenn der eigene Sohn diese Liebe niemals zurückgab. Wann schützte eine Mutter nicht mehr ihren Sohn, sondern dessen Mörder?

»Wer war Marcel Sindermann?«, wiederholte Zassenberg. »Ein Mensch, der nicht davor zurückscheute, einen brutalen Drogenhändler zu hintergehen.« Er deutete erneut auf Krovacek, der wieder daran scheiterte, sich nichts anmerken lassen. Im Gegensatz zur Familie des Opfers hatte er keinen offensichtlichen Grund dafür, den Mörder nicht zu offenbaren. Für ihn musste es eine andere Motivation geben. Dass er sich eher in den Sog von Ermittlungen ziehen ließ, als einfach den Täter zu nennen, war beinahe ebenso erstaunlich wie die verschwundene Liebe der Eltern.

»Marcel Sindermann hat jeden belogen …«, Zassenberg deutete auf Johanna Prätorius, »… und betrogen, den er kannte.« Sein Finger wanderte zu Moritz Schultheis. »Zu seinem Vorteil? Aus Lust am Chaos? Weil er Menschen gerne leiden sah? Das wissen Sie alle besser als ich. Ich kenne nur seine Akte, doch jeder von Ihnen hat den Menschen Marcel Sindermann kennengelernt. Alle, die ihn kannten, hatten dasselbe Urteil über ihn gefällt: Marcel Sindermann verdient es nicht zu leben. Und aus diesem Grund verdient es sein Mörder auch nicht, für die Tat bestraft zu werden.«

Momberger hatte die Lippen mitbewegt, weil ihm genau dies gerade selbst durch den Kopf gegangen war. Nun war ihm endlich klar, was hier gespielt wurde; was all die Anwesenden miteinander vereinte, obwohl sie sich doch eigentlich alle so fern waren: Es war der Hass auf Marcel Sindermann, und es war der Wille, diesen Hass am Ende gewinnen zu lassen. Natürlich! Es war so offensichtlich wie zwangsläufig.

Alle Verdächtigen, die an diesem Morgen versammelt waren, hatten mit sich selbst, mit ihrer Moral und natürlich auch untereinander die Frage nach dem Wert des menschlichen Lebens neu verhandelt. War das Leben eines Menschen weniger wert, wenn er das Leben als solches gar nicht wertschätzte? Konnte jemand sich so unmenschlich verhalten, dass die Werte, Normen und natürlichen Gesetze der menschlichen Gesellschaft für ihn keine Gültigkeit mehr besaßen?

Wie es schien, hatten viele genau diese Frage mit »Ja« beantwortet. Damit hatte sich geklärt, warum die Ermittlungen
in den letzten Tagen so oft hin und her gelaufen waren, ohne
wirklich weiterzukommen, denn genau dieses Verwirrspiel war
von den Beteiligten offenbar zum Schutz des eigentlichen Täters
vereinbart worden. Je mehr Verdächtige es gab, desto weniger
Aufmerksamkeit kam demjenigen zu, der die Tat letzten Endes
begangen hatte. Oder die? Um drei Personen hatte sich der
engste Kreis der Verdächtigen geschlossen: Mia Bernhard, Laura
Henrichsen und Nino Althaus. Wer wurde von allen anderen
geschützt?

Zassenberg schien dieses Rätsel endlich aufklären zu wollen.
Wusste er, wer der Täter war? Hatte er sich alles bereits zu-
sammengereimt? Welches Teil des Puzzles hatte er gefunden,
das Momberger noch fehlte?

Kurz vor den drei Verdächtigen bog Zassenberg nach links
und blieb vor jemandem stehen, den Momberger nicht auf der
Rechnung hatte: Kurt Mangner.

Auch der Hausmeister schien überrascht zu sein, dass der
Ermittler sich vor ihm aufstellte wie eine Wand. Zassenberg
schaute auf den kleinen, rundlichen Mann herunter, als hätte
seine letzte Stunde geschlagen, und genau das schien Mangner
ebenfalls zu vermuten. Seine Augen waren weit aufgerissen, und
sein Kiefer klappte herunter. Er wirkte, als hätte er eine finstere
Erscheinung, doch es war nur Philipp Zassenberg. Aber was
hieß in diesem Fall schon *nur*?

Während alle Anwesenden das Atmen eingestellt zu haben
schienen, konnte man sehen, wie die breite Brust Zassenbergs
sich immer wieder hob und senkte, als wollte sie den Hausmeister ebenso bedrohen wie die schiere Tatsache, dass er sich
vor ihm aufgebaut hatte.

»Herr Mangner«, sagte er mit ruhiger Stimme. »Wollen Sie
uns nicht verraten, wer wirklich den Schlüssel für den Turm
von Ihnen bekommen hat?«

Erst jetzt ging Momberger ein Licht auf. Alle hatten in

279

irgendeiner Weise mit Marcel Sindermann zu tun. Familie, Freunde – auch wenn diese sich selbst wohl nie so bezeichnet hätten –, Freunde von Freunden, Bekannte und im Falle von Krovacek auch windige Geschäftspartner. Der Einzige, der das Opfer niemals persönlich kennengelernt hatte, war Kurt Mangner. Aus diesem Grund war er auch der Einzige, der keinen Grund hatte, den Namen des Mörders zu verschweigen. Nein, ihm musste Jochen Krovacek die Gründe in Form von zehntausend Euro überreichen lassen. Doch Geld konnte niemals den Hass und die Verbitterung aufwiegen, die all diejenigen teilten, die sich am Turm zusammengefunden hatten. Eben deswegen hob Kurt Mangner in diesem Moment seinen Arm und deutete auf die Mörderin von Marcel Sindermann.

Es war wirklich eine Aschenputtel-Geschichte, dachte Momberger. Denn der Hausmeister deutete auf Laura Henrichsen.

33

Endspurt!, dachte Zassenberg.

Dass es so gut funktionieren würde, hätte er nicht gedacht, aber nun war nichts gewonnen. Den letzten Schritt mussten sie nun alle gemeinsam gehen. Und den Anfang machte Kurt Mangner.

»Frau Henrichsen hat den Schlüssel schon vor einigen Wochen von mir haben wollen«, erklärte der Hausmeister mit gesenktem Haupt. »Sie sagte mir, dass sie mit ihrem Freund einen romantischen Abend verbringen wolle.«

Zassenberg hob die Augenbrauen. »Sie sind nicht der Freund von Frau Henrichsen, oder?«

Seine Frage blieb natürlich unbeantwortet. Er widmete sich zum ersten Mal der Frau, die Mangner vor wenigen Augenblicken indirekt, aber doch recht eindeutig des Mordes an ihrem ältesten Freund bezichtigt hatte. Ihre strahlend grünen Augen füllten sich gerade mit Tränen, doch sie hielt dem Blick des Ermittlers stand. »Wollen Sie gleich gestehen, oder müssen wir das Ganze noch einmal durchgehen?«

Elke Sindermann ging dazwischen: »Du sagst kein Wort, Schatz! *Ich* war es, Herr Kommissar. Nehmen Sie mich fest!«

Das musste ja so kommen, dachte Zassenberg. Der letzte verzweifelte Versuch, die Ermittlungen noch einmal in die falsche Richtung zu lenken. Noch einmal Nebelkerzen streuen, damit die Scheinwerfer bloß nicht auf die arme Laura gerichtet wurden. Für eine gewisse Zeit war das sogar recht erfolgreich gewesen. Auch Zassenberg hatte sie für eine Weile nicht auf dem Zettel gehabt. Erst spät war er darauf gekommen. Dazu hatten auch die ständigen Ablenkungen der Sindermanns beigetragen, aber mitlerweile war es für solche Manöver zu spät. Niemand im Rund glaubte ernsthaft an die Möglichkeit, dass Elke Sindermann ihren eigenen Sohn getötet haben könnte –

einige waren ohnehin Mitwisser und von Anfang an im Bilde gewesen.

»Elke?«, fragte Volker Sindermann verdutzt. Er schüttelte seine Überraschung schnell wieder ab und übernahm seinerseits die unglaubwürdige Rolle, die seine Frau gerade hatte spielen wollen: »*Ich* war es, Herr Kommissar. Glauben Sie ihr kein Wort. Ich habe Marcel auf dem Gewissen!«

»Sie halten jetzt beide den Mund!«, befahl Zassenberg. »Mit diesem Blödsinn haben Sie die Ermittlungen schon viel zu lange aufgehalten. Aber wenn Sie es unbedingt so wollen, gehen wir die Sache eben noch einmal von Anfang an durch.«

Laura Henrichsen liefen bereits Tränen über die geröteten Wangen, doch ihre Lippen blieben geschlossen.

Zassenberg nahm Nino Althaus ins Visier. »Kommen Sie her. Sie sind jetzt das Opfer.«

»Das Opfer?«

»Hören Sie schlecht? Ja, das Opfer. Erzählen Sie uns, was Marcel an diesem Tag getrieben hat, bevor er nach hier oben gekommen ist. Sie waren ja schließlich dabei.«

»Ich soll was?«

»Erzählen Sie uns vom Tennisturnier!«

»Ach so.« Er legte den Kopf schief, während er sich an den Tag vor zwei Wochen zu erinnern schien. »Also, das Turnier ging eigentlich schon am Donnerstag los, aber ich hatte ein Freilos, also war mein erstes Spiel erst am Freitag.«

»Nicht Sie«, murrte Zassenberg. »Was hat Herr Sindermann gemacht?«

»Ach so, natürlich!« Er kratzte sich am Hinterkopf und fing noch einmal von vorne an. »Marcel hat an beiden Tagen zwei oder drei Matches als Schiedsrichter begleitet. Er hatte eine Lizenz dafür. Warum, weiß ich gar nicht. Eigentlich hat er sich immer abfällig über Schiedsrichter geäußert. Er meinte, das seien nur Spieler, die es selbst nie geschafft haben. Bei anderen Turnieren hat er jedenfalls noch nie geholfen. Das war das erste Mal, wenn ich mich recht erinnere.«

»Machen Sie es nicht zu spannend!«, forderte Zassenberg, der sich nicht ganz so viele Hintergrundinformationen gewünscht hatte. »Nur das Wichtigste!«

»Das Wichtigste, alles klar. Moritz und ich haben auf jeden Fall alle Spiele gewonnen. Bei mir war es knapp, bei Moritz ziemlich eindeutig. Also haben wir uns im Finale getroffen, und Marcel war der Schiedsrichter.«

»Wieso Marcel?«, fragte Bill, die ihre gesunde Neugier zum richtigen Zeitpunkt zur Schau zu stellen wusste. Sie stand ein paar Meter weiter mit verschränkten Armen. »Er ist doch immer wieder mit Ihnen aneinandergeraten. Wo bleibt die sportliche Fairness, wenn er plötzlich das Finale leitet?«

»Er war der Einzige mit Schiedsrichter-Lizenz im Verein. Es wäre seltsam gewesen, wenn er das Finale nicht geleitet hätte.«

»Nutzt man normalerweise keine Schiedsrichter mit Lizenz für solche Turniere?«

»Nein, um Gottes willen. Das ist nicht Wimbledon, sondern ein kleines Vereinsturnier. Den Schiri macht normalerweise der Erstbeste, der gerade frei ist. Lizenzierte Schiedsrichter, Balljungen, hohe Preisgelder und so was gibt es eigentlich nur bei den Profis.«

Bill schien zufrieden zu sein, ebenso Zassenberg.

»Dann mal weiter!«, sagte er. »Wie lief das Finale?«

»Es war relativ eng«, erklärte Nino Althaus, wirkte mit seiner Wortwahl aber nicht sonderlich sicher. »Bis dahin hatte ich immer gegen Moritz verloren, aber an diesem Tag hat er die Bälle nicht glatt getroffen. Er hat viel verschlagen.«

»Weil Marcel mir immer wieder die Punkte geklaut hat«, rief Schultheis dazwischen. »Wie soll man sich da auf sein Spiel konzentrieren?«

»Achten Sie nicht auf ihn, Herr Althaus! Erzählen Sie einfach weiter.« Zassenberg stellte sich so zwischen die beiden Finalteilnehmer, dass sie sich nicht mehr direkt ansehen konnten.

Er fuhr fort: »Na ja, ich habe dann knapp gewonnen. Aber nach dem Matchball ist Moritz nicht ans Netz gekommen, um mir die Hand zu geben, wie man das normalerweise macht. Er ist direkt auf Marcel los. Die beiden haben sich bestimmt fünf Minuten lang angeschrien. Die meisten anderen haben das eine Weile beobachtet, ohne einzuschreiten. Irgendwann kamen dann zwei Mitglieder des Vorstands und haben Moritz aufgefordert, das Gelände zu verlassen.«

»Sie haben ihn aus dem Verein geschmissen«, präzisierte Zassenberg seine Aussage. »Kein sehr schönes Ende für das Turnier, oder?«

»Ich konnte mich trotzdem freuen. Ich hatte ja gewonnen.«

»Haben Sie gesehen, was Marcel danach gemacht hat?«, fragte Zassenberg. Laura Henrichsen hatte derweil sichtbar mit der Situation zu ringen, aber da musste sie jetzt durch.

»Nein!«, antwortete Nino Althaus. »Danach war ich eine ganze Weile damit beschäftigt, Hände zu schütteln und Glückwünsche entgegenzunehmen. Irgendwann bin ich unter die Dusche, habe noch zwei oder drei Bier getrunken und bin ein wenig später mit meiner Freundin hier hoch zum Turm.«

»Sie wissen also nicht, was Marcel in der Zeit gemacht hat, bevor er ebenfalls hierhergekommen ist?«

»Vielleicht kann ich da behilflich sein«, fuhr Stummel dazwischen, der sich bisher im Hintergrund gehalten und so ruhig wie der Wald selbst verhalten hatte. »Ich habe Herrn Sindermann den ganzen Tag im Auge behalten.«

Alle drehten ihre Köpfe. Stummel stand hinter ihnen an einen Baumstamm gelehnt. »Nachdem sich der Trubel beim Turnier ein wenig gelegt hatte, schien es für Herrn Sindermann nur ein Ziel zu geben, und zwar Peter Fürstens.«

»Der Betonfürst von Marburg«, erklärte Zassenberg für alle Unwissenden.

»Wie es schien, hat sich der junge Mann eine lohnende Anstellung bei Herrn Fürstens erhofft. Eine Ehre, die ihm nur im Falle eines Sieges von Herrn Althaus zuteilwerden konnte. Der Turniersieger hätte nämlich die Mitglieder des Vorstands trainieren dürfen, und Fürstens ist zweiter Vorsitzender. Wie man so hört, akquiriert er die Hälfte seines mittleren Managements auf dem Tennisplatz. Das wäre also *die* Chance gewesen. Nino Althaus hatte allerdings gar kein Interesse an der Stelle, Herr Schultheis hingegen schon. Für das Opfer war es also von großem Vorteil, Herrn Althaus gewinnen zu lassen. Stimmt das so weit?«

Moritz Schultheis hatte nicht vor, etwas dagegen zu sagen, denn es entsprach seinen Aussagen. »Ja«, sagte er. »So dürfte es gewesen sein.«

»Da haben wir es doch«, sagte Zassenberg. »Marcel manipuliert das Finale, damit Sie nicht an die Stelle beim Betonfürsten kommen. So weit, so gut. Noch lange kein Grund, gleich die Fassung zu verlieren. Mit genügend Alkohol im Blut jedoch …«

Er kratzte sich am Kopf und schaute auf das verschlafene Marburg. Im Tal wusste man nichts von all dem, was gerade an der Grenze zwischen Wald und Stadt vor sich ging. »Irgendwo da unten haben Sie an der Theke gesessen und sich volllaufen lassen. Um einundzwanzig Uhr siebenunddreißig bekamen Sie einen Anruf von einem Prepaidhandy? Wem mag wohl dieses Handy gehören? Wollen Sie es uns sagen?«

Er wollte es nicht. Stattdessen starrte er Zassenberg an wie eine Statue.

»Tatsache ist jedenfalls, dass Sie die Kneipe kurze Zeit später verlassen haben. Das haben wir geprüft. Gegen Viertel nach zehn sind Sie hier oben erschienen, mit einer gewaltigen Ladung Feuerwerk unter dem Arm. Was für ein Zufall!« Er klatschte in die Hände und begutachtete die Szenerie. Alles war bereit. »Jetzt können wir unser kleines Theaterstück ins Rollen bringen. Herr Althaus, wissen Sie noch, was Marcel gegen halb elf gemacht hat?«

»Ja, er hat sich mit dem da unterhalten.« Er deutete auf Stummel, der noch immer an dem Baum lehnte.

Er breitete die Arme zu einer unschuldigen Geste aus. »Hat mich enttarnt, der Drecksack. Ein aufgeflogener Beobachter taugt nicht sehr viel. Deswegen bin ich kurz darauf hier weg und habe Bericht erstattet.« Er neigte den Kopf in Richtung Krovacek. »Mehr kann ich zu dem Abend leider nicht beitragen«, erklärte er und verschränkte die Arme, als hätte ihn jemand ausgeschaltet.

»Unser Privatdetektiv fällt also erst mal weg«, sagte Zassenberg. »Doch dafür können wir nun aus dem Vollen schöpfen, was Sie als angeht.« Damit waren jene gemeint, die sich im Rund um ihn herum aufgestellt hatten. »Bitte nehmen Sie nun die Position ein, die Sie innehatten, nachdem Marcel Sindermann vom Gespräch mit dem alten Schnüffler zurückgekehrt war.«

Alle sahen sich unsicher an; viele schienen sich gar nicht mehr daran erinnern zu können, wo genau sie vor zwei Wochen gestanden hatten. Mit behäbigen Schritten brachten sich die Ersten in Position. Zurück zu jenem Zeitpunkt, als sie noch nichts Böses geahnt hatten – nicht alle jedenfalls.

Nur Familie Sindermann und Kurt Mangner blieben zurück. Der Hausmeister war an diesem Abend nicht zugegen und die Eltern des Opfers zu diesem frühen Zeitpunkt noch nicht auf dem Weg gewesen. Sie mussten nun beobachten, wie die letzten Momente vor dem Todessturz von Marcel abgelaufen waren. Niemand in der Familie schien wirklich zu trauern oder sich daran zu stören, was Zassenberg gerade ins Rollen gebracht hatte. Marcel war kein Sohn oder Bruder mehr, sondern nur noch das schwarze Schaf, das es loszuwerden galt. Eine derart drastische und endgültige Lösung wie ein Mord war höchstwahrscheinlich nicht in ihrem Sinne gewesen. Dennoch hatten sich alle drei anscheinend damit abgefunden.

Nachdem sich irgendwann jeder in etwa an der Stelle eingefunden hatte, an der er oder sie auch am Abend des Mordes gestanden hatte, klatschte Zassenberg noch einmal in die Hände und rief »Okay!«.

Viele standen vor dem Geländer, an dem der Platz endete und der Abgrund begann, der irgendwo weiter unten ins Tal mündete. Von dort aus hatte man den besten Blick – wenn man einmal von der Aussichtsplattform auf dem Spiegelslusturm absah, die zum Zeitpunkt der Feier allerdings für alle ohne Schlüssel bereits geschlossen war.

Nino Althaus stand etwas abseits von allen anderen, weshalb Zassenberg ihn auffordern musste zurückzukommen. »Was machen Sie dahinten?«, fragte er.

»Da habe ich gestanden«, antwortete er. »An dem Abend war doch auch meine Freundin dabei, und wir haben –«

»Interessiert mich nicht, was Sie getrieben haben«, fuhr Zassenberg dazwischen. »Heute sind Sie Marcel Sindermann, und der hat sich an dem Abend mit seinen niederen Trieben hingegeben. Wo war er?« Er schaute in aufgeregte Gesichter, bis endlich jemand offenbarte, was das Opfer zu diesem Zeitpunkt getan hatte.

Es war Daniel Röder, der mit zitternder Stimme verkündete: »Ich glaube, er stand dahinten und hat mit einer Frau geredet.«

»Welcher Frau?«, hakte Zassenberg nach, während er Nino Althaus mit einem Fingerzeig andeutete, wo er zu stehen hatte.

»Ist sie heute anwesend?«

In Zeitlupe begann Röder sich unter den anwesenden Frauen umzusehen. »Ich glaube nicht«, sagte er vorsichtig.

Zassenberg kannte allerdings jemanden, der ihm unter Garantie weiterhelfen konnte. »Wollen Sie uns nicht sagen, mit wem Marcel geflirtet hat, Frau Prätorius?« Sie stand ein paar Meter weiter an das Geländer gelehnt.

Doch auch sie schüttelte nur den Kopf.

»Ach, kommen Sie!« Zassenberg fühlte sich beleidigt, denn mittlerweile sollten doch alle mitbekommen haben, dass man vor ihm nichts verheimlichen konnte. Das war seine Superkraft.

»Marcel war Ihr Ex-Freund«, fuhr er nachdrücklich fort wie ein Lehrer, der die gleiche Sache zum zehnten Mal erklärte. »Da wird es Ihnen doch sicher ein Dorn im Auge gewesen sein, ihn mit einer anderen Frau zu sehen? Die Liebe kann so grausam sein in den Augen jener, die von ihr verlassen werden. Sie lässt einen Dinge tun, die man sich unter anderen Umständen niemals zugetraut hätte. Böse, niederträchtige Dinge. Ganz sicher lässt sie einen diejenigen unter die Lupe nehmen, die für den Liebesentzug verantwortlich sind. Ich bin mir deshalb sicher, dass Sie wissen, um wen es sich bei der Frau gehandelt hat.«

Johanna Prätorius flüsterte etwas, das so leise war, dass niemand sie wirklich verstehen konnte.

»Noch einmal für uns ältere Menschen bitte! Wir wollen es alle hören.«

»Pia Böttcher«, rief sie. »Wir studieren zusammen. Die beiden haben den ganzen Abend miteinander Witzchen gerissen und sind umeinandergetänzelt wie läufige Hunde.«

Ihre unzweideutigen Erklärungen verdeutlichten nicht nur ihren Groll, sondern förderten auch etwas bei Laura Henrichsen zutage, die sich das Schauspiel Zassenbergs nun schon einige Minuten angesehen hatte und es langsam nicht mehr zu ertragen schien. Sie schluchzte deutlich hörbar und wischte sich mit einer Hand die Tränen aus den Augen, die sofort von neuen Tropfen ersetzt wurden.

»Wir können hier auch stoppen, Frau Henrichsen«, schlug Zassenberg vor. »Sagen Sie uns einfach, was danach passiert ist, und schon hat all das ein Ende für Sie.«

Doch sie schielte nur kurz hinüber zu Elke Sindermann und verlor danach kein einziges Wort.

»Also gut«, seufzte Zassenberg, dem das nur weiterer Ansporn war. »Sie haben es so gewollt. Herr Althaus, kommen Sie her!« Er stellte den Tennistrainer an die Stelle, an der Marcel mit Pia Böttcher geflirtet hatte. »Bleiben Sie da stehen!« Er wandte sich an Daniel Röder, der noch immer auf weichen Knien stand: »Was ist dann passiert?«

»Nun ja«, stammelte er. »Wir haben viel getrunken, irgendwer hatte Musik dabei, manche haben getanzt. Und dann kam das Feuerwerk.«

»Das Feuerwerk? Das ist doch nicht einfach vom Himmel gefallen. Jemand muss sich darum gekümmert haben. Was ist davor passiert?«

Röder überlegte und sagte: »*Der* da hat es verteilt.« Er deutete auf Moritz Schultheis. »Es war eine ganze Menge. Fast jeder hat irgendwas abbekommen. Ich hatte eine Rakete, aber sie aus der Hand abzufeuern war mir zu gefährlich, also habe ich sie einem Freund gegeben.«

»Natürlich, sicher ist sicher. Aber noch einmal zum Kern Ihrer Aussage: Dieser Mann hier hat das Feuerwerk unter den Anwesenden verteilt?«

»Ja, genau!«

Schultheis presste seine Kiefer aufeinander, als wollte er Steine zermalmen. Adern traten auf seiner Stirn hervor, und sein ganzer Schädel lief rot an. Doch er sagte kein Wort.

Noch einmal wandte sich Philipp Zassenberg an Daniel Röder: »Haben Sie Herrn Sindermann während des Feuerwerks getroffen? Oder danach?«

Er überlegte eine Weile und antwortete schließlich: »Nicht dass ich wüsste. Es tut mir leid! Ich war so mit anderen Dingen beschäftigt, dass ich auf nichts geachtet habe.«

»Ganz so, wie es geplant war«, erklärte Zassenberg. »Ganz so, wie *Sie* es geplant hatten, Frau Henrichsen.«

34

Als Zassenberg sich Laura Henrichsen näherte, schreckte sie zurück und wäre beinahe über das Geländer gestürzt.

»Vorsicht!«, sagte er. »So ein Sturz kann tödlich enden!«

Ihr Blick huschte zur Spitze des Turms. Ihm war das nicht entgangen.

»Ganz genau!«, erklärte er. »Während alle mit dem Feuerwerk beschäftigt waren, haben Sie Marcel zur Seite genommen. Hatten Sie Herrn Schultheis darum gebeten, oder war es ein glücklicher Zufall, dass er mit den Raketen aufgekreuzt ist? Ich denke, dass es Ihr Prepaidhandy gewesen ist, das ihn angerufen hat. Sie waren es auch, die den Schlüssel ausgeliehen hatte, nicht Jochen Krovacek.

Es war sicher kein Problem gewesen, Marcel auf den Turm zu locken. Ich glaube kaum, dass jemand mit seinem Selbstbild sich die Gelegenheit entgehen ließ, auf alle anderen herabzublicken.« Zassenberg schaffte es nur mit Mühe, seine Antipathie zu verbergen. »Als Sie oben waren, mussten Sie ihn nur noch in einem günstigen Moment hinunterstoßen.«

Laura Henrichsen krümmte sich. Elke Sindermann sagte im Hintergrund etwas, er verstand aber nicht genau, was es war. Stattdessen kam er Laura Henrichsen noch ein wenig näher, um sie endgültig in die Enge zu treiben. »Eine Person ließ sich jedoch nicht von den hübschen bunten Lichtern ablenken«, sagte er. »Eine hat Marcel den ganzen Abend beobachtet. Sie tat das auch, als Sie ihn von dort oben hinuntergestoßen haben. Nicht wahr, Frau Prätorius?«

Sie stand nur wenige Schritte von ihm entfernt und konnte in diesem Augenblick nicht den Blick von der Spitze des Turms abwenden. Wie in Schockstarre verharrte sie. »Sie haben genau gesehen, was Frau Henrichsen getan hat. Doch bei Ihnen stellte sich nicht das Gefühl ein, gerade etwas Unrechtes gesehen zu haben. Am liebsten hätten Sie selbst ihn dort hinuntergeworfen, diesen Betrüger, diesen Lügner, dieses … Monster. Sie hatten also kein Verbrechen beobachtet, sondern eine gerechte Strafe. Als Sie dann bemerkten, dass Herr Röder auf den bewegungslosen Körper am Boden zuging, handelten Sie instinktiv und lenkten ihn ab, indem Sie ihm –«

»Halt! Das reicht!« Laura Henrichsen hatte sich vom Geländer erhoben und sah Zassenberg mit glasigen Augen an. »Ich sage ja alles!«

»Kein Wort, Laura!«, wiederholte sich Elke Sindermann. Sie nahm sie sanft in den Arm und flüsterte ihr etwas ins Ohr.

»Das alles hat hier ein Ende!«, erklärte sie. »Ich habe Marcel umgebracht. Nehmen Sie mich fest!«

Zassenberg rührte sich nicht. »Sie werden schon noch festgenommen«, erklärte er. »Aber nicht wegen des Mordes an Marcel, sondern wegen Behinderung der Justiz. Das habe ich eben schon erklärt.«

»Aber ich gebe die Tat doch zu! Wie können Sie da noch zweifeln?«

»Ich zweifle nicht, ich *weiß* es! Und wenn Sie Ihrer Ersatztochter nun bitte die Möglichkeit geben würden, die Tat zu gestehen, würde ein Richter das sicher als mildernden Umstand anerkennen.«

Mit weit aufgerissenen Augen starrte Elke Sindermann ihn an. Hinter ihr erschien ihr Mann und legte ihr zärtlich die Hand auf den Rücken. Seine Tochter tat es ihm gleich, und für einen kurzen Moment schien es so, als wäre Laura Henrichsen, die sie wie eine Rüstung umschlossen, Teil ihrer Familie.

Nur langsam löste sich die Verbindung der vier wieder, und erst nach einer ganzen Weile lockerte auch die Mutter die feste Umarmung um Laura.

Zassenberg wollte bereits weitermachen, doch da trat Bill plötzlich dazwischen und sah ihn vielsagend an. Ein kurzes Kopfschütteln, und er hielt sich zurück. Bill wusste, was sie tat, also überließ er ihr für den Moment das Feld.

Sie ersetzte die liebevolle Hand Elke Sindermanns durch ihre eigene, die sie Laura Henrichsen auf die Schulter legte. »Sie waren auch in Marcel verliebt, nicht wahr?«

Sie nickte so schwerfällig, als ob ihr Kopf zu schwer für ihren Hals geworden wäre. Schluchzend ergriff sie Bills Hand.

»Schon immer?«

»Seit ich mich erinnern kann.«

»Und Sie haben in dieser Zeit viele Freundinnen von Marcel kommen und gehen sehen, haben gewartet und so sehr gehofft, dass er endlich erkennen würde, wie sehr Sie ihn lieben und dass Sie die Richtige für ihn sind. Schließlich wussten Sie als Einzige, dass tief in Marcel ein guter Kerl steckte. Niemand hat es glauben wollen, aber Sie haben immer daran festgehalten. Sie haben geahnt, dass es möglich war, unter all dem Übel von Marcel auch etwas Gutes zu finden.«

Für einen Moment ließ Bill ihre Worte einfach auf Laura Henrichsen wirken. Dann sagte sie: »Hat er Ihnen gesagt, dass Sie irgendwann zusammenkommen würden?«

»Ja«, antwortete sie leise. »Immer wieder. Ich war mir sicher, dass er es diesmal ernst meinte.«

»Aber das tat er nicht, oder?«

Tränen liefen über ihre Wangen wie Regen über ein Fenster. »Er hat gesagt, dass er in Schwierigkeiten steckt. Dass er fünftausend Euro braucht. Dann ist er seine Probleme los, und wir können endlich zusammen sein.«

Zassenberg wunderte sich über die Naivität der jungen Frau, aber Bill schien ihre Hoffnung nachvollziehen zu können. Sie rückte ihr ein wenig näher. »Was ist dann geschehen?«

»Ich habe mein ganzes Erspartes zusammengekratzt – alles in bar. Das habe ich ihm gegeben. Er hat sich so darüber gefreut und war mir so dankbar. Ich habe ihn noch nie so freundlich erlebt. An dem Tag haben wir zum ersten Mal miteinander …«

Ihr Blick streifte den von Elke Sindermann, und sie brach den Satz ab. Noch einmal wischte sie sich die Tränen aus den Augen. Als sie erneut anfing zu sprechen, klang ihre Stimme deutlich fester als noch zuvor. »Ich wollte ihn mit einer romantischen Geste überraschen und habe über ein paar Umwege erfahren, dass der Hausmeister am Klinikum gegen Geld den Schlüssel für den Turm herausgibt. Also habe ich Herrn Mangner gefragt, ob ich ihn vielleicht auch mal haben könnte. Er wollte ihn mir aber nicht geben. Anscheinend hatte jemand Wind davon bekommen, dass er sich etwas nebenbei verdiente. Also habe ich einfach gewartet, bis er sein Büro verlassen hatte, und habe mir den Schlüssel genommen.«

»Herr Mangner musste also von Anfang an wissen, dass Sie den Schlüssel hatten?«, schaltete Zassenberg sich mit gesenkter Stimme ein.

»Ja, verdammt! Ich hab's gewusst!« Mangner stand am Fuß des Turms und hatte die Szene wohl lange genug beobachtet. »Aber dann kam dieser Kerl und hat mir zehntausend Euro geboten.« Er zeigte auf Strummel, der weiterhin so lässig am Baum lehnte, als könnte er kein Wässerchen trüben. »Soll ich da etwa Nein sagen?«

»Genau!« Momberger bekam endlich den Mund auf. »Sie wussten doch ganz genau, dass es um Mord ging.« Er packte sich den Mann und legte ihm Handschellen an. »Hier, nehmen Sie ihn!« Er übergab den Hausmeister einem uniformierten Beamten, der in der Nähe stand. »Wir beschäftigen uns später mit ihm.«

Nun war wieder Bill an der Reihe. Sie hielt Laura Henrichsen noch immer im Arm wie eine kleine Schwester. »Also wollten Sie ihn gar nicht umbringen?«, fragte sie ruhig und fügte hinzu: »Anfangs.«

»Ich wollte doch nur, dass wir endlich zusammen sind.« Die Erinnerung schien sie glücklich zu machen; der Gedanke daran, wie es gewesen war, für einen Moment mit ihrer großen Liebe vereint zu sein. Dann verfinsterte sich ihre Miene wieder. »Aber kurz darauf habe ich ihn zufällig in der Stadt mit einer anderen Frau gesehen.«

»Mit Frau Böttcher?«, fragte Bill. »Die auch hier oben war?«

»Nein, irgendeine Tussi. Ich weiß nicht, wer sie war. Als ich

293

ihn darauf angesprochen habe, hat er nur gelacht und gemeint, ich hätte ihn wohl falsch verstanden. Wir könnten gerne unseren Spaß haben, aber für eine Beziehung würde es ihm nicht reichen. Und als ich ihm sagte, dass ich mein Geld zurückhaben will, fragte er nur: ›Welches Geld?‹«

Zunächst herrschte Stille. Niemand traute sich, etwas zu sagen, ganz besonders nicht Zassenberg, der sich durchaus bewusst war, dass er nicht sonderlich sensibel mit solchen Situation umzugehen wusste.

Bill hingegen verstand sich sehr gut darauf. Er schien den richtigen Moment zu kennen, um das Gespräch wieder aufnehmen zu können. »Das war zu viel für Sie, oder? Mehr konnten Sie nicht ertragen.«

Laura Henrichsen stürzte sich dann in die Arme von Elke Sindermann. »Es tut mir so leid«, weinte sie in deren Bluse hinein. »Es tut mir so leid!«

Die Mutter streichelte ihr über den Rücken und flüsterte: »Ist schon gut, meine Kleine. Alles ist gut.«

35

Bill und Momberger saßen in der »Tränke« und tranken beide bereits das dritte große Bier. Neben ihnen lehnte sich Nasti auf einen Stuhl. Ihretwegen war Zassenberg nicht mitgekommen, sondern hatte sich bereits auf den Rückweg nach Frankfurt machen wollen. Seine Sachen sollte ihm Momberger bei Gelegenheit hinterherschicken, womit der sich eine Menge Zeit lassen wollte.

Weder er noch Bill hatten bisher viel geredet, was nicht nur daran lag, dass ihnen das Ende des Falls noch auf der Seele lastete, sondern vor allem an ihrem noch nicht beendeten Streit. Beinahe wäre es nicht zu dieser Zusammenkunft gekommen, aber ein großer Fall endete nun mal mit einem Bier in der »Tränke«.

Nasti schien die angespannte Atmosphäre nicht zuzusagen, und sie versuchte, ihre einzigen Gäste in die gesprächige Stimmung zu bringen, die Kneipengäste normalerweise auszeichnete.

»Dann hat diese Laura Henrichsen sich aber nicht sonderlich clever angestellt, oder?«, fragte sie.

»Es ist immer noch ein laufendes Verfahren, Nasti«, erklärte Momberger und nippte kurz an seinem Bier. »Wir dürfen dir nichts dazu sagen.« Es folgten ein deutlich größerer Schluck und eine kurze Pause. »Wie dem auch sei. Laura Henrichsen wollte sich gar nicht clever anstellen. Ich glaube sogar, dass sie insgeheim gehofft hat, bei dem Versuch, Marcel umzubringen, erwischt zu werden. Oder was meinst du, Bill?«

Auch sie genoss einen großen Schluck kühles Bier. Sie hatte sich in Schale geworfen und trug ihr Haar offen, was sie deutlich jünger aussehen ließ als der stramme Zopf und die unschönen Polizeiuniformen.

»Sehe ich ganz genauso«, antwortete sie. »Als sie herausgefunden hat, dass ihr großer Kindheitstraum endgültig geplatzt war, hat sie wohl einen Nervenzusammenbruch erlitten. Ich bin mir sicher, dass es für sie in diesem Moment nur noch zwei Extreme gegeben hat: entweder das eigene Leben oder das von Marcel Sindermann zu beenden. Sie hat sich für Letzteres entschieden, aber anscheinend stellte sie diese Entscheidung ziemlich schnell wieder in Frage. Deswegen hat sie Marcels Eltern vor der Tat noch angerufen.«

»Die Eltern?«, fragte Nasti neugierig und setzte sich auf den Stuhl. »Im Ernst?«

»Im Ernst!«, antwortete Momberger. »Sie hat sie davor gewarnt, dass Marcel in Gefahr schwebe. Wir haben anfangs gedacht, dass mit dieser Gefahr Moritz Schultheis gemeint war. Da wussten wir aber auch noch nicht, von wem der Anruf kam. Hätten wir vorher davon erfahren, dass es Laura Henrichsen gewesen war, wären wir vielleicht schneller darauf gekommen, dass sie hinter alldem steckte. Aber die Sindermanns wollten gar nicht, dass wir es herausbekommen.«

»Glaubt ihr, dass die Eltern geahnt haben, was geschehen würde?«

Bill zuckte mit den Schultern. »Das wird sich erst noch zeigen müssen. Laura hatte mehr Demütigung von Marcel ertragen, als man sich vorstellen kann. Vielleicht sind die Eltern davon ausgegangen, dass sie alles aushalten könnte. Vielleicht ahnten sie aber auch schon seit Langem, dass das Fass irgendwann überlaufen würde.«

»Tatsache ist, dass sie kaum etwas unternommen haben, nachdem sie davon gehört hatten«, warf Momberger ein. »Das sagt doch so ziemlich alles.«

»Über die Eltern?«, fragte Nasti.

»Über ihren Sohn, würde ich sagen.« Er trank sein Bier leer und wischte sich den Schaum mit dem Unterarm von den Lippen.

»Willst du noch eins?«, fragte Nasti und griff nach dem Glas. Momberger nickte. »Danke dir!«

»Warte!«, sagte Bill und trank ihr Glas aus. »Ich nehme auch noch eins.«

Momberger musste grinsen. »Das Mädchen vom Dorf«, lachte er.

»Dich trinke ich jederzeit unter den Tisch«, antwortete sie, musste kurz aufstoßen und zwinkerte ihm zu.

Nasti nahm die Gläser und verschwand hinter der Theke.

Plötzlich kam eine unangenehme Stille zwischen ihnen auf. Für Momberger fühlte es sich wie eine kleine Ewigkeit an. Er benahm sich in solchen Situationen immer furchtbar ungeschickt und hatte inständig gehofft, dass Bill den ersten Schritt in Richtung Versöhnung machen würde. Doch sie ließ ihn hängen, und so musste er sich selbst vorwagen.

»Hey, Bill«, fing er an, als wäre er ein schüchterner Schuljunge. »Wegen der Sache neulich …«

»Welche Sache meinst du?«, fragte sie, als wüsste sie von nichts.

Am liebsten wäre er sofort aus der Haut gefahren. Er ballte die Fäuste, riss sich zusammen und versuchte, so ruhig wie möglich zu bleiben. »Du weißt doch, dass ich dich nicht bevormunden wollte, oder?«

In ihren Augen blitzte etwas auf, das Momberger nicht einordnen konnte. Freute sich Bill über seine Entscheidung, oder kam nun wieder ihr Zorn hoch?

»Aber das hast du«, erklärte sie. »Weil du geglaubt hast, dass ich meine Kämpfe nicht alleine ausfechten kann.«

»Quatsch! Ich meine: Diesen Eindruck habe ich vielleicht vermittelt. Aber ich wollte dir wirklich nur helfen.«

»Und warum?«

Schon fühlte er sich wie in einer Vernehmung. Wie so vielen Verdächtigen zuvor hatte Bill ihm schnell die richtigen Worte entlockt. Schließlich konnte er nichts anderes sagen als: »Ich wollte dir helfen … weil ich dir helfen wollte.«

»Dir hat wohl nie jemand beigebracht, dass eine Ursache nicht gleichzeitig die Wirkung sein kann.«

»Du weißt schon, was ich meine. Ich habe dich einfach gern und will dich unterstützen, wenn ich es kann. Wenn du meine

297

Freundin wärst, dann würdest du dich doch darüber freuen, dass ich dich unterstütze.«

Den letzten Satz hätte er weglassen sollen. Erstarrt saß er auf seinem Stuhl und starrte Bill an wie ein Reh im Scheinwerferlicht. Er war bereit, sich von ihr überfahren zu lassen.

»Wenn ich deine Freundin wäre?«, fragte sie. »Hättest du das gern?«

»Ich? Du? Ich meine: Was?« Ansonsten war er selten um ein Wort verlegen, doch plötzlich fiel es ihm schwer, hinter dem Feuerwerk, das gerade in seinem Verstand tobte, die passende Formulierung zu finden. Nur mit großer Mühe schaffte er es, sich für einen Moment zu konzentrieren und noch größere Peinlichkeiten abzuwenden. »Ist doch auch vollkommen egal. Du bist ja ohnehin mit Sascha zusammen.«

Auch wenn er zügig begriff, dass er sich damit nicht wirklich aus seiner unangenehmen Lage befreit hatte, war er doch zumindest froh darüber, etwas annähernd Sinnvolles gesagt und sich nicht weiter wie ein volltrunkener Teenager aufgeführt zu haben.

»Zusammen?«, fragte Bill verwirrt. »Sascha und ich sind doch nicht zusammen. Wir haben ein paarmal etwas miteinander unternommen. Deswegen fährt man doch nicht gleich in die Flitterwochen. Das solltest du eigentlich am besten wissen, Momsen. Sonst hättest du in deinen Zwanzigern doch zwei Dutzend Freundinnen gehabt.«

»Ähm, ja, stimmt schon«, meinte er und kratzte sich peinlich berührt am Hinterkopf. »Da kam wohl der Großvater in mir durch. Du und Sascha seid also kein Paar?« Wie weit konnte er sich wohl vorwagen, ohne zu neugierig zu wirken? »Und würdest du das gerne ändern?« Wahrscheinlich hatte er hier schon die Grenze überschritten, dachte er und ärgerte sich über seine Unfähigkeit, wie ein normaler Mensch zu reden.

»Vielleicht«, antwortete sie in seltsamem Tonfall, was für Momberger im Grunde alles und nichts bedeuten konnte.

Nasti kam mit gleich drei Bier an den Tisch zurück und stellte jeweils eines vor die beiden. Das dritte hatte sie für sich selbst gezapft. Sie setzte sich und fragte: »Hast du eigentlich schon mit diesem Plank geredet?«

»Nein«, antwortete Momberger. »Das steht mir noch bevor.«

»Lass es Bill doch machen, dann muss es der arme kleine Momsen nicht selbst übernehmen.«

»Ich habe es kapiert«, motzte er. »Und ich habe mich auch schon entschuldigt.«

»Habe ich mitbekommen. ›Ich wollte dir helfen, weil ich dir helfen wollte.‹ Hast du nicht Germanistik studiert? Waren das ausschließlich Sitzscheine?«

»Lasst uns einfach was trinken!«, sagte Bill. »Das Thema ist abgehakt.«

»Im Trinken bin ich gut«, sagte Momberger.

»Das kann ich bestätigen«, erklärte Nasti. »Erinnerst du dich an den Abend, als wir Wahrheit oder Pflicht gespielt haben?«

»Ich bin der Einzige, der sich *nicht* daran erinnert. Aber ich habe ja die Bilder gesehen.«

»Eins hängt immer noch auf der Damentoilette.«

»Was?« Momberger verschluckte sich am Bier. »Im Ernst?«

»Du hattest mal einen ganz schön strammen Körper«, stichelte Bill. »Wo ist der hin?«

Die beiden führten ihn an der Nase herum. Und selbst wenn nicht: Er hatte es irgendwie verdient. Sollten sie doch ihren Spaß haben. Trotzdem nahm er sich vor, in einem unauffälligen Moment mal einen Blick in die Toilette zu werfen.

»Und diese Laura Henrichsen kommt jetzt hinter Gitter?«, fragte Nasti. Es war ihr schon immer schwergefallen, ihre Neugier zu kontrollieren.

»Davon gehe ich aus«, antwortete Momberger.

»Und wie lange?«

»Gute Frage! Ich fürchte, dass Naivität nicht zwingend als mildernder Umstand gilt. Wir werden es abwarten müssen. Unser Job ist erst mal getan.«

»Weißt du, was das Schlimmste an dem ganzen Fall ist?«,

fragte Bill. »Laura Henrichsen hat immer geglaubt, dass es etwas Gutes in Marcel gab, das irgendwann zum Vorschein kommen würde. Sie war der festen Überzeugung, dass ihr positiver Einfluss ihn über kurz oder lang auf den rechten Weg führen würde.«

Sie nahm das Bier und drehte es so, dass der Henkel genau parallel zur Tischkante ausgerichtet war. »Stattdessen ist das Gegenteil eingetreten. Die vielen Lügen und die Boshaftigkeit haben etwas Böses in ihr zutage gefördert. Nicht sie war es, die ihn auf den rechten Weg geführt hat, sondern er hat sie von diesem abgebracht.«

»Scheiße, Süße!« Nasti trank einen großen Schluck. »Dass du mit solchen Gedanken nachts ruhig schlafen kannst.«

»Ich muss ja auch immer *alleine* schlafen.« Sie hob das Glas und stieß mit Nasti an. Die lachte kindisch und verpasste Momberger unter dem Tisch einen Tritt, damit er den Hinweis bloß nicht an sich vorbeiziehen ließ.

Aber er lebte ja nicht hinter dem Mond. Bill machte anzügliche Bemerkungen in seiner Gegenwart und sah ihn endlich wieder so an, wie sie es vor ihrem Streit getan hatte. Er wusste, dass sie auf dem richtigen Weg waren. Gerade wollte er sein Glas zum Anstoßen erheben, da öffnete sich die Tür der »Tränke«. Es war Zassenberg, der im Türrahmen stand wie Indiana Jones und sich im Kneipenraum umsah. Sein Ziel hatte er schnell ausgemacht, der Zeigefinger nahm Nasti ins Visier. »Verstehen wir uns?«, fragte er optimistisch.

Die Kellnerin setzte ein süffisantes Grinsen auf. »Wenn das Trinkgeld stimmt.« Sie zog einladend einen Stuhl unter dem Tisch hervor.

»Klasse Sache!« Zassenberg gesellte sich zu den dreien.

»Was ist los?«, fragte Momberger. »Sie waren doch schon auf dem Weg zum Zug.«

»Ja, ich wollte mein Ticket buchen, aber meine Kreditkarte liegt noch auf Ihrem Schreibtisch, Momsen. Deswegen müsste ich noch mal in die Wohnung. Aber wo ich schon mal hier bin ...« Er nahm sich das volle Bier und trank es beinahe komplett leer. Dann stieß er gut hörbar auf und stellte das Glas zurück. »Worum geht's gerade?«

Momberger atmete durch. Bill schien weniger enttäuscht vom Auftauchen Zassenbergs zu sein. Das schmale Lächeln in ihrem Gesicht sagte ihm vielmehr: »Pech gehabt und viel Glück beim nächsten Mal!«

Hoffentlich würde es ein nächstes Mal geben, dachte er, während Bill den Neuen am Tisch willkommen hieß. »Wir haben gerade über den Fall geredet.«

»Um Gottes willen! Der ist vorbei. Sie müssen sich auch mal eine Pause gönnen, sonst ist die Festplatte irgendwann voll. Nasti, mach uns doch ein paar Kurze! Dann bekommen wir den Blödsinn aus den Köpfen.«

»Mach's dir selbst, Philipp!«

»Das hört er sicher nicht zum ersten Mal«, sagte Bill. »Der arme Kerl!«

»Armer Kerl?«, fragte Zassenberg. »Wenn Ihnen eine Bedienung erlaubt, hinter ihre Theke zu schlüpfen, sind Sie niemals ein armer Kerl.« Er stand auf und huschte Richtung Schnapsregal davon.

Nasti flüsterte Bill zu: »Das hat er auch nicht zum ersten Mal gesagt.« Sie stießen noch einmal an und kicherten wie Schulmädchen.

Momberger sah, wie glücklich die beiden waren, und kam nicht umhin, noch einmal an den Fall zu denken. Laura Henrichsen wäre niemals glücklich geworden; ob mit oder ohne Marcel Sindermann. Und Bill? Ob sie nun mit ihm zusammenkommen würde oder auch nicht; sie würde glücklich bleiben. Und das gefiel ihm eigentlich sehr gut.

Er nahm das Glas mit dem kleinen Rest Bier, den Zassenberg ihm gelassen hatte.

»Prost!«, rief er, und sie stießen an.

Danksagungen

Jede Zeile, die ich schreibe, bringe ich aus zwei Gründen zu Papier: Der erste ist die Freude, meine Gedanken in Worte fassen und damit einen anderen, oftmals fremden Menschen unterhalten zu können. Und der zweite ist mein unbedingter Wille, eine gewisse Anne stolz zu machen. Wenn ihr ein Buch gefällt, dann ist beiden Punkten Genüge getan, und die oft schwierige und langwierige Arbeit hat sich gelohnt.

Außerdem möchte ich meinen Eltern dafür danken, dass sie mich immer darin unterstützt haben, meine Freude am Schreiben auszuleben. Auch mein Vater war lange Zeit ein großer Freund des geschriebenen Wortes, vor allem des gut vorgetragenen Reims. Und meine Mutter zählte schon immer zu meinen größten Fans, lange Zeit war sie damit im Grunde alleine.

Weiterer Dank gilt Wolfgang und Margret, die sich immer gerne der Korrektur meiner Texte annehmen. Ich hoffe, dass der Spaß am Lesen das Kopfschütteln über die Fehler immer wieder aufwiegen kann.

Zuletzt möchte ich Christiane Geldmacher und Vera Nohl danken, die schon zum zweiten Mal viel Mühe mit mir hatten. Ich gelobe weiterhin Besserung!

Felix Scholz
TOD IN MARBURG
Broschur, 272 Seiten
ISBN 978-3-7408-1411-3

Eine junge Forscherin steht kurz vor einem bedeutenden Durchbruch in der Impfstoffentwicklung. Doch dann wird sie tot in der Lahn aufgefunden – durchbohrt von einem mittelalterlichen Degen. War Industriespionage das Motiv, oder haben sich die ultrarechten Burschenschaften Marburgs an einer alten Widersacherin gerächt? Die beiden nicht ganz freiwillig zusammenarbeitenden Kommissare Momberger und Zassenberg tauchen tief in die Milieus der Universitätsstadt ein – um am Ende zu einer schockierenden Lösung zu kommen.

www.emons-verlag.de